낮은음자리의 어린이

낮은음자리의 어린이

김준현 평론집

창비

아름답고 경이로운

언어와 관계 맺기를 막 시작하는 사람들은 경이롭다. 아이가 옹알이 끝에 '엄마'라는 단어 하나를 처음 발음하는 순간. 어느새 한글을 익혀 그림책에 있는 한 줌의 글밥을 또박또박 읽어 나가는 순간. ㄱㄴㄷㄹ을 큼직하게 써 나가는 순간. 한국어가 모국어가 아닌 외국인들이 느린 속도와 어색한 발음과 빠트린 조사로 말을 할 때도 그렇다. 그럴 때는 누구라도 어린이가 된다. 다른 곳에서는 평생을 '북(book)'이라고 불렀던 것이 이곳에서는 '책(冊)'이라고 불린다는 사실을 알게 된 순간의 순정한 낯섦과 기쁨이 있다. 여기서는 늘 '책'이라 불렀던 것이 저기서는 '북'이 된다는 것을 알았을 때 역시 마찬가지겠다. 말이 내가 알고 있던 삶의 경계를 넘을 때 우리는 시간성을 다시 사유하게 된다.

"안녕하세요. 제 이름은 ○○○입니다."

이제 막 이 한국어 인사를 배운 외국인을 떠올려 보자. 우리는 이 말을 하는 사람이 몇 살이건, 물리적 연령을 거슬러 올라가 어린이의 말투로 세계와 처음 대면하고 있다는 것을 자연스레 연상할 수 있다.

사실 어릴 때는 영어 단어를 외우는 게 과제로만 느껴졌다. 그때의 내게 영어는 암기와 이해의 영역에만 머물러 있었기 때문이다. 그것이 누군가의 말이라는 것. 누군가는 내가 외워야만 했던 그 단어들의 총체로 이뤄진 삶을 살아가고 있다는 사실을 몰랐기 때문이다. 어떤 말들이 내 삶의 일부라는 사실을 깨닫는 순간 말은 암기와 이해의 영역을 초월해 단 한 사람에게만 유효한 모양과 질감을 갖게 된다. 모두에게 평등하게 주어진 단어가 한 사람의 내면에서 고유한 형태를 얻는 순간은, 언제나 경이롭다.

어린이를 위해 할 수 있는 말을 고를 때, 그악스럽게 끌어모은 낯선 말들이 암묵지(暗默知)가 될 때까지 쓰고 쓰는 일에 고단함을 느낄 때 나는 마치 말을 새로 배우는 사람처럼 이 모든 경이의 순간을 담고 있는 동시를 찾아 읽는다. 아직 말의 모양이 결정되어 있지 않아서 무한한 가능성의 자리에 서 있는 어린이와 마주한다. 오랜 시간 누적되어 경화된 말을 갱신하고 재구성하며 언어와 더불어 세계와 새로운 관계 맺기를 시도할 수 있다는 믿음을 얻는다.

세상에 무의미한 말은 없고 무의미한 사람은 없다. 내가 이해할 수 없는 말은 있어도 세상 그 누구에게도 이해받지 못할 말은 없다. 여전히 동시 안으로 초대받지 못한 어린이(화자)들이 많다는 생각이 들 때마다 "너도 네 이야기를 할 수 있어!"라고 응원하고 싶다. 그 응원은 지금도 동시에 마음을 싣고 있을 창작자들을 향한 진심이지만, 종래는 내게로 돌아온다. 지독하게도 말이 없었던 어린 시절의 나에게 말하는 기분으로. 동시를 쓰는 이들이 믿을 수 있는 건 그 이야기를 제 이야기라고 생각하며 읽어 줄 현실의 어린이다.

이 책은 오늘도 어린이를 위해 동시를 읽고 쓰고 나누고 있을 이들을 밝혀 보고자 하는 마음에서 시작되었다. 시간이 흘러도 여전히 오늘의 동시라고 부를 수 있는 작품들이 "나 좀 보라고/아무도 봐 주지 않아도/조금씩/조금씩/자라고 있다고"(김준현 「씨」 부분, 『나는 법』, 문학동네 2017) 낮은음자리에서 수런거리는 소리를 부족하나마 잘 듣고 싶은 마음에서 시작되었다. 어린이의 목소리는 대체로 음역대가 높다. 그러나 밝고 큰 목소리로 드러내는 명랑의 이면에는 우리가 채 듣지 못하고 지나쳐 버린 말들이 낮게 깔려 있다. 동시는 그 말들을 세상으로 드러내는 한 방식이다. 1부는 동시대의 동시들이 어린이 현실과 어떻게 연결되고 상호 영향 관계를 맺는지, 가능한 여러 경로를 모색한 흔적이다. 동시, 청소년시는 당대의 어린이와 어떻게 대화할 수 있을까. 용기를 내어 오래도록 준비한 말을 건넸는데 외면받는 기분은 슬플 거라 생각이 들었으므로, 최대한 어린이의 편에 서서 어린이의 기준으로 감각한 세계의 지도를 그리고자 했다. 2부는 작가론과 시집 해설이다. 임복순, 문현식 시인이 그간 견지해 온, 현장성을 담보하는 동시의 지형도를 확보하고자 했다. 오규원론을 통해서는 2020년대에도 여전히 유효한 그의 시론이 첫 동시집 『나무 속의 자동차』에서 어떻게 발현되고 있는지를 살폈다. 이안, 김성민, 유강희, 남은우, 권기덕 시인의 동시집 해설은 저마다의 책에서 주목할 만한 테마와 문제의식, 스타일을 가진 동시의 유의미한 지평을 먼발치에서나마 관측한 결과다. 3부는 서평을 모았다. 서평은 격월간 『동시마중』에 연재한 '당신의 동시와 함께'와 계간 『창비어린이』에 발표한 동시집 서평이다. 지나고 보니 좋아하는 동시에 대해서 하고 싶은 말을 할 수 있다는 건 큰 축복이라는 생각이 든다. 좋아하는 것에 대해서는 나도 모르게 밀착해 객관적 거리를 잃어버리곤 한다. 좋아하는 마음을 누르면서 적당히 거리를 두기 위해 애쓰는 과정을 통해 비평은 비평다운 밀도와 긴장을 얻을 수 있지 않을까. 시야를 더 확장할 수 있지 않을까. 앞으로도 동시 비평을 쓰는 내내 고민하게 될 대목이다.

그럼에도 좋아하는 마음은 어디로든 새어 나가게 마련이다. 비대면으로 진행하는 동시 창작 수업 도중 눈길을 붙드는 동시를 만나면 주책없이 좋다는 이야기를 몇 번이나 반복하며 감탄하는지 모른다. 책으로 나오면 좋겠어요. 많은 어린이 독자들과 만나면 좋겠어요. 여기서만 읽기에는 아까워요. 좋은 동시가 어린이들과 만나는 순간을 상상하는 일은 그 자체로 행복하다. 수업이 끝나면 메일로 함께 읽었던 작품에 대한 피드백을 한 번 더 전하고는 한다. 건초염 증상으로 인해 부득이 몇 주간 메일 쓰기를 쉴 때도 있고 그럴 때면 스스로도 이건 과욕이었다고 반성할 때도 있지만, 작품과 리뷰 속 동시와 어린이에 대해 대화를 나누는 그 순간이 지금도 여전히 좋다. 이 책은 바로 그런 순간들의 모음이기도 하다. 몇 년간 지면에서, 메일에서, 여러 현장에서 동시를 통해 나눈 대화의 한 단면도다. 한 번 향유의 마음으로 읽었던 동시를 다시 읽고 또 다시 읽으며 거기에 머문 시간이 어떤 임계점에 도달했을 때에만 말이 나온다. 그중 많은 대화가 『동시마중』 지면의 덕으로 가능했음을 말씀드리며 특별히 감사의 마음을 전하고 싶다. 동시 비평은 지면이 없으면 마음 놓고 풀어내기 힘든 면이 있다. 귀한 지면을 선뜻 내주신 『창비어린이』『문장 웹진』『어린이와 문학』에도 깊은 감사를 전한다. 응원과 격려를 전해 주시며, 때로는 균열이 가 있고 때로는 과하거나 부족한 글에 오랜 수고를 들여 정리해 주시고 마디마디 귀한 조언을 더해 주신 박경완 편집자님과 창비 편집부 선생님들께 깊은 감사의 인사를 전한다.

매일 생각한다. 동시를 써서 다행이라고. 동시를 읽고 나눌 수 있어서 다행이라고. 읽고 쓰는 삶을 무한히 긍정하고 응원하는 이들이 내게는 언제나 사랑이어서 다행이라고. 삶의 아름다움과 경이로움을 체감하는 순간은 동시를 통해 깨닫게 된 사랑과 인연의 덕이다.

2025년 12월
김준현

차례

1부 동시와 현장

2부 동시의 시대를 여는 사람들

3부 어린이와 마음이 닿는 자리

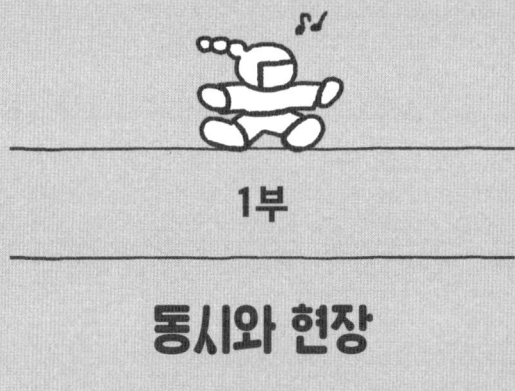

1부

동시와 현장

우리의 한계와 경계를 인정할 시점

한 젊은 시인의 어린이 보호구역

0세에서부터 100세까지, 개인차는 있겠지만 대략 이 정도 시간의 흐름 속에 한 인간의 생로병사가 내재되어 있다. 언어를 가지지 못한 최초의 순간부터 자라면서 서서히 언어를 배우게 되고, 소통 이상의 언어 구사가 가능해지는 순간부터 주체로서 자신의 언어를 행사하게 된다. 그러다 어느 순간 자신이 기성세대로서 일정한 프레임을 기반으로 동일성을 가진 주류-집단[1]의 헤게모니를 축으로 한 언어를 쓰고 있다는 것

---

[1] 나는 어떤 문장을 쓸 때 하이픈(-)을 사랑해서 자주 쓰곤 하는데, 특히 비평의 문장을 쓸 때 단어와 단어 사이를 잇는 하이픈으로 두 명사 간의 간격을 재고는 한다. 거기서 발생하는 어떤 긴장 관계로부터 많은 의미가 파생된다고 믿기 때문이다. 한 단어에서 발생할 수 있는 오해의 소지를 방지하기 위해 다른 단어가 앞의 단어를 지지해 주는 형태다.

을 알게 된다. 그리고 노년에 가까워지면서 타자를 통해 자신의 언어가 '꼰대'라는 멸칭에 가까운 세대의 전유물임을 확인받게 된다. 즉 우리가 주류의 언어라고 믿어 온 그 언어는 특정한 한 세대의 언어에 지나지 않는다. 어린이 혹은 노인 세대의 언어는 타자화·대상화되어 지배적 세대의 필요에 의해 선택적으로 수용되고 배제된다.

동시를 쓰는 일은 동(同) 세대를 대변하는 언어가 아닌, 타자의 언어를 자신의 의향대로 구사해 나가기 위해 배우고 경험하는 단계에 있는 어린이들을 위한 언어로 말하는 일이다. 화자를 어른으로 설정하든 어린이로 설정하든, 쓰는 사람(시인)이 성인이라는 사실에는 변함이 없다는 것. 이 낙차(落差)로 인해 발생하는 소통의 문제는 기존의 시가 지닌 난해성과는 전혀 다른 문제로, 현실과 괴리된 어린이 화자의 말하기 혹은 어른 화자의 세계-인식의 견고함으로 인해 독자로부터 거리가 멀어진 지점 등이 노출되는 경우를 뜻할 때가 많다. 이 지점은 단순히 비판의 대상이라기보다는 동시 장르가 정착해 나가고 다시 균열하며 성장해 나가는 과정에서 생기는 자연스러운 현상, 즉 각자가 믿는 동시의 이상향에 가까워지는 한 단계로 보는 것이 적절하지 않을까.

최근 들어 김연필, 남지은, 배수연, 성동혁, 유이우, 윤지양, 정현우 등 시단에서 활발하게 활동 중인 1980~90년대생 시인들이, 많지는 않지만 조금씩 몇몇 지면[2]을 통해 동시를 발표하고 있다. 이 시인들의 작품을 하나의 경향이나 세대로 묶어 명명할 수도 없고 그럴 필요조차 없겠지만, 그럼에도 '어린이'였던 시간과 가까운 세대이자 시인으로서 자기 세계를 구축해 왔던 작가들의 언어가 지닌 '조금 다른' 색채는 분명히

---

2 주로 웹진 『비유』 『창비어린이』 『동시마중』.

있다고 본다.[3] 특히 화자의 목소리가 자기 현실에 밀착해서 결국 어른-자신의 말하기와 어린이의 말하기가 크게 다르지 않은, 중첩된 목소리는 지금처럼 타자-존재에 대한 인지 감수성이 확장되는 시기에 주요하게 보존되어야 할 지점이다.

1
밤을 샌 적이 있다
큰 토끼가 명령했기 때문에
작은 토끼는 종종 그런 적이 있다

2
깜깜하고 차가운 하늘에
조각달이 비뚜름하게 걸려 있다
작은 토끼의 눈에
큰 토끼는 깨진 왕관을 쓴 왕처럼 보였다
활활 타오르는 집을
깊은 눈동자에 빔새도록 담으면서
작은 토끼는 조금씩밖에 자랄 수 없었다

---

3 비평적 명명의 실패를 여러 차례 목도하면서도 그 실수를 되풀이할 수밖에 없는 유혹에 평자들이 쉽게 빠져드는 것은 자신들이 귀하다고 여기는 그 목소리 ─ 소외되거나 배제될지도 모르는 목소리, 그럼에도 지속적으로 내고 있는 목소리를 보존하기 위해서가 아닐까 하는 경험적 사건을 덧붙여 본다.

3
더 강한 다리를 갖고 싶어요
이 밤을 경중경중 건너뛰고 싶어요

지난밤
지지난밤
멀고 먼 밤에도
그건 작은 토끼의 꿈이었다

숨죽이고 지나는 밤이
어린 토끼들에게 있는 일이다

— 남지은 「비상계단」 전문(웹진 『비유』 39호, 2021년 2월)

　　말할 수 없는 자는 비단 죽은 자뿐만이 아니라 말을 갖지 못한 아이도 포함한다. 어린이에게 윤리를 말하던 지난 세대의 목소리를 이제는 어른에게 되돌려 들려주어야 할 때가 왔다. 어린이들의 보호자─양육자로서 어른들이 어린이들의 삶을 혹여 자신들의 편의나 사정으로 인해 비윤리적인 상황으로 내몰지는 않았는지 물어야 할 때가 온 것이다. '정인이 사건' '구미 여아 사건' '인천 어린이집 사건' '제주 어린이집 사건' 등 결코 있어서는 안 될, 저마다 폭력의 수위만 다를 뿐인 이와 같은 일은 어제도 오늘도 앞으로도 어딘가에서 있을 것만 같다는 불안과 걱정이 들 때가 많다. 일반적으로 깜찍하고 귀여운 동물의 대명사 '토끼'마저도 같은 종 내에서 '큰'/'작은'으로 나눠져 있고 "명령"의 체계가 있으며, 그로 인해 "비상계단"에서 "밤"을 새워야 하는 어른/어린이의 삶을 산다. 이렇게 엘리베이터처럼 쑥쑥 6, 7, 8, 9…… 나이를 먹는 게 아니라 비상계단에 앉아서 폭력을 견뎌야 하는 삶을 동시로 이야기 해도 괜찮은 걸까? 화자의 절박한 목소리는 우화의 형식 안에서도 뚜렷하게 전해진다. 이 목소리는 화자와 동일하거나 비슷한 처지의 청자, 즉 폭력을 민감한 피부로 느낄 수밖에 없는 어린이에게 가닿아 공감과 위로의 형태로 전해지지 않을까. 이 작품을 어른에게서 자각을 이끌어 내기 위한 도구로서의 효용성 영역에서 이야기할 수만은 없게 만드는 것은 화자의 '살아 있음'이다. 토끼와 같은 동물로 빗대어도 그 구체성이 빛을 잃지 않는 부분이 바로 동'시'가 힘을 발휘하는 지점이다. 남지은 시인이 처음으로 지면에 발표한 동시의 제목이 「똑바로 봐」 「보호구역」 (『동시마중』 53호, 2019년 1·2월호)이라는 사실에서부터 조심스럽게나마 이 시인이 지닌 동시론(일종의 지향점)이라고 봐도 무방할 부분을 유추해 볼 수 있다. 맥락상 발표하는 작품들이 유기적으로 연결되어 있음을 포착할 수 있다. 어린이의 윤리가 아니라 어린이를 대하는 어른의 윤리를 경험적 현실을 통해서 고스란히 담아내면서도, 어쩌면 마주 보기 힘들 수도 있는 이 현실을 우회하지 않는다는 점에서 이 목소리는 귀하다.

불완전하며, 뜻을 알 수 없는, 느린 언어 듣기 영역

그래, 맞아

이 시는

세상에서 말이 가장 느린 사람

이야기야

이 사람 말이 얼마나 느렸느냐 하면 말이야
아이들 앞에서 말을 꺼내는데

"이 아저씨는 말이야······"

말을 마치고 나서 보니
다음 말을
이렇게 고쳐 말해야 했다지 뭐니

"이 할아버지는 말이야······"

이 말을 끝까지 듣느라
아이들은 모두 아저씨 아주머니가 되어 있고

이 아저씨, 아니 할아버지도 대단하지만
아이들도 참 대단하지 않니?

아저씨 아주머니가 되는지도 모르고
끝까지 듣고 있었으니까

세상에서 가장 긴 이야기를
이렇게나 짧게 들려주는

이 아저씨도 있지만 말이야

　　── 이안 「세상에서 말이 가장 느린 사람 이야기」 전문(『창비어린이』 2021년 봄호)

귀 임금님은 귀에 살아

매일 귀를 닦으며 살아

매일 귀만 닦으며 살아

매일 귀나 닦으며 살아

그래서 당나귀는 남의 말을 잘 들을 수 있지

　　── 윤정미 「귀귀나 당는 귀님금임」 전문(『동시마중』 66호, 2021년 3·4월호)

외 안되?
살고 싶은 대로 살면 왜 안돼?
안되?리고 쓰면 왜 안되?
외 안돼?라고 쓰면 외 안되?
살고 싶은 대로 살면 외로워진다지만
외롭다는 건 심심하다는 걸까
할머니도 아빠도 고양이 초코도 외로워 보이는걸
오늘 집 근처 길가에 얼어 죽은 쥐를 발견하자
나는 흘깃 아빠를 쳐다봤어
거 봐, 내 눈빛만 봐도 알아듣지

히히 꼬리를 잡아 들어 보면

외 안되?

— 배수연 「외 안되?」 전문(『동시마중』 66호, 2021년 3·4월호)

언어는 화자가 아니라 독자(청자)에게 얼마나 영향력을 미치느냐의 여부에 의해 그 힘의 크기가 결정되는 경우가 많다. 혼잣말이나 일기가 공적 지면을 통해 밝혀지지 않는 이상 가장 무해하며 무력한 언어로 자리하는 것 또한 같은 맥락이다. 특히 말의 경우를 생각해 보면 명확한 발음, 효율적인 단어 선택, 억양, 말의 속도 등이 만들어 내는 언어 사용 양상을 통해 생기는 계급화 ── 더 친절한 비유를 덧붙이자면 아직 한국어가 서툰 외국인을 바라보는 우리의 시선 같은 것을 생각해 보면 된다. 그들은 진지한 대화 상대자로서 마주하기 이전에 다른 관계 맺기(예를 들어 교수자-학습자 혹은 현지인-이방인)가 선행되며 언어의 차를 끊임없이 염두에 두고 상대하게 되는 존재다. 모든 것이 빠르게 움직이는 세계에서 "말이 가장 느린 사람"은 대화의 흐름에서 금방 배제되게 마련이다. 그러니 계속해서 유보되는 이 '말'을 들어 줄 수 있는 사람은 역시 비슷한 형태로 말하기를 하는 사람, 즉 "아이들"일 것이다. "아저씨"가 "할아버지"가 되고, "이 말을 끝까지 듣느라/아이들은 모두 아저씨 아주머니가 되어 있"는 것은 아직 완성되지 않(으려)는 언어-동심을 꾸준히 지속하는 어떤 힘을 의미한다. 남의 이야기, 그것도 미완의 이야기를 듣는 힘 그리고 들어 주는 마음. 그리고 그런 사람의 이야기를 전해 주는, "세상에서 가장 긴 이야기를/이렇게나 짧게 들려주는/이 아저씨"는 곧 동시가 지닌 생래적인 속성 그 자체다. 동시가 압축성이나 상징이나 비유를 통해 인생에 도움이 되는 아포리즘을 지향한다는 것이 아니라 어떤 이야기든 흘려듣지 않고 모아서 '온전히' 전해 줄수 있는 마음을 지향한다는 것이다. 영화 「주토피아」(Zootopia)의 나무늘보가 하는 말의 속도-느림은 이 영화의 신스틸러로 명백한 희화화의 요소인데(일 처리가 느린 미국 공무원을 비유한 것이라고도 하는데 정확한 것은 모른다) 사건을 해결해야 하는 주디는 나무늘보들이 나누는 농담을 다 듣고 있을 여유가 없다. 어른이 어린이들의 이야기 ─ 어른의 입장에서 들으나 안 들으나 이미 알고 있고 중요하지도 않다고 믿는 이야기거나 자신이 살아오면서 이미 경험했다고 믿는 이야기 ─ 를 느리고 어딘가 문법적으로 안 맞으며 서툰 말("귀귀나 당는 귀님금임")로 쉽게 넘겨 버리는 그 태도의 문제로서 다룰 때가 되었다. 어린이가 아니라 어른들에게 이제 답을 해 달라고 이야기할 때가 되었다. 우리의 말을 잘 듣고 있냐고, "매일 귀~"로 시작하는 세 연의 구문이 보조사 한 음절만 바꾸면서 계속 반복되는 것(「귀귀나 당는 귀님금임」)이다. 어린이들의 말-유희(pun)에 의해 뒤에서부터 오는 말-시간의 역행은 마치 어린이들의 문법에 더 강세를 둔 것처럼 느껴진다. 그렇게 해도 약간의 더듬거림을 제외하면 얼추 발음은 비슷하지 않은가? 이를테면 배수연 시인의 "외 인되?" 역시 문법에서 벗어나도, 상식에서 벗어나도 괜찮지 않은가? 그것이 비윤리적 행위가 아니라는 전제 아래, 어른들의 위선보다는 훨씬 무해해 보이는 한 어린이의 위악적인 질문 "히히 꼬리를 잡아 들어 보면/외 안되?"가 가능해진다.

옹알옹알…… 옹알이라고?
이 사람들
내 말을 하나도 못 알아듣네.

아이고 답답해라,

내가 지구의 말을

배울 수밖에!

—윤제림 「아기가 말을 배우는 이유」 전문(『불교문예』 2021년 봄호)

1년 중에서 밤이 가장 긴

동짓날이 지나면

낮이 조금씩 길어진대.

그게 얼마만큼이냐고

물어봤더니

노루 꼬리만큼이래.

그게 몇 cm정도냐고 안 물어봐도

느낌이 왔어.

그냥

아주 짧은 거야.

—임복순 「노루 꼬리만큼」 전문(『시와 소금』 2021년 봄호)

　언어의 불완전성이 현실의 불완전성을 담보한다는, 일견 당연해 보이는 믿음은 사실상 말을 더 잘할 수 있는 자의 권력이나 입장에서 비롯된다. 그래서 그 권력을 내려놓는 일, 동시를 쓰는 일이 힘든 것이다.

"아이고 답답해라,/내가 지구의 말을/배울 수밖에!"라는 "아기"의 말은 옹알이[4] ── 그 넓이를 측정할 수 없고 깊이를 확인할 수 없어서 소통 기능 이상의 우주를 보여 주는 무한한 단 한 사람-개인의 언어 ──를 포기하고, 이미 질서 정연한 언어 체계(공동체의 룰)를 학습해야만 하는 삶의 지난함을 드러낸다. 그러니 동시가 추구하는 것은 어른이 살아오면서 느낀 삶의 회한이나 어린이들에게 어른으로서 꼭 해 주고 싶은 말이나 '인생이란~'으로 시작하는, 그래서 뒷말을 듣기도 전에 이미 상투화된 말보다는 어린이들이 말을 배워 가면서 점점 거리가 멀어지고 있는 "옹알이"의 영역이다. 옹알이와 무의미를 동일시하는 태도 역시 옹알이를 이해의 대상으로 두고 아직은 미완성된 언어라고 분석하는 태도와 다르지 않을 것이다.

얼마 전 대구 지역의 중견 작가들(시인·소설가)을 우연히 만났는데, 그들이 '미등단'이라는 말을 주로 사용하는 것을 들으며 꽤 낯선 느낌을 받았다. 그러니까, '비등단'이라는 말에 익숙한 내게 그들이 무의식적으로 사용하는 언어가 기반하고 있는 어떤 세계관이 피부로 느껴지는 것이었다. 이를테면 코로나19로 인해 우리가 지금 밖에서 '마스크'를 하지 않은 사람을 마주할 때 그들을 보고 '낯섦' '불편함'을 느끼는

---

4 "현실세계를 직접 마주하기 이전의 아이들(대체로 0~3세)에게 세상에서 가장 큰 관심사는 '말'입니다. 어른들의 입에서 나오는 저 알아들을 수 없는 소리가 뭔가 생존에 중요한 것이라는 것을 깨달아 갑니다. 아이들의 인식 속에서 알아들을 수 없는 소리가 서서히 구체적인 형태─의미의 양상으로 드러나는 것입니다. 그것은 아이들에게 발음이 분명해지는 지점이기도 합니다. 그 점에서 '잼잼' '도리도리'와 같이 대체로 두 음절 이상이 반복되는 의성어·의태어는 당장은 뜻이 없더라도 소리로부터 언어로 도달하는 첫걸음이라고 할 수 있을 것 같습니다." 졸고 「텍스트에서 찾은 동시, 데이트」, 『동시마중』 63호, 2020년 9·10월호, 119~20면.

것 역시 몸이 학습한 감각일 것이다. 문제는 이 감각이란 게 삼십여 년 넘게 '마스크'를 하지 않고 있는 게 당연한 일상이었던 삶을 겨우 일 년 남짓한 짧은 시간이 바꿔 버리는 과정에서 너무도 자연스럽게 내재된 것이라는 점이다. 푸코(Michel Foucault)가 지적한 바 있지만 감각이란 이토록 쉽게 바뀌는 것이고 신체를 통해 학습되는 것, 즉 느낌 자체를 바꿔 버리는 일인데, 그 앞에서 우리의 언어는 무엇을 할 수 있을까?

　같은 맥락에서 "cm"라는 단위가 대상의 길이를 측정하는 공통의 이해를 기반으로 한다 해도 이 이해는 감각만큼 직접적일 수 없다. 학용품으로 쉽게 접할 수 있는 실재하는 도구인 '30cm 자'보다 우리가 살면서 거의 마주할 일 없는 "노루 꼬리만큼"이란 말이 더 많은 "느낌"을 줄 수 있는 것은 꼭 구체적 현실에서 가져온 말이 아니어도 말 자체가 함의한 생명력이 있다는 것을 증명하는 것이 아닐까? 적어도 시는 그 대상을 지칭하는 말이 지닌 힘이 때로 더 강하게 작용할 수 있는 세계는 아닐까? "그냥/아주 짧은 거야" 이 이상으로 표현이 불가능한, 그래서 말이 끊어지는 순간 우리는 비유를 한다. 아주 낯설어 보이는 존재에게서 말로는 표현하기 힘든 어떤 닮은 것을 찾아 나선다.

　이상한 눈사람을 봤다고 했다.
　사람이 만들 수 없는 눈사람이라고 했다.
　나는 그런 눈사람이 지구에 있을 리 없다고 했다.

　그 아이는 틀림없이 봤다고 했다.
　나는 감기에 걸린 눈사람이 콜록콜록
　기침을 하며 거리를 돌아다니는 걸 봤다고 하는 게

현실적이라고 했다.

그 아이와 점점 멀어졌다.
학교에 가거나 집에 오다가 만났던
이상한 사람도 무서운 사람도 아닌데 점점
점점 점점점점
마침내 그 아이가 까만 점 하나로
작아질 때까지, 그리고
밤이 왔다.

차라리 밤을 뭉쳐 만든 눈사람을 봤다고 하지.
그랬으면 좋았을걸, 하고 그 아이가 말한
눈사람을 떠올리게 된다.

사람이 만들 수 없는 눈사람이라고 했다.
그런 눈사람이 지구에 살고 있으면 얼마나 많은
외계인들이 구경하러 올까, 하고
나는 생각하면서도 아무도 그 사실을 알면 안 된다는
생각을 하게 된다. 사람이 만들 수 없는
눈사람의 멋진 모자를 상상하게 된다.
그때 달이 나왔다. 빙긋
웃어 주었다.

나는 마침내 내가

이 세상 그 누구도 상상할 수 없을 만큼

아름답다고 말할 수 있게

된다.

* 이 시 제목은 에곤 실레 「검정색으로 그린 젊은 여자」에서 변용.

　　　　　　　　　　　　—김륭 「검정색으로 그린 눈사람」(『동시마중』 66호, 2021년 3·4월호)

　아이들은 많은 것을 본다. 혼자인 아이들은 특히 많은 것을 본다. 그리고 거짓말을 한다. 이제 '거짓말은 무조건 나쁘다'는 이상한 윤리 판단에서는 조금 자유로워진 시대인 것 같지만, 여전히 어른들에 의해 그 '거짓말'은 쓸모-효용성의 유무가 입증되어야 한다. "사람이 만들 수 없는 눈사람"의 거처는 어느 특정한 시간·공간에 있었던 한 아이의 '말'이다. 말이 발화되는 그 순간, 그것이 참이든 거짓이든, 옳든 그르든 말은 이미 나왔기에 세상에 존재하는 것이 된다. "나"는 "감기에 걸린 눈사람이 콜록콜록/기침을 하며 거리를 돌아다니는 걸 봤다고 하는 게/현실적이라고" 한다. 여기서 "감기에 걸린 눈사람"이라는 멋진 상상력보다 더 강세를 찍고 싶은 부분은 화자의 "현실적"이라는, 상상력에 대한 판단-덧붙임이다. "그 아이"의 '눈사람'이나 "나"의 '눈사람' 모두 지어 낸 것인데도 "나"는 후자가 보다 현실적이라고 하면서, 좀 더 현실에 기반해서 세워진 자신의 상상력에 힘을 싣는다. 왜? 어째서? "현실적"이라는 근거가 뭐지? 무한하고 자유롭다고 생각했던 상상력 안에서도 위계가 발생한다는 것은, 상상력-예술을 평가하는 잣대가 엄연히 존재하는 세상에 대한 비판적 인식을 낳는다. 어린이들을 위한 이야기를 한다면서, 그들의 말을 응원하고 지지한다면서 현실적인 상상력과 현실적이지 않은 상상력을 구분하는 이 태도는 무엇인가. 김륭 시인의 『앵무새 시집』(상상 2020) 수록작 및 최근작들은 이 태도의 한 반향으로서 단단한 언어의 힘으로 잘 구축되어 있던 동심–현실의 울타리를 무너뜨리면서 미지로 나아가고 있다. 이른바 목적지 없이 걷기. 아닌 척하면서 목적 지향적인 동시들이 꽤 많은 현실. 하고 싶은 말에 가닿기 위한 언어의 여정으로서의 동시가 아니라, 걷기 그 자체가 목적인 동시는 언어의 한 순간 한 순간, 한 걸음 두 걸음 그 자체가 목적이며, 땀을 흘리며 공기를 들이마시며 호흡을 하는 그 자체로 충만하다.

이미 있는 경계를 인정하는 어른이란 얼마나 희소한가

사계절의 순환에서 봄, 여름, 가을, 겨울 중 어느 한 계절을 시작이라고 할 수도 없고 어느 한 계절을 끝이라고 할 수도 없는 것은 이 반복의 영속성 때문이다. 우리의 삶은 이 리듬 위에서 각각의 목소리로 낮은음이었다가 높은음이었다가 침묵이 되었다가…… 이토록 많은 소리, 모두가 화음을 이룬다. 높은음만이 도드라지는 세상이라고 해서 높은음에만 열광할 필요도 없고, 누군가 침묵한다고 해서 그 침묵을 꼭 부재로 믿을 필요도 없다. 이를테면 겨울과 봄의 경계를, 여름과 가을의 경계를 우리는 날짜가 아니라 피부로 느낀다. 공기의 질감이 달라지고 냄새가 달라지고 말로 표현할 수 없는 어떤 느낌으로 알게 된다. 그러니까 그 경계란 우리의 피부다.

'세상에 어떻게 저런 일이 있을 수 있지!'

아무런 의사소통의 수단을 가지고 있지 않은 미약한 아동에게 가해진 어른의 폭력 앞에서, 우리는 어떤 이해 혹은 불가해 이전에 몸이 먼저 반응한다. 소름이 돋고 머리가 뜨거워지고 끝내 멍해진다. 『도덕경』에서 노자는 '물'과 같은 상태를 최상의 선(善)이라고 했다는데, 그 '물'도 열을 받으면 끓는 것과 같다. 끓는점은 100도. 사람의 감정이 제 경계를 넘어서는 순간이다. 몸 밖으로 넘쳐흐르는 순간이다.

경계에 관한 이야기를 하나 더 해 보자. 계절을 감각하는 최전선이 우리의 피부이며 그곳을 우리가 일종의 경계라고 생각하는 것처럼, 종이의 부드럽고 흰 재질과 그 위에서 사각사각 소리를 내는 펜의 움직임은 경계를 허무는 행위에 가까울 것 같다. 베를린 장벽을 허물 때처럼 양쪽의 군중이, 많은 글자가, 많은 사람들의 마음이 경계를 바꾼다.

한 사람의 안에 혼재하는 어른의 마음과 어린이의 마음 사이에 어떤 경계가 있는지는 모르겠지만, 실재하는 어린이 앞에서 어른은 (긍정적인 의미에서의) 어른의 마음이어야 한다. 특히 어린이와 관련된 일을 하는 사람들은. 보호자로서, 한때는 어린이로서의 삶을 다 살아 보고 나서야 알게 된 것들을 어린이를 위해 쓸 수 있는 사람이어야 한다. 그 어린이와 헤어져 혼자가 된 시간에야 비로소 아직도 여리고 혼란스럽고 세상을 잘 모르는 어린이의 마음으로 고개를 기울여 동시를 쓰거나 동요를 짓거나 동화를 쓰거나 그림을 그리거나.

그러니 동심(童心)이라는 말은, 어른이 소유할 수 있는 것이 아니라 어른이 표현할 수 있는 것이어야 한다. 혹은 표현이 불가능한 말일지도 모른다. 어른이 바라는 어린이의 상(像)을 설정하기 위한 윤리나 기준의 잣대로 변질되어 사용될지도 모를, 위험한 말이다. 게다가 평자들은 자꾸 동심이란 말에 감당하기 힘든 의미를 부여하려고 한다. 이제 이런 말은 쓰지 말까 하는 생각도 몇 번 했지만 아직은 이를 대체할 말이 잘 떠오르지 않는다. 다만 경계는 분명히 있다. 이제 '어른과 어린이의 경계를 허문다, 혹은 허물자'는 이야기가 가능한가 하는 질문 앞에서 나는 회의적이다. 이미 있는 경계를 없는 척할 수 없을뿐더러 때로 그 경계가 어른이 어린이에게 함부로 쉽게 다가가지 못하게 하는 일종의 안전선이 되기도 하기 때문이다. 양털을 뒤집어쓴 늑대가 양 떼 속으로 들어가지 않도록. 여기에서 경계란 '어린이라면 이래야 한다'가 아니라 '어른이라면 마땅히 이래야 한다'라는 조건절 문장이다. '마땅히 이래야 하는' 어른이 되어 가는 과정을 통해 어른도 계속 성장해야 한다. 성장이 멈추는 시기 같은 것은 따로 없다. 어린이와 어른 모두 그 성장의 과정에 함께 있다는 공감대, 아마도 거기서부터 동력을 얻어 나아가는 동시, 그런 동시를 많이 읽고 싶다. 그게 연령과 무관하게 누구나 읽을 수 있는 동시라고 믿는다.

빗방울 공화국

비가 내리는 시절에는 비가 내리는 새로운 나라가 세워진다 나라는 하늘
에서 곧장 떨어지는 빗줄기처럼 세워지는 것
— 김복희 「국화와 가을」 부분(『희망은 사랑을 한다』, 문학동네 2020)

1

비는 지상의 우리와는 다른 고도(高度)로부터 우리의 머리칼, 살결,
옷자락 등 지상의 모든 존재를 향해 전속력으로, 온몸으로 돌진해 오는
동력을 갖고 있다. 하강의 이미지를 지닌 '내린다'만큼이나 존재에 가
닿고자 하는 의지를 함의하고 있는 '온다'라는 서술어가 어울리는 이유
는, 우리가 그만큼 비와 인간의 접촉면을 감정으로 전환해 읽는 데에 익
숙해서가 아닐까? 농경 사회를 거치며 우리의 유전자에는 모두 비를,

그러니까 '비님'을 간절히 기다렸던, 절박한 마음이 녹아 있을 것이다. 그들이 우리에게 '오기'를 간절히 바랐을 것이다. 눈물이 아래로, 땀이 아래로, 피가 아래로. 육체성이 뚜렷한 대상이 몸으로부터 흐르듯이, 그렇게 우리 존재의 가장 밑바닥까지 흐르는 비.

비 이야기를 꺼낸 이유는 이렇다. 얼마 전 한 초등학교에서 백여 명의 아이들을 마주하는 경험을 하면서 '어린이'라고 하는 말이 오로지 연령이라는 단순한 척도로 이루어진, 느슨한 국경선이구나 하는 사실을 깨달았다. 그들은 말하고, 듣고, 생각하고, 좋아하고, 지루해하고, 질문하고, 자리에서 벌떡 일어나 사라지기도 한다. 어디로 가니? 그런 엉뚱한 질문이나, 어디서 왔니? 마치 『화엄경』에 나오는 구절 같은 어른의 의문은 별 소용이 없다. 우리는 개별화가 거의 불가능에 가까운 대상인 이 '비'를 헤아릴 수 있는가? 윤동주의 「별 헤는 밤」에서 화자가 별을 하나하나 헤아리려 하지만, 별 하나가 사랑하는 대상과 연결되어 하나의 정서를 표상한다는 점에서 기실 이 헤아림 역시 통계적인 의미의 수(數)로 환원되지 않는다는 것[1]과 같다. 그러니 '어린이'라는 이 불가해한 말 — 도무지 종잡을 수 없는 개념을 어른의 시각에서 자꾸 더해서 넓히는 대신 나누기의 셈법으로 하나하나 이름을 붙여 이야기하는 일이란 얼마나 아름답고 소중한 일인가? 창씨개명의 현실, 아니 더 포

---

1 "즉 이 시의 화자는 '수를 세다'라는 가장 합리적인 행위를, 가장 비합리적인 영역('가슴속')을 활용함으로써, '하나 둘' 헤아리고 있다. (…) 이 시에 나타나는 집계 행위('헤는' 행위)는 역설적으로 그 수가 가산되지 않는다는 특성이 있다. 즉 이 시에서 헤아려지는 모든 '별'은 총체적인 숫자(總數)로 환원되거나 동일화되지 않고, 그저 각각의 고유한 감성적 대상과 연결되는 것으로 그 의미를 다한다." 고명재 「윤동주 시의 '부끄러움'과 '보편지향성': 제도적 형식 앞에서의 시적 윤리」, 『현대문학의 연구』 66권, 2018, 243면.

괄적인 범위를 적용해 말하자면 이름에 많은 무게가 실리는 '어른의 현실'에서, 이름이 배타적 경계가 되는 삶을 살았던 윤동주가 "부끄러운 이름"을 묻을 수밖에 없었던 것과는 다른 맥락이다. '어린이'라는 개념 밖으로 제 이름을 얻어 뛰쳐나오는 한 사람, 한 사람의 어린이는 참 예쁘고 정겹고 어디로 톡톡 튈지 알 수 없는 존재들이다. 그렇기에 작품에 구체적인 실명 하나가 나타날 때 우리는 이 실명과 연결되어 있는 가장 개별적인 존재이면서 가장 구체적인 어린이 한 사람을 떠올리게 된다.

비다!

괜찮아,
나한테 우산이 있어

우산 쓰고 조잘조잘
소이랑 간다

우리 집 지나는 줄 모르고
소이 집 지나는 줄 모르고
둘이서
키득키득

그런데,

여기가 어디지?

괜찮아,

나한테 우산이 있어

우산 속에

소이가 있어

　　　　　　　　　　—송선미 「우산과 소이」 전문 (『동시마중』 68호, 2021년 7·8월호)

　우산은 '비'를 외부-현실로 인지하고 그로부터 안전해지기 위해 한 개인이 확보할 수 있는 최소한의 공간으로서의 성격을 지닌다. 그런데 이 공간성은 벽이나 문으로 둘러싸인 폐쇄적 속성을 지니고 있지 않다는 점, 비좁으나마 두 사람이 함께할 때 몸이 그 공간의 경계 너머에 걸쳐 있게 된다는 점에서 꽤나 독특한 형태의 (비)공간이다. 같은 맥락에서 이 시의 제목을 살펴보자. 송선미 시인의 시에서 이전에도 등장한 적이 있는 "소이"라는 어린이는 정말 실재하는가 하는 의문에 선행하는 것은 이름을 지녔다는 것만으로 개별성과 사실성을 확보하고 있다는, 독자로서의 믿음이다. 이 믿음의 근기는 사실 이름 허니에 불과하지만 어린이 독자는 그 이름을 의심 없이 믿는다. 그 이름의 주인이 지금 우리와 함께 현실 속에 있다는 사실을 믿는다. "소이가 누구예요?" "선생님이랑 아는 사이예요?" "어릴 때 친구인가요?" 같은 질문은 그 믿음을 기반으로 이뤄진다. 동화나 소설 속에 나오는 '이름'은 창작자가 지은 이름이라는 생각, 즉 배면에 깔고 있는 허구적 속성을 당위적으로 받아들이는데, 동시는 왜 그렇지 않을까? (동)시가 지닌 1인칭 화법의 힘은 보다 육성에 기인한 것만 같은 어조로 인해 시인과 화자 사이의 경계를 희미하게 만드는 게 아닐까? 두 사람만의 개별적인 공간인 우산과 현실 사이의 경계가 희미한 것과도 어쩌면 동일한 맥락일 것 같다. 오로지 둘뿐인 이 공간은 우산이면서, 「우산과 소이」라는 이 작품의 내부이면서, "조잘조잘" "키득키득" 나누는 둘의 이야기다. 그 이야기는 애초에 설정된 목적지이자 당연히 회귀해야 하는 지점, 즉 필연적 결말인 "우리 집"과 "소이 집"을 "지나" 알 수 없는 "여기"로 둘을 인도한다. 시가 무의식 속에서 따라가는 그 리듬을 타고 결말 아닌 결말에 도달하듯이, "나"와 "소이"도 우산의 보호 아래, 현실에서 쏟아지는 수많은 언어를 피해 "어디"에 있다. 측정 불가능하거나 좌표상의 한 점으로 나타낼 수 없는 곳, 현실의 영역에서 기준을 세울 수 없는 그 어딘가에 서 있는 시는 마치 제가 도착할 곳을 예정하지 않고 쏟아지는 비와 닮았다.

유리창에 달라붙은
빗방울들은

0000
0000
0000
0······

유리창에 미끄러지는
빗방울들의 길은

1111

1111

1111

1……

비 오는 날 유리창엔

이 둘이 섞여

비 나라 이야기를 전하고 있어요.

— 정유경 「비 오는 낮 창의 디지털 언어」 전문(『동시마중』 68호, 2021년 7·8월호)

　수(數)의 개념으로 읽을 수 없는 복수나 다수의 비를 0과 1로 나누는 이 작품에서 흘러내리는 비는 1, 빗방울은 0이다. 2나 3이나 4가 없는 이 세상은 얼핏 보기에 무(無)에 수렴하는 0과 유(有)로서 존재하는 1만 있는 것처럼, 즉 디지털 언어처럼 기계적으로 읽힌다. 형태의 유사성을 기반에 둔 것 같지만 실재하는 "유리창에 달라붙은/빗방울들"은 0보다 훨씬 더 일그러져 있거나 원형에 가깝기도 하고, "빗방울들의 길" 역시 1처럼 가지런하지 않고 삐뚤빼뚤 꺾이고 휘어진 곡선으로 흐르기도 한다. 그러니 여기서 0과 1은 말 그대로 "디지털 언어"이기에 개념화된 수의 한 표상으로서 읽어야 할 것 같다. 이 작품에서 1은 끝내 "1111/1111……"로만 존재할 뿐 합이나 곱을 통해 그 이상의 수로는 전환되지 않는다. 세계 내의 개별자로서, 즉 각자로서 존재하는 이들을 헤아리는 방식은 수로서가 아니라 마음으로서 헤아려 '주는' 방식으로 읽힌다. 이 마음으로부터 다시 작품의 처음으로 돌아가 보면 0은 무(無)가 아니라 아직은 움직임이 없는 상태로서 알이 지닌 원형(原型)의 이미지로 바꿔 읽을 수 있다. 모든 것이 투명하게 들여다보이는 세계인 유리창에서 이 알 "0"들은 하나하나 깨어나서 "1"이 되어 제 "길"을 간다. 이 길을 가기 위해서는 "0"이 지닌 완전성을 포기하는 용기와 힘이 필요하다. 정(靜)과 동(動)이라는 단순 명료한 방식으로 수렴되는 "비 나라"에서 현실은 재고 따지고 계산해야 하는 복잡다단한 논리의 형식이 아니라 힘차게 생동하는 감각의 공화국이다. 서두에 인용한 김복희 시인의 「국화와 가을」에 등장하는 이 세계, "비가 내리는 새로운 나라가 세워진다 나라는 하늘에서 곧장 떨어지는 빗줄기처럼 세워지는" 빗방울 공화국이다.

2

2018년 '동시의 도시'라 불리는 충주에서 한 시인이 세계 최초 동시 정당인 '동시퐁당'을 창당했다는 소식을 SNS로 접했다. 권태응문학상, 전국동시인대회 등 2021년 현재 시점에서 현실화된 것부터, 동시문학관 및 권태응문학관 건립 등 이상적 제언을 기치로 내건, 오로지 동시만을 생각하는 사람만이 할 수 있을 법한 이상하고 즐거운 기획[2]이었다. '퐁당'—퐁당퐁당 돌을 던지자, 누나 몰래 돌을 던지자는 동요가 떠오르는 이 의성어는, 개별화가 가능한 존재로서의 '한 줄기'의 비가 물이 고인 공간에 닿을 때 내는 소리처럼 느껴진다. 퐁당! 물방울 하나가 여러 물방울을 튀게 만들고, 넓은 동심원 하나가 웅덩이 전체로 파동을 일으키는 것처럼, 그런 형식의 혁명, 마음을 건드리는 무해하고 아름다운

---

[2] 이 외에도 누구나 온라인으로 참여 가능한 '동시마중 독자 낭독회' 등 즐거운 기획은 현재 진행형이다.

파장. 당(黨)이라고 하면 자연스럽게 연상되는, 정치적으로 구조화된 체제(어른의 세계)를, '동시'와 '퐁'을 더해 어린이의 언어로 전복하는 상상이라니. 폴란드의 도시 브로츠와프(Wroclaw)가 연상되었다. 이 도시는 '난쟁이의 도시'라는 별칭을 갖고 있는데, 대략 삼백여 명쯤 되는 난쟁이들이 도시 곳곳에 숨어 있다. 정확히 말하면 난쟁이 동상이다. 이 난쟁이 동상들은 은행 앞에서 현금자동입출금기(ATM)를 이용하고 있기도 하고, 가로등을 고치고 있기도 하고, 인쇄소를 운영하고 있기도 하며, 술 마시면서 실실 웃고 있기도 하고, 커다란 자루를 메고 도둑질을 하고 있기도 하는 등 다양한 생활상을 보여 주고 있다.[3] 잔잔한 일상을 바꾸는 것은 누군가 물 위로 퐁당 던진 돌멩이 하나와 같은 생각이다.

　　하얀 바탕에 파란 줄무늬
　　시원한 내 티셔츠

　　소율이가 잘 어울린다 말해 줘서
　　확 좋아진 티셔츠

　　자꾸 입고 빨아서
　　할랑할랑해진 티셔츠

---

3 브로츠와프의 경우와 반대되는 사례가 하나 있다. 대구 현대백화점 앞에는 '대프리카'를 상징하는 대형 계란 프라이와 녹아내리는 대형 라바콘, 녹아내리는 대형 슬리퍼 등이 더위 상징물로서 설치되어 있었다. 도시의 명물이었던 이것들은 '통행 방해' '더 덥게 느껴진다' 등의 민원으로 인해 철거되었다.

그만 입으래도

아침마다 입게 되는

마음까지 출렁출렁

내 줄무늬 티셔츠

— 한은선 「줄무늬 티셔츠」 전문(『동시 먹는 달팽이』 2021년 여름호)

"소율이가 잘 어울린다 말해 줘서/확 좋아진 티셔츠" 화자에게 소율이가 어떤 존재인지 시의 맥락만으로 유추하기는 힘들지만, '나'와 가장 밀접하게 닿아 있는 구체적인 한 사람 "소율이"의 "잘 어울린다"는 말 한마디가 퐁당, 내 삶에 일으키는 파장은 "내 줄무늬 티셔츠"를 특별한 것으로 만든다. 대상과 언어의 합일이 '나'의 행동 양식에 변화를 일으키고, 대상을 사랑하게 만든다. 사실 "줄무늬 티셔츠"에 대해서는 궁금하지 않다. 도대체 "소율이"가 누구이기에, 화자로 하여금 평범한 "티셔츠" 한 장을 이토록 사랑하게 만들었을까? 친한 단짝일까? 좋아하는 아이일까? 독자의 생각을 멀리 퍼져 나가게 만드는 힘은 꼭 간격이 넓은 도약이나 성찰의 성격이 짙은 아포리즘에 있지 않다. 누군가의 말 한마디가 대상을 거쳐 내 기분을 좋게 만든다는데, 이보다 더 무해하고 아름다운 영향력이 어디에 있을까? 다만 여기서 짚고 가고 싶은 것은, 우리가 동시를 통해 구체적 현실에 가닿고자 할 때 그 현실이 특정한 사실, 즉 한 개인의 사적 정보를 담보하는 것은 아니라는 점이다. 실재하는 현실 속의 인물을 작품 속으로 데려와 인물의 동의를 구하지 않은 채 재단하고 드러내는 방식의 문제는 대체로 소설에서 발생하는 경우가 많은데 이런 문제는 시, 특히 동시에서는 그 장르적 특성상 구체화되기가 힘들다. 드러나는 존재들이 '누구'라고 특정하기 힘든 어린이라는 점에서 그러한데 무엇보다(구체적 실명을 제외하고는) 사실/허구의 이분법과는 무관하게, 실재하는 인물인지 알 수 있는 근거로서의 '정보' 자체가 거의 없다는 점 때문이다. 동시에서는 화자와 대상이 마주하는 순간의 정서적·감각적 단면도가 언어로 어떻게 구현되는지가 보다 중요한 지점이 되는 경우가 많기에, 작가는 대상의 세부를 일일이 설명하는 낭비적인 일을 경계할 수밖에 없다. 중요한 것은 "마음까지 출렁출렁"하게 만드는 파장이니까.

> 누가 꽃 위에
> 심술궂게
> 돌멩이를
> 얹어 놓았었던가 보다
> 꽃 목이 삐었다
>
> 나비가 날아와서
> 앉지도 못하고
> 꽃 둘레를 날면서
> 살살 달래 주다 갔다
>
> ── 송찬호 「병문안」 전문(웹진 『동시빵가게』 23호, 2021년 6월)

일상의 모든 언어가 무해하고 둥글둥글하다면 참 좋겠지만, 우리는 세상을 살아가면서 가끔 무방비 상태로 이유를 알 수 없는 악의를 마주하게 된다. 꼭 흉흉한 소식이 넘치는 뉴스가 아니더라도, 가까운 사람의 말 한마디에도 가끔 본인도 의식하지 못하는 악의가 내포된 경우가 있다. 송찬호 시인의 「병문안」역시 인간의 행위임에 분명한, 아픈 장면인 "누가 꽃 위에/심술궂게/돌멩이를/얹어 놓았었던가 보다"로부터 시작한다. 이 짧은 문장이 무려 네 개의 행으로 나뉜 것은 "꽃의 목이 삐"어 있는 모양의 형상화일 수도 있겠지만, 아마도 이 문장을 발화하는 것만으로도 아픈 일임을 보여 주고, 이런 행위를 마주한 사람의 힘겨운 말하기를 드러내고 있는 것만 같다. 앞서 이야기한 무해하고 아름다운 영향력의 반대편에 있는 이 장면 속으로 들어오는 것은 "나비"다. "꽃 둘레를 날면서/살살 달래 주"는 모습에는 화자의 마음이 투영되어 있다. 나비가 꽃 근처를 맴도는 일은 너무도 흔한 일이기에 평면적이지만, 꽃의 아픔에 감정을 이입하는 화자의 마음이 나비의 비행에 빙의되었다. 우리에게는 이제 익숙해진 단어인 '거리 두기'는, 의도가 없음에도, 행위가 아니라 존재만으로도 타자에게 고통을 줄 수 있는 가능성을 차단하기 위한 지침이다. 저 "꽃"에 앉는 순간의 제 무게가 혹여 꽃을 더 상하게 하지 않을까 저어하는 마음이 풍당, 독자의 일상에 한 번의 '긍정적' 균열을 일으킨다.

　　터질 때는 하나면 충분해

　　웃음이 빵
　　권총이 빵
　　방귀가 빵

　　채우려면 빵 하나가 더 필요해

배가 빵빵

가방이 빵빵

생각이 빵빵!

우리 빵집으로 가요

— 김미희 「빵」 전문(웹진 『동시빵가게』 23호, 2021년 6월)

    우리가 모두 동시라고 부르는 이 장르 또한 다른 문학 장르와 같이 창작자나 독자에 따라 그 정의와 해석이 다르고, 옹호하는 미학적 지점이 다르다. 모두의 합의가 필요한 영역은 물론 아니지만, 그럼에도 조심스럽게 말하고 싶은 것은 동시가 번뜩이는 아이디어의 한 순간만을 잡아내는 장르는 분명 아닐 거라는 것. 그렇다면 2연의 "빵"이야말로 불꽃놀이처럼 한 순간만이 빛나는, 흔히 '동시' 하면 일반적으로 떠올리는 '짧음'이지 않을까. 그러므로 동시에는 채움의 시간, "빵"이 "빵빵"해지는 시간이 필요하다. 열심히 반죽한 빵이 발효되고 천천히 숨을 쉬고 오븐에 들어가 부풀어 오르는 긴 시간. 번뜩이는 순간의 아이디어 하나가 스스로 묵는 시간을 통과하며 최대한 품을 수 있을 만큼의 파장(넓이와 깊이)을 함께 가질 수 있을 때 비로소 동시는 미지의 영역에까지 가닿는 시선(視線)·시안(詩眼)을 갖게 된다.

3

앞으로는 어린이들에게 따스한 말과 위로를 전하고 싶어. 사랑을 전하고 싶어. 비록 내가 할 수 있을지는 모르겠지만, 세상이 얼마나 아름다운지 동시에 그 마음을 담아 조금씩 보여 주고 싶어. 그런 마음을 갖고 있다가도 가끔은 그런 마음이 접힐 때가 있다. 마치 무심코 읽던 책의 한 페이지에 있던 문장이 너무도 인상적이어서 그 페이지의 귀를 살짝 접어 놓고 잠시 덮어 두는 것처럼. 여기서 '인상'이란 긍정과 부정의 뉘앙스 이전에, 내 마음에 어떤 파동(波動)을 남긴 존재에게서 느껴지는 것을 말한다. 물론 그 존재가 내 삶의 경험적 측면과 일부라도 맞닿아 있다면 그 파동은 강렬하게 와닿겠지. 같은 맥락에서 동심원으로부터 멀리 떨어진 존재에게 최초의 물결은 미미하게 가닿게 되겠지. 이를테면 한국의 한 작가가 쓴 동시를 바로 읽을 수 있는 한국의 평범한 초등학교 4학년과, 그런 어린이의 생활과는 거리가 멀고 불우한 가정에 살며 세상으로부터 소외되어 힘든 상황에 처한 한 어린이, 저 멀리 베트남의 한 난민 혹은 기아로 허덕이는 아프리카 어느 소국(小國) 빈민촌의 한 어린이와 같은 존재에게 가닿는 파동의 차이는 클 것이다. 그럼에도 동시가 거기까지 닿았으면 좋겠다는 마음은 과욕일까? 동시를 통해 그들의 이야기를 하는 것 혹은 그들의 삶, 그들의 절망, 그들의 마음을 헤아리려는 것은 선(線)을 넘는 걸까? 동시를 너무 크게 생각하는 걸까? '그들'에 대해 쓴 동시가 그들에 대한 손쉬운 재단이 아니라는 전제 아래서—물론 대상화가 지닌 기본적인 속성을 생각해 볼 때 이것은 무척이나 어려운 일이다—설령 멀리 떨어진 '그들'에게는 무의미할지라도 최소한 동시를 읽는 우리들에게, 어린이들에게는 조금이라도 의미가 있지 않을까.

　수도꼭지 돌려

　콸콸 쏟아져 나오는 물을 받다가

　문득 네 생각이 났어

　물을 긷기 위해 먼 길을 걷고 있을 너

　나 대신 네가 거기 있는 게 아닐까?

　다리 까딱이며 동화책 읽다가

　문득 네 생각이 났어

　밤낮없이 벽돌 나르고 돌을 깨고 있을 너

　나 대신 네가 거기 있는 게 아닐까?

　운동장에서

　친구들과 축구하다가

　문득 네 생각이 났어

　언제 터질지 모르는 포탄 때문에

　어둠 속에서 숨죽이고 있을 너

　나 대신에 네가 거기 있는 게 아닐까?

　너 대신에

　너희들 대신에

　내가 여기 있는 게 아닐까?

　　　　　　　─ 황남선 「나 대신에」 전문(웹진 『비유』 43호, 2021년 7월)

여기, 레비나스(Emmanuel Levinas)의 관점에서 '환대'의 첫걸음을 뗀 동시가 있다. 화자는 자신에게 주어진 당연한 일상을 살아가다가 어느 순간 먼 거리의 타자, 즉 "물을 긷기 위해 먼 길을 걷고 있을 너" "밤낮없이 벽돌 나르고 돌을 깨고 있을 너" "언제 터질지 모르는 포탄 때문에/어둠 속에서 숨죽이고 있을 너"를 마주하게 된다. 화자는 "너희들"의 삶을 구성하는 이미지들을 열거하면서 이들의 삶이 "나"의 삶과 대체 가능하다면, 이라는 전제 아래 "너희들 대신에/내가 여기 있는 게 아닐까?"라며 의문을 제기한다. 이들 각자의 존재는 '너로 인해 내가 여기 있다' 혹은 '네 덕분에 내가 이렇게 살 수 있다'와 같은 부채 의식이 아닌, '너'와 '나' 사이에 뚜렷하게 그어진 현상(現像)의 경계를 재확인하면서, 삶을 공통의 감각으로 마주할 때 비로소 이어질 수 있는 느슨한 연대에 가깝다. "너"를 구체화하는 것은 이름이나 국적이 아니라 "물을 긷"기 위해 걸어가고 있는 "너"의 이미지, "어둠 속에서 숨죽이"는 "너"의 이미지, "돌을 깨고 있"는 "너"의 이미지다. 이 이미지들이 어떤 매체를 통해 "내" 삶에 틈입하는 순간, 존재 사이의 물리적 거리가 지닌 한계를 뛰어넘어 "나"로부터 "너"로 향하는 (일방적) 유대감이 형성된다. 마치 별자리처럼 그들의 빛이 오백 년 전의 빛인지, 십만 년 전의 빛인지, 어떤 색인지 알 수 없어도, 그들 각자의 특징을 넘어선 지점에서 다만 시선만으로 빛과 빛을 이을 수 있다는 점에서, 제3자의 자리에 있는 독자의 시점에서 그들은 아무리 멀리 떨어져 있어도 느슨한 연대의 관계다. 다만 여기서 발생하는 느슨한 유대감은 오로지 이미지를 통한 공통 감각을 기반으로 하기에 "나"의 단편적 시선에서 바라본 "너"의 단면(이미지) 그 이상을 마주하기 힘들다는 점에서 결국 "나"의 성찰로 마무리될 수밖에 없다. 이건 작품의 한계가 아니라 1인칭으로서 발화하고 세상을 살아가는 우리 모두의 한계이지 않을까. 그럼에도 우리는 우리가 잘 모르는 세계의 존재들을 언급하곤 한다. 자세히는 몰라도 저 멀리 어디선가 우리와 같이 피와 살을 지닌 인간이 어둠 속에서 두려움에 떨며 포탄의 공포를 느끼고, 물을 긷고, 벽돌을 나르며 고된 생계를 잇고 있음을 최소한의 이미지로나마 마주해 보고자 한다. "다리 까딱이며 동화책 읽"는, 비교적 안온하고 안전한 삶의 바깥에 "너희들"이 있음을 안다는 것. 이 많은 말을 한마디로 줄이면 바로 '관심'이다. 타자에 대한 인식은 관심, 즉 마음이 통하는 곳으로부터 출발한다.

여든일곱 살 노순예 할머니
아들딸 낳아 복닥거리며 살았던 한버들
청풍호에 잠기고

눈을 떠도
눈을 감아도
버드나무 닝청닝청 늘이진 마을
자꾸 떠올라

이른 봄,
청풍호 물이 줄어
잠겼던 마을 드러나면
터만 남아 있는 집 돌아보지

금줄 걸었던 버드나무 만져 보고

탯줄 묻어 놓은 땅 밟아 보고

몇 번을 빙빙 둘러보고

돌아와도

눈에 밟히는 집

청풍호

물이 빠져도

물이 가득 차도

눈을 뗄 수 없는

청풍면 대류리(大柳里) 260번지

— 박소이 「집」 전문(웹진 『비유』 42호, 2021년 6월)

　한때는 한 가족의 삶의 터전이었던 '청풍면 대류리 260번지'는 이제 청풍호의 물이 빠지는 시기에만 가끔 드러난다. 이제는 무의식처럼 깊은 물속에 자리 잡고 있는 이 마을은, 물속에 있었던 탓에 역설적으로 옛 모습에 가까운 형태 그대로 (인간만이 사라진 채) 터가 보존되어 있다. 공동체를 위한 희생의 개념으로 사라진 마을 "한버들"과 거기에 만들어진 댐이 불러일으키는 문제의식이 아니라, 한 개인의 삶을 "만져 보고" "밟아 보고" "둘러보고" "돌아와" 대상과의 제한적 접촉을 통해 얻었던 과거의 기억을 복원하고 싶었던 마음, "할머니"의 마음을 다는 알 수 없지만 조금이라도 느끼고 싶은 마음으로부터 이 시를 읽어 본다. 삶의 대부분이 미래에 대한 가능성으로 가득한 어린이들의 이야기만큼이나, 이제는 삶의 대부분이 과거의 기억을 토대로 이뤄져 있는 "할머니"의 이야기도 품을 수 있는 동시. 어린이 독자는 어린이 화자가 아닌 할머니 화자의 말을 어떻게 듣고 어떻게 이해할까? 이런 질문이 떠올랐다가, 아 어쩌면 이런 이야기는 이해의 영역이 아니라 느낌의 영역이 아닐까? '무엇을 느낄까'가 아니라 '어떻게 느낄까'를 더 궁금해해야 하는 게 아닐까? 이런 의문 하나를 더해 보았다. 동시 읽기가 곧 마음 읽기가 되는 순간은, 지금 내 삶과 대상과의 거리를 계량화해서 셈하지 않고 그저 나와 같은 이 자리, 내 시선이 가닿는 곳, "눈을 뗄 수 없는" 너에게서 비롯된다.

4

장마철 동안 조금씩 쓴 이 글을 끝맺는 지금은 장마가 완전히 그쳤다. 올해(2021)는 장마가 있었나 싶을 정도로 그 기간이 짧았기에 빗방울 공화국의 건국과 멸망도 그만큼 빠르게 진행되었다. 언제 다시 마주할지 예측할 수 없고 언제 다시 사라질지도 알 수 없는, 그러니까 운명처럼 마주하는 순간들. 유리창의 빗방울처럼 한 사람 한 사람의 어린이, 어린이, 어린이를 밖에 두고 어른의 거처에서 안전하게 살아가기에는, 동시를 읽고 쓰는 사람으로서의 자의식이 끊임없이 나를 건드리는 시간이었다. 그러므로 감히 말하자면 사랑하는 동시를 앞에 놓고 어렴풋한 기미를 근거로 평을 한다는 일은 독자로서는 좀 쓸쓸해지는 일이기도 하다. 어른의 현실에 충실하게 살며 그 삶의 일환으로서 동시를 읽고 쓰는 작업을 통해, 달리 말해 '어린이'를 불러 보는 이런 얄팍한 마음 하나를 품은 채 저 장대비 쏟아지는 바깥으로 나갔을 때 내가 확인할 수 있는 것은 무엇일까? 정의를 내릴 때 '~란'이라는 표현을 쓰면 그 정의에 갇힐 위험이 있지만 그럼에도 지면이 지면이니만큼 마무리를 위해 써보자면, 내가 사랑하는 동시란 존재 하나하나를 호명하고 어린이의 마음을 어른으로서 내면화하는 작업이라는 것. 그래, 이런 이야기는 꽤 이상적이고 비현실적이며 '동시'에 너무 과중한 짐을 주는 일일지도 모른다. 그저 신나게 즐겁게 저 빗속을 깔깔거리며 뛰어놀면 그만 아닌가? 다섯 개의 심장을 가진 지렁이처럼 열정적으로 꿈틀거리는 언어의 모양만으로 충분하지 않나? 수차례 자문하면서도, 다만 앞으로 (쓰는 사람으로서) 동시와 내내 함께하게 될 사람이라면, 가끔은 이 정도의 부담이, 조금은 과해 보이는 이 진지함이 내장되어 있어도 좋을 것 같다. 그렇게, 간절히 기다리는 자에게 비가 올 것이다. 이 비가 아름다운 문장인지, 영감인지, 한 편의 동시인지 정의하기 전에 우선 밖으로 나가 이 비를 맞이하자. 그치기 전에 맞자. 즐겁고 행복한 시간 속으로 들어가 흠뻑 젖어 춤을 추자.

시공간을 넘나들기

1

얼마 전에 아이가 다친 일이 있었다. 베란다 새시에 부딪혀 순식간에 일어난 일이었다. 치료를 받고 얼마 후 영상통화를 하다 이 사실을 알게 된 아버지께서 걱정스러운 마음에 한달음에 달려오시어, 새시에 완충재를 만들어 붙여 주셨다. 완충재를 만드는 동안 아이가 여느 때와 다름없이 쾌활하고 활기찬 목소리로 "아빠! 엄마!"를 부르는 소리를 듣고 아버지께서 이런 말씀을 하셨다. 원래 아이〔童〕는 마을〔里〕 위에 서〔立〕 있는 존재라고 하셨다. 한자급수시험 1급을 따고 특급을 준비 중인 아버지는 근래에 한자의 구성과 원리를 분석하는 작업을 통해 파생되는 유의미한 지점들을 정리하고 있다.

김이구 평론집 『해묵은 동시를 던져 버리자』(창비 2014)에는 '동시 동네'[1]라는 말이 나온다. 동네라는 말은 한자어인 '동(洞)'과 우리말인

'네'의 합성어로, 통상적으로 쓰는 말이지만 이 말이 동시라는 한 장르의 뒤에서 그 규모를 결정하는 말처럼 읽히는 것은 꽤 흥미로운 지점이다. 동시를 창작하는 층을 함의하는 (것처럼 보이는) 합성어인 '동시 동네'라는 말. 같은 해 먼저 나온 이안 평론집『다 같이 돌자 동시 한 바퀴』(문학동네 2014)의 제목이 '다 같이 돌자 동네 한 바퀴'라는 동요 제목의 한 변주라는 점, '동시'와 '동네'가 자리를 바꿨다는 부분 역시 같은 맥락에서 의미심장하다. 제13회『창비어린이』신인문학상의 심사평에서 남호섭 시인은 "세계적 감염병 시대에 동시 동네는 너무나 평온하다"(『창비어린이』2021년 겨울호)라는 문장을 통해 ── 2014년에 나왔던 김이구 평론집이 지닌 문제의식과 유사한 맥락에서 ── 동시 창작자를 이르는 말로서 '동시 동네'를 언급한 바 있다.

　여기까지 보았을 때, 동(童)이 시(詩) 앞에서 제약이 되는 게 아니라 어린이라는 특정한 독자층을 의미하거나 혹은 어린이/어른의 경계를 무화시키는, 이른바 독자층의 확장 가능성을 시사하는 말이라는 관점에서, '동시 동네'라는 말은 비평 담론에서 관습적으로 쓰이는 말 이상의 무언가를 함의하고 있음을 어렴풋이 짐작할 수 있다. 그리하여 현재까지도 비평 담론에서 통용되는 이 말이 환기하는 이미지의 양면성을 조금 더 들여다볼 필요가 있겠다는 판단이 들었다. 그러니까 '마을 위에 서 있는 존재' 혹은 '동시 동네'라는 말이 주는 인상은, 앞서도 언급했듯이 그 규모의 측면에 있다. 동네의 사전적 정의는 '사람들이 생활하는 여러 집이 모여 있는 곳'이다. 교통수단이 따로 없어도 도보로 이동 가능한 거리에 있어 여러 삶이 이웃하고 공존하는 한 공동체를 지칭

---

1 "동시 동네만큼 조용한 동네가 또 있을까?" 김이구「해묵은 동시를 던져 버리자」,『해묵은 동시를 던져 버리자』, 창비 2014, 206면.

한다고 봐도 될 것 같다. 같은 맥락에서 상호 간 그 존재를 인정하고 함께하는 긍정적인 형태의 문학 장(場) 내부에서 서로가 서로에게 익숙한 만큼 금세 합의에 도달하는 미학-태도는 고유성보다는 안정성을 지향하고 불편함보다는 편안함 쪽으로 기울어지는 부정적 측면 역시 내포하고 있다. 단적으로 말해, 좋은 동시는 보다 구체화된 이미지나 의미의 형태로 독자에게 정확하게 도달해야 하며, 안정적으로 읽히는 게 중요하다는 논리가 잠재되어 있는 것 같다. 주로 다루는 대상이 정해져 있다는 점, 익숙한 전개 방식에 의해 구성된 세계관, 어린아이 말투의 전형성 정도를 두드러지는 특징으로 들 수 있다. 그런데 이 특징들이 모두 조화롭게 모여 있는 '동시'가 읽기 쉽고 익숙하다는 이유로 각광받고 있는 현실은 아이러니하다. 일종의 답보 상태(낡은 동시)를 의미하는 저 특징들이 오히려 어린이 독자층의 접근을 용이하게 한다는 판단의 유력한 근거가 되어 이후 좀 더 조명되고 재생산될 수 있도록 가동되는 시스템이야말로 '동시 동네'를 부정적인 관점에서 협소하게 보이게 하는 가장 큰 요인이 아닌가 싶다. 이는 형식의 차원에서 동시가 랩이나 그림 등 다양한 예술 장르로 변주·파생되는 현실과는 조금 다른 층위에 시, 그러니까 내용적 차원에서 논의되어야 할 지점이다.

조금은 부정적으로 보일 수 있는 이 같은 전망은, 그러나 창작을 하는 이들에게로 향하는 것은 분명 아니다. 지금까지 쉽게 볼 수 없었던 동시가 등장했을 때 이를 적극적으로 수용하는 데 미온적인 지면-제도의 현실과 이로 인한 개성 있는 신인 유입의 어려움, 아직 여러모로 부족한 동시 비평 담론, 그리고 무엇보다 밝은 눈을 갖지 못한 필자 자신을 향하는 것이므로 어찌 보면 자기반성에 해당한다. 그 자기반성의 한 실천적 차원에서 모든 동시 창작자를 우선 환대의 시선으로 바라보기. 조금 거친 면이 있어도 실험적이고 진보적인 동시를 만나면 오래 기억하고 볼을 붉히듯 눈에 불을 켜고 사랑하기. 그리고 이를 토대로 바깥으로의 가능성이 열려 있는 동시 동네를 만드는 일. '다 같이 돌자 동시 한 바퀴'라는 말의 함의처럼 진보의 자리, 동시의 최전선을 다 같이 도는 일, 그 경계를 재확인하는 일이야말로 동시가 '동네'라는 공간 인식의 틀 밖으로 영역을 넓혀 나가는 일이 될 수 있지 않을까?

2

뱅뱅 안경알 큰 언니,
팔뚝에 앉은 모기를 잡았다

죽은 모기 책상 유리 위에 올려놓고,
그 위에 투명 접착제를 발랐다

모기 미라를 만들었다

어느 날,
지구에 핵폭발이 일어났다
모든 생명체가 사라지고,
외계인이 지구를 탐사했다

모기 미라가 발견되었다

외계인은 그 속에서 인간의 혈액을 채취하고,
혈액 속 유전자를 증폭하여 인간을 만들었다

뱅뱅 안경알 큰 언니,
자기가 신인류의 조상이 될지도 모른다고
빨갛게 모기 물린 데를 박박 긁으며 말했다
— 박정완 「모기 미라」 전문(『창비어린이』 2021년 겨울호)

　한 행에서 다른 행으로, 혹은 한 연에서 다른 연으로 이행하는 도약의 발판으로 삼는 것은, 적어도 언어적 차원에서는 비유인 경우가 많다. 이미지의 힘으로 구성된 (서정)시는 논리를 차근차근 밟아 나가며 촘촘해지는 산문적 글쓰기와는 다른 방향으로 전개되면서 두 구절 사이의 간격을 독자의 몫으로 남겨 두는 게 일반적이다. 그리고 그 간격의 긴장이 얼마나 팽팽한지가 시의 성패를 결정짓는 중요한 요인으로 작용한다. 그런데 동시에서는 조금 다른 형태의 도약이 가능하다. 산문적 글쓰기가 지닌 명료하고 논리적인 전개로 행과 행을 이으면서도 어린이 화자의 말투나 행위를 시공간을 초월하는 상상력의 단초로 삼아 도약할 수 있는 것이다. 어린이 화자의 일상성이 주변적 대상에 갇히는 게 아니라, "죽은 모기 책상 유리 위에 올려놓고,/그 위에 투명 접착제를 발랐다"는 어린이 화자 특유의 돌발적 행위, 즉 어린이 화자이기에 충분히 실재할 법한 행위로 인해, 일상성의 공간인 '동네'를 벗어나 미지의 세계, 우주로의 도약이 이뤄진다. "어느 날,/지구에 핵폭발이 일어났다"라는 블

록버스터급 사건 앞에서 급작스러운 전개라며 비판의 잣대를 들이댈 사람은 아무도 없을 것이다. 삶 자체가 애초에 돌발적이고 인과나 윤리를 넘어서는, 급작스러운 우연의 산물이라는 걸 모두가 알고 있다. 이후 "외계인"이 도착해 "모기 미라"를 발견하고는 그 혈액으로부터 신인류를 창조해 낸다는 묵시론적·SF적 서사의 귀결은 다시 "뱅뱅 안경알 큰 언니"의 말로 끝을 맺으며 최초의 작은 사건인 "모기 물린" 자리로 회귀한다. 이 짧은 동시를 통해 거대한 이야기의 우주를 경유하면서도, 우리는 "뱅뱅 안경알 큰 언니"라는 인물이 개성적인 말투가 아니라 말의 내용 ─ 독특하고 유머러스하면서도 꽤 진지한 세계관을 통해 자신의 캐릭터를 구축하는 장면까지를 목도하게 된다. 언젠가의 부활을 위해 육신을 보존한다는 상상력-미라는 우리에게 익숙한 것이지만 이 상상력이 화자라는 외계와 조우하는 순간 도약하는 서사의 힘을 부여받아 현실을 전복하는 동력이 되는 것이다.

난 이 호박으로 멋진

우주선 만들 거야 호박

유령보다 더 유명해질 거야!

─유강희 「우주선」 전문(『창비어린이』 2021년 겨울호)

"호박" 하면 떠오르는, 유명한 동화 「신데렐라」의 인유와 핼러윈의 잭오랜턴(Jack-o'-lantern) 이미지를 뿌리치면서 만드는 것은 우주로 도약할 상상력의 "우주선"이다. "우주선 만들 거야 호박"에서의 "호박"이 '오버'(over) ─ 한쪽 대화의 끝을 알릴 때 하는 말 ─ 와 유사한 발음으로 연결되는 지점은 마지막 행에서 "유령"과 "유명"이라는, 유사한 발음을 통한 연결 짓기를 통해 설득력을 얻게 된다. 이른바 '손바닥 동시'는 짧다는 것을 한계에서 가능성으로 바꾸는 작업이다. 정해진 노선('호박마차'나 '잭오랜턴')으로 가지 않아도 된다고, 내게 어떤 제약이 있어도 오히려 그 제약으로 인해 더 멋진 것으로 변신할 수 있다고 이야기하는 것만 같다. 이 세 줄을 오래 읽어야 하는 이유를 쓰고 싶어서 너무 촘촘한 의미의 그물망을 씌운 게 아닌가 싶긴 하지만, 한층 더 바라는 것은 의미가 아니라 언제든 세상이 규정하지 않은 다른 길을 가도 괜찮다는 응원과 격려다. 눈을 감고 가만히 어떤 장애로 인해, 어떤 환경으로 인해, 어떤 불가피한 조건으로 인해 힘든 시간을 겪고 있는 독자에게 이 동시가 남다른 방식으로 접근해 힘이 되어 주는 순간을 떠올려 본다.

하얀 종이 아래
동전이 있어요

고고학 박사가 되어
소심소심 살살

까만 연필 붓으로
스으윽 살살
문질러요

과연 몇 년도 유물일까요?

서

서

히

서서히

드러나네요

1998

100

한국은행

드디어 모습을 드러냈습니다

1998년에 태어난 100원을 인터뷰해 볼까요?

그동안 어디서, 누구를 만났나요?

—— 김미희 「발굴」 전문(『동시마중』 71호, 2022년 1·2월호)

꽃마리 꽃은 정말 조그매하다

얼마나 조그매하냐면

채송화 눈곱보다 조금 더 조그매하다

그렇게 조그매한 애가

나를 자기 앞에 바짝 꿇어앉히더니

뭐랬는 줄 아니

자기를 잊지 말래

그 조그매한 눈을 똑바로 뜨고

꼭 그렇게 말하더라니까

발음도 아주 조그매했지

나를 잊지 말아요*

*꽃마리 꽃말.

— 이안 「꽃마리 꽃말이」 전문(『동시마중』 71호, 2022년 1·2월호)

영화 「더 디그」(The Dig, 2021)에는 앵글로색슨 유적 발굴 현장이 나온다. 영화 속의 사람들은 잊힌 한때 ─ 흙 속에 파묻힌 옛 시간을 드러내고 붓질을 하여 서서히 그 형태를 보여 준다. 기의와 분리되어 버린 기표 찾기는 한때의 생생했던 영혼을 호출하는 일과 다르지 않다. 지금 우리의 모든 삶이 결국 다 한때임을, 그리고 언젠가 사라질 이 한때를 먼 훗날 복원하는 작업은 단절된 시간을 이어 붙이는 일처럼 감동적이다. 생몰 연대를 추정하고 한때 소중했던 시간을 예민한 손길로 더듬으며 "1998"의 시간으로부터 현재에 도달한 이 존재 "100원"의 여정을 되짚는 일. "하얀 종이"를 통해 양각된 동전의 표면을 본뜨는 작업은 앞으로도 세속 세상을 떠돌아다닐 동전을 기록하는 일, 동전의 그림자를 베끼는 일이다. 현재-시간의 한계를 초월하는 가장 전통적인 방법이자 가장 멋진 방법인 글쓰기를 닮은 일. 어떻게 될지 알 수 없는 동전의 과거와 미래의 어느 한 지점에서도 자신이 태어난 시간을 잊지 않는 동전 100원의 가치는, 단순히 어린이들이 즐겨 하는 놀이의 한 도구가 아니라 발굴된 시간이다. 어린이들보다 더 오랜 시간을 살아온 이 동전의 역사를 되짚어 나가는 "고고학 박사"의 눈빛이다. 작은 것을 통해 멀리까지 들여다보는 힘. 그러므로 긴 시간이 걸리더라도 이 "나를 잊지 말아요"라는 미약한 신호를 예민하게 감지하고 응답하는 일이 고고학이다. 시인이 『오리 돌멩이 오리』(문학동네 2020)에서부터 지속적으로 해 오고 있는 작업 — 꽃말을 매개로 어린이와 세계를 연결하는 작품 중에서도, 「꽃마리 꽃말이」는 앞서의 100원처럼 눈에 띄지 않는 "조그매한" 존재임에도 자신에게 붙은 '꽃말'을 통해, 자신을 기억해 주기를 바라는 식물의 목소리를 담고 있다. "꽃마리 꽃말이"는 연음이 되어 발음상으로는 두 어절이 반복되는 것처럼 읽히지만 표기상에서는 분명한 제 이름(고유성)을 지키고 있다. "조그매"해도 한 시인을 "자기 앞에 바짝 꿇어 앉히"는 힘을 지니고 있는 이 존재는 물론 어린이다. 대상과 동일한 눈높이에서만 들을 수 있는 그 목소리를 보존하고자 하는 마음과 가장 잘 공명할 수 있는 것이 동시 장르다.

3

여전히 기억에 남는 어린이의 눈빛이 하나 있다. 우니 르콩트(Ounie Lecomte) 감독의 영화 「여행자」(A Brand New Life, 2009)에서 고(故) 김새론 배우가 연기한 '진희'는 어느 날 아버지에 의해 보육원에 맡겨진다. 아홉 살 아이는 자신이 마주한 이 버거운 현실(버림받음)을 부정하지만, 끝내 그 버림받음이 사실이었음을 알게 되고 얼마 전 자신이 보살피다 끝내 죽어서 묻어 주었던 아기 새의 무덤에 자신의 무덤을 파고 눕는다. 그리고 흙을 모아서 제 얼굴에 덮는다. (어떻게 이 어린 나이에 이런 연기를 할 수 있었을까?) 그리고 가만히 숨을 참는다. 그때의 그 눈빛. 그러다 더는 참지 못하고 얼굴을 덮은 흙을 손바닥으로 다시 헤친다. 영화가 진행되는 내내 진희는 보육원 밖을 거의 벗어나지 않는다(못한다). 그럼에도 물리적 공간으로서의 집이 아니라 돌아갈 곳이 있다는 믿음이 진희를 여행자의 마음으로 살아가게 한다. 그 마음이 진희를 살아가게 한다. 영화 속의 어린이가 마주한 현실은 비교적 극적으로 표면화되어 있지만, 유년은 어떤 의미로든 끝내 겪게 되는 이별의 경험을 담보로 삼아 성장을 도모할 수밖에 없는 시기가 아닐까. 어린이의 목소리로 말하기 그리고 어린이의 목소리를 듣기, 대체로 이 두 가지 과업을 수행하게 마련인 동시에 한해서는 안온한 동네를 구성하고 거기에 머무는 자가 아니라, 미지를 향해 떠나는 자(혹은 떠밀린 자일 수도 있겠다)에 더 가깝다고 생각한다.

까치가 교복 입고
학교 간다

되똥, 뒤똥,

사뿐,

좌ㄹㄹㄹ락 부채춤을 추며
날아간다
학교 간다

사뿐,

통, 통,

추로스집 앞에서

뒤뚱, 되뚱,

한눈판다
교복 입고 한눈판다

— 장철문 「학교 간다」 전문(『창비어린이』 2021년 겨울호)

그렇다고 해서 '미지'가 꼭 우리 일상에서 물리적으로 먼 거리에 있는 어떤 것은 아니다. 낯섦을 체감하는 것은 언제나 우리의 일상 속에서 포착할 수 있는 작고 가는 것들(조짐이나 기미)에 가까우며 이를 발화점으로 삼아 이야기하는 어린이들은 질서정연하게 만들어진 세계를 자기 리듬 위에서 출렁출렁 데리고 놀 줄 아는 능력자다. "학교"로 가는 일은 반복되는 일상이기에 매일 동일한 동선(動線)을 따라가는 일이다. 정해진 동선을 벗어나 나의 길을 가겠다는 마음-일탈은 시라는 장르의 특성상 익숙한 테마여서 전형적일 수밖에 없는데, 이 시에서는 일견 소극적인 행위인 "한눈판다"를 넘어서는 일탈의 기미는 보이지 않는다. 오히려 누구보다도 정해진 길을 잘 가고 있는 그 과정이 낯설게 느껴지는데, 이는 정해진 길을 가면서도 그 길을 리듬-운동의 영역으로 변주하고 있는 말과 쉼표와 여백의 사용법에서 연유한다. 그러니까 여기서부터는 언어 영역이다. 한 걸음, 한 걸음의 동일한 보폭이 아니라 "되뚱, 뒤뚱," "사뿐," "통, 통,"과 같은 다양한 음성 상징어와 띄어쓰기, 쉼표,

여백을 "사뿐" 뛰어넘는 연갈이로 역동성을 보여 주는 "까치"의 다양한
걸음걸이다. "촤ㄹㄹㄹ락" 순간 오기(誤記)가 아닌가 눈을 의심하게 되
는 이 모음 잃은 자음 "ㄹㄹㄹ" 역시 '촤라라락'으로는 재현할 수 없는,
빠른 날개의 추스림을 보여 준다. 어린이라면 이 말은 이렇게 할 수밖
에 없었다고 말하지 않을까. 문법에서 좀 벗어나면 어떤가. 맞춤법이 좀
틀리면 어떤가. 이 표현을 통해서 까치가 "부채춤을 추"는 걸 더 피부로
느낄 수 있다면 그걸로 된 거 아닌가. 그래서 흑백의 조류 "까치" "교복"
의 이미지와 함께 반복되는 서술어 "한눈판다"가 동물 '판다'를 연상하
게 한다는, 근거가 뚜렷하지 않은 확신 또한 가만히 얹어 본다. 일방통
행의 읽기 맥락을 거부하고 얼마든지 다른 경로로의 읽기를 환대하는
필자의 태도에 근거를 둔 확신이다. 모로 가도 "학교"만 가면 된다는 마
음으로, 어떤 시간을 보내든 어린이는 어른이 된다. 다만 그 시간의 양
과 질을 결정하는 것은 자기-리듬이다.

    고요한 수평선
    100도

    볼록
    볼록 볼록
    바글 바글 바글
    와글와글와글와글

    내가 제일 크다
    뽐내던 물방울들

서로 잡아당기고

넘어트리고 올라타다

마침내 몸 부비며

까르르 웃는다

앗! 웃을 때

재빨리 라면을 넣어야겠다

── 이영애 「응시」 전문(웹진 『동시빵가게』 26호, 2021년 12월)

　모든 일이 대체로 그렇듯 자기-리듬이 형성되기까지는 기다리는 시간이 필요하다. 자기 내부에서 생각과 감각이 무르익는 시간-언어와 삶이 팽팽한 긴장을 이룰 때까지 "수평선"의 양쪽을 잡아당기는 것만 같은 그런 시간이 필요하다. 찰나의 번뜩이는 아이디어에서 동시가 끝나버리는 경우가 있는데, 사실 아이디어는 어디까지나 동시의 영역으로 진입하는 시작점일 뿐, 거기서부터 자기-리듬을 타는 전개가 이뤄져야 한다. 더 낯선 곳을 향해 흘러야만 한다. "응시"라는 제목과 이어지는 첫 연의 "고요한 수평선"은 그리하여 들끓음에 가닿기까지 끈질기게 대상을 응시하고 사랑하게 되는 순간과도 같다. 첫 "볼록"이 "와글와글와글와글"이라는 복수(複數)의 언어로 뜨거워지는 순간 "서로 잡아당기고/넘어트리고 올라타다/마침내 몸 부비며/까르르 웃는" 말과 말의 다양한 관계가 형성된다. 물방울의 생성과 팽창과 소멸이 끊임없이 이뤄지는 "100도"에 가닿을 때 침묵으로 표상되던 수평선은 말하기의 영역으로 들어선다. "내가 제일 크다" 같은 각자의 자의식은 이들을 "넘어트리고 올라타"며 충돌하는 갈등 관계로 이끌지만 어느 시점이 지나면 "마침내" "까르르 웃는" 어린이들의 모습이 된다는 점, 즉 언제든 화합에 이를 수 있다는 가능성을 제시한다. 이 시점에 이르기까지, 이들의 관계가 긍정적인 양상이 될 때까지 어른(화자)이 개입하지 않고 "응시"하고 있다는 점이 중요하다. "마침내" 모두가 "까르르 웃"을 거라는 걸 믿어 주고 지켜봐 주는 존재로서의 어른. 그러나 그것이 무책임한 방목이 아니라 끊임없는 응시를 통해 간섭하지 않으면서도 늘 그들의 곁에 있음을 보여 주는 존재로서 그 역할을 하고 있는 어른. 계속 응시하고 있기에 그들이 선(線)을 넘지 않도록 언제든 나설 수 있는 어른. 그러니 이 "물방울"들이 모두 어린이라면. "라면" 물 끓이는 평이한 일상에서 자기-리듬을 따라 다녀온 이 여정으로부터 삶은 언제든 미지로 변화할 수 있다.

4

앞서 '동시 동네'라는 말이 은연중에 함의하고 있는 문제의식에 대해 거론한 바 있다. 현재 우리 동시가 모색하고 있는 지점들은, 시공간을 초월하는 도약과 자기-리듬으로 익숙한 세계를 통과하는 과정, 미시적인 것을 끈질기게 응시하는 기다림 등으로 거칠게나마 어느 정도 요약할 수 있을 것 같다. 그리고 필자의 좁은 읽기 범위 바깥에는 고유한 자기만의 어법과 세계관으로 어린이-현실을 확장해 나가는 동시가 분명 더 있을 것이다. 그리고 그렇게 믿어야 한다. 동시 비평이 무한한 갈증을 느끼며 개별 시편이 의도하지 않은 유의미까지도 충분한 근거를 마련하여 발굴해 내었을 때 어린이-현실과 접속할 수 있는 다양한 코드가 생성되지 않을까. 단일화될 수 없는 의미의 가지 뻗기를 통해 긍정적이고 안온하고 다채로운 현실은 물론이고, 마주하기 불편한 현실까지도 직관적으로 꿰뚫어 보기 위해서는, 어린이의 전유물인 동시를 가끔은 어른들이 꾸려 놓은 의미의 장으로 초대할 필요가 있다. 왜곡과 오해를 선제적으로 방어하고 보다 투철한 윤리를 기반으로 하나씩 하나씩 각주를 다는 읽기야말로 동시 비평이 우선적으로 수행해야 할 과제가 아닐까.

김준현의 말대로 동시를 쓰는 시인들은 어린이에게 윤리를 강요하기에 앞서 어린이를 대하는 어른 자신의 윤리를 성찰해야 할 것이다. 하지만 어른은 거기서 더 나아가 어린이는 갖지 못한 힘을 자신이 가지고 있음을 또한 자각할 필요가 있지 않을까. 시인은 끔찍한 현실을 끝내 우회하지 않으면서 비가시화된 아이의 목소리를 대신 드러내 주는 사람이기도 하지만, 때에 따라선 자신이 가진 그 언어의 힘으로 끔찍한 현실에 맞서는 길을 대신 찾아내기도 해야 하는 사람이다. 그것은 아동문학을 하는 어른들이 짊어져야 할 버거운 짐이자 영광된 자산 같은 것이라 생각한다. 아이가 죽어서야 비로소 자신의 복수를 완성하기 전에, 시인은 자신이 가진 힘으로 무언가를 해야만 한다. 그것이 현실 앞에 아무리 무용하고 무력한 것으로 비치더라도 말이다.[2]

다소 긴 인용에 기대어 부과된 과제에 대해 때늦은 대안을 모색하는 것으로 부족한 글을 맺어야 할 것 같다. "아동문학을 하는 어른들이 짊어져야 할"이라는 부분을 근거로, 아동문학(동시)이라는 장르 내부에

---

2 김제곤 「중심에 맞서는 방법」, 『창비어린이』 2021년 가을호, 59면.

서만 논지를 전개했을 때 "어린이는 갖지 못한 힘"이란 사회·현실에 대해 문학적 방식으로 발화할 수 있다는 것. 그 발화가 어른·어린이에 이르기까지 실질적인 영향을 미칠 수 있다는 것이지 않을까. "어린이"에 대한 지속적이고 진보적인 성찰 없이는 아동문학의 성립이 불가능하다는 관점에서 볼 때 "자신이 가진 그 언어의 힘으로 끔찍한 현실에 맞서는 길"이란 현재 우리 동시의 상황에서 전언(傳言) 중심의 동시가 될 수밖에 없지 않을까 생각한다. 일례로 동시가 현실 고발의 차원으로 진입하는 순간을 가정했을 때 동시의 내부에는 부정적 현실의 한 표상으로서 희미하게나마 적(敵)을 상정하게 될 것이며 '나'는 '현실'에 맞서는 반대항에 자리함으로써 말〔言〕-발화의 동력을 얻게 될 것이다. 긍정적이든 부정적이든 그 전언의 강도가 작품을 판단하는 주요한 잣대가 될 가능성 또한 배제할 수 없다. 긍정적인 예로는 김개미의 『레고 나라의 여왕』(창비 2018)과 남지은이 최근 발표한 몇몇 작품이 우선 떠오르는데 우리 동시에서 이 같은 방식으로 부정적 현실과 직접적으로 충돌하는 말하기-세계관을 다루는 경우는 많지 않다. 이 외에 조금 다른 방식으로 "끔찍한 현실에 맞서는" 동시로는 어떤 작품이 있는가 자문해 보았으나 내 좁은 시야 내에는 아직 뚜렷한 대안으로 제시할 만한 시편이 들어오지 않는다. (이 문장이 반박당할 현실을 기다린다. 이 현실, 그러니까 내가 쓴 이 문장을 일거에 전복시킬 동시를 기다리는 일이 단순히 창작자들을 향한 주문注文의 차원에서 이해되지 않기를 바랄 뿐이다. 현실과 작품이 합일되는 데 그치지 않고 다시 분기하는 과정이 필연적일 수밖에 없기 때문이다. 그 과정까지 도달하는 데 있어 무게중심은 늘 실재하는 '나'의 발걸음이 막 가닿은 미지未知여야 하기 때문이다.)

다소 추상적이긴 하지만 "아동문학을 하는 어른들이" 오래 궁구하고 화두로 삼아야 할 이 명제——"끔찍한 현실에 맞서는 길을 대신 찾아내기"——에 대해 보다 구체적이고 실질적인 해법을 마련하기 위해서는 앞으로 나올 동시를 물적 토대로 삼아 사회·현실로 논의를 확장해 갈 수 있는 대화의 장이 필요할 것이다. 아직은 이처럼 사회적 문제에 결이 닿아 있는 동시 자원이 많지 않기에 지금은 이를 마중할 준비를 하는 시간이 될 것이다. 그러므로 비평 혹은 적극적 읽기를 주도하는 독자의 영역 안에서 할 수 있는 것은 우선 비판적 현실에 대해 용기 있게 목소리를 내는 동시를 놓치지 않기. 그리고 그 같은 동시를 통해 실재하는 어린이-현실로 재접속하기. 기존의 동시에 대한 인식을 갱신해 나가기. 거기서부터 '동시 동네'의 확장이 가능해지지 않을까. 서두에서도 언급한 바 있는 '자기반성의 한 실천적 차원'에서 우리 동시의 주체성을 확보하기 위해서는, 특정한 한 흐름이나 명명으로 이들을 묶는 대신 개인, 개인, 개인의 영역에서 조명하고 시간을 들여 읽어 나가는 일이 절실하게 느껴진다. 창작자에게도, 평론가에게도, 어린이에 앞서 동시를 읽는 어른 독자에게도 필요한 일이라고 생각한다. 한마디로 줄여 말하면 '애정'이다.

어린이 개념으로부터 발생하는 원심력

어느 사이에 나는 아내도 없고, 또,

아내와 같이 살던 집도 없어지고,

그리고 살뜰한 부모며 동생들과도 멀리 떨어져서,

그 어느 바람 세인 쓸쓸한 거리 끝에 헤매이었다.

—— 백석 「남신의주 유동 박시봉방」 부분

   동시를 창작하고자 하는 마음의 발생을, 어느 특정한 한두 가지 요인으로 설명하기는 쉽지 않을 것 같다. 다만 '동(童)'이라는 말을 근거로 둘 때, 그 마음의 중심에는 반드시 '어린이'가 자리하고 있을 것이다. 중요한 것은 창작자의 입장에서 이 어린이가 시인의 관념 속에서 만들어진 어린이인가, 시인의 유년이 표면화되거나 내면화된 어린이인가, 시인의 근처에 머무르고 있는, 즉 실재하는 어린이인가, 화자의 모습으로 등장해 말하고 싶어 하는 어린이인가, 텍스트의 바깥에서 독자로서 어른의 말을 들어 주는 어린이인가 등의 질문 혹은 탐색의 시간을 한 번은 꼭 거쳐야 할 필요가 있다는 것이다. 이토록 다양한 층위에서 발생하는 어린이의 상(像)에 한 가지 공통분모를 놓아 두자면, 어른-창작자는 창작의 욕망 중심에 놓인 이 '어린이'에 결코 도달할 수 없는 존재로서 주변부에 위치해 있다는 사실이다. 지구를 중심으로 도는 달처럼, 태양을 중심으로 도는 지구처럼. 문제적이고 그만큼 매력적인 동시는 다가가고자 하는 힘과 멀어지고자 하는 힘 사이에서 발생하는 팽팽한 긴장이 최고조에 달하는 순간 발생한다.

어린이에 다가가고자 하는 힘에 대해서는, 이미 눈 밝은 시인들의 산문과 아동문학평론가들의 비평에서 구체적으로 거론된 바 있다. '동(童)'이 지닌 강력한 중력이자 모든 동시가 궁극적으로 지향하는 큰 흐름이기에 여기에 대해서는 구태여 더 말을 보태지 않아도 될 것 같다.

그렇다면 이제 해야 할 일은 중심의 존재-어린이로부터 멀어지고자 하는 힘이란 것이 실재하기는 하는 것이며, 동시에 구태여 필요한가 하는 점을 짚는 일이다. 구심력이 아니라 원심력, 즉 원운동을 하는 물체에 작용하는 관성력으로서 원의 중심에서 멀어지려는 이 힘은, 그러나 어디까지나 물리학에서의 개념일 뿐 실제로는 존재하지 않는 힘이다. 실제로는 존재하지 않는 힘이라는 점이 의미심장한데, 비평의 영역에서만 통용될지 모르는 이 '어린이 개념으로부터 발생하는 원심력'에 대해 탐색해 나가는 과정은 그래서 어쩌면 필연적으로 실패를 동반하는 모험이 될지도 모르겠다. 그럼에도 시 쓰기는 언제나 중심이 아니라 주변을 지향하고 여기가 아니라 저기를 꿈꾸며 바깥으로 나아가고자 하는 힘을 동력으로 삼아 끝내 고유한 자아-혼자의 상태가 되는 순간에 도달하고자 하는 운동이다. 세계를 향해 '자신'을 온전히 개방하고자 하는 운동이다. 이를테면 만주로 가서 시 백 편을 써 오겠다고 했던 백석은 그때까지 자신의 존재-기반을 이루고 있던 "아내" "집" "살뜰한 가족" "동생" 등으로 표상되는 가족 공동체와 방언으로 엉겨 있던 아름다운 형질의 시들 ─ 이를테면 「여우난곬족」과 같은 ─ 을 놓아 버리고 떠난다. 세상의 중심과 문학의 중심이 수도권-서울이라는 점은 고래(古來)로부터 현재에 이르기까지 동일한데 백석은 그를 받쳐 온 단단한 물적 토대에 얼마간 무심할 수 있는 사람이었기에, 제 고향에서 이룬 기반조차 기어이 버리고 자신의 육체를 완전히 다른 장소에 놓아두는 모험을 감행해 언어의 성질과 혼연일체가 되는 경험치를 얻게 된 것이다. 문학이 지니는 바깥으로의 욕망을 누구보다 가장 잘 이해한 사람이었으니까. 이는 안톤 체호프(Anton Chekhov)가 수도 모스크바에서의 안온한 삶, 즉 작가와 의사로서의 성공적인 삶을 놔두고 어느 날 갑자기 극동의 유형지인 사할린으로 가고자 했던 것과 동일한 지향성이다.

눈앞에는 광활하게 아무르만이 펼쳐져 있고 그 너머로 거의 안개 띠처럼 보이는 곳이 유배의 섬이다. (…) 보기에도 이곳이 세상 끝이고 더 이상 멀리로는 항해할 수 없는 듯하다. 마치 오디세우스가 미지의 바다로 나아가며 기이한 존재들을 만나리라고 예감하던 그런 마음이 내 영혼을 사로잡는다.[1]

낯섦을 향한 적극적인 지향은 우리가 '어린이'라는 말을 듣는 순간 자연스럽게 연결되는 일차원적 알레고리와 이를 기반으로 파생되는 의미망으로부터 벗어날 수 있는 시 쓰기의 한 조건이 될지도 모른다. 어린

---

1 안톤 체호프 『사할린 섬』, 배대화 옮김, 동북아역사재단 2013, 121면.

이를 낯설게 보고 타자로서 대상화하자는 것이 아니라, 익숙하게 사용하고 있던 이 언어의 갱신을 위해 몸부림치는 힘과 내 중심에 있는 '어린이' 관념으로부터 벗어나고자 저항하는 힘이 실은 동일한 것이라는 사실을 인정하고 수용하자는 이야기이다.

좋아하는 반찬을 집어 먹으려고 우리는 자주 만난다네.

숙제는 싫지만 그림을 그리거나 이름을 쓰는 건 좋아.
연필을 잡으려고 우리는 자주 만난다네.

좋아하는 음악이 나올 때 신이 나서 우리는 만난다네.
딱! 딱! 어른 같은 딱! 딱! 큰 소리는 아직이지만 신이 나서 우리는 만난다네.

잠이 오지 않는 어떤 밤 사슴을 불렀다가 여우를 불렀다가 토끼를 부르려고 우리는 만난다네.

어쩐지 다른 손가락은 우리가 부러웠다네.
— 방지민 「다른 손가락은 우리가 부러웠지」 전문
(『동시마중』 73호, 2022년 5·6월호)

에르베 튈레(Hervé Tullet)의 입체적인 그림책 『서커스 놀이』(*Jeu du Cirque*)는 책의 중앙에 난 둥근 구멍 속에 손가락을 넣고 직접 손가락을 움직여 서커스 공연자가 되는 독자 참여형 독서가 가능하다. 독자가 원한다면 자신의 손가락에 눈과 코와 입을 그려 넣어 한결 생동감 있는 연출도 가능하다. 즐거운 발상으로 만들어진 재미있는 그림책으로 많은 독자의 사랑을 받았는데, 책이라는 프레임 안에서 짜맞추어진 역할에 맞게 기능하는 손가락의 동작 범위는 꽤 협소하고 조금은 불편한 감이 있다. 동일한 소재지만 방지민 시인의 「다른 손가락은 우리가 부러웠지」는 조금 다른 태도를 취하고 있는데, 손가락 의인화 자체는 우리에게 익숙하지만 이들의 만남에 감정이 부여되는 방식, 즉 그 감정이 '나'가 아닌 '우리'라는 연대와 유대를 바탕으로 생성되는 것에 주목할 필요가 있다. 손가락에 부러 눈과 코와 입을 애써 그려 놓지 않아도, 이들이 '어린이'임을 굳이 말하지 않아도 "어른 같은 딱! 딱! 큰 소리는 아직이지만"과 같이, 아직 발화의 영향력 자체가 약한 어린이-소수자의 현실을 자연스럽게 배치하고 넘어가는 전개를 통해 이 작품은 어린이가 앉을 자리를 잘 확보해 둔 말하기라는 사실을 짐작할 수 있다. 손-가락의 필연적인 리듬이 "~다네"라는 각운 위에서 어깨동무를 하고 부르는 것만 같은 동요의 인상을 통해 보면 이 발화는 '나' 고유의 말하기가 아니라 '우리'의 목소리, 즉 공연예술의 인상이 두드러지는 합창에 가까워 보인다. 모두가 입을 맞춰 함께해야 하는 대답, '네'나 '안녕하세요'와 같은 공적이고 사무적인 단답이 아니라 "좋아하는 반찬" "좋아하는 음악"을 함께 나누기 위해 모이는 자발적이고 소소한 모임을 지향할 때 이들은 '싫은 숙제'와 같이 버거운 삶을 견딜 수 있는 힘을 낸다. 각각으로 있을 때는 무력하다는 점에서 어린이의 은유를 넘어 보편-개인의 은유이기도 한 "손가락"들은 함께 모였을 때 불면의 밤에 "사슴" "여우" "토끼"와 같은 환상성을 구축해 문제적 현실을 보다 즐거운 형태로 대체할 수 있는 힘을 발휘한다. 동시 장르를 쓰고 있다는 인식을 배면에 두고 '어린이'에 부러 집중하지 않은 채, 화자가 "손가락"들에 감정을 이입해 말하는 방식은 자주 모이는 손가락들의 신나는 기분과 자주 모일 수 없는 손가락들의 부러움이라는 두 가지 감정을 효과적으로 보여준다.

> 살레에 넣어 둔 빙떡 먹고
> 뻥이 한가득 핀 벨진밧으로 가요.
>
> 별이 내려앉아 벨진밧.
> 별빛 가루 흩어진 그곳에서
> 하늘강셍이처럼 놀아요.
>
> 별이 내려앉아 흩어진 섬에 살아서
> 땅강아지도 하늘강셍이.
>
> 별빛 반짝이듯 반짝이는 섬.
> 베롱베롱 제주어
> 제주어로 맹글어진 섬에
> 살아요.
>
> ── 현택훈 「은하수를 끌어당기는 한라산」 전문
> (『두점박이사슴벌레 집에 가면』, 한그루 2021)

제주 바다에서 태어납니다.
작은 섬을 야금야금 먹더니

홀쩍 커 버렸네요.

큰 섬들도 한입에 꿀꺽

하얀 거인이 된 바다 안개

바다를 넘어

넘실넘실 마을로 올라와

마을쯤은 한입에 꿀꺽

입이 한라산보다 더 커지더니만

그만 한라산을

통째로 삼켜 버렸습니다.

늦잠 자던 해님이 나와서

장난 그만하고! 하니까

물고 놀던 섬도

마을도

산도

그냥 놓고 사라졌습니다.

— 김희정 「바다 안개」 전문(웹진 『비유』 52호, 2022년 3월)

　백석 이야기를 다시 해 보자. 표준어 중심의 말이 지닌 보편성과 그 보편성에 기반해 언어를 운용하며 바깥을 꿈꾸었던 당대의 시들과 비교했을 때, 백석의 초기 시들은 평북 방언과 농촌 공동체에서 실제로 통용되던 말을 시의 내부에 적극적으로 수용해 당대 현실과 단단히 밀착하여 현재까지도 여전히 '언어' 자체의 세련된 아름다움을 유지하고 있다. 언어를 만들기보다는 세계를 받아들이기에 가까운 이 시작(詩作)의 행위는 이전까지의 해석 지평을 확장하는 주요한 전환점이기도 했을 것이다.

근래 동시에도 종종 낯선 말들이 출현하기 시작했는데 보편-언어의 한정된 자원 내에서만 끊임없이 언어를 소모하던 기존의 창작 관습으로부터 조금 떨어진 곳에서 바깥-방언을 지향하는 이 작품들이 문학-주류를 형성하는 장르인 시나 소설보다도 '동시' 장르에서 적극적으로 자리를 마련해 가고 있음은 의미심장하다. 『동시마중』(2022년 5·6월호)에 실린 김봄희 시인의 리뷰 제목은 「제주어로 시를 쓰고 싶었어요」이다. 앞서 인용한 현택훈 시인의 「은하수를 끌어당기는 한라산」이 김봄희 시인의 이 리뷰에 인용되어 있다. 제주에 삶의 거처를 두고 작품 활동을 하는 시인들을 아는 범위 내에서만 꼽아 보면 현택훈, 김희정, 안진영 시인 그리고 『동시마중』(2020년 5·6월호)에 「제주아이 서울아이」를 발표하고 에세이 『오늘의 섬을 시작합니다』(민음사 2021)를 펴낸 강지혜 시인이 있다.(물론 필자의 좁은 시야 바깥에 더 많이 있을 것이다.) 유강희 시인의 손바닥 동시 중에도 '제주어'가 등장하는 시가 있다.

현택훈 시인의 시에 달린 수많은 각주는 보편-언어에 익숙한 독자들을 위한 것이지만, 동시에 이 각주가 지닌 의미에서 벗어날 수 있는 처소의 가능성을 반증하는 것이기도 하다. 보편-언어의 영향권 내에서 어린이 독자에게로 가닿고자 하는 구심력에 저항해 여기가 아닌 저기 '제주어'의 아름다움이 있음을, 낯설고 곧바로 해독이 안 되기에 더 아름답고 청신한 세계가 저 바깥에 있음을 가리키기. 한반도와는 다른 섬의 토양에서, "제주 바다"에서 태어난 "바다 안개"가 한라산을 먹어 버리는 낯선 기후에서 제주의 바람과 물과 숨소리를 머금은 제주어가 지닌 저 리듬의 일부가 되어 우리가 함께 읽을 수 있음을 말하는 시. "제주어로 맹글어진 섬"이란, 그러므로 넘치는 관광객 혹은 여행자의 시선에서 바라보는 그 익숙한 각도, 마치 오리엔탈리즘과 같은 맥락의 신비화(이방의 언어)가 아니라 거기에 오랜 시간 뿌리박고 살아온 이들의 육성으로부터 "맹글어진" 제주도이다.

한국어학당에서 한국어를 배우는 외국인들의 어눌하면서도 느린 발음은, 막 새로운 언어를 습득해 세계를 발음하는 어린이처럼 천진하고 사랑스러운 구석이 있다. "내 이름, 하잘드, 입니다." "영국에서 왔어요. 한국어 재밌어요." 조사가 빈번하게 생략되고 뜻하지 않게 존대가 되거나 반말이 되는 말들은 이제 갓 말을 배운 아이의 목소리다. 능수능란한 말하기가 아니라 조심조심 사물 하나하나를 더듬어 보고, 느리지만 또박또박 자기 이름을 쓰는 그 행위를 통해 그들은 단순히 제2외국어, 제3외국어를 습득하는 것이 아니라 유년의 감각을 회복해 가는 상태가 되는 것이다. 내가 평생 알고 살아서 익숙한 모국어 '새'가 'bird'라는, 어원도 형상도 다른 발음으로 구성된 세계관의 일부라는 것. 백석의 만주는, 체호프의 사할린은, 시인들의 제주는 낯섦이다. '나'의 감각을 새로운 차원에서 열어 주는 낯섦이다. 변방으로 나아가기. 육체의 감각을 "흰 바람벽" 속에서 재구성해 보며, "달디단 따끈한 감주" "대구국" "조생달과 바구지꽃과 짝새와 당나귀" "프랑시쓰 쨈"(백석 「흰 바람벽이 있어」)과 한 몸이 되어 보기. 바다 안개가 한라산을 삼키듯이 빙떡을 먹고 반짝반짝하는 별이 아니라 "베롱베롱" 빛나는 별을 보는 것.

내일 만우절 맞죠?

거짓말 막 해도 되죠?

거짓말을 막 해도 되는 건 아니야.
하얀 거짓말이어야지.

하얀 거짓말이 뭐예요?
아, 남에게 피해를 안 주는 거짓말이요?

세호에게 큰 소리로 대답했다.
그럼!

근데 난 내일 아이들에게
거짓말을 막 해서
엄청나게 즐거운 피해를 줄 계획이라고
세호에게 털어놓진 않겠다.

— 임복순 「만우절」(『동시마중』 73호, 2022년 5·6월호)

'어린이'를 애써 지향하지 않음은, 정확히 말하면 어린이라는 말에 종속된 개념을 은밀히 거부하는 것이다. 임복순 시인의 「만우절」에서 교사-어른으로서의 자아와 어린이의 자아가 충돌하고 있는 지점은, 일견 무난하게 전개되는 어른 화자와 "세호"의 대화가 아니라 마지막 5연의 화자 속마음에서 드러난다. 어른이 어린이를 상대로 대화를 할 때는 최대한 구구절절 맞는 말, 옳은 말을 해야 한다는 점에서 어른 역시 말하기의 제약-환경으로부터 자유롭지 못하다. 그 점에서 "만우절"은 속에 갇혀 있던 말을 해방하는 날이다. 1연에서 4연에 이르기까지는, 어쩌면 우리 동시가 여전히 의식하고 있는 일종의 구심점에 해당하는 대화로서, 충분히 있을 법한 현실을 잘 수용한 것이다. "하얀 거짓말"이라는 역설은 어쩌면 동시 쓰기(혹은 보다 넓은 의미에서의 아동문학 하기)가 필연적으로 의식해야 하는 어떤 윤리나 제재의 한계선일지도 모른다. 동시가 독자에게 미칠 영향을 고려한다는 것은 개별화된 모든 독자를 거대한 어린이 개념으로 묶고, 이를 창작자의 내면에서 작동하는 검열의 한 매개체로 사용하는 일에 다름 아닐 것이다.(검열이란 말에서 부러 부정적 뉘앙스를 읽을 필요는 없을 것 같다.) 어린이와 어른 사이의 이 익숙하고 교훈적이고 또 맞는 말이지만 지루하기만 한 이 대화는, 그러나 다가올 원심력에 대비하기 위해서는 필수적이다. 그럴 리 없겠지만 이 작품이 여기서, 그러니까 4연에서 끝났다면 끝내 어른과 어린이 사이에 적절한 거리를 유지할 수 없었을 것이다.(생각보다 여기서 끝나버리는 작품이 2020년대인 지금에도 여전히 많다.)

이 작품의 가장 중요한 지점, 즉 시안(詩眼)은 앞서의 대화를 배반하는 어른 화자의 고백에 있다. 이 시의 강렬한 원심력이 발생하는 자리는 바로 5연이다. "거짓말을 막 해서/엄청나게 즐거운 피해를 줄 계획이라고/세호에게 털어놓진 않겠다." 어쩌면 앞서의 대화조차도 벌써 만우절의 영향권에 들어서 있는 거짓말이었을지도 모른다는 섬을 상기할 때, 이 어른 화자도 실은 "세호"와 동등한 높이와 동일한 자리에 있음을, 즉 어린이와 다를 바 없는 속내를 갖고 있음을 솔직하게 드러내고 있는 것이다. 더하여 중요한 것은 "세호에게 털어놓진 않겠다"라는 발화이다. 동시는 옳은 말을 해야 하는 어른의 책무로부터 벗어나 조금 다른 이야기, 보다 솔직하고 더 즐겁고 더 자유로운 이야기를 할 수 있는 장르로서, 무엇보다 쓰는 사람이 누가 하라고 해서 하는 말이 아니라 하고 싶어서 하는 말을 담을 때 그 목소리가 생생하게 울려 퍼지는 장소다. 그 목소리는 어쩌면 나조차도 몰랐던 내면의 목소리라는 점에서, 동시는 어른이 자신이 몰랐던 그 목소리-어린이를 발굴해 나가는 과정이자 현장이다.

여기서부터는 안 가 본 길이야. 어떤 이야기를 했을 뿐인데 그게 나도 몰랐던 내 이야기가 되고 너의 이야기가 될 때 나는 나와 나, 너와 내가 마침내 무한으로 연결되었다고 생각해.

이 세계의 오늘이 알 수 없는 미래와 지나왔으나 모두를 기억하지 못하는 과거로 이루어져 있으니 이것은 재앙이 아니라 축복. 앎의 계단을 하나씩 밟고 올라가 앎이 끝나는 곳에서 새롭게 알게 된 우리는 영원한 무지의 동맹자.[2] (강조는 인용자)

누군가 나에게 왜 하필 동시 비평을 하느냐 물은 적이 있다. 짧은 시간 내에 한 권을 뚝딱 독파할 수 있어서라고 농이 섞인 대답을 하고 말았지만, 솔직히 그 질문에 나 스스로 납득할 만한 답을 아직 찾지는 못하였다. 동시가 지니는 단순성의 힘을 좋아하는 것도 같고, 세계와의 대립보다 합일을 추구하는 서정시 본연의 성격에 매력을 느끼는 때문인 듯도 하다. 공자가 『시경』을 두고 말했다던 '사무사(思無邪)'라는 말이 떠오르기도 하다. 그러나 어떤 말을 가져다 붙여도 내가 왜 동시를 좋아할 수밖에 없는지를 속시원히 밝힐 수는 없다.[3] (강조는 인용자)

2 이안 「시인의 말」, 『기뻐의 비밀』, 사계절출판사 2022, 2면.
3 김제곤 「책머리에」, 『동시를 읽는 마음』, 창비 2022, 6~7면.

근래에 나온 동시집과 동시평론집의 제목은 이안 시인의 『기뻐의 비밀』과 김제곤 평론가의 『동시를 읽는 마음』이다. 『기뻐의 비밀』 표제작이 일견 짧아 보이는 동시의 양쪽을 잡고 쭈욱 늘이듯 힘을 들여 읽으면 그 속에서 숨겨진 매력을 발견해 낼 수 있다는, '동시 장르'의 탄력성에 대한 이야기로도 읽힌다는 점에서, 이 두 제목을 은유로 연결해도 무리가 없을 것 같다. 같은 맥락에서 오랜 시간 동시와 밀착된 삶을 살아온 시인과 평론가 책의 서두를 여는 부분에서 공통적으로 동시 장르에 대한 무지(無知), 동시를 사랑하는 이유에 대한 무지를 밝히는 것을 단순히 겸손의 미덕으로 치부하고 넘어가는 것은 온당하지 않을 것 같다. 시인과 평론가가 오랜 시간 동시를 쓰고 또 읽게 만드는 동력은 앎 이후에 오는 무지를 인정하고 세계를 미지(未知)로 수용하는 태도에서 비롯된다. 이해가 얼마든지 기만으로 전환되기 쉬운 현실에서 "너와 내가 마침내 무한으로 연결되"는 순간에 대한 사랑이다. 좋으니까 좋은 것. 어찌 보면 무책임한 동어 반복으로 보일 수 있지만, 개념이나 설명의 영역 안에서 명쾌하게 이야기할 수 없는 게 결국 '사랑'이다.

말보단 표정이 정직한 아이
부끄럽지 않다 말해도
두 볼은 늘 정확하게 메시지를 보내지
—— 김성진 「볼 빨개지는 아이」 부분(『동시마중』 73호, 2022년 5·6월호)

결국 "말" 이상으로 감각과 직접적으로 연결되는 "표정"의 자리는, 어쩌면 시인들이 동시에 늘 마련해 놓고 싶은 어린이의 자리일지도 모르겠다. 말을 통해 말로 표현하기 힘든 것을 붙잡고자 하는 이 간절함은

"어떤 말을 가져다 붙"일 수 없는 마음의 상태일 것이다. 어떤 말을 붙여도 사랑의 마음을 다 담을 수 없는 것은 언어의 한계가 아니라 언어로는 온전히 측량할 수 없는 마음의 부피일 것이다. 그럼에도 가진 것이 끝내 언어인 이들은 다시 '말'을 찾아 나선다. 동어 반복의 혐의를 무릅쓰고라도, 동일한 운명의 반복을 무릅쓰고라도 제 말을 해야 하는 자들의 숙명이다.

순환하는 시간

앤 카슨(Anne Carson)의 『녹스』(*Nox*, 윤경희 옮김, 봄날의책 2022)는 회색의 하드커버로 덮인, 견고한 외형을 갖고 있어서 세워 놓으면 마치 거대한 묘비처럼 보인다. 책을 펴거나 열면 그 안에는 다양한 형태로 파편화된 내면의 페이지가 낯선 방식으로 불안하게 접합되어 있다. 진실이란 대개 그렇다. 서사나 정황이나 적절한 비유가 아니라, 오직 애도의 정서만을 대동맥으로 삼고 있는 육체에 가까운 책. 이 긴 기록의 열차는 때로 사전의 일부를 오려 붙인 것, 실재하는 손글씨, 사진, 망설임의 흔적, 시간의 때, 지면마다 다른 종이의 성질과 그 주름 등을 날것 그대로 살려 내고 있다. 날것 그대로이기에 펜글씨는 흐린 날의 먹구름처럼 흩어져 불분명하기도 하고, 덕지덕지 붙은 우표가 한 덩어리로 뒤엉켜 있는 장은 애초의 송신인도 수신인도 잃은 채, 겨우 책이라는 보관소를 얻어 체류하고 있는 것처럼 보인다.

사실, 사후(死後)는 언제나 남은 자에 의해 재구성되고 대체로 잘 제련된 언어로 완결되는 주례사의 성격을 띠게 마련이다. 죽은 자는 죽은 자를 둘러싼 개개인에게 저마다 다른, 고유하고 특별한 의미를 갖게 마련인데 주례사는 이 모두를 단일화된 형태로 정리하는 작업이기에 보편의 질서에 편입되기 쉬운 구조로 환원되는 경우가 많다. 그에 반해 찢어진 페이지나 불완전한 기억, 채 정리되지 않은 감정, 미약한 불빛, 빛에 바래 생긴 얼룩 등은 거미줄 가득한 다락방에 박혀 있다가 발굴되는 유물(遺物)이다. 모두가 알다시피 결국 오랜 시간이 지나도 남아 있는 것은 주례사가 아니라 이 유물이 아닌가. 지극히 개인적이고 사소한 삶의 흔적. 이 흔적 하나를 온전히 복원하기 위해 고고학자들은 붓을 흔들며 그 윤곽을 서서히 드러내고 있지 않은가.

반복해서 다시 말해 본다. 지극히 개인적이고 사소한 삶의 흔적: 그것은 언어가 자신이 갖고 있던 원래의 물성(物性)을 회복하는 중요한 단초라고 생각한다. "나는 인생의 육성이란 게 있다면 그게 곧 시라고 믿고 있다"[1]고 한 이 문장을 든든한 아군처럼 옆에 둔 채, 다시 말하면 시를 쓰는 작업이 의도치 않게 수행하고 있는 모든 언어-행위가 육성(肉聲, 사람의 입에서 직접 나오는 소리)과 가장 맞닿아 있는 말하기를 '잘'하기 위한 것이라고 생각한다. '잘' 말한 것은 남아 있게 마련이며, 시간이 지나 세상에 발화되고 쏟아져 누적되는 숱한 말의 더께 속에서도 제 존재를 잃지 않는 단단한 경계를 두르고 있지 않을까.

그러니까 앤 카슨이 죽은 '오빠'에 대해 품고 있는 온갖 종류의 감정이 파편화되어 있는 것은 지극히 당연한 것이며, 그 대상인 죽은 자 '오빠'는 말하는 자(발화 주체)가 아니라 그 흔적을 천천히 더듬어 마치 고

---

1 신형철 「내가 겪은 시를 엮으며」, 『인생의 역사』, 난다 2022, 7면.

고학자처럼 붓을 들고 살펴 가며 파악해야 하는 현재 진행의 상태, 이른바 남은 자의 사유를 동력으로 운동하고 있는 대상이다. 의미가 고정되지 않은, 어떤 과정 혹은 흐름 위에 있을 수밖에 없는 대상이라는 점에서, 역설적으로 죽음으로부터 가장 멀리 떨어져 있는 존재들인 '어린이' 역시 이와 같은 과정과 흐름 위에 있는 대상의 속성을 그대로 갖고 있다. 다만 다른 것은 이들이 말을 한다는 것이며, 이들의 말은 어른의 말보다 더 큰 진폭을 갖고 있고, 더 다양한 변화 가능성을 내포하고 있으며, 그 변화 가능성이 반드시 성장을 담보하지만은 않는다는 점에서 손쉽게 어른의 예상을 빗나가는, 미지(未知)에 위치해 있다는 점이다.

엄마가 상추를 씻는데 달팽이 한 마리가 기어가요
순식간에 컵은 달팽이 집이 되었어요
컵 속 달팽이는 상추를 잘 먹었어요

제 집을 등에 지고 다녀서일까요
달팽이는 자꾸 집을 나와 어딘가로 갔어요
넣어 주면 가고
넣어 주면 가고

은아랑 놀고 온 사이 달팽이는 사라졌어요
그날 밤, 달팽이가 나를 짊어지고 가는 꿈을 꾸었어요

장마가 끝나도록 달팽이는 돌아오지 않았어요
그렇지만 나는 멀리 가지 않을 거예요

여름이 끝나면 아픈 다리를 수술하기 위해

까무룩 멀리 가야 할 테니까요

— 최휘 「달팽이」 전문(『여름 아이』, 문학동네 2022)

　　"달팽이 집이" 된 "컵"과 등에 지고 다니는 "집"의 분열로부터 "집"이
라는 한 단어 안에서 아직 합의되지 않은 입장의 차이가 발생하는 순간
을 포착한다. "집"을 "등에 짊어지고 다"닐 수 있는, 혹은 그렇게 다녀야
만 하는 시적 신체를 가진 "달팽이"가 환기하는 현실은 "나"의 "아픈 다
리"다. 고정되고 안전한 처소(영혼의 거처)이자 주체(소유자)의 의지
대로 사용할 수 있다고 믿었던 이 "집"은 그리하여 당연하게도 "나"이
며 "나"를 구성하는 일부이지만, "나"는 "수술"이 필요한 "아픈 다리"를
통해, "집"의 불완전함-타자성을 발견한다. 시집 속 거의 대부분의 시
가 "여름"이라는 특정한 계절의 감각을 앞세운 『여름 아이』에서 "여름"
은 잎의 초록[靑]이 과잉에 가까울 정도로 선명해지는 성장의 순간이
자, 내 몸의 육체성을 가장 잘 느낄 수 있는 시간이다. 비슷한 이야기를
청소년시를 다룬 한 평론에서도 이야기한 바 있다.[2] 봄, 가을, 겨울 말고
내 내면의 페이지에는 오로지 여름만을, 액체를 분비하며 느릿느릿 움
직이는 달팽이처럼 오로지 촉각으로 세상을 느끼게 되는 시간, 젖은 잎

2 "푸름은 성장의 징후이며 인위적으로 깎아 낼 수 없는 자연스러운 삶이다. 이처럼 현
　존하는 질서에 맞서느라 구심력과 원심력이 동시에 작용하고 있는 청소년의 현실은
　'청(靑)'이라는 말의 색감처럼, 햇빛 속에서 푸르고 뚜렷해서 특정한 목적이나 의도
　없이 흘러넘치는 여름의 감각을 닮았다." 졸고 「청소년과 청소년시를 잇는 힘」, 『창비
　어린이』 2022년 가을호, 107~108면.

의 시간, 비의 시간을 담겠다는 마음이다. 그러나 영속하지 않음을, 곧 사라져 버릴 한 순간임을 가장 잘 알고 있는 이 어린이 화자는 "멀리 가지 않을 거예요"라고 말한다. 붙잡을 수 없는 이 순간을 붙잡고 싶은 그 마음이 "여름이 끝나면" 소용없어질 테니까. "아픈 다리"——좁게는 가장 가까이서 느낄 수 있는 신체의 아픔이며 넓게는 성장통으로 읽히는——의 회복을 위해 "멀리 가야 할" 그곳은 눈부신 시간을 다 겪고 낙엽이 되어 지상에 발붙일 시간을 예비하는 가을일까. 어른의 시간일까.

아이스크림에 대해 생각해 보기로 했다
먹지는 않고 생각만 하기로 했다

깜깜한 밤 사람들의 발길이 끊긴 골목길에
우두커니 서 있는 눈사람처럼

화가 잔뜩 나 뚜껑이 열리기 직전인 내 머릿속을
휘저어 지금 당장 필요한 단어 하나를
찾아 꺼내 보기로 했다

고요: 잠잠하고 조용한 상태

눈뭉치를 만들어 던지며 신나게 놀던 아이들이
모두 떠나고 혼자 남은 눈사람의 마음은
어떻게 생겼을까?

나도 모르는 내 마음이 그렇고 네 마음이 그렇듯

태어나 한 번도 쉬지 못했을 눈사람의 마음을
어쩌면 자기 마음을 아이스크림처럼 먹고 싶다는
생각을 할지도 모를 눈사람에 대해
생각해 보기로 했다

냉장고가 발명되기 전의 냉장고처럼
지금 나는 진심을 다해 아이스크림에 대해
생각해 보기로 했다

그것은 고요를 얻는 일 그것은 한 번도 쉬지 못한
마음에게 하얀 뼈를 넣어 주는 일

눈사람의 머리 위로 가만히 떠올라 웃는
달의 노래를 넣어 주는 일

—— 김륭 「눈사람과 고요」 전문(『동시마중』 77호, 2023년 1·2월호)

　　여름에서 겨울로, 가을을 건너뛴 비약에 가까운 이 도약을 가능하게
하는 것은 "겨울"에만 이 세상에 거주할 수 있는 "눈사람"으로부터 비
롯된다. 동시라는 장르에서 가장 익숙하게 등장하는 소재, 창작자들의
많은 사랑을 받는 소재인 "눈사람". 수동태에 가까우며, 이동의 자유가
없고 영속할 수 없으며 그 꼴을 주체의 의지대로 변주할 수 있다는 점에
서 사랑받는 건지도 모르겠다. 어린이들이 제 손으로 만들 수 있는 사람

이니, 말랑말랑한 두 손으로 차가움을 무릅쓰며 창조의 감각을 느낄 수 있어서인지도 모르겠다.

"눈뭉치를 만들어 던지며 신나게 놀던 아이들이/모두 떠나고 혼자 남은 눈사람의 마음은/어떻게 생겼을까?" 곧 떠날 존재, 전학생, 난민, 이방인은 이곳에 거주하기 위해 "한 번도 쉬지 못"하고 존재 증명을 해야 한다. 지금이야 세상이 "나"를 받아 주지만, 시간이 지나면, 그러니까 봄이 되는 과정은 세상이 "나"를 거부하기 시작하는 과정이다. 넌 여기서 살 자격이 없어. 너의 인종은, 너의 국적은, 너의 종교는, 아니 너 자체가, 라는 말처럼 일상화된 폭력이 자연의 순리와 동일시될 때 "눈사람의 마음"은 어떨까? "화가 잔뜩 나 뚜껑이 열리기 직전인 내 머릿속"에 "눈사람의 마음"을 표현할 "단어"가 있을까? 식은땀을 흘리며, 서서히 내 존재가 사라지는 순간은 '느린 죽음'이며 "고요" 속에서 이뤄지는 일이다. 누가 눈사람을 위로할 수 있을까? 눈사람 목에 목도리를 둘러 주는 일, 우리가 호의라고 생각하는 이 일조차 때로 눈사람을 녹이는 일이 되어 버린다. 대상과 대상 사이를 잇는 하이픈(-)처럼, "눈사람"이 동질감을 느낄 수 있는 존재는 바로 "아이스크림"이다. 나와 비슷한 온도에서만 형태가 유지되는 군것질거리, 나를 위로해 주는 당(糖), 달콤한 심장이 여기 있다. 혼자가 된 어린이, 여름에도 세상이 추운 어린이의 마음에 김륭 시인이 건네는 마음이다. 따뜻하고 손쉬운 위로가 아니라, '나도 그렇단다'고 말해 주는, 어른의 솔직한 마음이다.

사과에게 이런 전화가 와요

사과님, 지금 아주 붉으시죠?

붉지 않은 부분은 노랗고 두근두근하시죠?

어머, 그걸 어떻게 아셨어요?

산들바람이 지나가며 알려 줬어요
지금 아주 위험한 상황이세요
땅으로 얼른 피하셔야겠어요

제가요? 어머나,
땅은 가 본 적 없는데 어떻게 해야 되죠?

풀쩍 뛰어내리시면 돼요
낙엽들이 도와줄 거니까 겁내지 마시고요

지금 바로요?

네, 오목눈이가
좀 전에 그리로 날아갔다고 하니
전화 끊고 곧바로 뛰어내리세요

잘 아는 풀벌레에게 이런 전화가 온다면

가을이 온 거예요
　　　　　── 온선영 「가을이 오면」 전문(『동시마중』 77호, 2023년 1·2월호)

구성으로 봐서는 비선형적이지만, 여름에서 겨울로 훌쩍 도약했다가 다시 부러 비워 두고 지나간 가을로 들어선다. 가을은 그 계절감이 가장 극명하게 드러나는 시간이다. 우선 바람의 성질이 바뀌고, 냄새가 달라지고, 열기로 가득 찼던 사람의 정서가 유순해진다. 전에 「가을 냄새」라는 짧은 동시를 쓴 적이 있다. "킁킁 밑에는/콧구멍 두 개가 있어//여름내/크크 웃기만 하던 그 아이/가을이 되자/말없이/킁킁, 냄새를 맡았어"(김준현 『토마토 기준』, 문학동네 2022). 여름에는 없었던 고요를 체득하고, 달라진 '나'는 우선 말수가 줄고, 주변의 세계를 보다 감각적 차원에서 탐색한다. 달라진 세상을 발견하는 게 아니라, 세상을 다르게 느끼는 '나'의 발견이다. 이제 갓 익은 사과와 같다. '어른의 시간'이 어린이의 시간의 반대편에 있는 게 아니라는 오해의 여지를 남기지 않기 위해서, '나'는 저편에서 "사과에게" 전화를 건 "풀벌레"다. "붉지 않은 부분은 노랗고 두근두근하시죠?" 이제 도약할 시간이라고, 어린이의 시간에 머물고 싶은 그 마음이 "오목눈이"에 의해 먹잇감(효용의 대상)으로 전락하기 전에, 지금까지 꼭 붙들고 있던 나무(어쩌면 유년)에 대한 과한 애정 혹은 환상이나 집착에 붙잡혀 있거나, 어른-성정을 부정적으로만 인식하는 이에게 건네는 말일지도 모르겠다. 더 나아가지 못하는 '나'를 놓아 버려야 한다고. "풀쩍 뛰어내리시면 돼요/낙엽들이 도와줄 거니까 겁내지 마시고요". 그렇게 "가을이 온"다. 일종의 추상인 "가을"보다 먼저 오는 것은 구체적인 '연락'이다. 가을을 예비할 수 있도록 배려하는 자의 목소리는 초가을 무렵부터만 들을 수 있는 '풀벌레' 소리이자 변화를 알리는 신호다. 어쩌면 좋은 동시 또한 그런 신호에 가깝지 않을까. 먼저 가을을 감지한 자가 곧 처음으로 가을을 맞이하게 될 이를 향해 전해 주고 싶은 응원과 격려의 마음이 아닐까.

지금은 없어졌지만
그 골목에 들어서자면
꼭 지나야 하는 가게가 있었어

네가 아는
세상에서 가장 작은 편의점 그
반의반의 반 크기도 안 되는
슈퍼가 있었는데

입구에 걸린 오래된 간판에는
힘겹게 비틀리며
겨우 읽을 수 있는 굵은 글씨로
새겨진 이름이
남아 있었단다

사람들은 그 이름을 읽으며
조금 웃었던 것 같아

낮에도 침침한 슈퍼 안에는
한 번도 웃는 걸 본 적 없는 아저씨가
늘 무언가를 발명하느라
도수 높은 안경을 코에 올려놓고 있었는데

발명품들은

차 한 대 겨우 지나는 골목 담벼락 아래

풍선덩굴 채송화 봉숭아를 기르는

화분으로 놓이곤 했어

때로는 병실용 링거를 가져다 놓은 듯한

페트병 급수기가 키 큰 해바라기나 달맞이꽃 화분에 똑, 똑,

물방울을 떨구던 날도 있었지만

몇 년 전 가을

그러니까 그 슈퍼의 마지막 가을

대체 뭘 심어 기르는 거야?

아저씨의 발명품 화분에선

알아보기 힘들 만큼 구멍이 뿡뿡 난

배추와 무가 자라고 있었어

구멍마다엔 배추벌레가 오동통통 자릴 잡고

자기가 들어갈 만한 하늘 구멍을 뿡뿡 뺑뺑

배부르게 키워 가고 있었고

그 앞에 쪼그리고 앉아

희미하게 나는 알고 있었지만

아저씨가 마지막에 기른 것은

배춧잎을 먹이고

무잎을 먹이며 기른 것은

배추벌레가 아니라

배추벌레가 날마다 통통하게 살찌우는

구멍이었단다

구멍을 통해 하늘로 들어가는

뻥 뚫린 하늘 골목이었단다

그해 가을

아저씨는 나비가 된 수백 마리 배추벌레와 함께

좁고 긴 골목을 빠져나가

하늘 속으로 풍덩

헤엄쳐 들어갔단다

아저씨는 그쪽에 가서도

이 세상의 마지막 몇 년

낮에도 침침했던 발명가이자

연구원으로 자기를 파묻었던

슈퍼 생활을 내려다볼까

이름을 참 잘 지었어

이름 덕도 컸지 하고 말이야

— 이안 「좋은 슈퍼」 전문(『동시마중』 77호, 2023년 1·2월호)

돌아오는 일요일에, 돌아오는 가을에, 돌아오는 생일에, 같은 말처럼 어떤 특정한 시간은 '돌아온다'는 말을 통해 회귀의 감각을 먼저 건드린다. 그것은 영속성이나 불변성과 같은 신(神)의 영역이 아니라 매 순간의 호흡처럼 지극히 당연한 육체의 속성에 기인하는 반복의 개념이다. 매 순간의 호흡은 우리가 의식하지도 못할 만큼 잦고 당연한 것이기에 우리는 여기에 무심하다. 아침에는 세수를 하고, 배가 고프면 밥을 먹고, 잠을 자는 반복 또한 빠르게 흘러가는 하루하루이니 비슷한 맥락이려나? 우리의 일상은 언제나 '살아 있음'에 기반하고, 지금-여기에 존재하고 있음을 당위로 둔다. 제초기에 잘려 나간 미나리아재비나 몇 달 전에 삶아서 먹었던 유정란이나 수십 년 전에 죽은 누군가가, 달리 말해 지극히 평범하고 달리 기릴 것 없는 범인(凡人)과 같이 부재하는 대상이 우리의 일상을 구성하는 것은 아니다. 따라서 부재의 순간은 그 순간이 발생하는 지점에 깃발을 꽂고 바로 이날!이라고 말하며 그 순간을 남기고자 하는 우리의 욕망에 의해 존재 가능한 방식으로 음각(陰刻)된다. 부재하는 존재를 그리워하며 회상에 기댈 때 가장 먼저 짚게 되는 것 역시 계절이나. 눈을 헤치고 산수유를 구해 온 아버지의 징성 역시 지금 내리는 겨울 눈으로부터 '돌아오는' 감각이며(김종길 「성탄제」), 무려 통일신라 시대의 향가인 「제망매가」의 '초가을 이른 바람에 여기저기 떨어질 잎처럼'과 같은 구절, 그러니까 유구한 우리 전통의 시가에서도 역시 그날은 언제나 가을이었다.

"좋은 슈퍼" 역시 "몇 년 전" "마지막 가을"을 맞이했다. "슈퍼"는 한때 우리의 일상을 구성하던 보편의 공간이었다. "입구에 걸린 오래된 간판에는/힘겹게 비틀리며/겨우 읽을 수 있는 굵은 글씨로/새겨진 이름이/남아 있었단다". 옛이야기 화법으로 어느 골목에 있는 한 슈퍼 이야기를 전해 주는 이 동시는 20여 년이 넘도록 구멍가게를 그리는 서양화가 이미경의 작업과도 그 결이 닮았다. 무엇보다 애틋하다. '슈퍼'가 옛 삶의 형식이 되어 버린 지금이 모든 일반의 "슈퍼" 입장에서는 "마지막 가을"일지도 모르겠다. 지상의 양식을 먹으며 "배추벌레"를 통해 준비하던 것은 '성장'이 아니라 이곳을 떠나기 위한 통로, 즉 "자기가 들어갈 만한 하늘 구멍"이다. 탈피를 통해 다른 세계로 진입하는 순간은, 어쩌면 "낮에도 침침한 슈퍼"가 제 허물을 벗는 순간으로 도달하기 위한 변태(變態)의 환유가 아닐까. 보편적 일상의 자리를 차지한 '편의점'이 가진 현재의 감성이 아니라, 사라지는 과정(소멸하는 과거) 또한 애정을 갖고 지켜보는 '누군가'의 현재라는 것: 고유성이 아니라 보통 명사에 종사하는 이 '슈퍼'라는 명명의 순정함, 아니 이제는 더 이상 '보통'의 지위조차 유지하지 못하고 사라져 가는 이 '슈퍼'의 아름다움은 틈날 때마다 꺼내 읽고는 하는 아래의 산문을 연상하게 한다.

하이커를 따라 빵집이 있다는 S.슈트라세로 들어서는 순간. 부산한 자동차 경적이며, 공사장 굴착기 소리며, 시야를 어지럽히는 펑키한 젊은이들이며, 국적 불명의 팬시한 물품을 파는 현란한 상점들이, 마법같이, 모두 사라졌다. 일순간 나타난, 베를린 특유의 나무 냄새 흠뻑 밴, 청신한 여름 공기 떠도는, 적요롭고 해사한 주택가.

그다지 길지 않은 거리를 거의 끄트머리까지 걸어가서야 도달한 빵집은 아주 작았고, 정말이지 작았고, 테이블도 없이, 짝이 안 맞는 간이의자 두 개만 있었고, 하이커의 말대로 검은 뿔테 안경에 밀가루 묻은 하얀 작업복을 걸친 뚱뚱한 은발의 할머니와 두 명의 중년 여성이 지키고 있었고, 그들 등

뒤의 열린 문으로는 커다란 오븐이 설치된 넓은 주방이 보였다.[3]

'시, 꿈, 돌, 숲, 빵, 이미지의 방'이라는 부제가 붙은 윤경희의 『분더카머』에는 오밀조밀하고 섬세한 필치의 묘사 끝에서, 베를린의 이 빵집 이름에 대한 기억을 더듬어 다시 찾아가는 이야기가 나온다. 끝끝내 찾아가서 확인한 이 빵집의 이름이 말 그대로 빵집(Bäckerei & Konditorei)이라는 사실을 알게 된 순간은, 어쩌면 자기가 무엇인지를 드러내기 위해 동원한 말, 과잉도 축소도 없는, 있는 그대로의 보통 명사 "슈퍼"와 그런 자기를 긍정하는 수식인 "좋은"만으로 충분하다는 마음과도 닮았다. "이름 덕"이다. 사랑하는 폴란드의 시인 심보르스카(Wisława Szymborska)의 마지막 말처럼 그래, 충분하다(wystarczy). 어떤 수식을 붙여도, 얼마큼의 시간이 지나도 '가을'이라는 계절에 변함이 없는 것처럼.

다람쥐는 도토리를
맛있게 오독오독 까먹어요

다람쥐는 도토리를
땅속에 묻어 두고 까먹어요

다람쥐는 도토리를
맛있게 오독오독 까먹고

---

3 윤경희 「빵집의 이름은 빵집」, 『분더카머』, 문학과지성사 2021, 113면.

땅속에 묻어 두고 까먹고

그게 숲을 이루는

착한 일이었다는 것도 까먹어요

— 김성민 「착한 일은 그렇게 하는 거니까요」 전문

(웹진 『동시빵가게』 31호, 2022년 12월)

그리고 이제 봄이다. 우리 무지(無知)의 결과가, 단지 이후의 삶을 준비하기 위해 보냈던 겨울의 결과가 이제 곧 드러나는 시간이다. 사실 삶의 가장 아름다운 부분은 생존을 위해 한 일들보다도, 생존을 위해 한 일을 기반으로 의도치 않게 획득한 산물(일종의 잉여)이 아닐까 싶다. 김성민 시인의 동시는, "다람쥐"를 통해 애초에는 '나'를 위한 일이었지만 도중에 성질이 바뀌어 결과적으로는 타자를 환대하는 최선의 형식이 되는 순간을 포착한다. 어리둥절하고 즐거운 인과다. "다람쥐"도 "도토리"도 무슨 뜻이 있어서 능동적으로 움직이고 있는 게 아니다. 내가 사랑하는 무언가를, 지금이 아니라 미래를 위해 남겨 놓는 일은 무지와 망각에 힘입어 '나' 이상의 세상을 위해 이바지한다. "도토리"가 "다람쥐" 한 마리의 식사를 위해 한순간 소모되는 데서 끝을 맺지 않고, 나무가 되고 "숲을 이"룰 수 있는 시간을 주는 것은 '다람쥐'의 안온한 지금의 상태 ── 미래를 위해 식량을 남겨 놓을 수 있을 만큼 충분히 잘 챙겨 먹은 현재 ── 에 기인한 여유다. 육아에서 말하는, 긍정적 의미에서의 '가만히 기다려 주고 지켜봐 주는 일'인지도 모르겠다.(안정된 양육 인프라가 갖춰진 구조 안에서라면 충분히 가능한 이상적 현실이다.) 사실 '선의'라는 말은 때로는 무척 비좁아서 자타를 가리지 않고 억압적인 성격을 보일 때도 많다. 버스 안에 서 있는 어른에게 '어르신, 여기 앉으세요'라고 기껏 자리를 양보하고는 바로 옆에 딱 붙어서서, 자기도 모르게 어르신을 더 불편하게 하는, 부정적 의미에서의 무지가 그럴 것이다. 반면 "착한 일이었다는 것도 까먹"은 무지에는 시혜 의식이 없다. 있던 것이 사라지고, 새로운 것이 태어나는 것은 다람쥐의 망각과 같이 자연스러운 현상인 것이다. 그렇게 누구도 의도치 않았던 기다림의 시간이 지나고 이제는 봄, 어린이가 제 힘으로 세상에 설 수 있는 시간, 우로보로스(ουροβόρος, 자신의 꼬리를 삼키는 자)와 같은 원형(圓形)의 시간을 돌고 돌아서 다시 환(環)의 끝부분으로부터 처음을 준비하는 자리로 왔다.

5년 전 출판사 퇴사 후 어린이병원에 기획안을 내었다. 다행히 뜻이 맞아 병원 안에 문화 공간을 신설할 수 있었다. 병원 건물 한 개 층이 백지처럼 주어졌다. 아이들의 환심을 살 만한 놀잇감과 게임기로 공간을 채우는 것이 병원의 일차 방안이었고, 그것대로 진행해도 무리는 없을 거였다. 하지만 그렇게만 쓰기에는 아까웠다. 한두 달 동안 제안과 설득, 준비 과정을 거쳐 환아(患兒)가 이용할 수 있는 도서관을 중점으로 하고 나머지는 미술실, 게임실, 영화 상영실, 보호자 휴게실 등으로 공간을 구획해 꾸몄다. 문화 공간에 방문하는 아이들은 병동에 입원한 아이들이었다. 중증 질환 환아는 아니었지만 며칠씩 앓느라 애쓰는 아이들이었다. 기침하는 아이들, 수액 줄을 단 아이들, 휠체어를 탄 아이들과 함께 나는 매일 어린이 책을 읽기 시작했다. 아직 너무 어려서 글자를 모르는 아기가 오면 그림책을 소리 내어 읽어 주었다. 좋아하는 동시를 책갈피로 만들어 보호자들과 나눠 가졌다.

아이러니하게도 내게는 그즈음이 문학이 죽은 것처럼 느껴지던 시기이기도 했다. 어린이문학의 강력한 힘과 아름다움을 예찬하기도 했지만, 얼마간은 어린이문학이란 게 작가들의 이상한 중얼거림 같았다. 어린이문학은 어린이의 것이라고들 하면서 시와 이야기를 짓는 것도 어른, 글을 고치고 책을 빚는 것도 어른, 상을 주고받는 것도 어른, 입맛에 맞는 책을 장바구니에 담는 것도 어른이라는 게 수상했다. 글을 쓰거나 책을 읽거나 만드는 스스로의 행위가 무엇을 위한 것인지 의심스러워진 이상 나는 중단해야 했다. 문학은 어린이의 허기를 해결할 수 있나? 문학은 위험에 빠졌거나 위협받는 어린이를 구할 수 있나? 문학은 아프거나 다친 어린이를 낫게 할 수 있나? 문학은 바로 이 순간 어려움을 겪는 어린이에게 무엇인가를 할 수 있나? 아끼는 동시집, 동화책, 그림책을 아무리 열어 보아도, 모든 페이지가 죽은 살갗을 만지는 것처럼 느껴지던 때가 있었다.

(⋯)

내가 쓴 시를 동시라고 불러도 되는지 여전히 의심하고 경계하고 있다. 다만 지금에만 쓸 수 있는 시를 더 이상 미루지 않고 싶다. 내가 만드는 시가 어딘가에 가닿는다면 꼭 필요한 누군가이길 바라고 있다.[4] (강조는 인용자)

정확히 일 년 전에 발표된 산문임에도, 다소 긴 인용을 무릅쓰고라도 되짚어 보는 일 역시 어쩌면 다시 돌아오는 봄을 맞이하기 위한 준비일지도 모르겠다. 김제곤·이유진 평론가의 글을 경유하며 느슨하게나마 비평적 대화[5]를 이어 가고 있는 지금, 나는 '처음'으로 돌아가는 마음으

---

4 남지은 「하얀 눈 위에 글쓰기」, 『동시마중』 71호, 2022년 1·2월호, 88~90면.

5 계간 『창비어린이』 2022년 겨울호 특집('2022년 어린이책 결산')에 실린 평론 「은하계를 여행하는 아동청소년문학 평론을 위한 안내서」에서 강수환 평론가는 아동청소년문학평론 장에서의 '비평적 대화'에 대해 언급하며 "일부 정보와 논지를 공유하기 위한 인용은 있지만, 비평적 대화를 위한 상호 언급은 거의 존재하지 않았다. 김준현과 이유진의 주장을 비판적으로 경유한 끝에 시인과 동시의 책무를 역설한 김제곤의

로, 봄을 마중하는 기분으로 남지은 시인의 산문 「하얀 눈 위에 글쓰기」를 읽었다. 어른이 전유하고 있고, 전유할 수밖에 없는 어린이문학 장르에 대한 의구심을 어쩔 수 없었던 시절, 어린이문학에 '진심'인 이들이라면 어쩔 수 없이 통과할 수밖에 없는 시간에 대해 고민해 본다. "문학은 위험에 빠졌거나 위협받는 어린이를 구할 수 있나? 문학은 아프거나 다친 어린이를 낫게 할 수 있나? 문학은 바로 이 순간 어려움을 겪는 어린이에게 무엇인가를 할 수 있나?" 문학이라는 큰 범주 안에서도 어린이문학은 '창작자≠독자'라는 분명한 경계를 가진 장르라는 점에서, 공리적 효용성을 질문하고 의심하는, 이른바 "내가 쓴 시를 동시라고 불러도 되는지 여전히 의심하고 경계하"는, 이 일련의 과정은 어떤 결론에 도달하기보다는 모든 어린이문학의 창작자의 내면에서 지속될 수밖에 없다고 생각한다. 여름, 가을, 겨울을 거쳐 어린이가 스스로의 힘으로 다시 일어설 수 있는 계절에 들어서기까지 어른의 태도는 방임/간섭의 부정적 양극단으로부터 자기 균형을 유지하는 일일 수밖에 없지 않을까.

김제곤·이유진 평론가의 비평은 그 결은 다르지만, 부정적 현실의 대칙점에서 창작자로서의 윤리적 태도를 진면에 드러낸 글쓰기-창작을

「중심에 맞서는 방법」 정도가 여기에 속하는 글일 것이다. 김제곤과 같은 중견 평론가가 이처럼 꾸준히 대화를 건네는 동안, 나를 포함한 젊은 평론가들은 어떠했는지를 돌아보게 된다"는 소회를 전하고 있다(71면). 강수환 평론가가 언급한 "비평적 대화"의 필요에 대해 적극적으로 동의하는 한편으로, 그간의 비평적 대화의 전개 양상을 순차적으로 되짚어 보면 다음과 같다. 김준현 「우리의 한계와 경계를 인정할 시점」(『동시마중』 67호, 2021년 5·6월호) → 이유진 「'어쩌면'과 어린이」(『동시마중』 68호, 2021년 7·8월호) → 김제곤 「중심에 맞서는 방법」 부분(『창비어린이』 2021년 가을호) → 김준현 「시공간을 넘나들기」(『동시마중』 72호, 2022년 3·4월호) → 이유진 「우리가 사랑의 임무를 다하는 방식」(『동시마중』 77호, 2023년 1·2월호).

지향한다는 점에서 뜻을 함께한다. 그 뜻을 비평가로서의 필자 역시 적극적으로 수용하고 지향한다. 여기서 지향이란, 창작자에게 무언가를 쓰라고 주문하는 것이 아니라 '전언'이 중심축이 아닌 동시에서도 '현실에 맞설 수 있는 힘'을 발굴해 내겠다는 이유진 평론가의 다짐과 동일한 맥락의 지향이다.

그럼에도 어린이들에 대한 '애정'으로 마침내 써질 수밖에 없는 전언의 동시들로 세상이 좀 더 안전하게, 자신을 희생하지 않고 살 수 있는 사회가 되기를 바라는 상상, 그야말로 무모한 희망을 품어 본다. / 동시에 지금 당장 내가 할 수 있는 것은 전언의 동시가 아닌 동시 속에서도 어린이가 처한 현실을 예리하게 살피고, 때로는 어린이의 입장을 변호하며 읽어 내며 동시 속 전언을 찾는 것이리라.[6] ('/'는 인용자)

글을 두 부분으로 나눠 보면 후반부가 아마도 텍스트를 보다 섬세하고 밝은 눈으로 살피고자 하는 평론가로서의, 소박하되 분명한 의무일 것이다. 전반부는 간접적으로나마 창작자들이 이·현실에 보다 능동적으로 관심을 갖고, 애정을 담보한 전언의 동시라도 좋으니 어린이들의 안전한 삶이 가능한, 좀 더 나은 사회를 구축하는 데 있어 효용성을 발휘할 수 있는 동시 창작을 바라는 애정과 진심의 육성이다. 그러니까 '인생의 육성이 곧 시'라는 믿음은, 꼭 직접적으로 시를 읽지 않더라도, 애정이 가득한 비평을 경유해서 다시 지금-여기로 돌아온다. 이 지점에서 비평가로서의 나는 창작자로서의 내게 "무모한 희망"을 품고 "전언

---

6 이유진 「우리가 사랑의 임무를 다하는 방식」, 『동시마중』 77호, 2023년 1·2월호, 136면.

의 동시", 더 정확히는 '사랑'으로 환원될 동시를 쓰라고 주문할 수밖에 없다. 메시지를 심장으로 삼고 운동하는 동시가 얼마나 쉽게 실패하고, 작품도 무엇도 아닌 그저 산문적 진술이 되어 버릴 위험성 — 낮은 고도로 날다가 추락해 버릴 수도 있다는 사실 — 을 인지하면서도, 용기를 내어 모험하기를 주문한다. 그 주문은 존경하는 모든 창작자들을 향한 미약한 응원으로 전환되기 이전에 창작자로서의 '나'를 필연적으로 통과할 수밖에 없다. 긍정적인 의미에서의 무지에 힘입어, 모른 채로 가자, 그래, 그렇게 쓰자, 그렇게 쓸 것이다. 주문을 왼다.

　그러니까 지금 이 비평의 마지막 문단은 창작과 비평의 분기점, 겨울잠처럼 긴 읽기의 끝에서 내민 떡잎, 시를 통해서만 드러낼 수 있는 육성, 혹은 창작자로서의 진심이다.

동시의 현장성

2020년대 어린이-현실을 수용하기

높은음자리의 어린이, 낮은음자리의 현실

언니들이 눈짓으로 말해요
입술을 벌리지 않고 말을 해요

그러다 심장이 꺾일 듯 방바닥을 뒹굴며 웃어요
웃겨서 못 견디겠다는 듯 울면서 웃어요

마루가 웃어요
벽시계가 웃어요
꽃무늬 이불이 막 웃어요

나도 웃어요

세상에서 제일 큰 소리로 웃어요

십이지장이 다 환해지는 웃음을 웃어요

— 최휘 「세상에서 제일 큰 웃음」 부분(『여름 아이』, 문학동네 2022)

변성기 이전 어린이의 목소리는 음역대의 한계가 없는 것처럼 느껴진다. "세상에서 제일 큰 소리로 웃"을 수 있는 존재, "십이지장이 다 환해지는 웃음"이 가능한 존재는 언제나 어린이다. 그러나 어떤 소리라도 타인의 삶-생활을 침해하는 것으로 간주된다면 어른에 의해 제한받게 마련이라는 점에서 어른의 현실은 기본적으로 낮은음자리에 가깝다. 이를테면 이제 조용히! 아랫집에 들리니까 쉿, 복도에서 울리니까 쉿, 아빠 중요한 전화 통화 중이니까 쉿, 영화관이니까 쉿, 버스니까 쉿, 엘리베이터에서는 쉿, 공공장소니까 쉿! 적어도 어린이에 한해서는 떠들썩한 목소리보다는 단정한 목소리로 말하거나 차분히 침묵을 지키는 게 모두를 위한 평화와 안정에 더 가깝다고 믿는 것이 어른들인 것 같다. 그렇게 어른은 어린이가 양껏 소리 지르고 싶은 마음을 축소시키는 과정을 통해 현실의 규율과 제약을 대변한다. 그것이 예설이니까. 사실 어린이가 마음껏 소리를 낼 수 있는 공간은 아파트나 공원에 딸린 손바닥만 한 놀이터 정도가 전부이며 그 외에 굳이 찾자면 키즈카페나 놀이공원, 노래방과 같은 공간이 있지만 이 공간에서 향유할 수 있는 시간은 모두 일정한 비용을 지불해야만 얻을 수 있다. 이렇듯 어린이의 소리가 소음으로 치부되기 일쑤인 반면에 어른의 발화 행위는, 적어도 '의미'의 측면에서 그 자율성과 가치를 존중받게 마련이라 타인이 쉽게 강제할 수 없다. 무엇보다도 어른은 이미 장소와 시간에 따라 목소리의 높낮

이를 조절해야 한다는 '상식적 사고'가, 일종의 미덕으로서 내면화되어 있는 경우가 많기 때문이다. 사람들로 빽빽한 지하철 안에서는 저마다 무선 이어폰을 귀에 낀 채 고개를 숙이고 폰의 액정 화면 속에서 손가락 끝으로 조용히 소통할 줄 안다. ('그러나 어린이들은 그럴 수가 없잖아? 그러니 어른의 보호가 필요하지.' 적절한 통제가 필요하다는 생각은 그래서 너무도 자연스럽다.)

도로 위 노란 표지판에는 '어린이보호구역'이 적혀 있고, 거기서 몇 발자국 떨어지지 않은 멋진 카페의 입구에는 '노키즈존'(NO KIDS ZONE)이라고 적혀 있다. '어린이보호구역'과 '노키즈존'. 일종의 역설이라고 할 수 있는 이 두 단어는 그러나 별다른 긴장 관계를 형성하지 않은 채 잘 공존하고 있는데, 그 이유는 이 두 단어가 모두 '보호'라는 동일한 명목-명분으로 존재하고 있기 때문이다. '다 너희를 위한 거란다.' '너희 인생을 위한 거란다.' 물리적 보호가 아니라 가치관의 주입 및 내면화를 종용하는 이런 말들, 달리 말해 거의 항상 위선에 가까운 말이었음이 들통나고 마는 이런 어른의 말들이 적어도 아직 자신의 말을 통해 자신과 타자에 대한 어떤 영향력을 가질 수 없는 어린이들에게는 절대적일 수밖에 없다.

이를테면 넓고 멋진 외관의 카페에 갔는데 NO KIDS라는 대문자의 거부 의사를 마주했을 때. "그런데 여기가 왜 노키즈존이에요?"라고 묻자 "1층은 괜찮아요. 2층은 아이가 난간이 있어서 위험해서 그래요. 저도 아이 키우는 걸요."라는 대답. 그럼에도, 단어에 민감한 시인은 마음 한구석이 계속 찝찝하다. '어린이'의 안전을 걱정하는 마음보다는 '어린이'의 존재 자체를 거부하는 것처럼 보이는 저 NO라는 수식이, 항상 우리의 미래라고 부르는 어린이(KIDS)에 대한 역설처럼 느껴지는 건 내가 예민한 탓일까?

아이와 갈 수 있는 곳은 생각보다 한정적이다. 소리를 최대한 낮춰야 하는 공간에는 아이와 함께 가기가 힘든데, 대부분의 공공장소가 그렇다. 모든 넓이가 자본으로 치환되는 현실에서, 아이가 마음껏 소리 지르고 마음껏 뛰놀 수 있는 넓은 공간은 늘 부족하다. 어린이의 행위 중 상당수는 타인의 삶을 침범한다는 우려에 의해 제재를 받게 마련이고 부모가 이를 잘 통제하지 못할 경우 감정 섞인 시선(연민이든 비난이든 심지어 분노든)을 받게 마련이다. 아이의 활동 공간이 점점 게토화되어 가는 현실에서, 적어도 이제야 자기 표현의 욕구를 드러낼 나이인 아기들에게 조금 더 관대한 눈빛을 바라는 것은 욕심일까. 그래서인지 아이를 환대하는 시선, 바람직한 육아에 골몰하는 부모를 응원하는 이들의 시선은 너무도 귀하고 소중하다.[1]

자기 삶의 주체임에도 자기 삶을 이끌어 가기 위한 실질적 행위를 담보하는 이가 어른이 될 때, 어린이는 어쩔 수 없이 대상의 자리에 머무를 수밖에 없다. 탄생의 순간 한껏 높은 목소리로 울었던 그 시간이 꿈이었던 것처럼, 어린이들의 목소리는 점차 낮아진다.

친구 아버지가 돌아가신 날 우리는 놀이터에 모였어요

별도 죽는 거야?
바람이 서늘했어요

---

1 졸고 「어린이를 위한 정치」, 『영남일보』 2022. 5. 9.

태어나면 반드시 죽는 거야
지예가 낮은 목소리로 말했어요

죽으면 어디로 가지?
봉희가 더 낮은 목소리로 말했어요

우리는 둥그렇게 앉은 원을 더 좁혔어요
발바닥 저 아래서 죽음이 끌어당기는 것 같았어요

그때 갑자기 그네가 삐그덕 흔들렸어요
나는 봉희를 와락 껴안았어요

우리는 집으로 꽁지가 빠지게 달아났어요
골목을 뛰어갈 때 자귀나무 이파리가 귀신처럼 흔들렸어요

　　　　　　　　　　　　　　　──최휘 「여름, 죽음」 부분 (『여름 아이』)

　아동문학, 특히 동시가 죽음을 다루는 경우 '나'와 가까운 타자의 죽음은 곧 애도의 형식으로 연결되고, 회상에 기대어 죽은 대상을 추억하거나 여전히 지속되고 있는 대상에 대한 사랑을 이야기하는 것이 보편적이다. 죽음 앞에서 느끼는 그 강렬한 정서-파토스로 인해 '나'의 자의식이 강해지거나 세계관이 뒤흔들리는 경험이 작품의 주조를 이루는 경우가 많은 이유다. 그 과정에서 주체의 발화가 작품 전면을 덮어 버리다 보니 '죽음'에 대한 다각도의 의문이 발생하는 지점을 짚지 못하는 경우도 많다.

그러나 최휘의 「여름, 죽음」은 "친구 아버지"의 죽음을 둘러싸고 있는 "지예" "봉희" "나"가 저마다 죽음에 대해 느끼는 감각을 문답의 형식으로 풀어 나가면서, 각자 발화를 분담하고, 곧장 애도로 이어지는 전개를 지연시키며, 천천히 '죽음'을 인식하는 과정을 보여 주면서 핍진성을 획득하고 있다. 높은 목소리가 아니라 "낮은 목소리" "더 낮은 목소리"가 머무는 음역대는, "우리"가 있는 곳이 공공장소여서가 아니다. 근처에 어른이 있어 이들을 강제하고 있어서도 아니다. '죽음'이라는, 좀 더 어른의 삶과 밀접하다고 여겼던 관념이 감각으로 전환되는 '충격'의 순간이어서다. "더 낮은 목소리로" 이야기한 "죽으면 어디로 가지?" 뒤는 그 누구도 답을 붙일 수 없는, 즉 어른조차도 뚜렷한 근거를 대고 대답할 수 없는 이 당연한 의문이 피부로 느껴지는 순간이다. '살아 있음'을 확인하기 위한 유대─연대로서 "둥그렇게 앉은 원을 더 좁"히는 행위는 소중하고 애틋하다. 서로의 존재가 자기 삶을 확인하는 근거가 된다는 것 ──"나는 봉희를 와락 껴안았어요"는 살아 있음을 확인할 수 있는 가장 물리적이고 직접적인 방법이며 '슬퍼하는 몸의 두께'[2]를 확인하는 방법이다. '나'는 '타자'를 통해 '나'의 존재를 확인한다. 그리고 그 행위에 이르기까지의 정황을 함께 읽은 우리 독자는 그 '나'가 실재하는 어린이라는 것을 확인하고 확신한다. 세상 어딘가에 분명히 있을 수 있는 어린이. 이것이 동시의 설득력이다. 선언을 좋아하

2　김지은 「두툼한 슬픔」, 『경향신문』 2022. 11. 12. "어린이는 슬픔과 아픔을 어떻게 말할까. 그들의 슬픈 언어를 위해서는 슬퍼하는 몸의 두께를 옮길 번역가가 필요하다. 제자리를 찾지 못하는 입술로, 들먹이는 어깨로, 걷어차는 두 다리로 말한다. 이 비통함을 평평한 말로 옮기기는 어렵다. 우리는 그것을 '말로 형언할 수 없는 슬픔'이라고 부른다."

지 않지만 이즈음의 동시를 그 나름의 애정으로 읽어 온 한 독자임을 자부하며 미약한 목소리로나마 선언하자면, 지금의 동시는 더 이상 낭만적 풍경이나 말의 힘만으로 만들어진 아름다운 세계, 교훈, 전언, 메시지로 치환되지만은 않는다. 이제 동시는 현실을 말한다. 아니, 이제 동시는 현실이다.

어린이의 현실, 어른의 현실: 여기, 지금, 가장 문제적인 지점

2014년에 개봉한 「카트」(Cart)라는 영화가 있다. 마트의 캐셔들이 겪는 불안정한 고용 현실을 고발하는 이 영화는 노조를 만들어 불합리에 대항하는 캐셔들인 '선희'와 '혜미'가 중심이 되어 이야기가 전개된다. 하루아침에 부당한 해고를 당한 이들은 마트를 점거하고 안에서 음식을 해 먹고 소소한 연극도 하면서 기업의 횡포를 버틴다. 실제 파업 현장을 가감없이 반영한 이 영화 속 노동자들은 회사가 마트 내의 전기를 끊어 버리거나 시위의 중심인물을 유혹해 노조를 와해시키려는 간교한 횡포를 부려도 끝까지 버티며 자기 권리를 되찾기 위해 목소리를 낸다. 선희와 혜미가 자신의 권리를 찾기 위해 투쟁하는 이유 중 가장 큰 것은 바로 그들의 가정을 위해서, 생계 유지를 위해서다. 더 구체적으로는 고등학생 아들과 초등학생 딸의 삶을 지탱해야 하는 가장인 선희와, 역시나 어린이집에 맡겨야 하는 어린아이의 엄마인 혜미. 아이들에게 부모는 절대적으로 양육자-보호자로서의 책임을 지지만, 마트 야간 근무까지 해 가며 열심히 살아도 그 책임을 다하는 일이 쉽지 않은 이들의 현실은 뼈아프다.

그러나 영화를 보면서 내 눈에 더 오래 남은 것은 고군분투하는 선희와 혜미보다는 그들의 돌봄을 받아야 하는 아이들이었다. 이 아이들의 현실은 영화의 주된 서사가 아니어서 그런지 드문드문 등장한다. 선희의 초등학생 딸은 집에서 제대로 끼니를 챙겨 먹지 못하고 라면이나 김을 먹고 있거나 거의 늘 멍하니 텔레비전을 보고 있다. 고등학생인 오빠가 가끔 들여다보고 있으나, '잘 있는지' 확인하는 차원이지 양육이라고 할 수는 없다. 고등학생인 오빠는 최근에 엄마 선희의 현실을 알게 되어, '엄마'의 곤란-생계를 함께 해결하기 위해 편의점에서 아르바이트를 해야 하기 때문이다. 미성년자인 아들이 맞닥뜨린 이 현실도 녹록치 않다. 편의점의 점주는 아르바이트 급여를 얼토당토않은 이유로 떼먹으려고 한다. '어른'과 '미성년자'가 자본을 매개로 만날 때 발생하는 이 불평등에는 사회적 안전망이 부재한다. 선희의 아이들보다 더 어린 혜미의 아이는 어린이집이 아니면 돌봐 줄 사람이 없기에 아예 혜미와 시위 현장에 함께 있다. 즉 파업 현장에 있는 노동자들이 겪는 위험에도 고스란히 노출되어 있다는 뜻이다. 함께 있는 어른의 현실은 언제나 고스란히 어린이의 몫이기도 하다.

어린이집에서 돌아온 동생이
숙제를 내민다

내 방 정리하기

"아빠 내 방은 어디야?"

한눈에 다 보이는 우리 집

방은 따로 없는데

아빠랑 나랑 붉은 담요를 펼쳐서

"네 방은 여기야."

짠!

움직이는 마법의 방

동생은 이리저리 방을 끌고 다니며

방방 뛰어다닌다

    — 정지윤 「오늘의 숙제」 전문 (『어쩌면 정말 새일지도 몰라요』, 창비 2019)

  최소한의 존엄을 지키는 삶이란 과연 어떤 것일까? 생존을 위협받지 않을 정도의 공간을 확보하면 살 만한 것인가? 매일의 끼니를 영양가 없는 인스턴트 음식으로만 해결한다는 것은 잘 살고 있지 않은 걸까? 집안 형편으로 인해 남들 다 다니는 학원을 다닐 수 없으면, 혹은 남들 다 가는 수학여행을 갈 수 없으면 그건 평균 이하의 삶인 걸까? 이 질문들은 서글프게도 생각보다 많은 어린이가 순간순간의 현실과 마주하면서 자문(自問)하게 되는 것들이고 명쾌한 답이 나오지 않는 것들이다. "어린이집"에서 받아 온 간단한 한 문장 "내 방 정리하기"와 같은 숙제 역시 마찬가지다. 폭력이나 억압이라고 생각지 않았던, 즉 우리가 보편-공통의 영역에 있다고 생각해 의심해 본 적 없던 한 문장 "내 방 정리하기"가 누군가에게는 불가능한 세상이다. 그리고 이어지는 "동생"

의 질문 "아빠 내 방은 어디야?" 자기 몫의 방을 가지고 있지 않은 이 "동생"의 현실은 곧 "한눈에 다 보이는 우리 집"이란 말에서 적나라하게 드러난다. 여기서 "아빠랑 나"의 해결책은 "붉은 담요를 펼쳐" "움직이는 마법의 방"이라는 '부정적 현실을 환상과 우화로 전복하기'다. "동생은 이리저리 방을 끌고 다니며/방방 뛰어다닌다"는 결론에 도달하고 일단 "동생"은 숙제를 잘 마친 것처럼 보이지만, 이는 어디까지나 일회적이고 임시적이다. "오늘의 숙제"는 여전히 남아 있으며, 이는 "동생"의 몫도, "아빠와 나"의 몫도, 동시의 몫도 아니며, 현실-구조의 문제를 해결해야 하는 우리 모두의 몫이다.

　　"아침부터 삼각김밥 먹는구나……" 하신다.
　　삼각김밥 맛있는데?

　　"오늘도 컵라면 먹는구나……" 하신다.
　　오늘은 참치마요 비빔면인데?

　　어느 날 저녁
　　컵라면에 삼각김밥 먹다가

　　오늘도 내가,
　　저녁에 내가,
　　삼각김밥 컵라면 먹고 있단 걸
　　알게 되었다.

삼각김밥 맛있었는데…….

컵라면 맛있었는데…….

　　　　　　　　　── 송선미 「삼각김밥 맛있었다가」 전문(『시와 동화』 2020년 여름호)

『오늘부터 배프! 베프!』(지안, 문학동네 2021)라는 동화가 있다. 사랑스러운 내용이라서 괜한 스포일러가 되지 않도록 출판사 제공 책 소개만을 인용해 내용을 소개하자면 "급식 카드를 처음 사용하게 된 아이의 모습을 애정 어린 눈으로 섬세하게 그리되, '가난'이라는 틀 안에 아이를 가두지 않고, 학교에서 집에서, 가족 속에서 친구들 사이에서 아이가 느끼는 다양한 감정의 결을 씩씩한 문장으로 그리"고 있는 동화다. 여기서도 아이들이 "컵라면"을 먹는 장면이 나온다. "컵라면"과 "삼각김밥"을 먹는 아이들의 삶을 평균적인 삶의 범주로 여기지 않는, 즉 가족과 함께하는 식사 혹은 영양가 있는 식사를 하지 '못하는' 것으로 보는 동정과 연민의 시선은 언제나 "아침부터 삼각김밥 먹는구나……" "오늘도 컵라면 먹는구나……"에서 은폐된 어른의 심리─말줄임표의 자리에 있다. "아침부터" "오늘도" 같은 말은 이 어린이 화자의 식사 루틴을 일종의 문제로 인식하고 있음을 은연중에 드러낸다. 이후의 저 여운 "……"이 함의하는 부정적 뉘앙스는 어린이에게 고스란히 전달된다. '급식 카드'로 살 수 있는 품목이 한정되어 있고, 군것질과 같은 것은 할 수 없도록 되어 있는 무지한 배려와 꼭 닮지 않았나? 게다가 이토록 확신에 찬, 자기 발화의 윤리성을 믿어 의심치 않는 어른의 동정은 현실에서는 무력한 주제에 어린이에게만 지대한 영향을 미친다. '컵라면'과 '삼각김밥'을 맛있게 먹는 일상을 재고하게 만들고 어린이로 하여금 '자신'의 삶이 평균적이지 않은 삶이라고 인지하게 만드는 것은 언제나 어른이다. 어른들은 그렇게 자신이 꽤 괜찮은 사람으로서, 그러니까 진심으로 '걱정'되어서 하는 말을 통해 어린이에게 상처를 입힌다. "삼각김밥 컵라면 먹고 있단 걸/알게 되었다"의 앓은 삶의 한 균열이다. "삼각김밥 맛있었는데……/컵라면 맛있었는데……." 어린이는 이제 더는 맛있었던 음식 혹은 자신의 일상을 즐길 수 없게 되었다. 어른의 배려 없는 말 한마디는, 그래서 의도와 무관하게 어린이의 내면을 잠식하고 피폐하게 한다.

부르르르 부르르르
외출을 자제하라는 문자를 받았다

딩동 딩동
주문한 통닭이 왔다

타닥 타다닥 타다다닥
자판을 두드리며 통닭을 먹었다

휘이잉 휘잉
바람에 창문이 흔들려 다시 꼭 닫았다

부릉 부르릉
빗속에 통닭 오토바이가 달리는 걸 보았다

삐요 삐요 삐요 삐요

구급차 지나가는 소리가 들렸다

— 문현식 「태풍 오는 날」 전문(『오늘도 학교로 로그인』, 창비 2021)

주체의 삶에 직접적 영향을 미치는 관계, 즉 가족이나 친구, 선생님 등이 아니어도 우리의 일상을 지탱하고 구성하는 데는 수없이 많은 (이름 모를) 타자가 존재한다. '치킨을 먹고 싶다'는 욕구가 닭을 키우는 사람과 유통하는 사람, 치킨을 파는 사람과 치킨을 배달하는 사람에 이르기까지 느슨하게 연쇄적으로 연결되어 있는 것이다. 이 시의 화자는 안전한 자기-현실 안에 있고, "외출을 자제하라는 문자를 받"은 후 외출을 자제한 채 "타닥 타다닥 타다다닥/자판을 두드리며 통닭을 먹"고 있다. 이 시에 나오는 모든 음성 상징어(부르르르 부르르르, 딩동 딩동, 타닥 타다닥 타다다닥, 휘이잉 휘잉, 부릉 부르릉 삐요 삐요 삐요 삐요) 는 기존의 많은 동시가 음성 상징어를 통해 가독의 효과를 겨냥하는 것 과는 다른 층위에서 작동하고 있다. 우선 이 많은 알림-소리는 모두 어떤 사건이나 현실 이전에 발생하고 있는데, 삶이란 결국 의미에 선행하는 감각의 차원이라는 것을 보여 주는 동시에 화자의 '뒤늦은 깨달음'을 부각하기 위한 장치이기도 하다. 화자가 직접 대상에 대해 발화하거나, 우려나 걱정을 하거나, 어떤 교훈-메시지로 성급하게 도달하지 않고 정확히 '나'의 위치-시점에서 보고 듣고 느낄 수 있는 것들을 나열하는 방식으로 전개되기 때문에 독자는 '나'와 동일한 입장에서 현실을 마주할 수 있게 된다. 흔히 선경후정(先景後情)이 고전시가, 특히 한시에서나 전형적으로 사용되는 기법이라고 생각하는 경우가 많지만, 실상 '선경'이란 독자와 함께 발맞춰 가기 위한, 작가와 독자가 동일한 위치에서 세상을 바라보기 위한 배려의 장치다.

페미니즘 리부트: 여자아이의 목소리

진희가 머리를 잘랐어.
긴 머리에서 짧은 머리로 싹둑 잘랐어.
검은 야구 모자를 쓰고 왔는데,
그래선지 얼굴이 더 하얘 보여.

진희의 가늘고 긴 손가락과
한쪽 눈을 가린 앞머리가
진희가 자주 그리던 순정 만화
남자 주인공과 똑 닮아진 것 같아.

진희가 머리를 자른 일로
아이들은 자꾸 진희를 쳐다보고
무슨 일로 갑자기 머리를 잘랐는지
자꾸 진희에게 물어보는데

사실은 나도 자꾸 진희를 쳐다봐.
진희 주변에 일어난 일들이 아주 궁금해.
진희하고만 둘이 조용히 말하고 싶어
진희 근처를 두어 번 왔다 갔다 했지.

진희는 별말 없이 살짝 웃기만 했어.

진희가 갑자기 머리를 자르고 와서

우리 반의 스타가 된 것 같아.

그리고 어느 정도는 나의 스타도.

— 정유경 「진희가 머리를 자르고 온 날」 전문(『미지의 아이』, 문학동네 2021)

우리 엄마는 점점

아저씨가 되어 간다.

머리가 짧아지고

수염이 나기 시작한다.

밥도 많이 먹고

방귀도 크게 뀐다.

목소리도 두껍고

욕도 잘한다.

벌레도 잘 잡고

가구도 잘 든다.

예쁜 옷은 없고

바지만 많다.

자주 아빠 옷을 입어서

아빠가 둘인 것 같다.

예쁜 엄마가 좋지만

우리 엄마도 괜찮다.

천둥이 칠 때 같이 있으면

하나도 안 무섭다.

— 김개미 「우리 엄마」 전문(『레고 나라의 여왕』, 창비 2018)

어린이들에게 외모-외형의 변화만큼 직접적인 것은 없다. 세계는 대개 돌출된 시각적 이미지로 우리에게 밀려드는 법이다. 군 입대를 위해 한국의 남성들이 머리를 아주 짧게 자르는 것처럼 어떤 규율에 의한 경우도 있지만, 외모의 획기적 변화란 대개 내면의 변화로부터 연유한다는 생각이 이제 상식적인 것이 되었다. 삶의 어느 순간 자기 이미지를 완전히 바꾸는 것은 일종의 도약이며, 그 순간은 언제나 어떤 용기나 결의가 필요하기에 대개는 빛나는 것으로 인식된다. 정유경 시인의 「진희가 머리를 자르고 온 날」에 나오는 "진희" 역시 그렇게 보이는 아이다. "진희가 머리를 자른 일로/아이들은 자꾸 진희를 쳐다보고/무슨 일로 갑자기 머리를 잘랐는지/자꾸 진희에게 물어보는" 상황인데, "진희"가 왜 머리를 잘랐는지는 드러나지 않는다. 그 '비밀'이 "진희"를 더 빛나게 하고 "우리 반의 스타"로 보이게 만든다. 이 시에서 "우리"와 구별되는 자리에 있는 화자인 "나"의 목소리가 도드라지는데, "우리"로 묶이지 않는 것이나 그 말투로 보아 "나"는 "우리 반"의 선생님(어른 화자)임을 어렵지 않게 유추할 수 있다. 이 어른 화자가 '선생님'으로서 "진희"에게 나아가는 게 아니라 "진희"라는 매력적인 어린이의 팬으로서 "진희"를 바라보고 있다는 사실에서, 일반적인 어른-선생님 화자가 아니라 어린이와 일대일로 인간 대 인간으로 마주하고 있다는 점을 확인할 수 있다. 아니, 오히려 스타와 팬의 관계라고 해야 할까? 일종의 팬심이 몇몇 구절에서 넘치지 않게 은연중에 드러나고 있는 데서 유추할 수 있다("그리고 어느 정도는 나의 스타도").

주목할 부분은 "진희"의 외모에 대한 화자의 묘사다. "가늘고 긴 손가락과/한쪽 눈을 가린 앞머리가/진희가 자주 그리던 순정 만화/남자 주인공과 똑 닮아진 것 같"다는 언술. 우선 이 부분에 밑줄을 쳐 두고 김개미 시인의 「우리 엄마」에 나오는, 한층 표면화된 문장을 좀 더 읽어 보기로 한다. 이를테면 "우리 엄마는 점점/아저씨가 되어간다."라는 김개미 시인 특유의 현실을 돌파하는 듯한 목소리는 "머리가 짧아지고/수염이 나기 시작한다./밥도 많이 먹고/방귀도 크게 뀐다./목소리도 두껍고/욕도 잘한다./벌레도 잘 잡고/가구도 잘 든다./예쁜 옷은 없고/바지만 많다."라는 등 "우리 엄마"가 "아저씨가 되어 간다."고 말한 근거를 나열하면서, 어린이 화자가 지니고 있는 '아저씨'의 전형적 이미지를 환기한다. "예쁜 엄마가 좋지만/우리 엄마도 괜찮다"에서 "예쁜"이라는 말은 '여성으로서의 엄마' 이미지와 단단히 연결되어 있는데, 화자는 그 맞은편에 "우리 엄마"를 놓고 "괜찮다."고 긍정하고 있다. 아니 애초에 "엄마"가 "아저씨"가 되어 가는 것에 대해서 화자는 담담하게 진술할 뿐, 부정적 뉘앙스로 말하고 있지 않다. 남성 질서에 의해 주입된 협소한 여성상 "예쁜 엄마" 이미지로부터 탈피하게 하는 중요한 요인은 "우리 엄마"의 자연스러운 생활상이다. 특정한 성 역할이나 구도에 갇히지 않은 "우리 엄마"의 삶으로부터, 어린이 화자는 보다 넓은 시야를 획득한다. 그리고 압권은 "천둥이 칠 때 같이 있으면/하나도 안 무섭다."에서 드러난다. 이는 여성/남성의 구도에서 남성에 의해 고착화된 여성의 이미지가 아니라, 든든하고 강인한 보호자로서의 면모다. '남성'이 전유하고 있던 든든한 보호자 이미지가 '엄마'의 것이 될 때 발생하는 이 낯섦은 우리가 통과해야 하는 하나의 과도기적 현상일 것이다. 그리고 그 낯섦에 대한 긍정이 어쩌면 지금 이 시대를 좀 더 진보적인 자리로 나아가게 하는 것인지도 모르겠다. "순정 만화"의 "남자 주인공"을 닮은 "진희" 역시 기존의 "긴 머리"가 대변하는 이미지의 밖으로 뛰쳐나온 아이다. "진희"가 무엇을 지향하는지, 어떤 마음으로 머리를 잘랐는지는 작품이 드러내는 정황을 통해서는 구체적으로 확인할 수 없지만, 덕분에 독자는 한결 더 열린 해석으로 "진희"를 바라볼 수 있게 된다. "남자 주인공"이라는 비유를 통해, 어쩌면 넓게는 "진희"의 성 정체성에 대한 이야기로까지 확장될 수 있는 여지를 만들어 놓았다. 혹은 "진희"와 같은 친구에 대한 동경을 이야기할 수도 있겠고, 또 다른 어떤 가능성을 꿈꿀 수도 있겠다. 말해지지 않은 부분, 그러나 분명히 지금까지의 동시에서 볼 수 없었던 어떤 현실을 이야기할 수 있는 장이 마련되어 있다는 것. 그리고 여기서부터 작품을 자기-현실에 대입하는 것은 독자의 몫이라는 점에서, 정유경의 이 시는 김개미 시와 마찬가지로 성공적이다.

　　－너는 빨강이니 파랑이니
　　－너는 빨강도 파랑도 아니구나

　　빨강과 파랑의 세계에서
　　나는 보라

　　빨강들 옆에선 파랑에 가깝고
　　파랑들 옆에선 빨강처럼 튀는

　　나는 보라

　　빨강과 손 잡으면 빨강보라

파랑과 팔짱 끼면 파랑보라

빨강빨강보라였다가 빨강보라였다가
파랑보라였다가 파랑파랑보라였대도

보라는 보라

빨강 옆에서 빨강을 알게 하고
파랑 옆에서 파랑을 보여 주며

빨강과 파랑을 만드는

보라

— 김유진 「나는 보라」 전문(『나는 보라』, 창비 2021)

세계적인 색채 연구소 팬톤(Pantone)은 2022년 올해의 컬러로 '베리 페리'라는 색을 선정했다. 파랑과 빨강의 조합을 통해 만들어진 이 '베리 페리'(팬톤 17-3938 Very Peri)는 믿음과 일관성을 상징하는 블루와 에너지와 활기를 의미하는 레드를 섞어 만든 색상이라고 한다.[3] 전에 없던 팬데믹의 시기를 거치면서 창의적이면서도 역동적인 방식으

3 "팬톤은 평온한 파란색에 에너지 넘치는 빨간색을 섞어 이번 베리 페리라는 새로운 색을 창조했다. 역대 팬톤 올해의 색상을 위해 팬톤이 직접 새로운 색을 만들어 낸 건 이번이 처음이다. 여태까지는 기존의 자료에 있던 색 중에서 선정했다."(강조는 인용자)『허프포스트코리아』 2021. 12. 10.(https://www.huffingtonpost.kr/news/articleView.html?idxno=115293)

로 세계를 재인식하는 한 방식을 고민한 결과라는 것이다. "빨강"과 "파랑"은 기본적으로 대립항이며, N극과 S극을 나타내는 자석에서도, 온도 구분에서도, 성별 구분에서도, 심지어 음양을 나누는 태극 문양에서도 자연스럽게 사용된다. 이 둘 사이를 잇는 한 매개체로서, 제3의 가능성으로서, '세 번째 사람'[4]으로서, "보라"가 등장한다. "너는 빨강이니 파랑이니"라는 이분법적 구도를 전제하고 있는 이 질문이 우리에게는 우선 정치적으로 익숙한 질문이며, 대립하는 두 색 중 꼭 한 가지여야 한다는 폭력이 구조화된 현실을 표상하고 있는 말이기도 하다. 그런데 "나는 보라"라고 당당히 말하고 있는 화자 "보라"는 다른 가능성 하나를 제안한다. "빨강 옆에서 빨강을 알게 하고/파랑 옆에서 파랑을 보여 주"는 존재로서의 자신을 드러내는 것이다. "나는 보라"라는 말 —— 일견 자의식을 선명하게 드러내는 이 문장의 반복이 그러나 자의식 과잉으로 흐르지 않는 이유는, 아마도 "보라"가 동음이의어로서 자신 대신 대상 쪽으로 우리의 시선이 향하도록 주목받는 자리를 양보하고 있는 말, 'look'이기 때문일 것이다. 그러니까 '나를 보라'가 아니라 '나는 보라'. 이 순간 서술어로 기능하는 것이 만약 보라(purple)인 동시에 보라(look)라면, 색채를 드러내는 명사인 동시에 단호한 의지를 전달할 동사가 될 수 있다면, 하는 엉뚱한 생각을 했다. 물론 이렇게 해석하면 이 문장은 어쩔 수 없이 비문이 되고 비약적인 해석이 될 각오를 해

---

4 김지은 『어린이, 세 번째 사람』(창비 2017)의 「책머리에」 참조. "동화 안에는 첫 번째 사람과 두 번째 사람의 이야기에서 잘 들려오지 않았던 국외자의 목소리가 들어 있었다. 나는 그것을 세 번째 사람의 목소리라고 부른다. (…) 아동문학이 나를 사로잡았던 것은 이 사회 곳곳에서 고도로 은폐되어 온 세 번째 사람의 이야기를 진심으로 들려주고 있었기 때문이다."(6면)

야 한다. 그럼에도 구체적 현실이 아니라 평면-일차원 공간에서 색채를 의인화해 캐릭터를 부여하는 이 시의 독특함은 자꾸만 다른 가능성 하나를 더 발굴하게 만들고, 시를 의미의 중력으로 끌어내리는 게 아니라 또 다른 시적 이미지로 파생되게 하는 힘을 갖고 있는 것이다. "빨강빨강보라" 혹은 "파랑파랑보라"가 될 수도 있기에 어느 쪽으로도 열려 있는 색채인 "보라"의 힘에서 비롯된 것이 아닐까? 그럼에도 자기를 잃지 않는다는 사실을 가장 단적으로 보여 주는 구절은 바로 "보라는 보라"라는 점에서, 모든 이름-단어는 결국 자기 지시적이다. "보라"와 "보라" 사이에 어떤 수식도 설명도 덧붙을 수 없도록, 다른 말이 침범할 수 없는 여백 하나를 만드는 말, '보라'가 존재 그 자체로 인정받을 때까지는 아마도 끊임없이 공회전하게 될 이 말 "보라는 보라". 존재가 곧 전부라는 사실을 알 때까지, 소수자의 자리에 있는 이들이 자기를 긍정하기 위해, 그 어떤 논리나 근거를 가져오지 않아도 된다는 사실을 알 때까지. "보라는 보라".

학교 혹은 세계

"다시 또 월요일이야.
5일을 또 어떻게 버텨.
이번 주에도 수업은 따분하고
쓸데없이 숙제는 많을 테지.
눈치 없이 계속 장난만 치는

유치한 남자애들은 또 어떻고……."

운동장을 터덜터덜 걸으며
아이들을 따라 나도
이렇게 말할 때
나는 월요일의 앵무새가 된 것 같았다.

앵무새는 앵무샌데
조금 특별한 앵무새다.
난 비밀이 있는 앵무새거든.

공을 차며 운동장을 달리는
그 애를 따라가는 내 눈길과
살짝 올라가는 내 입꼬리를 생각하며
아이들 몰래 잠깐 기뻐하다,
다시 생각해 보니
비밀이란 게 나한테만 있진 않을 것 같았다.

다른 아이들 중에도 몇은
나처럼 따라 말하고 있을 뿐인지도 모르는 거지.
그러면 누가?

순간 교문은 커다란 새장 문이 되고
새장 안으로 들어오는 앵무새들이 보였다.

제각각 말하고 싶은 뜨거운 것이 있어

가슴이 빨간 앵무새들이었다.

                — 정유경 「월요일의 앵무새」 전문(『미지의 아이』)

"앵무새"는 같은 말을 반복하는 주체의 이미지가 뚜렷한 관용 표현이다. 동일하게 주어진 현실 앞에서 보편-공통의 감각은, 휴일이 끝나고 다시 시작되는 한 주의 시작인 "월요일"에 "수업은 따분하고" "쓸데없이 숙제는 많"고 무엇보다 앞으로 남은 "5일을" "버텨"야 하는 지점이다. 그러니 "앵무새"의 반복되는 말하기는 반복되는 일상, 즉 특별한 무언가가 없는 "이번 주"에서 기인하는 것이다. '말하기' 행위는 결국 합의된 질서-체계를 표면화하는 것으로서, 우리 모두가 동일한 감각으로 현실을 받아들이고 있다는 사실을 확인하는 한 방식이다. 그래서 이 "앵무새"들의 말은 "월요일"에 대한 진지한 원망이나 현실에 대한 적극적 비판이라기보다는 그저 "나처럼 따라 말하고 있을 뿐인지도 모르는" 것이다. 이 말하기의 반대편에 위치한 것은 말해지지 않는 것들이다. 즉 "공을 차며 운동장을 달리는/그 애를 따라가는 내 눈길과/살짝 올라가는 내 입꼬리를 생각하며/아이들 몰래 잠깐 기뻐하"고 있는 '나'의 내면이다. 그리고 이 내면은 언제나 단 한 사람의 구체적인 어린이로부터 비롯되는 것이므로, '학교' '교실'과 같이 어린이 공동체를 뭉뚱그려 말하는 방식으로는 그 상(像)을 선명하게 드러낼 수 없다.

어른이 쓰는 동시에서 어른 창작자가 1인칭 어린이 화자의 목소리를 낼 수 있는가? 결코 어린이가 될 수 없는 어른 창작자*라는 동시의 한계는 새로운 동시 놀이를 가능하게 한다. 동시의 연극에서 무대에 오르는 것은 어린이의 가면(persona)을 쓴 어른(창작자)이 아니라 시인이 섭외한 어린이이기 때문에, 동시-무대 위에 오르는 어린이 주인공의 성별, 나이, 성격, 취향, 사는 동네, 다니는 학교, 지역, 가정의 경제적 환경, 가족 및 교우 관계 등을 세심하게 조직해야 한다. 그래야 동시-무대에 오른 어린이 주인공은 생생한 제 목소리를 지니고 발성할 수 있게 된다. (…) 김개미 동시집에 등장하는 주연 배우들은 다른 동시집에 카메오나 조연으로 출연하기도 하는데, 동시집에 산재한 여러 인물을 찾고 모으고 갈라 보는 일은 또 다른 재미를 준다. 김개미 동시 속 어린이 화자-인물들을 그들이 존재하는 구체적인 시공간, 인물 간 관계, 동선, 사건 등과 함께 상상해 보는 '동시 인형놀이'는 김개미 동시가 현재 어린이 독자의 생활공간을 무대로 하고 있기 때문에 공감과 위로, 치유의 놀이까지 가능할지 모른다.[5]

송선미 시인의 이 평론에서는 김개미 시인의 동시를 통해, 지극히 구체적인 단 한 사람의 어린이 존재-가능성을, 그 이상향을 제시하고 있다. "동시집에 산재한 여러 인물을 찾고 모으고 갈라 보는 일"은 근래 많은 매체에서 등장하기 시작한 신조어 메타버스(metaverse)를 연상시킨다. 김개미 시는 화자들이 지닌 말의 핍진성, 즉 구체적이고 생생한 현실을 드러내는 방향으로 가고 있음은 몇 년 전 시인 스스로도 이야기

---

* 〔원주原註〕이로써 제기된 것이 '어린이 화자' 논쟁이다. 이지호의 평론 「동시를 버려야 동시가 산다」(『동시마중』 3호, 2010년 9·10월호)로부터 제기된 어린이 화자 논쟁은 김유진의 「태도가 관계다」(『언젠가는 어린이가 되겠지』, 창비 2020)에 잘 정리되어 있다.

5 송선미 「동시 비평의 최근 동향과 새로운 전망」, 『동시마중』 67호, 2021년 5·6월호, 166~71면.

한 바 있다.[6]

어린이 독자와 작가가 함께 동시를 나누는 교실 현장

"2010년대 후반~2020년대 여타의 아동문학 장르(동화, 그림책)와는 다른 맥락에서 동시 장르가 현장에 밀착되어 자기-표현의 한 양식으로 갖는 의미는 양적·질적으로 많은 부분 변화가 생겼다. 무엇보다 공리적 효용이 윤리-기제로서 작동하는 성향이 강했던 이전 시대의 동시 쓰기의 방식이 변화했다. 더불어 시대의 조류인 페미니즘 담론을 바탕에 둔 성(性) 인식의 변화, 소수자로서 아동이 겪는 부정적 현실에 대한 조망과 능동적인 개선 의지 등과 같이 현실 인식에 대한 뚜렷한 목소리가 드러나기 시작하면서부터 동시라는 장르의 창작층과 독자층 전반의 변화 또한 미약하게나마 감지되었다. 즉 현재의 동시는 이와 같은 현실을 어

---

6 "처음으로 생각한 아이가 『어이없는 놈』의 아이인데요. 그 아이는 아파트에 살아요. 그 아이를 만난 후로 제 머릿속에 한 마을이 생겼어요. 아파트 단지죠. 김준현 선생님이 이야기했다시피 이후 동시집에 나오는 아이들은 모두 『어이없는 놈』의 아이와 연결되어 있어요. 같은 동네 아이들이니까요. 서로 아는 사이이거나 친구의 동생이나 형, 누나예요. 그래서 이 동시집에서 봤던 아이가 저 동시집에도 살짝 나오고 그래요. 한 마을에 사니까요. 『커다란 빵 생각』의 아이는 『어이없는 놈』 아이의 옆 동 사는 4학년 아이예요. 그래서 『커다란 빵 생각』에는 『어이없는 놈』의 102호 아이가 카메오로 나와요(「토요일 오후」). 『쉬는 시간에 똥 싸기 싫어』(토토북 2017)의 아이는 같은 동네 1학년 아이예요. 그리고 이번 『레고 나라의 여왕』 아이는 저한테는 아주 많이 특별한데, 지금까지 나온 아이 중 가장 성숙하고 단단한 아이예요. 이 아이도 처음에는 같은 아파트에 살았어요. 그런데 인근 빌라로 이사를 가요. 그래서 제 머릿속의 마을이 이제 아파트 단지와 단지 밖 골목까지 확장이 돼요." 2018년 김개미×김준현 동시콜라보 제2회 동시인대회 행사 발췌 원고.

떤 형태로 수용하고 있으며 그것이 어린이-독자의 읽기에 어떤 영향을 미치는지(혹은 영향을 미칠지)를 가늠해 보는 것"[7]이 이 글을 쓰기 전의 구체적인 목표 의식이었다. 즉 이 장은 제시한 구상안의 두 번째 부분인데, 물적 토대 없이는, 다시 말해 일차적이고 실재하는 어린이 그리고 현장에서 강연하는 작가, 동시집 출판의 경험이 있는 출판편집인의 자문 없이는 진행되기 힘든 부분이기도 하다. 결국 아동문학은 언제나 어린이 독자라는 구체적인 연령대의 독자를 염두에 두어야 하는 장르이기 때문이다. 10년 전의 어린이가 아니라 2022년 현재의 어린이. 그리하여 '어린이'라는 개념은 영속성을 갖지 않으며, 시대의 분위기와 환경에 의해 끊임없이 유동한다. 시의성을 고려하자는 것이라기보다는, 지금의 어린이가 세계를 어떻게 인지하고 또 감각하는지에 대해 공감하고 유대하는 지점에 대한 이야기다. 초등학교에 강연을 하러 가서 한 교실 전체에, 혹은 한 학년 전체에 동시 낭독을 주문하면, 저마다 제각각의 목소리 — 높고, 낮고, 발랄하고, 묵직하고, 속삭이고, 큼직하고, 탁하고, 맑은 저마다 가진 고유의 목소리 — 로 동시를 읽는데, 처음에는 각자의 속도로 읽다 보니 노이즈가 발생하지만 어느 순간 모두 같은 속도로 가지런히 읽고 있는 것을 알게 된다. 각각의 목소리가 지닌 개성이 개별적 — 단 한 사람의 구체적인 어린이 — 이라면, 동일한 속도로 읽는 지점은 바로 조금 전 언급한 '공감하고 유대하는', 동시대를 살고 있는 어린이의 감각이 조율과 합일에 이르는 과정이라고 볼 수 있다.

동시를 창작하고자 하는 마음의 발생을, 어느 특정한 한두 가지 요인으로

---

7 이 글 최초의 구상안 일부.

설명하기는 쉽지 않을 것 같다. 다만 동(童)이라는 말을 근거로 둘 때, 그 마음의 중심에는 반드시 '어린이'가 자리하고 있을 것이다. 중요한 것은 창작자의 입장에서 이 어린이가 시인의 관념 속에서 만들어진 어린이인가, 시인의 유년이 표면화 혹은 내면화된 어린이인가, 시인의 근처에 머무르고 있는 실재하는 어린이인가, 화자의 모습으로 등장해 말하고 싶어 하는 어린이인가, 텍스트의 바깥에서 독자로서 어른의 말을 들어 주는 어린이인가. 우리는 이와 같은 질문 혹은 탐색의 시간을 한 번은 꼭 거쳐야 할 필요가 있다는 것이다.[8]

그러나 독자로서의 어린이는 뚜렷한 상을 제시하기가 쉽지 않으며, 언제나 불투명하게 집계된다. 아동문학, 그것도 동시의 경우 저자와 독자가 서로의 존재를 확인할 수 있는 방법은 상당히 제한되어 있는데, 그럼에도 어렴풋하게나마 '만남'의 가능성을 열어 주는 것은 매 학기 초등학교에서 진행되는 '온작품읽기'라는 방식의 수업일 것이다. 특정한 작품 한 권을 한 학기 동안 읽는 형태의 수업이다. 작가가 실재하는 어린이 독자를 만나는 자리는 '온작품읽기'를 통해 작품에 대한 감상과 논의, 그리고 파생되는 다양한 활동 이후에 결말로서, 그리고 또 다른 시작으로서 마련된다.

여기서 중요한 것은 작가가 독자에게 일방적인 형태로 동시를 전달하는 것이 아니라는 점이다. 어린이들은 능동적인 독자로서 먼저 동시를 만나고 적극적이고 다양한 읽기 방식인 필사, 패러디, 그림, 음악, 질문 등의 형태로 경험한다. 사례를 보다 구체적으로 드러내기 위해, 한

---

8 졸고 「어린이 개념으로부터 발생하는 원심력」, 『동시마중』 74호, 2022년 7·8월호, 82~83면.

학기 동안 끊임없이 어린이를 만나는 자리를 갖고 동시 전달자로서 초등학교 강연을 하는 이안 시인이 어린이와 만나 함께 '시'를 나눈 경험과 소회, 그리고 이번 교육과정 개정을 통해 사라질 위기에 처한 '한 학기 한 권 읽기'의 의의에 대한 시인의 문제의식을 담은 산문을, 조금 긴 인용이 될 것을 무릅쓰고라도 제시하고자 한다.

"안녕하세요? 저는 2-3 ○○○입니다. '아홉 살 시인 선언'에서 봤어요. 시는 아름다운 거라고. 그래서, "작가님은 참 아름다워요."라고 말하고 싶어요. 왜 작가님이 좋으냐면요, 저도 작가가 될 꿈이에요. 아마, 저도 크면 아름다운 시를 쓸 수 있으면 좋겠어요. 월요일에 아름다운 모습으로 나타나 주세요! ○○○ 올림."

"안녕하세요? 저는 시인님 덕분에 시를 좋아하게 됐어요. 저는 '은'을 좋아해요. 되게 은은하고 잔잔해서 좋아요. 덕분에 시가 재밌다는 걸 알았어요. 1학년 때부터 보고 싶었는데…… 드디어 만났네요. 시를 재밌게 써 주셔서 감사해요. 2022년 7월 14일 목요일. 2학년 2반 ○○○."

"안녕하세요! 저는 2학년 1반 ○○예요. 저는 시인님의 '신비로운 사람' 시가 제일 기억에 남았어요. 원래 시를 좋아하진 않았는데 시가 얼마나 아름답고 신비로운 것인지 알았어요. 감사합니다. 시인님의 앞을 응원할게요! ○○ 올림."

최근 만난 경기도 소재 초등학교 2학년 어린이 독자들의 편지다. 2015년 개정 교육과정에 처음 제시되어 2018년부터 교육 현장에 적용되고 있는 '한 학기 한 권 읽기' 프로그램은 대상 도서의 작가를 학교로 초대하여 강연을 듣고 질의응답 시간을 갖는 것으로 마무리되곤 한다. 작가를 만나기 전, 어린이들은 대상 도서를 읽어 나가면서 여러 가지 독서 활동을 한다. 대상 도서가 동시집인 경우, 질문지 만들기, 교실이나 복도에 시화 전시, '내가 고른 베스트 5'(반별, 학년별 통계를 내기도 하는데, 이는 작가가 신뢰할 만한 독자 반응이다), 시노래 부르기, 필사와 암송, 좋아하는 구절로 캘리그래피 만들기, 작가에게 편지 쓰기 등. 이런 활동을 마친 어린이 독자들의 질문은 구체적이고 진지하며, 때로는 근원적이다.

"저는 '그림자 눈사람' 시가 제일 재미있습니다. '그림자 눈사람'을 쓸 때 무슨 생각을 하고 시를 썼나요?" "그림에서는 그림자가 아니라 눈사람이 눈사람을 안고 있는데 그림자여야지 않나요?" "시인이 되려면 어떻게 해야 하나요?" "'도라지꽃 이야기' 시가 너무 좋은데 무슨 뜻(의미)인가요?" "주로 무슨 마음으로 시를 쓰시나요? 감동인가요? 사랑인가요?" "시인의 생활은 무엇입니까?" "어쩌다가 시인이 되셨나요?" "시가 안 써질 때는 어떻게 하시나요?" "작가로서 가장 힘들 때는 언제인가요?"

질문을 궁리하고 작가의 답변을 들으며 어린이 독자들은 또 한 번 성장한다. '한 학기 한 권 읽기'로 만난 어린이 독자들은 언제나 내가 만난 최고의 독자였다. 훌륭한 독자는 거저 나오지 않는다. 어린이 독자 뒤에는 오랜 시간 정성을 들여 준비한 교사가 있기 마련이다. 같은 학년 교사들이 서로 도와 대상 도서를 고르고, 작가를 섭외하고, 읽기의 과정과 방법을 구성하고, 학부모의 협조와 참여를 유도하고, 행정에 필요한 서류를 갖추는 일까지 번거로운 일이 한둘이 아니다. 그런데도 안 하려면 안 해도 되는 고생을 사서

하는 이유는 무엇일까. '한 학기 한 권 읽기'가 문해력을 높일 뿐 아니라 분절된 교육과정을 넘어 통합적 교육과정을 구성하는 데 바탕이 되며 교사의 교재 구성력을 높이고 동료 사이의 협력과 학생 교사 학부모로 이어지는 교육 공동체 가꾸기로 나아가게 하는 계기가 되기 때문이다.(전국초등국어교과모임 성명서, '2022 개정 국어교육과정에서 '한 학기 한 권 읽기'를 지우려는 시도를 당장 중단하라!' 2022.9.8.) 그리고 무엇보다 한 권의 '온' 작품(집) 읽기를 통해 가정의 격차가 읽기의 격차를 만들어 내는 현실을 개선하고 '낱' 작품 읽기로는 도달할 수 없는 독서 교육의 총체성을 실현하고자 하는 것이다. '한 학기 한 권 읽기'는 온갖 영상 매체가 지배하는 세상에 능동적으로 저항하며 좋은 독자를 기르는 과정이자 좋은 저자의 꿈을 꾸게 하는 장기적이고도 대안적인 과정이기도 하다. 독자가 자라서 저자가 된다. 줄이거나 없앨 게 아니라 더욱 풍부하게 넓혀 가야 한다.[9]

동시는 장르의 특성상 말해지지 않는 부분을 보다 두드러진 여백의 형태로 갖고 있다. 그 확장된 여백이 질문으로 전환되고 작가와의 만남을 통해 각자의 대답에 도달하게 되는 과정의 한 총체로서, '온 작품 읽기'의 경험은 중요하다. 이안 시인으로부터 구한 자문에 따르면 "'낱' 작품 읽기로는 도달할 수 없는 독서 교육의 총체성"이란, 한 가지 정해진 결말을 향해 모이지 않아도 되는 공부로서, '동시' 장르의 특징과도 맞물려 있다. '답'(구체화된 이상향)을 향해 나아가기를 권유하는 기존의 학교 교육이 제시하는 공부와는 전혀 다른 방향성을 갖고 있다. '시'의 쓸모없음, 이른바 효용성의 부재를 근거로 '시'를 부정하는 사람들

9 이안 「'한 학기 한 권 읽기' 최고의 독자들」, 『한겨레』 2022. 9. 12.

의 입장에서, 현실은 언제나 뚜렷하고 선명한 답을 향해 가는 가지런하고 일차원적인 노선의 형태에 가까울 것이다. 정해진 목적지를 향해, 정해진 교훈과 메시지, 정해진 답을 향해 가는 그 길은 자기 개성을 훼손하고 고유성을 삭제하는 과정과 동일하다. 독서는 기본적으로 한 사람의 지극히 개별적인 행위지만, 읽기 경험을 교실 공동체 내에서 공유하는 과정을 통해 '문학'이 '타자'를 환대하고 받아들이는 것이라는 것을, '나'와 다른 존재의 가능성을 긍정하는 것임을 알 수 있다.

동화가 이야기 혹은 하나의 세계를 만드는 일이라면 동시는 단 한 사람의 목소리나 단 한 사람의 삶 안에 겹겹이 쌓인 정신사의 한 단면이다. 어른의 목소리로 어린이와 소통하는 이들은 어떤 모습일까? 실재하는 시인과의 대면은 어린이가 동시와 밀접한 관련을 맺는 한 물적 토대다. '말'의 다른 가능성을 찾아보는 한 동반자로서, 어린이들은 시인을 기다리고, 그 기다림 이상으로 시인은 어린이들을 기다린다.

어린이 독자의 위상

문학계라는 큰 시장 안에서 아동문학만이 애초에 특정한 독자층을 상정하고 있는 것 같지만, 실상 많은 출판물은 저자의 의도 이전에 출판사의 수요 공급 논리에 따라 다양한 연령대의 대중과 만나기를 지향하기보다는 특정 세대와 성별 및 기호와 취향을 반영해 책을 제작하고 유통하고 홍보하며 독자를 향해 움직인다. 인터넷 서점을 통해 한 권의 책을 검색해서 상세 정보를 확인해 보면 구매자 분포가 세대별로 (10대, 20대, 30대, 40대, 50대, 60대 선) 나눠져 있는 걸 알 수 있고, 여성과 남성이 따로 분류되어 있으며 각각의 분포도를 면밀하게 볼 수 있다. 이른 바 '전 세대를 아우르는'이라는 수식은 이제 통용되기 힘든 시대이며, 독자는 점차 고유한 취향과 기호를 가진 개인의 자리에 각각 존재한다. 그러니 이 경우 오히려 '어린이 독자'라는 개념은 성인에 비해 덜 개별화된 정의라고도 볼 수 있을 것 같다.

　　필자는 2018년부터 한겨레교육(글터/글쓰기·창작·번역아카데미)에서 '송선미와 동시집 읽기: 8+8한 동시의 시대' 프로그램을 진행하고 있다. 아이들도 이해할 수 있는 쉬운 언어와 단순한 구조로 되어 있는 동시는 함께 나눌 때, 또 한 권의 동시집을 온작품읽기로 나눌 때 숨겨진 결이 드러난다. "동료들과 동시집을 읽으며 통통 튀는 표현력과 아이들 시선을 포착하는 통찰에 매번 놀랐다. 우리는 '요즘 동시가 이랬어?'라는 말을 가장 자주 했다."(「어린이와 동시 사이의 징검돌 놓기」, 『창비어린이』 2020년 가을호, 52면)는 교사 이유진의 글을 읽으며 크게 공감을 할 수 있었던 것도 그때의 경험이 있기 때문이다. '8+8한 동시의 시대'에 모인 교사들이 보이는 첫 반응 역시 '동시가 이렇게 재미있는 줄 몰랐다'였는데, 다음으로 보이는 반응은 '내일 얼른 가서 아이들과 오늘 배운 동시를 나누고 싶다'는 것이나. 과정이 바뀌고 수강생이 바뀌고 해가 바뀌어도 한결같은 참여 교사들의 반응과 열정은 이상하게 느껴질 정도다. 그러나 창작자로서 홀로 자신의 창작물과 마주할 때면 되묻게 된다. 아이들은 나의 동시를 어떻게 받아들이고 있을까.[10] (강조는 인용자)

아동문학의 주 독자층은 장르의 정의를 생각해 볼 때 기본적으로 어

---

10 송선미, 앞의 글, 158~59면.

린이지만, 연령대가 낮아지면 낮아질수록 도서의 선택에 있어 부모나 선생님 같은 어른의 영향력이 더 클 수밖에 없다. 이때 '교사·학부모→어린이'라는 일방적인 전수 구조는 어쩌면 필연적일 수밖에 없다. 그리고 그 과정에서 도서의 선택에 주요한 영향을 미치는 부분들, 즉 권위 있는 기관의 추천 도서, 선정 도서, 문학상 수상 도서, 혹은 영향력 있는 유명 인사의 추천사를 홍보 멘트로 쓰고 있는 도서 등의 타이틀이 책에 공신력을 부여한다. 아동문학 장르 중 '동시'만이 가지는 도드라진 경향성만은 아니겠지만 그럼에도 쓰는 사람으로서의 입장은 언제나 바깥으로부터의 영향에서 자유롭기가 쉽지 않다. 인용한 송선미 평론의 도입부 역시 동일한 의문을 품고 있다. '작가→성인 독자' 구조의 동시 장르에 대한 전달은 비록 강의의 형태이기는 하지만 동 세대의 언어로, 이해의 측면에서 감상을 공유하는 과정을 통해, 어린이 독자와 직접적으로 연결되는 것이 가능한('내일 얼른 가서 아이들과 오늘 배운 동시를 나누고 싶다') 성인 독자-교사들에게는 충분히 유효하다. 그러나 창작자의 고민은 결국 "아이들은 나의 동시를 어떻게 받아들이고 있을까?"로 연결된다. '독자와 작품의 일대일 만남이 아닌, 시인·교사·어린이 독자 간의 교류를 통한 일종의 '소개'가 전제된 만남은 그러나 동시 장르에서는 자연스러운 일이다. 필자 또한 동일한 창작자의 입장에서 동시라는 장르를 알게 되고 막 진입했을 때 이와 관련하여 쓴 단상이 있다.

동시를 쓴 시간이 오래되지 않았지만 독자와의 접점에 무게중심을 두는 쪽과 작품의 실험성 —— 새로운 시도 그 자체에 무게중심을 두는 쪽의 갈등은 동시를 쓰는 입장에서 필연적으로 부딪혀야 하는 부분이라고 생각한다. 이는 누구와 누구의 대립이 아니라, 동시를 쓰는 내 내면에서 일어나는 갈등이다. 갈등이 해소된 이후가 아니라 그 갈등을 그대로 가져온 동시가 더 어여쁘다. 어떤 옷이 남들에게 멋있어 보일지 궁금해하는 마음은 남에게 보이기 위해 옷을 입는 행동이 될 수 있고 남들이 다 손가락질을 해도 나는 이 옷을 입고 싶어!라는 생각은 자신만을 위해 남들의 안구를 테러하는 행동이 될 수도 있다. 시소의 중심-균형점을 찾기 위한 고군분투가 매일 동시를 쓰는 이들의 종이 속에서 일어나지 않을까. (이 글을 쓰면서 말끝에 자꾸 생각한다는 서술어를 쓰거나 물음표를 쓰는 것은 무엇도 선언하거나 단정하지 않겠다는, 내 나름의 다짐쯤이라고 봐 주셨으면 좋겠다.)

그럼에도 책을 내는 출판사는 책을 팔아야 하고, 책의 판매가 곧 어린이 독자의 독서 행위를 의미한다는 걸 놓고 보면 (최소한 어린이책에 한해서는) 출판사의 상업성을 부정적으로 볼 필요는 없다. 출판사는 어린이 독자와의 접점이 중요하므로 작품이 지닌 실험성이 가독성을 떨어뜨린다고 판단하면 이를 지양할 것이다. 실험성이란 문학이 지니는 자폐적인 성격을 고스란히 드러내는데 이를 거두는 것은 '문단' '시단' '동시단' 내부의 작가, 비평가로 구성된 그룹이며 그 내부에서도 이를 두고 비평적 논쟁이 일어나기도 하는 것 같다. 다소 도식적인 얘기지만, 하나의 입장을 취하면 다른 쪽의 입장은 거부해야 하는 이상한 논리 속에서 살아온 우리는 이러한 논쟁 속에서 결국 자의 반 타의 반 하나의 입장을 갖게 된다. 그 입장에 따라 작품 또한 제한적 틀을 갖게 되기도 하고 축소되기도 한다. 보이지 않지만, 이런 동시가 옳다는 인식이 작용하다 보면 동시 쓰기의 범주를 협소하게 만들지도 모르겠다. 동시란 결국 자유인데.

문학에서 좋다, 별로다 같은 개인적인 취향의 기준은 있어도 옳다, 그르다와 같은 논리의 세계관은 없었으면 좋겠다고, 우리 모두 소외된 마당에 다양

성 그 자체만큼은 인정하며 살았으면 좋겠다고 생각한다.[11]

그러나 이 글의 지향과는 전혀 다른 현실, 즉 일종의 역행과도 같은 상황을 마주하게 되면 과거의 나이브했던 자신을 다시 한번 되돌아보게 된다. 이를테면 최근 개정 교육과정과 관련하여 발표된 바에 따르면 도덕, 보건 교육과정의 교과서에서 '성소수자'와 '성평등' 용어가 제외되며, 대신 '성별 등으로 차별받는 소수자' '성에 대한 편견' '성차별의 윤리적 문제' 등으로 대체된다는 사실. 그 개정 배경이 '사회적 소수자를 교과서에 명시하는 것 자체가 제3의 성을 조장하는 것이 아닌가 하는 우려를 반영'한 것이라고 하는 대목 앞에서, 스스로를 돌아본다. 현시점(2022.11.10.) — 2022년 개정 교육과정의 행정예고 기간은 11월 9일부터 20일 — 에서 12월 30일 최종 고시될 교육과정 개정안은 2024년부터 2025년에 걸쳐 단계적으로 확대 적용될 예정인데 얼마나 긍정적인 방향으로의 진전(전환)이 있기를 희망할 뿐이다. 이 글을 쓰고 있는 시점과 이 글이 발표될 즈음 그 짧은 시간 안에 보다 나은 방향으로의 변화는 가능할까, 의구심이 드는 것도 사실이다. 그 의구심과 동일한 맥락에서 아동문학이 과연 올바른 형태로 어린이 독자에게 가닿고 있는지도 함께 고민하게 된다. '아동'을 위한 것이라는 명분은 때로 '어른'이 이미 답을 확정해 놓은, 어떤 어른의 입장에서는 이미 해소된 고민의 전달일지도 모르겠다. 함께 고민하고, 동시라는 장르를 함께 진지하게 읽을 수 있다면 어떨까?

---

11 졸고 「동시와 네 개의 단상」, 『동시마중』 42호, 2017년 3·4월호, 88~89면.

동시가 가닿을 대상의 확대. 동시의 다양성이 필요합니다. 동시도 하나의 장르가 되면 어떨까도 싶습니다. 어른이 읽는 동시집 말입니다. 그러면 시집을 읽지 뭐 하러 동시를 읽어?라고 반문할 수 있겠지만 동시와 시의 차이는 분명합니다. 어른을 위한 동시, 어린이를 위한 동시, 어른과 어린이가 함께 읽어도 좋은 동시와 같은 다양성 말입니다. 하긴 어쩌면 이런 구분이 필요없을 동시가 나와야 되지 않나 하는 생각도 듭니다.

동시 시장이 협소하다 보니 동시를 쓰는 시인이 모인 문단도 그 층이 얇은 것 같습니다. 아마 이건 전적으로 저의 생각인지도 모르지만, 아마와 프로가 하나의 운동장에서 같이 뛰고 있다는 느낌을 가지고 있습니다. 다른 예술 분야에서도 아마와 프로 작가가 있겠지만 나름대로 구분됨이 명확하게 보여집니다.

(⋯)

브로콜리숲의 경우 지금(2022년 10월 현재)까지 37종의 동시집을 냈습니다.

그 가운데 23종의 동시집이 한국문화예술위원회, 한국출판문화산업진흥원 등을 비롯한 각 지자체 문화재단의 창작기금을 받은 책들입니다. 그러니까 60퍼센트 이상이 기금을 받아 낸 책들인 것입니다. 이 가운데 2쇄 이상 추기 인쇄를 한 경우는 문학나눔이나 세종도서에 선정된 책들인 경우가 전부입니다. 자체 동시집(시인)의 인기나 인지도로 재쇄 발행하게 된 경우가 없다는 말입니다.

물론 유력 출판사에서 출간한 동시집의 경우는 인지도 있는 시인의 동시집인 경우가 있어서 판매에 긍정적인 영향을 미친다고 알고 있습니다. 또한 시인의 활동 정도에 따라 판매량이 늘어난다고도 합니다.[12]

---

12 브로콜리숲 김성민 대표의 말, '김준현의 이메일 서면 인터뷰'(2022. 2. 10.).

지역의 1인 출판사이자 아동문학 장르, 특히 동시집을 주로 내고 있는 시인 겸 출판편집인 김성민으로부터 구한 자문의 일부이다. 그의 의견에서 동시의 수요와 독자에 대한 몇 가지 사실을 확인할 수 있다. 여기서 부족한 수요에 대한 한 대응책으로 '어른이 읽는 동시'라는 역설적인 수식이 등장하는데, 이 수식은 사실 '동화' 장르에서는 꽤 오래전부터 있어 왔던 것이기에 익숙하다. 조금 바꿔 말하면, '어린이'가 읽는다는 인식이 쓰는 사람으로 하여금 어떤 관성에 빠지게 만든다는 것이다. 역설적으로 바로 그런 관성에 빠진 동시는 어린이에게 가닿지 않는다. "층이 얇은" 창작자 집단에서만 통용되고 소비되는 동시는 그리하여 진지한 문학도 아니고 어린이의 즐거운 놀이도 되지 못한다. 그러니 '쉽게 써야지' '어린이가 읽으니까 알아들을 수 있게 편하게 써야지'라는 인식이, 김성민 대표의 말대로 "아마와 프로"의 구분을 무의미하게 만든다. 동어 반복이 되겠지만 그럼에도 오해의 방지를 위해 덧붙이자면 여기서 "아마"와 "프로"는 등단이나 출간 이력과 같은 제도적 차원에서의 기준이나 잣대로 구별되는 것이 아니라, '어린이 현실'과 동떨어진 이야기를 하는 동시, 어린이 독자의 현실에 대한 고민이 없는 동시인지에 따라 결정된다고 본다. 그러나 현실은 끊임없이 밀려오고, 그 현실은 어른이 전유하는 것이 아니기에, 우리는 그러니까 어른은 이 현실[13]을 은폐하기보다는 좀 더 정확하게 어린이의 마음을 다치게 하지

---

13 "시인은 끔찍한 현실을 끝내 우회하지 않으면서 비가시화된 아이의 목소리를 대신 드러내 주는 사람이기도 하지만, 때에 따라선 자신이 가진 그 언어의 힘으로 끔찍한 현실에 맞서는 길을 대신 찾아내기도 해야 하는 사람이다. 그것은 아동문학을 하는 어른들이 짊어져야 할 버거운 짐이자 영광된 자산 같은 것이라 생각한다. 아이가 죽어서

않는 언어로 표현해야 한다. 작품을 쓰는 데 있어 기술적 측면보다는 어린이에 대한 태도에 더 무게중심을 두는 것은 분명 옳은 일이지만, 결국 그 태도는 기술적 측면 — 얼마나 섬세하게 말할 수 있는가 하는 지점에서 명확해지는 것이기에 이 두 가지 측면은 불가분의 관계다. 투박하다는 것은 글쓰기에, 사랑에, 무엇보다 어린이에게도 어울리지 않는다. 그러니 잘 쓴다는 것은, 잘 말한다는 것이고, 잘 사랑할 줄 안다는 것으로 이어져 있게 마련이다.

야 비로소 자신의 복수를 완성하기 전에, 시인은 자신이 가진 힘으로 무언가를 해야만 한다. 그것이 현실 앞에 아무리 무용하고 무력한 것으로 비치는 것이더라도 말이다.” 김제곤「중심에 맞서는 방법」,『동시를 읽는 마음』, 창비 2022, 100면.

연과 연의 간격에는 언제나 숨소리가 있음을

그녀들은 이튿날 연꽃잎이 시들기 전에 다시 가서 밤새 꽃술의 향기를 빨아들인 찻잎을 하나하나 걷어 왔다. 그녀들이 들려준 말에 따르면, 며칠밖에 살지 못하는 연꽃의 영혼이 그렇게 찻잎 속에 보존될 수 있다.

──킴 투이 『루ru』(윤진 옮김, 문학과지성사 2019)

"1968년 베트남 사이공(현재의 호찌민)에서 태어났다. 10세 때 가족과 함께 보트피플로 베트남을 떠나 난민 신분으로 지내다 1979년 말 캐나다에 정착했다." 캐나다의 소설가 킴 투이(Kim Thúy)의 이력이다. 유년을 영혼의 상태와 동일시한 가스통 바슐라르(Gaston Bachelard)의 말을 빌려,[1] 킴 투이의 자전적 소설 『루ru』에 나오는 "연꽃의 영혼"에 대

---

1 "우리의 내부에서, 여전히 우리의 내부에서, 언제나 우리의 내부에서 어린 시절은 영혼의 상태이다." 가스통 바슐라르 「어린 시절을 향한 몽상」, 『몽상의 시학』, 김웅권 옮김, 동문선 2007.

한 단상을 다시 읽어 본다. 베트남 전쟁이 한창이었던 유년으로부터 완전히 멀어진 시공간에서 "며칠밖에 살지 못하는 연꽃의 영혼"을 보존하는 한 방식으로서의 글쓰기에 대해 생각해 본다. 티백으로 차를 우릴 때, 티백 속에 오랜 시간 보존되어 있던 찻잎-영혼 또한 그렇다. 내가 있는 이곳으로부터 가늠할 수 없을 만큼 먼 산지에서 내가 모르는 빛과 바람과 물을 양분으로 삼고 내가 모르는 시간의 세례를 받으며 흙 밖으로 움트고 나와 잎을 가진 식물로 성장했던 그 기억이 한 줌도 안 되는 마른 잎 속 향(香)의 형상으로만 남아 있음을 생각한다. 예로부터 시의 미덕으로 이야기되곤 하던 압축의 미, 더 됨직한 말로는 응축이 곧 이런 것이 아닐까 간혹 생각한다. 찻잎이 사람의 손에 따인 후 티백이 되기까지의 과정에서 소거되는 것들을 가만히 되짚어 본다. 가공과 유통을 거치면서도 끝내 잃어버리지 않은 고유의 향은 찻잎이 끝내 고집하고 있는 정체성인 동시에, 역설적으로 티백의 존재 이유기도 하다. 유리병 속 말린 국화 또한 비슷한 예시라고 할 수 있겠다. 죽었다고 생각했으나 뜨거운 물 속에서 다시 한번 활짝 피는 국화는, 한 편의 시가 견디는 힘, 아니 시간의 축적을 통해 훗날의 발화를 보다 유의미하게 견인하는 힘을 품고 있는지도 모르겠다.

다른 문학 장르와는 달리 시가 지닌 영속성은, 쓰인 때와 읽힐 때 사이의 시차를 파기하는 한 방식으로서의 '의외'로부터 가능해지는 게 아닐까. 그건 어른과 어린이의 시차를 파기하는 방식이기도 하다. 어른의 목소리지만 의외로 어린이의 내면을 고스란히 담고 있는 말들. 이 의외는 언제나 정해진 길의 바깥이며, 때로는 비유로, 때로는 멈출 수 없는 말의 리듬으로, 때로는 아주 사소한 말놀이의 형태로 발생하여 단어의 의외 또는 문장의 의외로, 나아가 세계의 의외로 연결된다. 그런 작품들은 대개 허점을 안고 있으며, 협소하고, 어조의 단단함에 비해 전언으로 환원될 수 있는 메시지-주장이 없는 경우가 많다. 무엇보다 읽으면서 즐겁다. 읽을 때마다 애초의 의미는 허물어지고 독자로 하여금 새로운 의미의 탑을 쌓게 만든다. 그리고 다시, 언제든 허물어질 수 있다.

반면 한층 더 단단한 작품들, 결코 틈을 내주지 않는 작품들 또한 있다. 누군가를 처음 만났을 때 자신을 소개하면서 이력은 어떻고 성격은 어떻고 일일이 설명하기보다는 지극히 사소한 데서부터 서서히 교감을 형성해 나가는 것이 좀 더 성공적인 교유라고 한다면, 그 같은 공통 감각을 마련하기 위한 대화를 건너뛰고, 어린이 독자에게 곧장 전달될 수 있는 일종의 아포리즘으로 귀결되는 동시가 있다. 맞는 말이므로 반박의 여지를 주지 않는다. 혹은 애써 균열을 포착했음에도 그 균열이 시의 말미에 이를 즈음 '세계에 대한 긍정'을 통해 봉합되는 경우도 있는데, 이때 균열에 대한 긍정의 태도가 주체의 진정성과 실재하는 현장을 담보하지 않는다면 '긍정의 태도'는 '마땅히 그러해야 한다'는 전제로부터 주입된 것일 가능성이 농후하다. 이른바 기성의 윤리를 시의 중심부로 삼는 기획이다. 이 경우 애초의 균열이 더욱 확장된다면 기존의 세계를 붕괴시켜 버릴 수 있을 거라는 희망, 다르게 말해 익숙한 현장을 파기해 버리고 '나'의 목소리를 돌올하게 드러낼 수 있는 혁명의 가능성은 차단되곤 한다.

살아서 숨 쉬고 넘어져서 멍이 들고 새벽에 깨어나 악을 쓰며 울고 거짓말을 하고 어두운 데 웅크리고 있고 쓸쓸해하고 친구의 수신 확인과 메시지를 기다리고 용돈을 받으면 환해지고 예쁜 옷 한 벌에 기꺼워하는 마음을 숨기지 않는, 단 한 명의 어린이를 통해 구체적인 어린이와 언제나 그 이상을, 그 너머를 더듬어 보고자 하는 욕망은 때로 기성이 설정해 놓은 규격에 의해 자체적으로 소멸하곤 한다. 지나치게 회의적이거나 지나치게 비관적인 생각일지도 모르지만, 지나치게 회의적이거나 지나치게 비관적인 생각을 가진 사람이 한 명쯤 있어도 괜찮지 않을까?

문학의 한 정체성으로서 모호함이란 대개 진실을 보다 진실에 가깝게 드러내는 힘이지만, 때로 동시 장르에서 모호함은 구체적인 어린이를 은폐하는 외피-명분으로 작용하는 경우도 종종 있는 것 같다. 단적인 예로 환상=도피와 같은 공식에 부합하는 몇몇 동시들, 현실에서는 미결 상태인 것들이 환상으로 치환되는 경우다. 이럴 때 현실과 환상은 일대일의 일차원적 알레고리로 연결된다. 그러나 물적 토대가 없는 환상, 공상 혹은 망상에 가까운 세계 속에서 말들이 서사의 형태로 소비되곤 할 때 나는 이것이 시가 아니라 서사 장르가 이룩해 놓은 성과의 한 차용이 아닌가 하는 의구심이 들곤 한다. 아동문학의 서사 장르에서 환상은 캐릭터의 욕망을 전면 혹은 배면에 두고 적재적소에서 성장 혹은 성장에 대한 거부를 도모하는 필연적인 요소로 작동하곤 한다. 그러나 동시는 때로 환상이 현실과 맞물리며 작동하는 방식에 대한 직관적 이해 없이, 현실의 대립항으로서 환상에게 지극히 좁은 범위의 자리만을 제공하곤 한다. 환상에 힘이 실리는 순간, 현실은 곧잘 무력하고 비루한 주체의 삶만을 표상하면서 변용의 여지를 상실해 버린다. 그리고 환상은 무력한 현실을 버려둔 채 당연한 수순처럼 위로를 제공하는 기능을 한다.

그러나 다르게 다가갈 수도 있지 않을까? 환상과 현실이 동일한 물적 토대에 놓인다면, 즉 화자가 진정으로 느끼는 감정을 매개로 동일한 층위에 놓인다면.[2]

그림책 『그날, 어둠이 찾아왔어』(레모니 스니켓 글, 존 클라센 그림, 문학동네 2013)에는 어둠을 무서워하는 아이 '라즐로'가 나온다. 이 책에서 '어둠'은 빛과 시선이 닿지 않는 곳에 숨어 있다. 어둠은 "그날" 용기를 내어 지하실까지 자신을 찾아온 라즐로에게 '빛'을 선물한다. 어둠이 스스로에게 가장 치명적인 존재인 '빛'을 선물한다는 역설은 보이지 않는 세계＝두려움이라는 공식을 붕괴시키는 장면이다. 흔히 문맹(文盲)이란 표현을 쓸 때 '맹(盲)'은, '까막눈'이라는 말과 같이, 눈과 연관되어 있다. 불가해한 세계를 앞에 둔 이들이 (언술상으로) 가장 먼저 상실하는 감각을 시각으로 인식한다는 것은 의미심장하다. 혹은 그 불가해함이 일종의 매혹으로 전이되는 경우에도 역시 '눈먼 상태'라는 표현을 쓰곤 한다.

어느 과학자는

흑점을 너무 오래 쳐다보았다고 했다

2 여기까지의 이 글은 몇 년 전에 어지러운 감상의 형태로 썼던 것을 간략히 정리한 것으로서, 발표할 만한 성질의 글은 아니라는 생각으로 묵혀 둔 것이다. 현장의 여러 동시에 대한 비평이나 감상이라기보다는 창작자로서 했던 자율적 모색의 한 일환에 가까웠으니까. 어쩌면 과거의 산물로 남아서 스스로 사라지거나, 대다수의 비평이 그러하듯 한때의 동시에 대한 시의적인 비평으로서 소비되고 금세 휘발되어 버려도 좋겠다는 마음이었던 것 같다. 지금에 와서 읽어 본 이 글은 여전히 모든 동시에 적용할 수 있을 말들, 특히나 근래 활발하게 발표되고 있는 동시를 대상으로 두고 논의될 수는 없을 것 같다. 조금 더 넓게 확장되어야 할 일종의 시론일 수도 있고, 특정 시기 발표되고 또 출간된 몇몇 동시들에 대한 협소한 읽기 경험을 바탕으로 나온 좁은 소견일 수 있기 때문이다. 다만 지금-여기의 어린이와 마주한다는 실감에 부합하기 위해 동시의 진보를 능동적으로 지향하는 일부 동시에 한해서만큼은 지극히 협소하게나마 일부라도 이 논의를 적용할 수 있지 않을까? 짧고 두서없고 실체가 없으나 지향점 하나만이라도 선명하게 드러내고자 한 초고의 뒤를 이어 보고자 한다.

무려 25초 동안이나

그래서 눈이 멀었다고 했다
그래도 좋았다고 했다

— 김소연 「사갈시」 부분(『i에게』, 아침달 2018)

이를테면 논리도 이성도 내려놓게 만드는 한 인간의 아름다움은 그 근원을 알 수 없다는 점에서 불가해하고, 흔히 '그는 그녀에게 눈이 멀었다' 같은 표현 또한 같은 맥락에서 나온 말이라는 생각을 한다. 이성적 사고를 대변하는 "과학자"조차 어쩔 수 없는 매혹에, 아니 오히려 "과학자"들이야말로 세계의 너머를 바라보고자 하는 욕망에 눈먼 이들인지도 모르겠다.

매혹적인 대상을 흔히 '눈부시다'라고 표현하는 것처럼 시각을 상실하게 할 만큼 치명적인 빛으로 치부하는 관습적 언어에 기대어 관념 내지는 추상으로 두었던 빛의 이면에는 무엇이 있을지, 김륭 시인의 「달과 밤」 속 "그 아이"를 통해 들여다보고자 한다.

1
그 아이는 집 밖으로 나가면 달이 되었다.

아무도 따라올 수 없는 곳까지 걸었다.

집으로 돌아오면 그 아이는 밤이 되었다.

아무도 알아볼 수 없는 곳에서 울었다.

2

그 아이가 나인지, 내가 아는 다른 아이인지
그건 잘 모르겠다. 그러나 딱 한 가지는
확실한 것 같아서 이렇게 썼다.

一아무래도 좀 더 사랑을
받아야 함.

— 김륭 「달과 밤」 전문(『동시마중』 84호, 2024년 3·4월호)

달을 흔히 미행의 주체 혹은 어둠 속 감시자의 눈으로 인지하는 경우
가 많다. 그러나 반대로 생각해 보면 달은 지구상의 모두에게 노출되어
있는 존재기도 하다. 모든 존재를 압도하듯 내리쬐는 태양과 달리 아무
리 봐도 사람을 눈멀게 하지 않는다는 점에서, 달빛은 방어적이고 축소
된 빛이다. "그 아이"가 "달"이 되어 "아무도 따라올 수 없는 곳까지 걸"
어가는 것은 시선으로부터의 도피를 감행하는 일이다. "아무도 알아볼
수 없는 곳에서 울"기 위해서다. 지구와 일정한 거리를 유지한 채 정해
진 궤도를 도는 것을 세상 및 사람들과 일정한 거리를 유지한 채 유일
자로서 남으려고 하는 의지로 전환해 읽어 본다. 지상의 무수한 빛이 제
존재를 과시하며 어둠을 물리치는 성향을 갖고 있다면, '달'의 빛은 어
둠을 찌르지 않고 어둠이라는 맥락 안에서 함께하고자 한다. 그건 '달'
이 언제나 제 존재의 절반을, 때로는 그 이상을, 때로는 온전히 제 존재

전체를 어둠에게 양보할 줄 아는 미덕을 갖고 있기 때문이다. "집으로 돌아오면 그 아이는 밤이 되었다."라는 말은 개기월식(皆既月蝕)의 이미지로도 읽힌다. 태양-지구-달이 일렬로 늘어섰을 때 가장 미약한 위상을 가진 달의 모양. 김륭 시인은 이 '달'에서 '세 번째 사람'으로서의 어린이를 보았을지도 모른다. "첫 번째 사람과 두 번째 사람의 이야기에서 잘 들려오지 않았던 국외자의 목소리"[3]. 권위의 주체인 '태양', 이를 지향하는 '지구', 그림자에 가려 소외된 존재인 '달'.

어둠은 무의식의 요람이다. 우리는 대개 어둠 속에서 잠에 들기 때문이다. 그 어둠을 무서워하는 것은, '나'의 존재에 대한 시각적 인지를 힘들게 하는 어둠을 존재로서 인식하고 타자화하는 것이다. 근래 넷플릭스에서 제작한 애니메이션 「내 친구 어둠」(Orion and the Dark, 2024)에서 어둠은, 세상의 모든 것을 두려워하는 열한 살의 '오리온' 앞에 의인화되어 나타난다. 이때 '어둠'은 자신을 과도하게 회피하는 오리온에 대한 감정으로 인해 참다못해 나타난 것이며, 어둠이 하는 일에 대해 보여주면서 어둠에 대한 감정을 바꾸고자 한다.

하지만 이 같은 타자화도 자타의 구분이 불가능한 무의식의 영역인 꿈속에서는 "그 아이가 나인지, 내가 아는 다른 아이인지" 구분하는 것 또한 불가능하다. '나'를 상실하는 순간을 표상하는 개기월식. 김륭 시인의 「달과 밤」은 지구로 표상되는 비근한 현실 뒤에서 그 어떤 빛도 받지 못하는 세계의 어린이들을 모두 "달"이 된 "나"로 수렴한다. 동시의 진보는 보다 많은 '나'의 자리를 확보하는 일로부터 비롯되지 않을까. 그건 밝은 쪽으로 노출되어 있는 세계의 이면(어두운 곳)에서, 우리가

---

3 김지은 『어린이, 세 번째 사람』, 창비 2017, 6면.

잃어버린 그림자들을 찾아내는 일이다. 어둠을 오래 응시하고 마주할 수 있는 용기를 지닌 이들만이 할 수 있는 일이다. 그들이 받아야 할 "사랑"이란 빛을 내리쬐는 것이 아니라, 어둠을 존재로서 인정해 주고 품어 주는 일로부터 가능해지기 때문이다.

> 할머니가 작은 밤칼로
> 갈색 밤 속껍질을 깎아 보얘진 밤을
> 물이 담긴 대야에 퐁당퐁당 빠트린다
>
> 슥슥슥
> 삭
> 스윽
>
> 아홉 번 획을 그어야 밤, 한 단어 적을 수 있는데
> 할머니는 다섯 번 만에 밤의 색을 벗긴다
>
> 한 망을 다 까면 내일 마트에 가자고
> 두 망을 다 까면 중국집에 가자고
>
> 늦은 밤이 될 때까지
> 대야 가득 흰 밤이 웅성거릴 때까지
> 할머니 손은 멈추지 않는다
> 나는 받아쓰기하던 연필을 내려놓고서
> 귀가 가렵다고

할머니 무릎을 베고 누우면

귀에선
삶은 밤을 반으로 갈라
작은 수저로 긁어 먹고 난 다음에도
계속해서 벗겨지는 밤의 얇은 부스러기가
푸슬푸슬 흘러나왔다

내 귀 안쪽엔
할머니가 밤새 깐 밤들이 한가득 있어서
나는 자주 그 무릎에 누워 내 귀를 맡겼다
　　　　　　　　　── 포도 「밤」 전문(『동시마중』 84호, 2024년 3·4월호)

　일견 삶을 위협하는 것만 같은 긴긴 "밤"은 그러나 "할머니"를 만나
면서 다른 위상을 부여받는다.(포도 시인의 「밤」에 기반해 "할머니"라
고 말하기는 했지만 더 정확히는 '동시 장르'를 만나면서, 라고 해도 무
방하겠나.) 「밤」에서 의도적으로 그 중의성이 해소되지 않은 채 추상과
현상을 동일한 층위에서 함의하고 있던 '밤'〔夜/栗〕은, "할머니" 손에서
껍질이 깎이고 색이 벗겨지면서 다른 이미지인 "흰 밤"이 된다. "흰 밤"
은 "퐁당퐁당" 물속에 담기면서, "대야 가득" "웅성거"리면서 청각적
이미지를 매개로 쓸쓸하고 스산한 생의 현장을 환기하며 "나"의 "귀"에
가닿는다. "할머니 무릎을 베고 누"워 "귀를 맡"기면 나오는 "계속해서
벗겨지는 밤의 얇은 부스러기"는 시각적으로 '귀지'와 유사하다. 물리
적이고 육체적이며 내밀하다. "나"에게는 무서운 대상이었을 "밤"의 공

포를 벗겨 내는 건 흔히 할머니가 전해 주는 전래동화나 환상의 세계가 아니라, "할머니"의 "무릎" 곧 핍진한 현실 — 생계를 위한 노동과 돌봄을 병행하고 있는 육체다. 그러니까 '사랑'을 받는 일은 "자주 그 무릎에 누워 내 귀를 맡"길 수 있는 존재가 있(었)다는 것. 돌봄과 생계를 위한 노동의 현장이 동일하다는 사실은 "밤"의 수량에 따라 "마트"와 "중국집"으로 표상되는 자본으로 치환되는 현실의 무게를, 어린 '내'가 어렴풋하게나마 함께 나누고 있다는 것을 전제한다. 현실의 무게에 눌려 환상으로 도피하지 않기. 생존을 위한 어른의 고투가 어린이의 삶을 '흰 밤'처럼 동글동글 순하게 만드는 일로 귀결된다는 건 눈물겹게 아름다운 일이다.

오늘은 꿈 발표회 하는 날
교실에서 보여 줄 수 없으면
미리 동영상을 찍어 올리라는데

줄넘기 연속 오십 개 하기
생일 축하합니다 곡 피아노 연주하기
레고 조립하기

뭔가 시시하기만 하다
꿈은 크게 가지랬는데
발표회 앞에서 꿈은 쪼그라든다

동영상 속에서

한결이는 줄넘기하다가 발이 걸리고

민주의 연주는 매끄럽지 않고

레고로 만든 성은 겨우 블록 몇 개로 만든 거지만

선생님의 칭찬은 계속된다

숙제 안 하고 발표 안 할 거라던 태훈이가 씩씩하게 걸어 나가서

즉석에서 노래를 부른다

저 정도면 나도 할 수 있겠다

모두가 같은 마음으로

시시하고 가벼워진 꿈 발표회를 이어 간다

— 포도 「꿈 발표회」 전문(『동시마중』 84호, 2024년 3·4월호)

  달과 밤의 위상이 축소된 것과 같은 맥락에서 꿈 또한 기존의 지위를
상실하고 있는 현장 하나를 들여다본다. 사실 잠들고 나서 꾸는 꿈은 오
로지 '나'만이 겨우 인식할 수 있는 지극히 내밀한 세계이며 내 의식을
통해 통제할 수 없을뿐더러 깨고 나서는 기억에 남아 있지 않은 경우가
허다하다. 앞서의 "밤"과는 달리 「꿈 발표회」에서의 "꿈"은 몽(夢)의 개
념보다는 '현재의 능력을 통해 드러낼 수 있는 앞으로에 대한 가능성의
담보'와 같은 의미로 쓰이는 것 같다. 홀로 품고 있었을 때는 무척이나
매력적인 "꿈"이 "발표회"라고 하는 공적 상황에서는 "저 정도면 나도
할 수 있겠다"는 마음을 품게 만드는 "시시하고 가벼"운 것으로 전락해
버린다. 나만의 내밀한 세계인 "꿈"이 모두의 시선에 노출된다는 것은

그 자체로 훼손에 가까운데, 이때 훼손되는 것은 일견 "꿈"이기도 하지만, 그것을 "꿈"으로서 믿고 소중하게 품어 왔던 "나"의 마음이기도 하다. 혼자 할 때는 잘했던 것들이 '평가'라는 잣대(물론 이 교실이 '평가'의 현장은 아닐 수 있지만 "선생님의 칭찬은 계속"되는 장면 그리고 모두가 모두를 바라보는 현실에서 '평가'를 전제하지 않을 수는 없을 것이다) 앞에서는 흔들리는 내면의 영향을 받는다. 별것 아닌 것처럼 보이는 것에 대해 계속되는 "선생님의 칭찬"은, 구체적 부연이 없다는 점에서 얼마간 구조적이고 형식적인 것으로 읽힌다. "숙제 안 하고 발표 안 할 거라"며 체제와 기성의 문법을 거부하던 "태훈이"가 태도를 바꿔 "즉석에서 노래를 부"르면서, "꿈"은 기존의 위상을 상실하고 말 그대로 "쪼그라든다". 하고 싶지 않지만 해야 하는 것. 우리는 얼마나 많은 "발표회"를 통해 작은 "꿈" 하나라도, "시시하고 가벼"운 "꿈" 하나라도 실현할 수 있을까.

애들아, 이 그림 좀 봐 봐.
나 엄청 못 그렸지?
잘 그려 놓고선
지후가 또 간절한 눈빛으로 묻는다.

아닌데? 엄청 잘 그렸는데?
아이들이 눈 똥그랗게 뜨고 대답한다.

지후는 늘 같은 질문을 하고
아이들은 늘 같은 대답을 한다.

바꿀 생각이 없어 보인다.

지후가 다시 확인한다.
선생님, 저 너무 못 그렸죠?

아닌데? 완전 잘 그렸는데?
나도 대답을 바꿀 생각이 없다.

— 임복순 「바꿀 생각 없음」 전문(『김단오 씨, 날다』, 창비 2024)

제3회 창비어린이 신인문학상 수상작인 「월요일 모자」를 기억하는 이가 있을지도 모른다. 여기서 '월요일 모자'는 임복순 시인의 데뷔작 제목이기도 하면서, 주말에 미용실에서 머리를 자르고 와 낯설고 어색한 기분으로 쭈뼛거리던 우리 모두의 공통 감각을 건드리는 경험이기도 하면서, 두 번째 시집 『김단오 씨, 날다』에서도 여전히 이어지고 있는 "임복순 동시의 중요한 특징을 이루는 교실 동시의 다정함과 활력" 그리고 "도무지 작은 존재들을 향한 사랑을 '바꿀 생각이 없'는 사람"[4]의 다정한 마음이기도 하다. 쭈뼛쭈뼛 미뭇거리며 모자를 쓰고 온 어린이에게, 괜찮은데 왜, 하며 토닥여 주고 품어 주는 교실 현장은 다행히도 지금-여기에 여전히 남아 있다. 「바꿀 생각 없음」에서 "지후"의 자기방어적인 질문은, 단순히 인정 욕구에 있어서 결핍을 느끼는 어린이의 축소된 내면을 드러내기 위함이라기보다는, "지후"를 둘러싼 존재들에 대한 믿음의 확인에 가까워 보인다. 그리고 "아이들"과 선생님 화자

---

4 이안 「사랑을 바꿀 생각 없음」, 『김단오 씨, 날다』 해설, 창비 2024, 111면.

인 "나"는 "아닌데? 엄청 잘 그렸는데?" "아닌데? 완전 잘 그렸는데?"라고 하며 그 믿음에 부응한다. 여기서 선생님인 "나"의 무조건적인 애정은 '발표회' 같은 형식 속 평가나 인정이라는 구조적 억압을 가뿐하게 밀어내는 힘이다. "사랑하는 마음, 따스한 말과 눈빛, 즐거운 웃음, 함께하는 기쁨과 슬픔, 진심 어린 위로, 믿음"[5]이 가능한 세계를, 교실 현장에서 어린이들과 함께하는 삶을 통해 구현할 수 있는 이가 곧 선생님일 것이다. 외부의 평가나 억압, 부정적 시선, 침해에 해당되는 수준의 간섭 등으로부터 온전히 자유롭게 '교권'을 사용할 수 있는 현실에서, 마땅히 받아야 할 존중을 받을 수 있다면 이와 같은 선생님 화자의 면면을 우리 동시에서 더 많이 볼 수 있지 않을까. 어둠으로만 읽히던 세계가 동글동글 "흰 밤"이 되어 가는 것을. 다른 존재를 침해하지 않는 "달"의 빛을. 상호의 양보로 탄생하는 인정을. 경계를 통해 각자가 고유한 자기 이름을 지키는 현장을.

할아버지가
서점 문 닫으면서
투명 인간은 되지 말라고
나한테 종이를 붙여 줬음

이름이 생겼으니
축하받을 줄 알았음

---

5 임복순 「머리말: 시가 되어 준 사람들」, 『몸무게는 설탕 두 숟갈』, 창비 2016, 5면.

지나가던 사람들이

멈춰 서서

골똘히

내 안의 텅 빈 책장만

들여다보고 갔음

가만히 있을 수 없었음

바람이 불 때마다

펄럭거리며 외쳤음

나 여기 있음

여기

유리 있음

— 김송이 「유리 있음」 전문(동시마중 레터링 서비스 『블랙』 67호, 2024년 3월 10일)

그러나 모두가 타자의 인정 속에서 자기 존재를 표면화하는 건 아니다. 분명 존재하지만 사람들이 지나치는 존재 또한 있다. 그것이 의도적인 무시로 인한 것이라면 슬프고, 감각으로 곧잘 인지하기 힘든 존재의 특성 때문이라면 난감하다. "유리"의 경우도 그렇다. 가볍게 머리를 부딪히는 해프닝에서부터 비행하는 새들이 목숨을 잃는 사고에 이르기까지 "유리"의 죄는 없다. 김송이 시인의 「유리 있음」은 이름을 부여받고 주체가 된 "유리"의 목소리다. 문구와 동일한 '음슴체'를 사용하여 제 모든 목소리를 명사화하는 건 어쩌면 자신이 바라보는 세계의 행위와 상태를 모두 물성을 가진 '명사'의 형태로 남기고자 하는 욕망 때문이 아닐까 생각하게 된다. "이름이 생겼으니/축하받을 줄 알았음"이라고 하는 애초의 기대는 그러나 사람들이 "내 안의 텅 빈 책장만/들여다보고"가 버리면서 오히려 "이름"의 쓸모 없음을 반증한다. 차라리 이 "유리 있음"이라는 문구가 없었다면 충돌을 통해 제 존재를 알렸을 "유리"는, 이제 다른 방향으로 존재 증명을 해야 한다. 스스로는 어찌할 수 없으나 "바람이 불 때마다" 타이밍에 맞춰 펄럭거려야 한다. "유리 있음"이 실은 이름을 부여받은 게 아니라 주의와 경고를 의미하는 것, 결국 "유리" 존재를 인지하게 하여 "유리"와 접촉하지 못하게 하는 일종의 경계로서 기능한다는 것은 우리가 자연스럽게 당연하다고 믿었던 관습적 언어를 검열하고 교정하는 근래의 언어 환경과도 닮은 데가 있다. "유리"는 "나"에게 붙여진 이름이 "나"를 위한 것이 아님을 알게 된다. "나"는 "이름"이라 믿었던 것이 타인에게는 주의와 경고로 받아들여질 때 자신의 "이름"에 대해 다시 한번 생각하게 된다.

이해해요 아기 때는 우리도 모르듯

우리가 뭘 좋아하는지
할아버지는 몰랐겠죠

이제 김민지를 반납해도 될까요?
바꿀 때가 됐어요 내가 지을 거예요

나는 공룡을

엄마는 커피를

아빠는 청소를

좋아하니까

우리 가족 이름은

김공룡

최커피

김청소

청소 뒤 커피 한 잔의 달콤함에서

공룡이 태어나고부터

잠을 아낀 청소와 속을 끓인 커피와

한집에 살게 된 김공룡

알아요

말 안 해도 알고 있어요

할아버지가 뭘 좋아하는지

할아버지 이름은

김김공룡

　　　　　— 정희지 「내가 지어 줄게요」 전문(『동시마중』 83호, 2024년 1·2월호)

검색창에 준호, 쳐 보는 준호

검색 결과 온갖 준호들이 나타나

준호는 더 이상 준호를 찾지 못해

준호들이 배경처럼 준호를 둘러싸고

준호는 준호를 까맣게 잊어버린 것인지도 몰라

그러니까 준호들에겐 무슨 일들이 생긴 것일까

저 많은 준호들의 일들이 이 준호에게도

내게도 벌어질지도 몰라, 준호는 영화감독

봉준호 아니고 가수도 배우도 개그맨도 아닌데

하나도 안 유명한 동시를 쓰는 준호인데

준호들을 다 걸은 후에도 준호는

뭔가가 지워진 준호라서 또 다른 준호들이

준호 대신 다 녹지 않고 남아 있지만

어느 날 한 준호가 또 다른 준호 심장에 대고

꾹 누르고 지나간 말, 가장 개인적인 것이

가장 창의적인 것 어느 날 준호는 준호를

찾지 않고 만들다가 준호를 되찾게 될 거야

안녕, 얘들아 난 준호라고 해

그렇게 인사하는 준호들 중 하나가 걸어올지도

— 정준호 「준호들」 전문(『동시마중』 제84호, 2024년 3·4월호)

　김송이 시인의 "유리"와 마찬가지로 우리는 이름을 자율적으로 짓기보다는 대체로 부여받게 마련이다. 그러니 최초의 '나'는 주체가 아니라 대상으로서 존재했고, 대상으로서 명명되었으며, 우리는 이미 익숙해진 이 이름의 일부로서 살아간다. 그러나 여기 그렇게 지어진 이름의

지지 기반에 의구심을 드러내며 다른 무언가로의 전환을 시도하는 목소리가 있다. 강렬한 빛으로 바깥의 대상을 밝히는 데 골몰하는 시선이 아닌, 자기 내부로만 향하는 시선이라면 으레 자폐적이고 축소되게 마련일 것이라는 선입견을 가지기 쉽다. 그러나 정희지 시인의 「내가 지어 줄게요」는 도입부에서부터 곧바로 "이해해요"라며 명명의 당위가 지닌 오류를 품어 주겠다는 태도를 드러낸다. 이후로 이어지는 리드미컬한 전개는 처음의 태도를 일관되게 밀어붙이며 시상을 확장한다. 그러니까 요지는, 나에게 마음대로 이름을 붙인 당신들 또한 이 같은 구조적 억압에 의한 명명의 피해자라는 것이다. 그런데 화자는 의외로 이들에게 명명의 '자유'를 허락하지 않는다. 제대로 짓지 못할 거라는, 분명 남의 눈치를 보면서 지을 거라는 불신이다. 아니, 애초에 이 명명의 자유를 달가워하지 않을 것이라는 걸 "알고 있"기 때문이다. 화자는 '내가 지어 줄게요'라는 제목에 충실하게도, "나"를 포함해 각자가 좋아하는 것: "공룡" "커피" "청소"로 이름을 새로 지어 준다. 특이한 것은 "할아버지" 이름의 개명인데, 여기서 "할아버지"의 새 이름은 "김김공룡"이다. "할아버지"가 가장 좋아하는 존재가 '나'라는 확신에 이어, 그 사랑의 대상으로서 '나'를 "할아버지"의 이름 속에 각인하는 방식(별명 짓기)의 유희가 때로 대상의 특징적인 면을 부각해서 자연스럽게 대상화를 유도하고 그 과정에서 상처를 입히기도 한다는 점을 생각해 보면, 내가 평생 불리고 싶고 또 부르고 싶은 '이름'이란 사랑의 다른 말이 되어야 하지 않을까.

사랑을 통해 고유해지지 않는다면, 우리는 금세 제 이름을 상실해 버릴 위험에 처하곤 한다. "준호는 더 이상 준호를 찾지 못"한다는 역설은 그러나 언술상의 역설이 아니라 실재의 옮김이다. "준호"는 "준호들"이라는 복수의 형태로 호명되면서, "영화감독" "가수" "배우" "개그맨"처럼 타자로부터 고유성을 부여받고 인정받은 유명한 존재로부터 분리되어 일반명사에 가까워진다.

김륭 시인이 격월평에서 언급했듯 지금은 "동심을 가질 수 있는 주체와 동심이 야기하는 행위의 예측 불가능성은 순수에 대한 막연한 믿음을 넘어 세계의 불안과 불행과 관련된 다른 질문을 낳게 할 수밖에 없는 것이다. 결국 이즈음의 아동문학은 어른이 상실한 동심을 추억하는 단계를 넘어 세계와 관련된 그것의 본질을 사유하고, 그것이 상실되거나 변질되는 원인을 폭로하며, 동심이 야기할 수 있는 행위와 AI에 대응할 수 있는 다른 감성을 서사화하는 데까지 나아갈 수밖에 없는 시대"[6]다. AI가 지금 이 시간에도 축적되고 있는 데이터를 조직적으로 구성해 시를 쓰는 시대에, 인간의 존엄이 위협받는 것은 이름의 효용을 점차 상실해 가는 삶에서도 드러난다. "가장 개인적인 것이/가장 창의적인 것 어느 날 준호는 준호를/찾지 않고 만들다가 준호를 되찾게 될" 것이라는 세계의 미래는 어떨까. '정체성 찾기'라는 말에서 정체성이 이미 인간 본연의 삶에 내재되어 있다는 걸 함의하는 말이라면 '정체성 만들기'는 애초에 없었던 '나'를 새로 만드는 일에 가까워 보인다. 흔히 작품에서 화자를 추적할 때, 그 화자는 나의 삶 어딘가에 있던 '나'의 또 다른 표상으로서 존재한다고 믿게 마련인데, 그렇다면 인간의 삶을 전혀 겪어 보지 않은 AI가 만들어 낸 '화자'는 무엇을 물적 토대로 삼아 탄생할까. 방대한 언어 데이터를 수집·선별·구성하는 능력만으로 발화—주체의 말이 진정성을 담보할 수 있는 세계가 도래했을 때, 우리는 무엇을

---

6 김륭 「'마이클'만이 할 수 있는 말」, 『동시마중』 84호, 2023년 3·4월호, 107면.

할 수 있을까? "안녕, 얘들아, 난 준호라고 해". 모든 타자가 자신을 '나'라고 말하면서 다가오는 세계의 공포는 이제 실재하는 현실에 기반한 디스토피아적 세계관이다. 내밀한 감각의 영역에 도달하지 않는 한, 무수히 복제되는 '나'를 구분하는 것이 불가능한 세계가 도래하고 있는지도 모른다.

> 양파는 슬픈 드라마 같다.
> 가까이하면 할수록
> 눈물이 난다.
>
> 눈물이 없는 아빠도 울게 한다.
>
> 양파는 울지 않으면서
> 다른 사람을 울게 한다
>
> 뛰어난 배우 같다.
> ── 홍일표 「양파」 전문(『오디오 동시마중』 2024년 3월호)

까도 까도 속을 알 수 없다는 건 기실 겉과 속이 다르지 않은 사람에 비유할 수 있는 말이 아닐까. 외피와 내면의 구분이 불가능한 "양파"는 자의식이 해체된 존재로서 '온몸으로' 타자에게 다가갈 수 있다. (실제로 다가가는 건 주체다.) 우리는 늘 온몸으로 다가오는 존재 앞에서는 무장 해제가 되게 마련이다. 배밀이를 하며 기어오는 아기, 온몸으로 울고 웃는 아기 앞에서처럼. 어디선가 배우는 '몸'으로 하는 일이라는 뉘앙스의 인터뷰를 읽은 적이 있는데, 대사와 발성뿐만 아니라 눈빛도, 호흡도, 몸짓도 모두 텍스트 속의 존재를 육체로 구현해 내기 위한 노력의 산물이다. 다른 존재의 삶을 살아 보는 일종의 빙의, '나'를 내세우는 게 아니라 타자를 '나'로 수렴하는 행위. 환대는 내 자리를 타자에게 기꺼이 내주는 것이며, 그것이 우리를 잠들게 하는, 자각을 상실하게 만드는 어둠의 본질이기도 하다. 홍일표 시인의 「양파」는 오랜 시간 시를 써 온 이들의 글에서 간혹 느껴지는, 능수능란해서 오히려 기술적으로 보이는 언술 운용과는 거리가 먼, 직관적 이미지의 산물이다. 도입부로부터 결말에 이르며 "양파" 이미지에 직유로 연결된 보조 관념이 애초에는 "슬픈 드라마"였다가, 그 "드라마" 속의 "배우"로 변주되는 상황은, 시상이 전개되는 과정에서 "양파"라는 대상에 좀 더 근접한 화자의 위치 이동을 담보하는 게 아닐까. 시에서는 드러나지 않지만 처음 시가 시작되었을 때보다 화자는 더 많이 울고 있는 게 아닐까. 가까워지면 가까워질수록 "양파"가 지닌 온몸의 감각이 곧잘 전달된다는 것, 그래서 어쩌면 스스로에게 '나'의 위상을 부과할 수 있는 근거는 슬픔과 아픔을 무릅쓰고 저 "양파"에 다가가는 용기일지도 모른다. 자기 감각에, 즉 시에 좀 더 능동적으로 참여하기. "양파"는 울음의 대열에 동참하지 않으면서도 자신을 둘러싼 모든 존재의 상태가 된다.

대다수의 경우 예술가는 더 이상 '직업'의 이름이 아니게 될 것이다. 그것은 차라리 '상태'의 이름에 걸맞을 것이다. 예술의 가능성, 예술의 미래를 거기서 찾지 않으면 안 된다.
지금 나는 이 문장을, 간신히, 낙관적인 기분으로 적고 있다.[7]

영화 「패터슨」(Paterson, 2016)에서 '패터슨'은 틈날 때마다 작은 수첩에 시를 쓰는 버스 드라이버다. 패터슨은 직업으로서의 예술가가 아닌, '상태'로서의 예술가다. 말하는 자보다는 듣는 자에 가깝고, 달리는 자보다는 산책하는 자에 가깝다. 일요일부터 다음 일요일까지 패터슨의 반복되는 일상-호흡 속에서 그의 삶이 흐름을 증명하는 것은 오로지 그의 시다. 그가 자신의 삶과 동일한 심급으로 시에 참여하고 있다는 사실은, 그러나 그 누구의 눈에도 띄지 않는다. 그가 쓴 시는 오로지 수첩에만 있으며 아내 '로라'의 권유에도 불구하고 그것을 어딘가에 옮기거나 저장해 두지 않는다. 오로지 한 권의 수첩 위에만 머무르고 있는 패터슨의 시는 그 자신에게뿐만 아니라 현상계에서도 고유한 것이다. 관습적 대화로부터, 반복되는 일상으로부터, AI에 의해 수집되는 매일의 데이터로부터 자유로운, '실재'의 영역 안에서 패터슨의 시는 고유하다.

오로지 수첩 속에만 남아 있는 시를 떠올리다 보면, 자연스럽게 침묵에 대해 생각하게 된다. 사이토 마리코(齋藤眞理子)의 시 「광합성」에 "말을 잃어버릴 때야 침묵은 어느 말도 아니며 어느 말이기도 하다는 것을 치옴 알게 된다"(『단 하나의 눈송이』, 봄날의책 2018)는 구절이 나온다. 안개꽃은 중심을 이루는 꽃(이를테면 장미, 국화 등)의 주변부로 파편화된 힘이라는 사실을 상기해 보면, 한 편의 시에서 얼마나 많은 침묵-여백이 중심을 위해 공헌하는지 알 수 있다. 연과 연의 간격에는 언제나 숨소리가 있음을, 가만히 들어 보면 알 수 있다. 이건 비유가 아니다. 쓰는 사람은 거기서 잠시 숨을 멈추고 뱉는다. 하나의 연에서 다른 연으로 도약하

---

7 이장욱 『영혼의 물질적인 밤』, 문학과지성사 2023, 97면.

기 위해 잠시 숨을 멈추고, 뛴다. 도달한다. 그것은 시인의 신체가 아니라 화자의 신체라는 사실. 시인이 때로 화자라는 누명을 쓰고 얼마간 자발적으로 그런 누명을 받아들이는 경우도 물론 있다고 생각한다. 이 시에 사용된 건 바로 내 몸의 감각이야, 같은 말과 같이. 그러므로 시는 결국 상태이며, 말과 말 사이는 곧장 이어지는 게 아니라 침묵을 통해 이어지게 마련이다. 말과 말 사이에 빈틈이 존재하지 않는다면, 그러니까 일종의 산문처럼 단단하고 필연적인 연결로만 존재한다면, 연과 행을 통해 생긴 간격은 대체 왜 있는 걸까? 시처럼 보이려고 있는 걸까? 좋은 시는 끝말잇기의 속성을 갖고 있다. 앞의 말과 뒤의 말 사이가 간신히 이어진다는 점에서, 또한 그 두 말이 그렇게 겨우 이어지는 단 하나의 음절(정도의 감각)을 공유하고 있다는 것 외에는 달리 이어질 방도가 없다는 점에서 그러하다.

말의 양은 점점 늘어나고, 그 모든 말이 데이터로 축적되어 알고리즘을 강화하는 재료로 사용되는 세계에서, 인간만이 감각할 수 있는 시의 자질은 침묵이 아닐까 생각한다. 말과 말 사이가 끊어지는 것을 못 견디는 시대, 침묵을 불편하게 여기는 세계, 그러니까 침묵이 참여할 자리가 점점 협소해지는 세계에서 끝끝내 침묵을 옹호하는 일은 어쩌면 시의 고유한 자질을 통해 미래를 낙관하고자 하는 데서 오는 태도가 아닐까. 침묵의 하중을 감각할 수 있는 자만이 그 침묵 끝에 밀어낸 말의 가치를 안다. 또는 강렬한 슬픔이나 아픔 뒤에, 더는 말을 잇지 못하는 어떤 상황으로부터 빚어지는 침묵의 무게를 체감해 본 이만이 다음 말까지 힘을 들여 도약할 줄 안다. 동시가 많은 침묵을 품고 침묵을 견디고 끝끝내 침묵을 깨고 드러낼 말의 자리를 넓게 마련해 두고 싶다. 일견 가벼워 보여도, 쉬워 보여도, 그래서 때로는 농담 같아 보여도 각자가 마주한 어린이 현실에서 치열하게 얻어 낸 말, 그리하여 진정성을 담보하는 말 ─ 희망을, 나는 동시에서 찾는다.

어른을 위한 동시

　아동문학 장르의 정의를 역설로 만든 최초의 표현은 '어른을 위한 동화'다. 안도현 시인의 『연어』(문학동네 1996)로 유명한 이 시리즈는 아동문학 장르의 대상 독자층인 어린이와 어른이 경계 없이 읽을 수 있는 문학을 지향한다. 『연어』는 8년 전에 이미 100만 부 판매를 돌파해 밀리언셀러 반열에 오르면서 어른을 위한 동화가 유효한 장르임을 오랜 시간 현재 진행으로 증명해 내고 있다. 1996년 작품인 『연어』로부터 다소 간격을 두고 근래에는 루리 작가의 『긴긴밤』(문학동네 2021)이 그 계보를 느슨하게 잇고 있는 듯하다. 성인 독자들은 『긴긴밤』을 읽을 때 여로형 서사 구조와 흥미로운 우화 이미지 및 삽화가 지니는 흡인력 이상으로 인물의 정서에 깊이 밀착하는 경험을 하게 된다. 일찌감치 50만 부 판매를 돌파한 『긴긴밤』은 동화 장르의 물적 토대가 성인 독자층을 통해 견고해지는 현실을 방증한다. 다만 여기에는 한 가지 필요조건이 따른다. '어른을 위한'이라는 수식어에도 불구하고 어린이 독자의 자리를 위협하지 않으면서 어른 독자의 자리를 확보할 수 있어야 한다는 점이다. 그게 수식 뒤에 여전히 건재한 '동화(童話)'의 본령이다.

어른을 위한 동화 장르로 이 글의 도입부를 연 것은 '어른을 위한'이라는 수사가 최근 출간된 동시집이나 지면에 발표되는 동시에도 충분히 가능할 거라는 주관적 전망 때문이다. 앞서 언급한 필요조건이 적용되지 않는다면 '어른을 위한'이라는 수사가 부정적으로 읽힐 여지 또한 감안하지 않을 수 없다. 그럼에도 흔히 그림책 장르에 덧붙이는 수사인 '0세에서 100세까지'를 동시 장르에 적용해서 말하고자 하는 지향이 뚜렷한 사람들에게 이와 같은 흐름은 반가운 일이다.

뱀에 물리거나 뱀을 죽이는
꿈을 꾸면 사람들은 좋아하지
바라던 일이 이루어지는 뱀 꿈
은 너무 좋아 뱀도 꿔

피아니스트가 되고픈 뱀 꿈
자진거 챔피언이 되고픈 뱀 꿈

간절한 꿈속 자기를
물고 또 물고 죽고 또 죽이며
작아진 허물 벗을 때마다
선명하고 매끄러워지는 뱀

피아노 속으로 들어가네

온몸이 손이라

자전거도로로 뛰어드네

온몸이 발이라

기다란 몸 꿈틀거리네

온몸이 가슴이라

온몸으로 꿈꾸는 뱀은

기어가는 꿈 한 마리

소리 지르지 말아 줘

꿈이 꿈 이루는 중이니까

뱀 꿈꾸는 뱀 꿈 이루어지는 꿈

뱀 꿈

— 안지현 「뱀 꿈」 전문(『한국일보』 2025년 신춘문예 동시 부문 당선작)

초록 뱀의 해인 을사년 신춘문예 동시 당선작 「뱀 꿈」의 "뱀"은 특히 선자(選者)들의 눈에 들기에 유효한 중심 소재지만 그에 앞서 팔과 다리 없이 모든 행위가 곧 "온몸"인 존재로서 "뱀"은 부분 부분의 움직임이 아니라 신체 전체가 움직임 그 자체일 수밖에 없는 직관적인 이미지의 표상이다. "온몸이 손" "온몸이 발" "온몸이 가슴"과 같이 팔다리 없음이 제약이 아니라 자유로 환원될 수 있음을 보여 주는 언술에 더해 네 번이나 반복되는 "온몸"이라는 단어는 김수영 시인의 '온몸의 시학'을 연상하게 한다. "허물"을 벗으며 "자기"를 죽이며 새로운 자신으로 거듭 태어나는 과정을 통해 성장을 도모하는 "뱀"의 이미지는 "꿈"을 통해 환상성에 설득력을 부여한다. 흔히 해몽은 자의적인 한편으로 물적 근거가 없음에도 많은 이들에게 보편으로 통용되는 믿음이다. 특히 꿈

속에서는 명백히 부정적인 죽음, 사고, 불결한 것 등이 현실에서는 긍정적인 미래를 암시한다는 점은 꿈(시련)을 통과 의례로서 겪고 난 이후의 현실(성취)을 예견하는 힘을 보여 준다. 그 과정에서 "죽고 또 죽이며"는 고통이나 소멸을 은유하기보다는 부활과 변신의 가능성에 초점을 맞춘다. 「뱀 꿈」은 지금의 "나"를 "허물"을 입은 존재로 인식하면서 그 "허물"을 벗으면 벗을수록 내가 바라 왔던 이상향-본질에 가까워질 거라는 희망의 전언이기도 하다. "손"이 없는 "뱀"은 "피아노"를 연주할 수 없지만 "피아노" 건반을 따라 해머가 물결치는 모양은 "뱀"의 "꿈"이 자신의 이미지로 회귀하는 형태를 보여 준다. "자전거" 또한 마찬가지다. "자전거" 바퀴의 둥근 모양은 우로보로스를 연상하게 하면서 앞서의 "물고 또 물고"를 시각적으로 보여 주는 것만 같다. 어른 독자의 입장에서는 "온몸"으로 자신을 밀어붙여야만 자기 한계를 돌파할 수 있는 "뱀" 이미지에 정서적으로 감응할 여지가 충분한 작품이다. 여기까지가 대략적으로나마 '어른을 위한'이라는 수사에 부합하는 지점들을 하나하나 옮겨 본 결과일 것 같다.

그렇다면 어린이 독자에게 「뱀 꿈」은 어떻게 가닿을까? 감각적 접근을 통해 위에 제시한 해석들로 파생되기 이전에, 어릴 때부터 "뱀" 이미지를 우화적으로 소비해 온 어린이 독자에게 "뱀"은 우선 '꿈틀꿈틀' 같은 음성 상징어를 연상하게 하는 "꿈"과의 합성을 통해 매력적인 소릿값을 획득한다. 연과 행의 전략적인 배치를 통해 뱀의 인상은 시각적으로 전경화(前景化)되어 (어린이) 독자를 이미지로 먼저 사로잡는다. "피아노" "자전거"와 같이 어린이의 일상에 밀착한 대상이 뱀의 유려한 신체 움직임과 닮아 있다는 점과 자전거의 둥근 바퀴, 혹은 그 바퀴 뒤로 이어지는 물 자국 이미지 등으로의 연상까지도 어린이 독자에게 즐거운 읽기 경험을 선사할 가능성이 크다. 어린이 독자에게 유효한 동시는 대개 인상이 먼저 오고 의미는 뒤늦게 온다. 읽는 이에 따라 저마다 다른 형태로 온다. 「뱀 꿈」은 '어른을 위한'이라는 수사를 붙일 수 있으면서도 어린이 독자의 자리를 보존하고자 하는 그 균형점이 어디인가를 선명하게 알고 있는 작품이다.

안지현 시인의 「뱀 꿈」이 올해(2025)의 포문을 멋지게 여는 작품이라면, 작년 한 해 개인적으로 '어른을 위한 동시'의 자리를 지나 '어린이를 위한 동시'의 자리 역시 넓게 확보한 가장 매력적인 작품 하나를 꼽으라면 서슴없이 김송이 시인의 「갇혔을 때 돌파하세요」(『동시먹는 달팽이』 2024년 여름호)를 추천하고 싶다. "나"를 둘러싼 세계를 폭력과 억압의 구조로 인지할 수밖에 없는 상황 "땡!/땡!/땡!" "틀렸다고" 하는 순간 앞에서 의연할 수 있는 사람은 없을 것이다. 내가 잘 가고 있나, 내가 잘하고 있나, 의문하는 과정에서 자기 객관화란 사실 타자의 (불)인정과 기준을 내면화한 결과일지도 모른다.

이십 대에는 주머니에 늘 흰색 약통 — 불안을 진정시키는 작은 알약이 100알 정도 들어 있었다 — 을 넣어 다녔다. 공포가 나를 건널목으로 데리고 갈 때마다 언제든 꺼내 먹기 위해서였다. (…) 대학원을 포기하고, 취업을 포기하고, 완성된 미래를 포기했다. 버틸 시간을 벌기 위해서 분투했다.[1]

'당사자'가 되면 우리는 더 이상 온화한 중재자인 척할 수 없고 객관적 거리를 확보한 관찰자일 수 없다. 당사자가 된다는 것은 그런 것이다. 아무리

---

[1] 김송이 「내 작품을 말한다: 갇혔을 때 돌파하세요」, 『동시마중』 89호, 2025년 1·2월호, 87~88면.

작고 사소한 일이라 하더라도, 우리의 무언가를 걸게 만드는 것.[2]

「갇혔을 때 돌파하세요」에서 느껴지는 당사자성은 시작노트인 「내 작품을 말한다」를 읽기 이전에도 충분히 감지될 만큼 뚜렷했다. 시인과 화자를 선명하게 나눌 수 없다는 것은 그만큼 시인의 현실이 작품의 내부에서 큰 울림으로 작동한다는 의미이기도 하다. 현실의 묵직한 하중을 견디는 청년 세대는 물론 불안 속에 살아가는 중년·노년의 세대에게도 유효한 작품이다. 어린이·청소년 독자의 내면에서도 분명한 메시지로 환원될 것임에 틀림없지만, 의미가 선행하는 작품이 아님에도 어른들에게 보다 큰 울림으로 다가올 작품이라고 생각했다. 도약이 때로는 비약에 가까워져 읽기의 난도가 높아진 시는 이제 취향과 기호의 산물에 가깝다. 시를 향유하는 이들조차도 소수민족처럼 편재되어 있는 현실에서, 동시가 점유하는 보편적 요소는 때로 아동문학이라는 카테고리를 초과하여 읽힌다. 세대를 초월해 이 시대를 사는 모두가 "땡!/땡!/땡!"으로부터 자유롭지 못하다는 걸 온몸으로 경험해 간파해 낸 시인의 작품이기 때문이다.

노란 고무 오리에게선 꼭
꽥
소리가 나야 한대

거품 목욕하는 아이들이

2 이장욱 『영혼의 물질적인 밤』, 문학과지성사 2023, 49면.

깔깔깔 웃을 수 있게

물속에 거꾸로 뒤집힐 때도
기쁘게 꽥
꽥 꽥
떠올라야 하니까

벨트는 조용히 돌아가고
노란 오리들은 자꾸만
내 앞에 도착해

꾹꽥꾹꽥꾹꽥꾹꽥꾹꽥꾹꽥

잘 우그러지는 오리만
공장 밖으로 나갈 수 있다는데

쉭쉭쉬이익쉭
바람 소리 내는 이 오리는
어디로 가게 될까?

어쩌지,
놓치고 싶지 않아
바람 오리에 귀를 대고 있어

내 숨소리 같아서

계속 듣고 싶어서
— 김송이 「오리 공장 밖으로」 전문(『동시마중』 89호, 2025년 1·2월호)

「오리 공장 밖으로」의 화자는 "오리 공장"에서 일하고 있는 '어른' 화자다. 노동하는 어른이다. "꽥"이 아니라 "쉭쉭쉬이익쉭" 바람 소리만 나는 이 오리는 "바람 오리"라는 표현으로 바뀌며 정상성의 범주 바깥으로 밀려난 '불량품'이다. 이 "오리"의 소리를 "내 숨소리 같"다고 말하는 화자는 이 "오리"에게 동질감을 느낀다. "물속에 거꾸로 뒤집힐 때도/기쁘게 꽥" 울어야 하는 세계가 오히려 정상성의 범주 바깥에 있는 건 아닐까? 잘못된 건 아닐까? 반문하면서 우리는 "바람 소리"만 나는 "오리"의 미래를 화자와 함께 걱정하게 된다. 비정한 현실이지만 그 비정한 현실을 함께 견디고 있는 어른 화자의 목소리에서 어린이·청소년 독자들은 위안을 얻을 것이다. 양육자나 보호자의 마음이 아니라 동지애에 가까운 감정. 어린이·청소년 독자들은 "잘 우그러지는 오리"가 되어야만 인정을 받는 "공장"을 자신이 처한 현실의 알레고리로서 대입하는 한편으로 ㅗ 인정투쟁(recognition struggle)에서 밀려난 소수자의 현실에 자신을 대입해 볼 것이다.

물론 '어른을 위한 동시'라는 테마에 국한해 이야기하고 있으므로 시인의 작품 세계를 몇 편만으로 단언하기에는 여전히 동시-세계의 지평을 넓히고 있는 현재 진행의 작가라는 점을 다시 한번 상기해 볼 필요가 있겠다. 같은 지면에 실린 김송이 시인의 「빠진 앞니 다시 나오는 중」은 유치가 빠지고 영구치가 나는 8~9세 시기를 다루고 있어 어린이 독자들이 경험적으로 밀착해 읽게 되는 동시다. '어른을 위한'이라는 수사의 밖에 있는 동시다.

세모는 슬펐어요

나는 네모가 아니야
눈부시게 푸른 각이 하나 없으니까

나는 네모가 아니야
보란 듯이 샛노란 각이 하나 없으니까

나는 네모가 아니야
얼얼하게 매운 빨간 각이 하나 없으니까

세모가 계속 눈물을 흘리고 있을 때
지나가는 새가 말했어요

너는 세모야
서로 다른 멋진 각이 세 개나 있으니까

너는 세모야
화살표처럼 나아갈 방향을 잘 찾고
트라이앵글처럼 언제나 다정한 말을 하지

너는 세모야

네모 열 개는 품고도 남을 만큼

커 — 다란 산 같은

그러니까 세모야

너의 세 각을

다시 활짝 세워 보렴

— 김기은 「세모」 전문(『동시마중』 89호, 2025년 1·2월호)

　　"세모"의 자기 부정은 "네모"와의 비교를 통해 자신을 미완의 존재로 인식하게 한다. "세모" "네모"가 모두 추상이기도 하거니와 "푸른 각" "샛노란 각" "빨간 각"이 정확히 어떤 원관념에 기댄 말인지를 작품의 내부에서 찾기는 쉽지 않다. 동일성의 세계를 파기하는 과정에서 "세모"와 "네모"가 왜 각각 불완전과 완전의 자리에 놓이게 되는지, 왜 "세모"의 인식 체계 속에서 "각"을 하나 더 지니는 것이 비교우위를 점하는 일인지 드러나지 않는다. 교과과정에서 배우는 수학 속 도형이기는 하나 저 각각의 색이 어떤 유기성을 띠고 있거나 일상의 차원에서 연결지을 수 없는 소재리는 점에서 이 동시는 표면 너머의 위로를 회구하는 어른을 위한 동시에 가깝다. "지나가는 새"의 위로는 "화살표" "트라이앵글"과 같이 "세모"의 형태일 때 빛나는 가능성을 제시한다. 지금의 자신을 긍정하라는 이 주문은 일상과는 다른 층위에서 도형-추상과 우연적인 요소에 의거하고 있다. 스스로를 미완의 상태라고 인식하는 어른 독자에게 위로의 기능을 수행한다. 도형 이미지와 시인의 위로-의도 간에 분명한 간격이 발생하는 「세모」는 어른 독자에게 먼저 도착한 뒤 어린이 독자에게로 여정을 떠나는 중이라 할 수 있다.

그러나 어른 독자의 읽기를 염두에 두고 쓰인 작품군의 부피가 점점 커지는 과정에서 전술한 작품들과 같은 긍정적 사례뿐만 아니라 오로지 어른 독자에게만 유효한 동시들 역시 눈에 띄는 실정이다. 구 서정의 실현, 유년기의 복원, 자기 연민에 기반한 위로를 피상적인 목적으로 두고 동시가 도구화되는 경우, 의미 전달의 매개체로서만 사용되는 경우, 넓게는 자기 욕망 실현의 방편으로서 아동문학이 이용당하는 경우를 심심찮게 마주하게 된다. 동시의 외피를 입고 있지만 '동(童)'을 건너뛴 채 곧바로 어른의 정서에만 감응하려 드는 동시의 공통된 특징은 (화자가 아닌) 시인의 자의식 내부로 함몰되어 있다는 점이다. 그와 같은 동시는 대개 시를 통해 이룩해야 할 것을 동시 장르의 직관성과 명료성을 매개로 손쉽게 달성하고자 하는 의도에 의해 훼손된다. 동시의 직관성과 명료성은 그러나 결코 쉽게 쓰기의 한 방편이거나 어른이 피상적으로 드러내고 싶어 하는 정서 및 의도를 전달하기 위한 자질이 아니다. 오히려 동시가 구현하는 현실 속에 관념과 의도라는 걸림돌 없이, 어린이 독자가 저항 없이 참여하게끔 하는 흡인력이라 할 수 있다. 어른을 위한 동시가 어른만 위하는 동시로 왜곡되어 쓰인다는 것. 그 과정에서 낯선 접합으로 유의미했던 역설이, 불가능한 것을 인위적으로 가능한 것으로 치부해 버리는 억지가 된다. 그 대안으로서 동시에 주문할 수 있는 것은 '현장성'3일 것이다. 어린이 일상에 실재하는 현장을 통해 어

---

3 대안을 제시하려는 작업의 일환으로서 부족하나마 2022년 발표한 졸고 「동시의 현장성: 2020년대 어린이-현실을 수용하기」(『문장 웹진』 2022년 12월호)에서 문현식·정유경 시인 등 화자가 자신이 대면하는 상황에서 느낀 감정을 판단이 선행되지 않

린이가 한두 마디로 뭉뚱그려 설명할 수 없는 어떤 감정을 핍진하게 담아낼 때 말은 힘을 얻는다. 관성에 포박된 말이 아니라, 지금 이 순간 하지 않으면 안 될 말을 하게 된다.

　　화가 나서 문자를 했다.

　　말도 없이 학원 몇 번 빼먹었다고
　　이제 엄마라고 부르지도 말고
　　아는 척도 말라고 하셨죠?
　　네, 아주머니
　　저는 엄마가 없으니
　　아주머니 집에 들어가지도 못하겠네요.
　　이제부터 밖에서 떠돌아다닐 테니까
　　저를 찾지 말아 주세요.

　　누구세요?
　　제 아들도 아닌데 왜 찾겠어요.
　　부디 떠돌이 생활 잘하시고
　　큰 깨달음 얻으시기 바랍니다.
　　행운을 빌어요!

　　뭔가 단단히 잘못돼 가고 있다.

는 ─ 수사를 더하지 않은 ─ 방식으로 드러내는 일에 초점을 맞춰 다룬 바 있다.

엄마가 뉘우치지 않고 있다.

— 임복순 「엄마가 아닌 아주머니의 답장」 전문(『동시마중』 89호, 2025년 1·2월호)

이 팽팽한 대립은 각자 모성 혹은 자식 된 도리와 같은 윤리적 당위에서 벗어난 1인칭의 목소리로서 엄마와 어린이 화자가 주고받는 대화를 통해 구성되어 있다. 시인은 문제적 상황을 봉합하려 하지 않고 두 사람의 '말'이 지닌 자율성에 상황을 맡긴다. 시인이 사라지고 화자만 남은 자리에서 모두가 수긍할 수밖에 없는 보편의 윤리가 아닌, 개인의 윤리가 뚜렷해진다. 화자는 "엄마"의 논리("엄마라고 부르지도 말고/아는 척도 말라"는 말)가 단지 화가 난 상태에서 우발적으로 나온 표현이라고 생각한다. 그 말꼬리를 수용하는 척하며 관계 단절을 선언하지만, "엄마" 역시 그 선언을 수용하는 척하면서 대화가 연장된다. 문제가 해결되지 않았음에도 이 동시가 심각한 상황을 초래할 거라는 생각이 들지 않는 건, 작품에 내재된 '유머' 덕분이다. 어린이 화자와 마찬가지로 "엄마" 역시 호락호락하지 않다는 점. 감정적인 표현을 논리로 수용하는 동일한 전략을 취해 우위를 점하려는 점 등이 웃음을 유발한다. 정말 심각한 관계였다면 관계 단절의 선언 이전에 이미 대화가 단절되었을 것이다. 임복순 시인의 많은 동시에서 화자는 현장 밖에서 판단을 내리거나 관조하는 존재가 아니라 생동하는 현장 안에 놓여 있는 존재다. 현장 안에서 말하고 행동하고 의문하는 존재다. 어린이 독자는 공감할 수밖에 없는 이 대화 이후의 상황까지 온전한 자신의 몫으로 갖게 된다.

뻥!

하는 소리와 함께 깨어났다

여기가 어디이오?
강원도 양양군에서 태어난 오이가

찰랑거리는 유리병 안에서
눈을 끔뻑이며 물었다

시큼한 물이 들이닥쳤던 것이
그의 마지막 기억이었다

정신을 차릴 새 없이
젓가락 두 짝이 왔다

도대체 여기가 어디이오오오
오이가 끌려가며 소리쳤다

와사삭
사람이 대답해 주었다

피클도 맛있군!
―― 한연진「피클의 고향」전문(동시마중 레터링 서비스 『블랙』111호, 2025년 1월 12일)

오이대원이 달려온다
이오이오이오

빨간 사람 어딨나요?
시원하게 해 줄게요

오이가 이오이오
빨간 얼굴에 착착
이웅이웅 눕는다

오이대원 피해
거긴 눈
깜빡하면 추락이야

오이대원 조심해!
거긴 입
까딱하면 죽음이야

오이가 이웅이웅
모두 누웠다

빨간 사람 걱정 마요
이제 안정을 취하세요.

하얘진 사람
벌떡 일어나니

오도도도도

오이비가 내린다

오이대원 장렬히

임 무 완 수

— 한연진 「출동! 오이대원」 전문(동시마중 레터링 서비스 『블랙』 111호, 2025년 1월 12일)

'오이' 연작이라 할 수 있는 이 두 편의 작품은 모두 인간을 위해 끔찍한 결말을 맞게 되는 "오이"의 서사를 기반으로 하고 있다. 테리 보더(Terry Border)의 그림책 『도망쳐요, 과자 삼총사!』(비룡소 2022)의 결말을 연상시키는 두 작품에서 "오이"는 희생 혹은 봉사와 같은 키워드에 종속되지 않는다. 소비되고 소모되는 주체로서 문제의식을 환기하지도 않는다. 어린이들이 곧바로 감각할 수 있는 말놀이와 어린이들이 일상에서 마주할 수 있는 현실의 층위 양쪽을 자연스럽게 오가면서 "오이"의 최후에 도달하는 시상의 전개는 롤러코스터처럼 가파른 경사와 속노감을 시니고 있다. "강원도 양양군"이라는 구제직 지명이 환기하는 현실감과 더불어 제 이름을 늘어지는 종결어미("도대체 여기가 어디이 오오오")로 삼아 드러내는 절박한 심정과 말놀이의 낯선 결합은 지근거리의 일상을 함축한다는 점에서 현장성을 내포한다. "오이대원"이 소모되는 양상도 비슷하다. 구급차 사이렌을 닮은 음성 상징어 "이오이오"와 오이의 단면을 닮은 "이응이응" 그리고 "장렬히/임 무 완 수"로 "오이 대원"의 최후를 알리는 장면까지도 닮았다. 우리는 이 "오이"를 긍정해야 하는가? "오이"를 구원해야 하는가? 굳이? 현실에서 "오이"는 동시 속에 의인화된 "오이"와 동일한 맥락에서 소비되고 있고, 그건 문제적 현실이라고 할 수 없다. "와사삭/사람이 대답해 주었다//피클도 맛있군!"에서 인간은 "오이"의 외침을 듣지 않는 무자비한 '괴물'처럼 보이지만, 실은 "오이"를 의인화하는 과정에서 발생한 시선의 역전 현상일 뿐이다. 바로 여기에서 시 장르의 오랜 미덕인 '낯설게하기'가 힘을 발휘한다. 의미 부여의 일방적인 경로가 마련되어 있지 않고 오로지 이미지를 통해서만 발화하고 있다는 점에서 이 작품은 어른 독자에 앞서 어린이 독자가 전유하고 향유하는 데 걸림이 없다.

인터넷에 눈물 날 것 같을 때 눈물 참는 방법을 검색해 봤더니
발바닥을 귀에 대고 "여보세요?" 하는 상상을 해 보래
그래도 자꾸 눈물이 나려고 하면
반대쪽 발을 귀에 대고 "네, 전화 바꿨습니다." 하는 상상을 해 보래

선생님이 자기 발바닥을 귀에 대고 "여보세요. 8반입니다." 말하고
김현서가 자기 발바닥을 귀에 대고 "엄마, 저 지금 학교 끝났어요." 재잘거리고
장우가 자기 발바닥을 귀에 대고 "엄마, 나 애들이랑 10분만 놀다 갈게. 오늘 시험 점수? 어, 그게……." 중얼거리고
재혁이가 자기 발바닥을 귀에 대고 "엄마, 진짜 제발 오늘만 학원 빠지면 안 돼요?" 칭얼거리고

엄마, 엄마, 엄마…….

엄마가 자기 발바닥을 귀에 대고 "하준이는 잘 지내?" 물어보고
아빠가 자기 발바닥을 귀에 대고 "있잖아, 우리 다시……." 대답하면

나는 반대쪽 발을 귀에 대고 "네, 전화 바꿨습니다. 저도 좋아요."
속삭이며 웃어 줄 텐데
진짜 효과 있는 방법이라고 댓글도 달아 줄 텐데
　　—양슬기 「눈물 날 것 같을 때 눈물 참는 방법」 전문(『창비어린이』 2024년 겨울호)

　　최근 '『창비어린이』 신인문학상'에 이어 같은 해에 '문학동네 동시문학상'을 수상한 양슬기 시인의 시는 교실 현장 내에서 발화 주체에 따라 다른 구어체를 자연스럽게 쓰면서 최근 읽은 동시들 중 어린이의 상을 가장 실재에 가깝게 구현해 낸다. 어린이의 삶 내부에서 벌어지는 일을 구심점으로 화자의 감정에 충실하다는 점에서 문현식·임복순 시인의 동시와 일견 닮은 면이 있지만, 두 시인의 작품이 1인칭 화자의 내면을 통해 각각 고유한 개성과 깊이를 드러내며 자기 세계를 일구었다면, 양슬기 시인의 동시는 한두 사람의 목소리가 담보하는 내면에 침잠하기보다는 현상 내의 여러 구성원으로부터 발화되는 다중의 목소리를 교차시키면서 세계를 직조해 낸다. 화자가 "눈물 날 것 같을 때 눈물 참는 방법"을 검색하는 이유가 작품의 도입부에서 밝혀지지 않는 건 이후의 전개가 설명이나 감상의 영역으로 국한되지 않게 하기 위함이다. 우리는 "선생님" "김현서" "장우" "재혁이"가 할 법한 가상의 발화를 경유하는 과정에서 어린이들의 전화 통화에 "엄마"라는 단어가 얼마나 높은 빈도로 들어가는지를 은연중에 알게 된다. 이 우스꽝스러운 몸짓이 어떤 슬픔을 막아 내고 있는 것인지 천천히 알게 된다. "발바닥을 귀에

대"는 상상-형식을 통해서도 막을 수 없는 정서의 범람이 화자인 "하준이"의 통화 내용을 통해 드러나는 지점이 자연스러운 것은 이 모든 현실이 '구어체'를 통해 드러나고 있기 때문이다. "김현서"는 성을 붙여 부르면서 "장우"와 "재혁이"는 성을 떼고 부르는 것은 실재하는 어린이들이 친밀도의 차이를 드러내는 방식을 반영하고 있다. 혹은 동성의 친구와 이성의 친구를 부를 때 호명하는 방식이 다른 현실의 반영이다. 이 작품에서는 따옴표 내부의 발화만이 구어체가 아니다. 동시가 '쓰기'이면서도 '말하기'에 가까운 장르로서 품고 있는 발화 욕망이 자연스럽게 드러난다. 같은 지면에 함께 실린 작품인 「말하는 것보다 글 쓰는 게 더 어려운 이유」는 창작에 대한 시인의 메타적 인식을 보다 직관적으로 드러내고 있다. "맞춤법, 맏춤법, 마춤뻡, 아무러케나 마래도 돼고/띠어쓰기, 뛰어쓰기, 띠어쓰기, 띄 엇 쓰기 어터케 마래도 괜차는데" 같은 언술을 통해 어린이의 생동감 넘치는 목소리가 드러나는 과정에서 맞춤법이 제약으로 작동하는 경우라면 문장이 비문이 된다거나 띄어쓰기 규범을 어기게 된다 할지라도 어쩔 수 없다는 태도가 드러난다. 도전 정신이다. 표면적으로는 규율이지만 내부에 교묘하게 위계와 억압을 내재하고 있는 기성-현실을 돌파하고자 하는 마음이다. 김송이 시인의 시를 다시 빌려 말하면 "땡!/땡!/땡!"을 "온몸"으로 이겨 낼 수 있는 어린이 화자의 육성이다.

앞서 말한 시인들의 작품들 외에도 현상에 의문을 갖는 어린이 화자의 목소리를 적극적으로 기용하는 작품, 어린이 현실 안에서 통용될 수 있는 내적 필연성을 물적 토대로 삼고 만들어지는 환상이 주축인 작품, 어린이 삶의 현장을 주요 무대로 설정하는 작품들은 모두 어린이를 위한 동시 개념에 초점을 맞추고 있다. 일반 시를 쓰던 시인들이 동시 문학계로 유입되기 이전 아동문학가 중심의 기성 동시가 추구해 온 (그러나 실천해 왔는지는 의아한) 바를 비판적으로[4] 계승하면서 구조를 발전적인 방향으로 쇄신하는 형태라고 할 수 있다. 일반 시가 지닌 언어에 대한 첨예한 감각이 이제 동시에서도 디폴트가 된 시대이기에 가능해진 비판적 계승이라고도 할 수 있다.

*

'어른을 위한 동시'가 늘어나는 현상이 강퍅한 현실에 지쳐 가는 어른들이 스스로에게 여전히 돌보아야 할 동심이 있음을 깨닫게 된 현실의 반영인지, 쓰는 이들의 언어-인식이 어린이 독자층에 국한하지 않는 동시의 영향력에 감화된 결과인지 한두 가지 요인으로는 쉽게 정리할 수 없을 것 같다. 문학사적으로 한 장르에서 뚜렷한 경향성이 감지될 때 이는 복합적인 요인이 작용한 결과였던 적이 많기 때문이다.

다만 한때 시가 대중적으로 읽히는 데 기여했던 보편적 감성의 일부가 동시로 대체·이전된 결과라는 사실은 비교적 분명한 것 같다. 이 글 도입부에서 언급한 동화 『긴긴밤』은 흰바위코뿔소 '노든'과 이름 없는 아기 펭귄의 긴 여정을 통해 '의지한다'는 것이 상호적인 관계에서 가능한 일임을 보여 준다. 한쪽은 어른이고 한쪽은 어린이를 표상하지만, 이 둘의 관계는 일방적인 의존이 아니다. 어른의 미래를 표상하는 존재

---

4 일찍이 김이구 평론가가 「해묵은 동시를 던져 버리자」(『해묵은 동시를 던져 버리자』, 창비 2014)에서 언급한 '동시단의 4무(無) 현상'(시적 모험이 없다, 자기 작품을 보는 눈이 없다, 비평다운 비평이 없다, 타자와의 소통이 없다)에 대한 대안적 현실 모색과 실천이라고 할 수 있겠다.

로서 어린이는 어른의 삶을 지탱하는 희망이다. 그 점이 '긴긴밤'과 같이 어둠을 견디며 인생을 살아가는 보편의 어른 독자에게 위로의 기능을 수행한다.

근래의 여러 동시도 『긴긴밤』과 유사한 지점에서 어른-어린이의 상호 영향의 관계를 강화하는 방향으로 나아간다. 어린이는 어른이 쓴 동시에서 어린이의 감정과 마음이 어떻게 존중받는지를 확인한다. 현실이 어떤 모양인지를 객관화된 형태로 마주한다. 어른은 어린이의 세계 인식에서 희망을 읽는다. 그 희망을 구체화하는 작업으로서 동시 읽기/쓰기가 가능해진다. '어른을 위한 동시' 개념이 선순환되려면 이와 같은 영향 관계를 전제로 두어야 하지 않을까. 문제는 전도 현상으로 인해 장르가 지닌 본연의 목적성을 상실하는 경우다. 즉 어린이는 읽지 않고 어른들만이 향유하는 동시가 범람하는 사태가 발생하는 것이다. 다가오지 않은 미래지만 가능한 미래이기도 하다. 다행히 그 같은 부정적 전망에 대한 예방의 차원으로서, 달리 말하면 정반합 논리에 부합하는 차원으로서 '어린이를 위한'에 무게중심을 둔 동시의 약진 또한 도드라지고 있다. 여기에는 모색과 실험이 동반되어 있다. ('시인'이 아니라) '동시인'으로서의 자기 정체성-개별성을 추구하는 작업이라고 할 수 있겠다. 시와 비교했을 때 그 규모에 있어 여전히 많은 동시가 영향론적 관계에 있을 수밖에 없는 필드에서 다양화된 지향은 상생이라는 긍정적 전망을 가능하게 한다.

청소년과 청소년시를 잇는 힘

빨강, 혹은 어떤 위반을 지향하는 말하기

은희: 신기해요.

영지: 뭐가?

은희: 선생님이 담배 피우니까 재밌어요. 어른들은 담배 건강에 안 좋다고 하잖아요.

영지: 이거 되게 좋아. 그리고 건강에 안 좋은 건 담배 말고도 훨씬 더 많아.

은희: 저 이거 주시면 안 돼요? 기념으로……!

영지: 이거 가지면 기분 좋아질 것 같아?

은희, 세차게 끄덕인다. 영지, 조금 망설이다가 담뱃갑을 내준다.

영지: 아주 속상한 일 있을 때만 한 대 펴. 근데 딱 이것만이야.

— 김보라 외 『벌새: 1994년, 닫히지 않은 기억의 기록』(arte 2019)

미지에 대한 동경이 지금-여기-현실의 나를 압도할 만큼 강해지는 시기가 있다. 내 의지나 의도와 무관하게 타고난 환경과 세계를 인식하고 수용하는 입장에 있었던 '어린이'의 시간을 지나면서 서서히 내가 지금 살고 있는 이곳에서, 그리고 어른으로 표상되는 기성에서 일종의 균열을 발견하고 낯섦을 경험하기 시작하는 시기다. 어린이의 시간이 세계 전체를 미지로 인식하기에 무한히 확장 가능한 상상력의 장(場)에 자유롭게 머물 수 있는 시간이라면, 청소년 시기는 자아가 더 강해지면서 '나'의 지금-여기가 보다 명확하고 뚜렷한 상태가 되기에 그 반대항으로서 현실의 중력을 더욱 체감하고 있는 시기라고도 할 수 있을 것이다. 조금씩 고개가 기울어지는 시기, (어른의 관점에서는) 삐딱해지는 시기(김남극 외 『처음엔 삐딱하게』, 창비교육 2015). 주어진 대로 수용하는 게 아니라, 자기-시선으로 세계를 조금 다른 각도에서 바라보기 위해 삐딱해지는 건 당연한 일이니까. "어른들은 담배 건강에 안 좋다고 하잖아요"라고 말하는 '은희'의 말은, 일견 올바른 말인 한편으로 주입된 말이라는 점에서 주체적인 말이 아니다. '어른' 그것도 무려 '선생님'이라는 위상에 갇히지 않고 "이거 되게 좋아"라고 말하는 한문 선생님 '영지'의 말이 청소년인 '은희'와 더 공명하는 것은, '어른'이라는 고정된 미래가 아닌 다른 방향, 즉 욕망 앞에 좀 더 솔직한 어른의 목소리가 드러나서가 아닐까. 옳고 그름의 윤리 바깥에서 무해한 나의 말하기가 누군가에게 받아들여졌으면 좋겠다는 마음. '은희'에게는 자신이 바라는 그 미래에 가까운 존재인 '영지'가 있다.

전에 쓴 한 청소년시에서 감자 머리에 돋은 파란 싹은 '최소한 어릴 때만큼은 건드리지 말라는 신호'(「초록색」)라고 이야기한 적이 있다.[1] 솔

라닌이라는 독성이 있어서 먹을 수 없는 그 부분은, 조리하기 전에 대개 도려내게 마련이다. 그러나 감자의 입장에서 그 푸름은 성장의 징후이며 인위적으로 깎아 낼 수 없는 자연스러운 삶이다. 이처럼 현존하는 질서에 맞서느라 구심력과 원심력이 동시에 작용하고 있는 청소년의 현실은, '청(靑)'이라는 말의 색감처럼 햇빛 속에서 푸르고 뚜렷해서, 특정한 목적이나 의도 없이 과잉으로 흘러넘치는 여름의 감각을 닮았다.

그러나 재미있는 사실: 이토록 존재감이 선명한 청소년들을 위해 쓰는 시 '청소년시'라는 장르가, 적어도 내가 찾아본 바로는 사전에 등재되어 있지 않다는 것. 아니, 어떻게 이럴 수 있지? 10만 부에 달하는 판매고를 올린 베스트셀러 청소년시집이 버젓이 있는데. 도합 백여 권 이상의 청소년시집이 세상에 나와 있을 텐데. 개념의 정립에 필수적으로 선행하는 것이 결국 실재하는 텍스트라면, 그 부분에서는 이미 충분한 성취를 이루었을 텐데. '꿀잼' 같은 신조어들도 곧바로 반영되어 등록되는 어학 사전에, 이미 양적으로는 상당히 축적되었을 이 청소년시라는 장르에 대한 정의가 없다는 사실은 무엇을 의미하는가? 문학, 그중에서도 시가 현실에서 지니는 위상의 반영일까? 아동도 어른도 아닌 청소년이라는 세대의 모호성, 소수점의 자리에서 빈올림되지 못한 청소년들의 위상이 반영된 걸까? 그러니까 아직 사전에도 제대로 등재되어 있지 않은 이 청소년시라는 장르에 대해, 우리는 몇 가지 의문과 함께 그 둘레를 천천히 걸어 보는 작업을 해 볼 필요가 있을 것 같다. 청소년시들을 마주하며 처음으로 든 의문은 청소년이라는 특정 세대를 독자로 상정하고 이들을 '위한' 시를 쓸 때 창작자의 내면은 어떻게 작동하

1 김준현 「초록색」, 『세상이 연해질 때까지 비가 왔으면 좋겠어』, 창비교육 2022.

며 이는 무엇을 동력으로 삼고 있는가 하는 것이었다.

　　난 빨강이 끌려 새빨간 빨강이 끌려

　　발랑 까지고 싶게 하는 발랄한 빨강

　　누가 뭐라든 신경 쓰지 않고 튀는 빨강

　　빨강 립스틱 빨강 바지 빨강 구두

　　그냥 빨간 말고 발라당 까진 빨강이 끌려

　　빼지도 않고 앞뒤 재지도 않는 빨강

　　빨빨대며 쏘다니는 철딱서니 같아서 끌려

　　그 어디로든 뛰쳐나갈 수 있을 것 같은 빨강

　　난 빨강이 끌려, 새빨간 빨강이 끌려

　　해종일 천방지축 쏘다니는 말썽쟁이, 같은 빨강

　　빨랑 나도 빨강이 되고 싶어 빨랑

　　빨랑, 빨강이 되어 싸돌아다니고 싶어

　　　　　　　　　— 박성우 「난 빨강」 부분(『난 빨강』, 창비 2010)

　이 시에는 빨강이라는 색채에 함의된 다층적 의미 읽기의 지난한 과정이 들어 있지 않다. 다만 '빨강'이 지닌 감각적 강렬함에 이끌려 온몸을 던지고 싶은 화자의 목소리만이 돌올하다. 앞서 청소년의 '청(靑)'이 여름의 시간을 지나고 있다고 한다면 이 시의 화자 또한 '푸름'의 상태일 것이다. 빨강을 지향한다는 것은 바꿔 말하면 지금 현재는 '빨강'의 상태가 아니라는 것이며 이 '빨강'을 향한 강렬한 동경은 "그 어디로든 뛰쳐나갈 수 있을 것 같은" 무한한 가능성에 대한 긍정에 기반한다. 그러나 어른의 읽기란 어떤가. 어른의 읽기는 가을을 맞은 단풍의 붉음-

빨강을 성숙이나 쇠락 직전의 상태로 보는 익숙한 현실, 그리고 당연한 자연의 질서를 따르는 게 일반적이다. 저 붉음을, 삶에 지쳐 자주 커피로 카페인을 충전해 가면서 사는 현대인들의 피로한 혈안(血眼)의 상태로 보는 것이 일반적이다. 거기에 정치적 의미가 들어가는 것 또한 일반적이며 편향으로 해석하는 독법 또한 일반적이다.

반면 청소년들이 읽는 어른-빨강은 눈앞에 있는 현실의 어른이 아니다. 청소년들이 정말 지금 현실의 어른을 몰라서 어른에 대해 동경하는 것이 아니라는 것. 청소년들이 말하는, 동경하는, 희망하는 어른-빨강은 타자로서의 어른이 아니라 청소년-주체가 성장을 담보로 해서 되고자 하는 어른이기에, 지금 현실의 어른이 아니라 그들 자신의 미래다. 물러섬도 없고, 계산도 없이 "싸돌아다니고 싶"은 동적 에너지로 충만한 이 목소리에 대한 긍정은 곧 자신의 미래에 대한 긍정이다. 방임의 상태에 가까워 보이는 "빨강"이 그러나 숱한 의미와 계산에 눌려 살고 싶지 않다는, 즉 우리의 미래는 지금보다 나을 거라는 어떤 희망의 상태로 읽힌다. 꼭 인과관계로 엮을 수는 없겠지만, 출간된 지 십여 년이 지난 이 청소년 시집이 여전히 사랑받는 이유가 아닐까 조심스레 유추해 본다.

멍은 피가 푸른(靑) 상태로 멈춰서 사유하는 과정이다

한강 고수부지에서 멍때리기 대회가 열린다
돗자리 하나 깔고
눈만 껌벅껌벅

잘하는 게 하나 없는 나도 자신 있다

창밖을 멍하니 보는데

가로등 전깃줄을 타고

고릴라가 휙휙

버스 위에는 좀비 떼가 달라붙어 있다

펼쳐 놓은 책을 선생님이 손가락으로 톡톡

뭐 하니? 물으셨다

선생님 제가 곧 대회에 나갈 거거든요

무슨 대회?

멍때리기 대회요

그런데 자꾸 딴생각이 나요

김민서 쓸데없는 생각 그만하고

다음 페이지 넘겨

넵! 선생님

그러고는 다시 멍

— 임수현 「멍때리기」 전문(『악몽을 수집하는 아이』, 창비교육 2022)

보건실 창가 침대에 누워 깜박

잠이 들었다 깼는데

내가 나를 내려다보고 있었다

어, 저건 난데……

그럼 서 있는 나는 누구지?

침대에 누워 있는 나는

서서 나를 바라보는 나와 눈이 딱 마주쳤다

나는 더 자라고

이불을 끌어당겨 그 애를 덮어 주었다

그 애가 나인지

내가 그 애인지……

창밖에서 햇살이 긴 팔을 뻗어

내 배를 살살 만져 주었다

아프던 배가 잠잠해졌다

—임수현 「보건실 창가」 부분(같은 책)

　우려되는 것은, 시 장르의 발화-포용력을 배면에 둔 채 윤리와 현실을 부정하는 청소년의 발화를 수긍할 경우, 그들의 현실 부정을 곧 청소년 세대의 일반적 경향으로 치부해 버릴 가능성이 있다는 점이다. 즉 청소년을 미성숙한 대상의 자리에 둔 채 궁극적으로는 언젠가 현실을 수용할 수밖에 없는 존재임을 들어, 결국 현실 수용＝성장이라는 이상한 등식을 만들어 낼 가능성에 대한 우려다. 물론 이는 어디까지나 개인적인 우려이며, 우리 청소년시의 개별적 성취에 앞서 그 반대편을 흐리고 미약한 눈으로 탐색해 본 결과에 지나지 않는다. 하여 보다 성공적으로 청소년 현실을 담보하면서도 고유한 자기-개성을 확보한 시들을 탐색해 볼 필요가 있을 것 같다. 꼭 저항성(반항적 성격)이 두드러지지 않아도 조용히 세상을 향해 자기 목소리를 내는 시들. 그러니 일상성의 바깥을 욕망한다고 해서 청소년시라는 장르가 반드시 능동적·실천적 성격을 갖고 있으며 언제나 외침-고음으로 발화하는 것은 분명 아닐 것이다. 임수현 시인의 「멍때리기」에 등장하는 화자 "민서"처럼 어떤 아이들에게는 "멍때리기"가 무의식의 상태-휴식으로 연결되기도 한다. 무언가를 해야만 살아갈 수 있다고 말하는 이 현실에서 아무것도 생각하지 않을 자유, 호흡 외에는 아무것도 하지 않을 자유, 가만히 있을 자유를 대변하는 말이 '멍'이다. 재밌는 것은 우리가 '멍하다'의 어간으로 알고 있는 저 '멍'이 아니라 명사로서의 그 '멍'(심하게 맞거나 부딪혀서 살갗 속에 파랗게 맺힌 피) 또한 종일 역동적으로 돌던 피의 일부가 잠시 멈춰서 체류하고 있는 상태라는 것이다. 물론 타격이나 강한 부딪힘으로 인해 생긴 아픔의 흔적이지만, 그게 잠시 지금의 '나'를 멈춰 놓을 구실이 되어 주기도 한다. (그런데 "멍때리기"라는 말에 "대회"라는 말이 붙으면서 "멍때리기"조차도 경쟁해야 하는 이상한 역설이 되어 버리는 현실.) "멍때리기"라는, 백지(열린 상태)이기에 쉽게 틈입하는 "딴생각"이 "선생님"의 입장에서는 "쓸데없는 생각", 즉 지금에 집중하지 않는, 무용하기만 한 것으로 읽히는 것이다.

그렇게 교실에 앉아 있던 '나'와 딴생각을 하던 '나'는 "보건실"이라는 비교적 자유로운 공간에 들어서서 끝내 둘로 분열한다. 학교 환경이라는 존재, 달리 말해서 구속적인 삶의 바깥으로 일종의 유체 이탈을 해 버린 "나"는, 어떤 강한 의지가 있어서 능동적으로 유체 이탈을 한 것이 아니다. 이상과 현실의 괴리에 괴로워하며 유체 이탈을 한 것이 아니다. 수동적으로, 즉 유체 이탈이 '되어 버린' 것이다. "그 애가 나인지/내가 그 애인지……"라는 언술을 근거로 볼 때 이는 객관화가 아니라 '나'의 타자화에 더 가까워 보인다. "이불을 끌어당겨 그 애를 덮어 주"는 '나'는 자신을 타자화하여 '그 애'를 안쓰럽게 생각한다. 자기 위로의 한 방식으로서 '나'를 '그 애'로 읽을 수 있는 거리 혹은 '그 애'를 '나'로 읽을 수 있는 거리를 확보할 수 있다면, 어른-시인이 쓰는 청소년시 역시 납득이 갈 것이다. 여전히 무용한 것, 쓸데없는 것을 사랑하는 어른으로서, 다른 어른들이 보기에도 일견 무용해 보이는 시 쓰기에 골몰하는 시인으로서, 청소년들이 잠시 바깥쪽을 향해 팔고 있는 한눈을 다정하게 들여다볼 수 있기 때문이다.

　　살살 쓰다듬는 손에는
　　털이 되고

　　덥석 잡으려는 손에는
　　가시가 되고

　　　　　　　　　　　　── 이장근 「고슴도치」 전문(『불불 뿔』, 창비교육 2021)

화장실에서 소변을 보는데 누가 와서 머리를 세게 때렸다.

너는 머리에 깁스하고 다니냐!
왜 인사를 안 해.

죄송한데 누구시죠?
누구긴, 선배다.

나는 최대한 정중하게 시각 장애에 대해 이야기한다.

그래도 인사는 해야지, 하며 선배는 황급히 자리를 뜬다.

인사의 나라에 사는 일은 고달프다.

— 김학중 「인사의 나라」 전문(『포기를 모르는 잠수함』, 창비교육 2020)

영화 「벌새」(2019)에는 은희가 일상 속에서 직간접적으로 폭력을 마주하는 순간들이 꽤 등장하는데, 그 폭력의 행사자-주체자들을 다루는 방식이 "결코 일차원적이지 않다"(김보라 감독의 말)는 점은 의미심장하다. 이 영화의 경우, 1994년이라는 시대적 맥락과 일반적인 가정에서 세대와 성별로 구획된 가족 구성원 간 위계-질서는 은희가 친구들과 함께 나눌 수 있는 평범한 성질의 것이기에 보편 감각의 영역에서 다뤄진다. 이를테면 은희와 친구 지숙이는 각자 친오빠가 '죽도'로 때린다거나 '골프채'로 때린다는 이야기를 일상적으로 나눈다. 적어도 등장인물들 사이에서는 대화의 한 소재일 뿐 진지한 문제의식으로 가닿지 않는 것이다. 그저 말할 뿐. 그럼에도 가족-가정이 '나'의 존재 기반을 이루는 삶, 의식의 성장과는 무관하게 뭔가를 주체적으로 할 수 없도록 구조화된 현실에서 느낄 수밖에 없는 답답함은 해소되지 않는다. 어른→청소년이라는 일방향의 폭력 외에도, 어른의 사고를 내면화한 청소년이 동 세대를 향해 저지르고 있는 폭력 또한 마찬가지다. 이를테면 "그래도 인사는 해야지" 같은 말은 "선배"의 말이지만 어른의 말이며, "인사의 나라"에서 제정된 헌법이다. 안부를 묻는 일, 상대에게 귀를 기울이는 일, 그러니까 사람에게 다정하게 마음을 쓰는 일이었던 "인사"의 원래 의미는 위계를 표면화하는 수단으로 변질된 것이며 이는 이상한 세습의 과정을 거쳐 청소년들에게 지속적으로 내면화된다. 이를 지키지 않은 것에 대한 반응은 "누가 와서 머리를 세게 때"리는 일, 즉 일상의 폭력이다. 여기에 대해 "나는 최대한 정중하게 시각 장애에 대해 이야기한다"는 언술은 "덥석 잡으려는 손에는 가시가 되"는 당위적 대응의 반대편에 놓여 있다. 폭력에 대한 사과 요구는커녕 변명의 한 일환으로서 자신의 "장애"를 드러내야 하는 상황은 아이러니하다. 그러나 이 아이러니한 현실은 어른들이 늘 보호하고 지켜야 한다고 생각하는 바로 그 청소년들의 흔하고 당연한 일상이다.

그래서일까. 명확한 인과 관계로는 적절하지 않을지 모르나 청소년시는 일반 시 장르가 지니는 도약의 속성에 기대기보다는, 청소년 화자의 육성에 밀착해 좀 더 산문적으로 현실을 그려 나가는 경향이 짙어 보인다. 때로 환상이나 우화의 영역으로 이행하는 동시나, 화자와 세계관에 기반해 자기 현실을 확장해 가는 시 장르와 비교할 때, 지금까지 나온 청소년시들 중 상당수는 대체로 보편의 현실에 밀착해 있으며 메시지의 윤곽이 더 뚜렷하게 드러나는 편이다. 이는 현실의 납작한 재현이 될 위험을 내포할 우려도 있지만, 자연스럽게 어떤 문제의식에 도달하기도 한다. 청소년시의 주요한 특징은 창작자 개개인이 이전까지 해 왔던 다른 작업의 연장선상에서 그 지평이 넓어지고 있다는 사실이며, 이는 역설적으로 장르 간의 공고한 경계에 의문을 제기하게 만들기도 한다.

청소년이 없어도 그들이 머물 자리가 있기를

풍년새우가 우리 연못에 나타났어 연못은 웬 연못이냐고? 몇 달 전에 우리 집에 자주 오는 택배 아저씨가 연꽃 씨를 주고 갔잖아 이 집에는 연못이

있으면 딱 좋겠다고 하면서 이렇게 저렇게 방법도 알려 주고

어떻게 해 연못을 팠지 미리 싹도 틔웠어 그리고 꼭 논흙에 심어야 한다 해서 논흙도 얻어다가 물을 채우고 연꽃 씨를 심었지 이 모든 일이 미리 짜 놓은 것처럼 착착 진행되더라고

연잎이 쑥쑥 자라 동그란 잎이 연못을 덮기 시작했어 그때쯤 그 애들이 나타난 거야 잠자리 날개처럼 속이 다 비치는 몸통에 빨간 꼬리가 두 개, 물속을 날아다니는 듯 마치 춤을 추는 듯, 마른 논흙에서 잠자고 있던 작은 알들이 깨어난 거야

애들은 사막 같은 데서 만 년도 버틸 수 있다는 거야

우리 집 작은 연못엔 첫 연꽃이 아직 피지 않았는데, 만 년 만에 알에서 깨어난 듯 풍년새우가 나타난 거야!

* 풍년새우: 농약 안 친 논에서 주로 살고, 눈에 많이 띄면 그해는 풍년이 든다고 붙여진 이름이다.

　　　　　　　　　　　　　— 남호섭 「풍년새우」 전문(『이제 호랑이가 온다』, 창비교육 2022)

처음부터 청소년시로 작품 활동을 시작하는 시인은 없다. 시를 쓰다가, 동시를 쓰다가, 혹은 다른 장르의 글을 쓰다가 어떤 계기가 있어 청소년시를 쓴다. '청소년시'라고 하는 장르에 대한 정의가 없는 것처럼, 이를 통해 작품 활동을 시작할 수 있는 창구(등단 및 발표 지면)가 거의

마련되어 있지 않은 것이 우선 이야기할 수 있는 외부적 요인일 것이다. 따라서 청소년시의 정체성을 찾는 일은, 사실 청소년들에게 주어진 '자기 정체성 확립' '자아 찾기' 같은 관념적이고 모호한 과제 수행과도 닮았다.

이를테면 남호섭 시인의 「풍년새우」와 같은 작품을 청소년시가 아니라 시라고 해도 혹은 동시라고 해도 거기에 대해 마땅한 반론은 없을 것이다.[2] 이 시는 동시 전문지인 『동시마중』 67호(2021년 5·6월호)에 동시로서 발표되었고, 청소년시집 『이제 호랑이가 온다』에 수록되어 있다. 시에는 어린이나 청소년이 등장하지 않으며 연못을 판 화자는 '어른'으로 보인다. 이야기시의 형식을 취하고 있는 이 작품은 "택배 아저씨"가 "연꽃 씨"를 전달하는 행위를 기점으로 집 안에 "연못"을 만들고, "만 년"이라는 영겁에 가까운 세월을 "버틸 수 있다는" 풍년새우를 소환한다. 애초의 목적인 "첫 연꽃"보다 먼저 도착한 "풍년새우"는 "사막"이라는 거친 환경-제약 속에서도 살 수 있는 생존력을 가진 존재다. "눈에 많이 띄면 그해는 풍년이 든다고" 하는 각주를 통해, "풍년새우"의 존재가 각박하게 살고 있는 우리의 삶을 긍정하는 것만 같다. "연꽃"의 개화를 위해 화자가 한 노동 행위들, 즉 "연못을 팠지 미리 썩도 틔웠어 그리고 꼭 논흙에 심어야 한다 해서 논흙도 얻어다가 물을 채우고 연꽃 씨를 심"은 과정이 "미리 짜 놓은 것처럼 착착 진행"된다는 점에서, 이는 일반적인 목적 지향의 삶 혹은 자연스러운 일련의 프로세스에 가까워 보인다.

---

2 "한 사람은 내 시를 '청소년시'로 묶어 내야 한다고, 한 사람은 그동안 해 왔듯이 '동시'로 묶어야 한다고. (…) 하고 싶은 내 얘기를 학생들과 나눈다는 심정으로 그저 썼을 뿐, 나에게는 '동시'와 '시'의 경계가 없었다." 남호섭 「시인의 말」, 『이제 호랑이가 온다』, 창비교육 2022.

반면 이 과정에서 만난 일종의 부산물 "풍년새우"는 뜻밖의 만남, 우연한 만남일 것이다. 아마 동시를 쓰던 시인의 작품이 혹은 시를 쓰던 시인의 작품이 청소년시라는 장르로 명명되는 일 또한 "연꽃"을 바라다가 "풍년새우"라는 존재와 마주하는 일과 같이 낯설고 우연한, 그래서 더 시적인 만남이지 않을까.

어린이와 어른이라는 뚜렷한 경계를 잇는 매개자, 달리 말해 '정체성 찾기'가 의무이자 과제가 될 수밖에 없는 청소년이란 언제나 소수점의 위치에서 반올림―성장을 조건절로 삼을 때만 유의미해지는 자리에 있었다. "넌 꿈이 뭐니?" "무엇이 될 거니?" "무엇을 할 거니?" 청소년을 향한 많은 질문은 현재가 아니라 미래에 방점을 찍고 있다. 이는 실재하는 청소년, 현실의 청소년이 서 있는 자리라기보다는, 진지하게 문학을 하는 어른들의 인식 속에서 더 공고하게 정립되어 있던 '청소년'의 자리에 가까워 보인다. 청소년을 대상 독자로만 인식할 때 청소년문학은 자연스럽게 어른의 정서와 고정된 가치관에 기반한 세계관을 내면화해 버릴 위험 부담을 안는다. 대비되는 지점에서 근래 어른에게도 널리 읽히고 있는 청소년소설이 선명한 서사와 현실 수용을 기반으로 그 폭을 넓혀 가고 있는 상황은 고무적이다. 청소년소설을 챙겨 읽는 성인 독자층의 수요가 청소년 독자층의 수요와 함께 점점 늘고 있는 상황에 대해 단순히 가독성의 측면에서만 이야기할 수는 없을 것이다. 제기될 반론이나 오해를 무릅쓰고라도 조금 단적으로 말하자면 청소년소설의 경우, 대상 독자층으로서의 청소년이 창작자의 내면에서 반드시 중심축으로만은 작용하지 않을 것이라는 것. 이 점이 아마도 청소년으로 하여금 독서의 매력을 느끼게 하는 지점이 아닐까. 청소년의 현실만을 이야기하는 것이 아니라 청소년의 현실을 통해 우리 모두의 현실(보편의 영역)을 흥미로운 방식으로 이야기하면서 세계의 확장 가능성을 시사하고 있다는 점. 청소년시를 청소년소설과 대립하는 개념으로 세워 둘 필요는 없지만, 서술자가 세계와 적정한 거리를 둘 수 있는 소설과 달리, 청소년시는 시인-화자의 목소리가 1인칭의 '나'로 밀착될 수밖에 없다는 장르적 특성이 강하다. 이 지점에서 청소년시에 대해 들었던 마지막 의문 하나를 정리해 볼 차례이다.

청소년과 시 사이를 단단하게 잇는 힘은 현실

사실 청소년들이 읽는 것은 청소년시라기보다는 시다. 청소년들은 학교 교육을 통해 백석과 윤동주, 정지용의 시를 만나고 일제 강점기로부터 2000년대에 이르는 시기에 창작된 시들 또한 직간접적으로 읽는다. 어린이들이 쓰는 시가 동시가 아니라 시인 것처럼, 청소년들이 쓰는 시가 청소년시가 아니라 시인 것처럼. 또한 일찌감치 문예창작학을 전공하고자 하는 청소년들 혹은 작가로 진로를 정한 중고등학생들은 2020년대에 활발히 활동하고 있는 젊은 시인들의 시를 향유의 대상으로, 혹은 넘어서야 할 기성으로, 창작을 위한 모방의 대상으로, 다양한 방식으로 접한다. 여기서 말하는 시는 청소년이라는 수식이 붙어 있지 않은 시들이다. 청소년시가 아니라 어른이 읽고 쓰는 시. 그렇다면 이 시들과는 조금 다른 지점에서 청소년시는 무엇을 말하고 무엇을 담고 있는가, 혹은 무엇을 말해야 하고 무엇을 담아야 하는가, 즉 어떤 지점을 통해 차별화를 꾀하고 고유한 1인칭으로서 자기 육성을 드러낼 수 있는가?

처음 네 손을 잡고 그만 미사일이 되었다

어쩔 줄 몰라 머뭇거린다면

정말이지 그건 존나 어색한 미사일이니까

그러니까 우리는 별안간 빨리 걷게 되었다

— 배수연 「걷다가」 부분(『가장 나다운 거짓말』, 창비교육 2019)

기린은 기린과

코끼리는 코끼리와

사자는 사자와

두더지는 화장실에 가고 없다

여기 화장실에 흡연 탐지기가 있네!

두더지들은 낄낄거리며 탐지기와 고작 한 뼘 거리에 있는 콘센트를 뽑았다

— 배수연 「소풍」 전문(같은 책)

    일반화할 수는 없겠지만, 청소년들이 자신의 감정을 가장 효과적으로 담보할 수 있다고 믿는 언어는, 상당수가 비속어다. 금기이기에 막혀 있던 지점─감정의 발로와도 같은 영역이며 "처음 네 손을 잡"은 날의 감정은 "존나"와 같은 비속어─부사어를 통해서 청소년들로 하여금 현실감을 느끼게 해 준다. 배수연 시인의 이 시는 청소년시 '만'이 확보할 수 있는 청소년 화자의 자리가 어디인지를 직관하고 있다. 성인에게는 별다른 감정으로 이어지지 않는 첫 경험도 예민한 감각의 청소년에게는 때로 과잉이 된다는 것. 우화의 형식으로 제시된 「소풍」 또한 그러한

데, "기린" "코끼리" "사자"처럼 저마다 같은 종(種)끼리 무리지어 어울리는, 청소년들의 모임 형성 방식과 더불어, 지하에서 노는 무리들을 일컫는 일종의 은어로서 "두더지들"이, 역시나 금기시되어 있는 "흡연"을 하기 위해 "화장실"로 모여든 장면은 어떤 윤리-정언명령의 단단한 법칙을 위반하는 말하기로서, 현실을 근사치로 담아내고자 하는 의지(시가 지닌 본연의 성격)를 드러낸다. 배수연 시에서 화자의 목소리가 유달리 생생한 이유는, 수식 없이 윤리 기제에 의해 축소되지 않은 청소년 화자의 발화와 욕망을 여과 없이 드러내고 있기 때문이다. 이 시들은 배수연 시인의 청소년시가 뚜렷한 캐릭터를 기반으로 세계관을 구축하고 있음을 보여 주는 단적인 사례. 대상 독자와 대상 독자에 끼칠 영향에 구애받지 않기에 실재하는 말하기 감각을 획득하고 있는 것이다.

오래전부터 지금까지 시인들의 시는 시인 한 사람 한 사람의 고유한 세계관과 방법론, 미학적 위상 등을 통해 확고한 자기 스타일과 화법을 표상했다. 반면 청소년시의 경우 시인의 이름과 세계관이 하나의 스타일로 읽히기 이전에, 공통 감각의 영역을 최대한 확장해 나가는 데 우선적으로 방점을 찍고 있는 것처럼 보이는데 여기에 대해서는 청소년시라는 장르가 쓰인 지 얼마 되지 않은 시간과 양적 축적, 그리고 정소년시 장르에 대한 비평의 부재와 같은 것들을 근거로 둘 수 있을 것 같다. 대중성(대상 독자)를 향한 능동적인 쓰기가 작품성과 반비례한다고 보는 것은 편협한 시각이지만, 대중성에 구속되는 형식의 시 쓰기 또한 일종의 작위가 될 우려를 내포한다. 더불어 청소년들의 보편 현실, 즉 실재하는 삶에 밀착해 있다는 구실 아래, 미성숙한 현실 인식이나 성 인식을 그대로 수용하는 태도 또한 여전히 경계해야 한다.

바흐친(Mikhail Bakhtin)은 시 장르를 부정하면서, 시에는 말에 기본적으로 내장된 대화성이 결여되어 있음을 그 근거로 들었다. 타자의 존재를 인지해 나가기 시작하면서 '나'의 세계는 점점 확장된다. 1인칭-나만의 세계가 시라면, 2인칭의 '너'를 인지하는, 그래서 대화로 인해 세계를 인식하는 것이 희곡이며, 무수히 많은 타자로 구성된 세계를 파악해 나가는 것이 소설이라는 이야기를 어디선가 들은 적이 있다. 다소 거친 분류지만, 청소년 시기를 이와 같은 분류법대로 나눈다면 아마 희곡에 해당하는 지점에 있을 것이다. 자율학습 시간에 쪽지와 포스트잇으로 이야기를 주고받고, 수업 도중에 저마다의 볼펜과 샤프로 필담을 나누고, 끊임없이 메신저로 메시지를 주고받는 2인칭의 존재 ─ 그것이 친구이건, 어른이건, 혹은 안네의 편지 속 키티와 같은 가상의 존재이건 ─ 에게 말을 하고 말을 듣는 어떤 시기. 혼잣말보다는 어떤 절실한 대화에 가까운 것이고, 그 대화의 상대로서 청소년시가 자리할 수 있다면 어떨까?

이를 위해서는 청소년들이 살아가고 있는 삶과 태도에 대한 오랜 응시가 전제되어야 할 것이다. 날카롭고 애정 어린 시선으로, 청소년시가 거두고 있는 각각의 개별적 성취에 대한 응원과 지지로서의 읽기. 여기에 기반하여 시인이 (시나 동시가 아니라) 청소년시 안에서 통용될 수 있는 고유의 스타일로 좀 더 자신에게 밀착된 말하기, 곧 청소년이 삶에 대해 가지는 태도에 관해 골몰할 수 있는 환경이 만들어진다면 어떨까? 함께 성장하기. 일상의 낯선 순간순간 앞에서 열광하기. 보다 내밀하게 말하기. 성숙한 성인지 감수성에 기반해 말하기. 현실과 언어가 함께 도약하는 순간을 찾기. 행과 행 사이에서, 연과 연 사이에서 의미만으로는 이을 수 없는 긴장을 형성하기. 세상을 미워하고 미워한 만큼, 아니 그 이상으로 세상을 각별히 사랑하기. 창작자의 내면에서 많은 의문과 고민이 거듭될수록 청소년시가 말하는 현실과 실재하는 청소년의 삶이 공명하는 지점 또한 다양해질 것이며, 돌올한 자기-고유의 목소리 자체가 하나의 작품으로 인식될 것이다. 지금까지 나온 청소년시들을 찬찬히 따라 읽어 온 사람이라면, 거기에 기대어 저 '벌새'처럼 "묻고 생각하는 일"을 "멈추지 않"고 "나 자신이 되는 일"에 몰두한 사람이라면, 누구나 이 점을 확신할 수 있을 것이다.

> 가장 작지만
> 멈추지 않아요
> 묻고 생각하는 일
> 지금, 여기에서 자라
> 나 자신이 되는 일
>
> ── 배수연 「벌새」 전문(같은 책)

2부

동시의 시대를 여는 사람들

단 한 사람의 보폭으로 독자를 내면화하는 힘

문현식론

　'현장의 동시'라고 하면 일반적으로 떠오르는 것은 가장 최근에 발표되거나 출간된 동시, 이를테면 2020년대의 어린이 현실을 정확하게 반영하는, 일종의 시의성을 드러내거나 근래 비평 담론에서 자주 호명되고 소비되는 동시가 아닐까. 현장이란 말이 공간성을 담보하는 말임에도 비평 담론에서는 '여기'보다는 '지금'이라는 시간 개념으로 더 자주 호명·소비되는 것 같다.

　있을 수 있는 반박을 무릅쓰고라도, 이 현장을 특정한 공간의 개념, 그러니까 조금 더 협소한 개념으로 다시 읽을 때 결국 이 현장은 어린이들이 뛰어놀고 공부하고 먹고 마시고 자는, 그러니까 어린이들이 살아가는 공간이 될 것이다. 어린이의 삶과 밀착해서 배태되는 대부분의 동시에서 교실, 운동장, 놀이터, 학원, 집, 그리고 이 공간들을 잇는 동선까지가 어린이의 일상성을 드러내는 주요한 공간으로 등장하는 이유다. 그 자리에 가면 실재하는 어린이들이 있고 그들의 대화가 들리고, 그들의 감정이 어떤 모양으로 솟구쳐 나왔다가 가라앉는지 알 수 있다.

2010년대로부터 2020년대에 국한해 이야기할 때, 이 현장을 가장 잘 반영하고 있는 동시를 꼽으라면 개인적으로는 문현식, 임복순 시인을 들고 싶다. 이 글에서는 두 권의 동시집 『팝콘 교실』(창비 2015)과 『오늘도 학교로 로그인』(창비 2021)에 기대 문현식 동시가 지향하고 또 넓혀 가고 있는 작품 세계를 읽어 보고자 한다.

학교 가는데
몰래 뒤로 다가와서
갑자기 소리 지르는 애
꼭 있다.

수업 시간에
뒤돌아서 떠들다 걸려 놓고
내가 먼저 말 시켰다고 하는 애
꼭 있다.

맛있게 점심 먹는데
국에서 하루살이 나왔다며
나한테 꺼내서 보여 주는 애
꼭 있다.

점심시간에 피구하면
나한테만 죽어라

공 던지는 애

꼭 있다.

이상하게 괜히

미운 짓 하는 애

꼭 있다.

더 이상한 건

그런 애 좋아하는 애

꼭 있다.

여기 있다.

—「이상하게 좋은 애」 전문(『팝콘 교실』)

『팝콘 교실』을 살펴보면 1부와 2부에 배치된 작품 거의 대부분은 '학교'라는 특정한 공간을 벗어나지 않는다. 일반적으로 '학교'라는 말은, 많은 고유성-개별성을 묶어 버리는, 일종의 통칭에 가깝다. 무언가를 배우는 곳, 특히 초등학교의 경우라면 전인교육(全人敎育)의 한 장으로서 기능한다. 수업시간이건 운동회건 급식 시간이건 어린이 삶의 한 현장은 대개 어른의 내면에서는 과거의 경험적 사실로서 존재한다. 즉 대다수의 성인들에게는 유년-보편의 현실로서 동일한 기제로 작용하는 경향이 짙다. 각자의 개별적 체험은 그 구체성에 있어 지금의 현실과 물리적으로 시간차가 있게 마련이며 어린이 화자의 발화 형식(현재 시제의 힘)을 빌린다 해도 작품 내에 잠재된 윤리적 귀결(정치적으로 올바른 방향)로 나아가면서, 모두가 동의할 수 있는 안전한 결말을 꿈꾸게 된다. 결과적으로 각자의 개별적 체험을 점차 가지런한 개념으로 단일화시키는 과정과 '동시' 장르 특유의 공적 영역에서 만나게 되는 독자의 가능성이 결합하여 보편타당한 방향으로 끝을 닫아 버리는 경우가 많다. 그런 동시로 점철된 어떤 작품집을 만났을 때 나는 롤랑 바르트(Roland Barthes)를 빌려 이렇게 말하고 싶은 충동을 느낀다. "견딜 수 없는 것, 그것은 바로 주체를 억압하는 것입니다. 주관성이 지니는 위험이 어떤 것이라도 상관없습니다. (…) 객관성의 속임수보다는 주관성의 속임수가 더 낫습니다. 주체의 상상계가 주체의 제거보다 더 낫습니다."[1]

문현식 시인의 동시집은 바로 이 지점을 시원하게 해소하는 힘을 갖고 있다. 풀어 말하면 주관성이 지니는 위험을 무릅쓰고 진실한 목소리로 고유한 한 경험에 기반해 현실을 말할 수 있는 힘을 갖고 있다. '학교'라는 거대한 공동체 안에서 비주체적 존재로 간주되어 뚜렷한 목소리를 내기 어려운 것으로 간주되는 비성년들의 집합체는 타자에 의해 규정되거나 공동체 내부에서 단일화되기 십상이다. 그럼에도 누군가는, 이 집단의 바깥으로 자신만의 고유한 목소리를 드러낸다. 그것은 비유나 수사의 차원에서 획득한 자기-개성이 아니라는 것, 오히려 실재하는 단 한 사람으로서 말하고 있기에 더 보편-공통의 현실을 감각적인 차원에서 말할 수 있는 것인지도 모른다. 인용한 「이상하게 좋은 애」는 동시에서는 만나기 힘들지만 현실에서는 얼마든지 있을 수 있는 구체적인 아이, 즉 뚜렷한 표정을 갖고 있는 아이다. "맛있게 점심 먹는데/국에서 하루살이 나왔다며/나한테 꺼내서 보여 주는 애" "나한테만 죽어라/공 던지는 애"가 화자에 대해 너무 가학적이거나 그로테스크한

---

1 롤랑 바르트 『롤랑 바르트, 마지막 강의』, 변광배 옮김, 민음사 2015, 27~28면.

행동을 한 거 아닌가, 하는 윤리적 판단으로부터 좀 더 자유롭게 읽을 수 있는 이유는 바로 시의 제목과 더불어 말미에서 드러나는 "애"에 대한 태도, 즉 화자의 포용력에 있다. 그리고 이 포용력은 "그런 애 좋아하는 애"인 화자가 가지고 있는 특이점이다. 몇 마디 감정어로는 포섭할 수 없는, 화자의 내부에서 아직 정체가 명확하지 않은 그 감정의 운동을, 시인은 고스란히 드러내고 있는 것이다. 문현식 동시 읽기의 즐거움은 바로 핍진하고 생생한 외부 현실과 연동하는 한 사람의 내면-감정의 움직임을 선명하게 들여다볼 수 있다는 데서 비롯된다.

무패 신화 현수와
아직 전적 없는 나의 대결.
친구들이 우리 둘 주변에
둥그렇게 모였다.

왜 하필 현수와 붙었을까,
날 노려보는 현수의
이글거리는 눈동자와
시커먼 주먹을 보며 후회했지만
책상을 뒤로 빼는 재원이와
뒷문을 닫는 정빈이를 보니
이미 싸움은 시작되고 있었다.

어쩔 수 없이 주먹을 꽉 쥐고
떨리는 다리에 힘을 주고

뻣뻣해진 고개를 간신히 들어
현수를 올려다보았지만
현수 뒤쪽으로 보이는
불조심 포스터로 자꾸 눈이 갔다.

아무도 모르게
실내화 속에서 꼬물거리는
두 엄지발가락만 빼곤 모두 다
내가 아니었다.
먹살을 잡히자마자
다행히 수업 종이 울렸다.
현수가 내 목을 놓아주었다.

집에 와서 양말을 벗다 보니
두 쪽 다 구멍이 나 있었다.
우린 싸우지 않았으므로
나의 데뷔전은 연기되었고
현수도 무패 신화를 이어 갔다.

현수는 나한테 사과할까?
내가 현수한테 사과할까?
다시 발가락이
꼬물거리기 시작했다.

——「싸움」 전문(『팝콘 교실』)

시가 1인칭의 고백으로 기능함으로써 진실을 드러낸다는 일반의 인식이 동시에서는 통용되지 않는 경우가 더러 있다. 작가-어른과 독자-어린이 사이 필연적으로 발생하는 간격에 대한 논의는 차치하고라도, 동시는 '이야기' 즉 서사성에 기초한 말하기를 통해 어떤 구체적인 상황을 전달한 이후에야 그 맥락을 통해 전달 가능한 어떤 정서 및 감각을 드러내는 경우가 많기 때문이다. 이 과정에서 구체적인 상황 전달이 설명에 대한 욕구로 이어지는 부작용이 발생하는 경우 역시 상당히 많다. 읽다 보면 어딘가에 의도가 숨어 있고, 그 의도는 대개 한두 줄의 메시지로 전환이 가능한 것들인 경우다. 응축되어 있을 때에만 보다 넓은 시야와 다양성을 확보할 수 있는 시 장르 특유의 성질을 잃어버린 글. 일일이 의미로 환원되면서 산문화되는 한편 감각의 영역은 협소해지는 것이다. 문현식 동시 읽기에 앞서 이야기를 주축으로 전개되는 일반의 동시 상당수가 저지르고 있는 이 문제점을 지적한 이유는, 분명 동일한 출발선상, 즉 서사에 기반해서 시작되는 문현식 동시가 앞서 제시한 부작용 없이, 아니 오히려 더 핍진하게 자기-정서에 밀착해 이야기를 이끌어 나간다는 깃이다. 대체 무슨 차이일까? 왜 문현식 동시는 이야기를 하고 있음에도 지루한 설명이나 단서 없이 몰입감을 주며 곧장 우리의 감정에 다다르는 걸까?

한 편의 시에 기대어 시인의 모든 이야기 동시에 동일한 프레임을 씌울 수는 없겠지만, 적어도 「싸움」의 경우라면 화자가 단 한순간도 서술자의 자리를 넘보지 않는다는 점에 우선 강세를 찍어야 할 것 같다. 앞서와 동일한 맥락일 텐데, 화자는 철저히 주체로서의 자기 자리를 고수하면서 지금-여기서 느끼는 자기감정에 충실하게 말하고 있다. 벌어질

싸움 앞에서 두려움을 느끼고 있는 화자의 감정이 화자가 생중계하고 있는 상황과 합일되어 고스란히 독자에게 전달되는 것이다. 그러니 적어도 시에서 한 인간의 주관에 기대지 않는 객관은 존재할 수 없다. 제3자의 자리, 안전한 자리, 저편의 자리에 있어야 할 사람은 독자이며 그 독자를 자신의 자리로 오게끔 설득력 있게 말하는 이가 바로 화자의 자리에 있는 것이다. 단순하다. 우리는 진솔하게 말하는 사람에게·반응한다. 그리고 첫 동시집 『팝콘 교실』에서 『오늘도 학교로 로그인』의 세계로 넘어오면서도, 시인의 그 진솔한 태도에 흔들림은 없다.

시인의 첫 동시집이 『팝콘 교실』(창비 2015)임을 주목해 보면 우선 '교실→학교'라는 외연의 확장이 의미심장하게 다가온다. 이는 이전까지 책상, 의자, 칠판 등의 물성으로 표상되던 학교의 이미지, 그리고 온라인 환경으로 급변하는 현재와 연동하며 '올해'라는 시의성을 확보하고 있어서만은 아닐 것이다. 2020년 『동시마중』 작품상 수상작인 「그때는 아팠지」가 회상과 경험 사이의 시차를 통해 회복을 이야기하는 지점에서 시인이 현재성보다는 현장성에 강세를 찍고 있음을 알 수 있다.[2]

문현식 시인은 자신이 몸담은 교육 현장을 터전 삼아 동시를 써 왔다. 하지만 그를 단지 교실 속 아이들의 일상을 노래하는 시인으로만 규정하는 것은 섣부를 듯하다. 시인으로서 그는 부지런히 자기 세계를 갱신하고 확장해 왔다.[3]

---

2 2021 현장에서 뽑은 '올해의 책' 동시부문 총평 중에서 『오늘도 학교로 로그인』에 대한 부분이다. 졸고 「현실과 함께 나아가는 동시들」, 『창비어린이』 2021년 겨울호, 70면.
3 김제곤 「슬머시, 정곡을 찌르는 동시」, 『오늘도 학교로 로그인』 해설, 129면.

'규정하다'라는 것은 기본적으로 시의 반대항에 위치한 단어로서, 어쩌면 정의-개념의 형태로 포섭되거나 관념적인 수식의 차원에서 시인의 작품 세계를 간결하게 명명함으로써, 개별 시편이 지니는 매력과 고유성이 손쉽게 박탈당하는 사태를 축약하는 말인지도 모르겠다. 해설을 쓴 김제곤 아동문학평론가가 우려한 "교실 속 아이들의 일상을 노래하는 시인으로만 규정하는 것은 섣부를 듯하다"는 지점은, 그의 시가 기반하는 공간의 대부분이 학교라는 점에 초점을 맞춘 편협한 읽기로 인해 시가 평면적으로 읽히게 될 상황을 우려한 것처럼 보인다. 시인의 삶-이력이 그의 시가 한층 더 넓게 읽힐 수 있는 가능성을 차단해 버릴 상황에 대한 우려가 아닐까, 공감하며 읽게 되는 해설이다. 이 글에서도 김제곤 평론가의 해설과 동일한 지점에 초점을 맞춰 '학교' '교실'로 표상되는 공간은 어린이 삶을 구성하는 한 단면이라는 사실을 강조하고 싶다. 저 공간들은 단순한 단면이 아니다. 1인칭의 '나'가 도달할 수 있는 최대치가 단면이라면, 시는 그 단면을 매개로 다면을——더 나아가 아직 형체가 갖춰지지 않은 다면의 가능성까지——드러내는 장르라는 뜻이다.

셋이 앉아서
돌아가며
웃긴 얘기를
하나씩 하기로 했다

나는

친구와 한 자전거로
내리막길 달리다가
자갈밭에 굴러
피투성이가 되었던 일을 말했다

유진이는
계단에서 아래로 날아 떨어져
턱이 퍼렇게 멍들어
수염 난 어른처럼
얼굴이 변했던 적이 있다고 했다

재민이는
교통사고로 입원했는데
그때 다친 발가락이
비가 오는 날이면 간지럽다고 했다

우리는
웃긴 얘기를 하기로 했는데
아팠던 얘기를 하며 웃었다

—「그때는 아팠지」 전문(『오늘도 학교로 로그인』)

전통적인 이야기-형식이나 사설시조, 마당놀이 등에서 '웃음'을 유발하는 장면의 대부분은 대상의 희화화였다. 풍자의 대상이 희화화되는 경우도 있었지만 말하는 사람-주체가 스스로를 희화화하는 경우도 많았다. 대체로 삶의 고단함, 피로, 고통이나 슬픔을 웃음으로 승화시키는 것이다. 여기서 웃음이 가능한 이유는 그것이 지금 현재 일어나고 있는 일이 아니라는 것, 다시 말해 당시의 고통스러웠던 상황은 과거로서, "얘기"라는 형식 안에 보관되어 있다는 것으로부터 비롯된다. 아무리 끔찍한 이야기라도 "얘기"인 이상 지금의 현실로부터 어느 정도 간격을 두고 있다. 즉 현재에까지 부정적인 영향을 미치지 못하는 과거의 고통은, 찰리 채플린(Charlie Chaplin)의 말을 빌리자면 '인생은 멀리서 보면 희극, 가까이서 보면 비극'인 셈이다.

문학상담 장면에서 이 작업은 크게 피드백과 셰어링이라는 두 가지 기술을 통해서 이루어집니다. 상담자는 함께 모인 여러 명의 내담자들에게 일정한 주제로 각자 자신의 이야기를 15~20분가량 쓰게 합니다. 그리고 각자의 글을 다른 내담자들과 함께 읽어 보게 하지요. 내담자는 자신의 글을 읽음으로써 자기를 다른 사람들에게 드러냅니다. 글을 읽은 후에 (…) 그 글에 대한 느낌을 표현하고 그 느낌을 공유함으로써 글쓴이는 자신에 대해 어떤 느낌을 갖게 됩니다. 이것이 피드백의 과정입니다. 셰어링 단계에서는 다른 내담자들의 견해가 보다 직극직으로 피력됩니다. 가령 그들은 그 글을 읽으면서 떠오른 자신의 삶의 경험에 대한 이러저러한 기억들에 대해 이야기합니다.[4]

「그때는 아팠지」는 그러니 문학상담의 한 변용이라고 봐도 무방할 것 같다. "셋이 앉아서/돌아가며 웃긴 얘기"를 꺼내 놓는 일이 '아픔'이라는 공통 감각의 영역에 들어가는 일이 되면서 "셋"의 유대감은 강화

---

4 진은영·김경희 『문학, 내 마음의 무늬 읽기』, 엑스북스 2019, 71면(이 인용문은 변학수 『통합적 문학치료』, 학지사 2006, 67~68면에서 발췌한 것임).

된다. 과거에는 고통이었던 자신의 경험이 현재에 이르러 웃음을 유발할 만큼 대상화가 가능해졌다는 점은, 그 고통이 더 이상 감각이 아니라 기억에 가까운 것으로 전환되었음을, 그리고 그들이 그 시절을 어느 정도 극복했음을 드러낸다. "나" "유진이" "재민이"라는 아이들 삶의 한 편린을 나열한 것에 불과해 보이지만, 이 개별적인 존재들을 통해 우리는 고통스러웠던 과거와 결별하면서 성장하는 법이란 무엇인지 자연스럽게 알게 된다. 꼭꼭 숨기면서 앓고 있는 것, 잊은 척하면서 현재의 삶만을 충실히 영위하는 것이 아니라 세상을 향해 용기 내어 말할 수 있다는 것. 고통을 완전히 망각하는 것을 극복이라고 생각하는 것은 오산이며, 오히려 더 오래 기억하고, 함께 그 일을 겪었던 사람으로서 타자를 환대하고 수용할 수 있는 자리를 만들어 둘 줄 아는 것이야말로 문학("얘기")을 통해 가능한 연대가 아닐까?

부르르르 부르르르
외출을 자제하라는 문자를 받았다

딩동 딩동
주문한 통닭이 왔다

타닥 타다닥 타다다닥
자판을 두드리며 통닭을 먹었다

휘이잉 휘잉
바람에 창문이 흔들려 다시 꼭 닫았다

부릉 부르릉

빗속에 통닭 오토바이가 달리는 걸 보았다

삐요 삐요 삐요 삐요

구급차 지나가는 소리가 들렸다

—「태풍 오는 날」(같은 책)

 "'고통받는 사람을 환대해야 한다'는 철학을 말하면 '우리가 참 아름다운 말이야' 고개를 끄덕이면서도 한편으론 그 고통받는 사람의 존재를 쉽게 잊어버리잖아요. 그런데 구체적으로 우리 곁에 존재하는 고통받는 사람은 잊히지 않아요. '내가 인류를 사랑하고 모든 불행한 사람들을 다 도와야 해' 이렇게 생각하면, '아니 내가 예수님도 아니고 그런 엄청난 일을 어떻게 하겠어', 이렇게 되지만 적어도 한 사람의 고통에는 진지해질 수 있잖아요. 전능한 존재라서 뭘 하는 게 아니고, 그냥 그것밖에 할 수 있는 일이 없지만 그거라도 하는 거죠."[5]

 문현식 시인의 동시는 거대한 것을 꿈꾸거나 품으려고 하지 않는다. 멀리 있는 것을 잡으려 하거나 언어의 차원에서만 가능한 도약을 통해 넓이나 깊이를 확보하려고 애쓰지도 않는다. 그저 한 걸음 한 걸음 독자와 똑같은 걸음으로 걷는다. 그러면서 넓고 깊어진다. 진은영 시인의 말처럼 인류라는 관념이 아니라 지극히 구체적인 단 한 사람의 보폭으

---

5 「인터뷰: "슬픔은 없어지지 않는다. 그저 곁에 있는 사람을 통해 견딜 만한 것이 될 뿐이다"… 새 시집 펴낸 진은영」,『경향신문』 2022. 9. 21.

로 걷는다. 바로 이 지점이 문현식 시인의 동시가 지닌, 여타의 동시와는 구분되는 변별점이다. "자판을 두드리며 통닭을 먹"는 '나'와 "구급차 지나가는 소리" 사이를 시인이 개입해 연결하지 않고 세계를 이루는 각각의 풍경으로 놔둘 줄 아는 힘이다. 언어의 힘에 기대 '나'를 넘어서지 않는 것. 시 안에서 '나'는 "태풍" 속의 "오토바이"와 멀리 떨어져 있고 그 무엇도 하지 않고 있지만, 오히려 그래서 단지 풍경만으로도 '나'의 불안한 내면이 독자에게 더 강렬하게 전해져 온다. 이렇게 독자와 일체화될 수 있음은 화자가 진정한 의미에서의 '나'이기에 가능한 일이며 그 어떤 '나'와도 연결될 수 있다는 가능성을 방증하는 것이다. 나는 여기가 우리 동시의 한 첨단-진보라고 생각한다. '진보(進步)'라는 말은 문자 그대로 '걸음을 나아가다'라는 의미라는 점에서, 문현식 시인의 동시를 가장 잘 드러내는 단어가 아닐까. 어린이/어른 구분 없이 수많은 독자와 동일한 보폭으로 발맞춰 걸을 수 있다는 것이야말로 문현식 시인의 동시가 널리 사랑받는 이유이며, 앞으로도 오래 사랑받을 것을 확신하게 되는 이유다.

안경알처럼 투명하게 존재하는 세계

오규원론

빨강

아니

노랑

아니

주황

아니

별 같은

아니

달 같은

아니

아니
나비 같은

가을
나뭇잎들

—「빨강 아니 노랑: 산에 들에 7」 전문

(『나무 속의 자동차』 비룡소 1997; 문학과지성사 2008)

　나는 어둠 속에서 스탠드를 가장 밝은 상태로 켜고, 키보드에 열 손
가락을 올린 채 멈춰 있다. 그리고 생각한다. 언어는 아군인가, 적군인
가. 책은 "자신을 전시할 때 등을 내보이기를 좋아한"(『일방통행로』)다는
벤야민(Walter Benjamin)의 말대로 과연 내 주변의 모든 책은 등을 내보
이고 있고 가로쓰기와 세로쓰기의 제목들이 책상의 양옆에 탑처럼 쌓
여 있다. 나는 거기서 두 권의 책을 꺼내 나란히 놓는다. 오규원(1941~
2007)의 동시집『나무 속의 자동차』(비룡소 1997; 문학과지성사 2008)와 시론
집『날이미지와 시』(문학과지성사 2005)다. 둘은 서로 조금 먼 친척 사이처
럼 데면데면하다. 시론은 시의 처음이기도 하고 시의 마무리기도 하며
때로 시를 자유롭게 하기도 하고 시를 옭아매기도 한다. 시론을 가진 시
인들은 어딘가 고집스러워서 배타적이라 할 만큼 자기-미학의 신봉자
가 되는 경우가 많다. 그러니 오규원의 동시 또한 시론의 테두리로 묶어
도 될까.
　찬 공기를 들이쉬어 본다. 아직 공기가 파란 새벽, 나는 부정하고 부

정하는 저 동시 한 편을 읽는다. 왜 이렇게 많은 부정이 필요한 걸까. 의미는 이미 언어가 지시하는 대상 그 자체이며 공공재로서 모두가 동일하게 읽기로 (나도 모르게) 합의한 사회적 약속이다. 같은 맥락에서 언어는 세계를 이해하는 인식의 프레임 이상도 이하도 아니며 발화되는 순간 의도한 대상과 더불어 의도하지 않은 대상까지 거느리고 청자에게 건너가는 공기 중의 존재다. 마치 지금 내가 내쉬고 있는 찬 호흡처럼 너무도 익숙해서 어쩔 수 없는 것이다. 그러나 반항아들이 늘 그렇듯 나는 이 내 멋대로의 정의의 뒤에 한 마디를 덧붙여 본다.

"아니."

그래, 아니다. 빨강과 주황은 가을의 나뭇잎이 띠는 색일 뿐 나뭇잎은 아니다. 오규원은 "단풍"이란 말이 갖는 원형, 즉 빨강과 주황이라는 색채 이미지로 인지하는 시각적 프레임을 "아니"라는 말로 걷어 낸다. 이건 문학 교육에서 흔히 얘기하는 낯설게 보기가 아니라 있는 그대로의 보기다. 혹은 궁금하지 않니,라는 질문에 더 가깝다. 스무고개를 넘듯 답-진실로 가는 과정에서 아니,라는 말은 끊임없이 반복되며 앞의 말을 부정한다. "아니"의 다음 타깃은 직유인데 은유보다는 덜 폭력적이지만 대상과 대상을 밧줄처럼 얽는 식유에도 화사의 주관적 해석 의시가 들어 있게 마련이다. "별 같은" "달 같은"이란 직유를 뒤에서 부정하고 때로 직유가 오기도 전("나비 같은")에 먼저 부정하면서 결국 말하고 싶었던 단 하나의 대상인 "가을/나뭇잎들"에 도달한다. 처음부터 "가을/나뭇잎들"을 얘기했더라면 좋지 않았을까라고 묻는다면 나는 거기에 다시 한 마디를 덧붙일 것이다.

"아니."

그랬다면, 의미를 더하고 얽는 것에 흥미를 느끼는 이들이라면 누구나 "가을/나뭇잎" 뒤에 수사를 더하고 비유를 붙이고 설명을 하고자 하는 유혹으로부터 자유롭지 못했을 것이다. 바꿔 말하면 이 한 마디를 있는 그대로의 날(生)것으로 보여 주기 위해 얼마나 많은 상투적인 수사들을 거부해야 하는지를 오규원은 보여 주고 있는 셈이다.

그런데 여기서 의문이 생긴다. 왜 오규원은 시와 더불어 동시를 썼는가? 시가 바깥의 윤리 — 위장된 현실의 맨얼굴을 들여다봄으로써 세계의 진실에 도달하는 과정이라고 한다면 시는 어쩔 수 없이 사후적인 것, 뒤돌아보는 행위를 통해 미래를 엿보는 행위일 것이다. 오규원은 여기서 세계의 진실을 날것의 언어로 드러낼 수 있다고 믿었다. 언어 그 자체가 도구나 수단이 아니라 실존이라고 생각하는 그의 믿음은 다섯 살 아이들이 글씨인지 그림인지도 못 알아볼 정도로 힘겹게 쓰고 있는 제 이름과 비슷한 게 아닐까. 아직 의미가 덧붙지 않은 세계, 그러니까 사과는 사과고 돼지는 돼지인(기의와 기표가 일대일로 만나는 것조차 힘겨운) 세계, 있는 그대로의 투명한 세계, 기성의 문법과 규율과 질서가 덕지덕지 붙은 어른의 언어로부터 아직 때가 덜 묻은 세계. 그는 아마 그런 어린이의 언어와 세계에 대한 매혹으로부터 자유롭지 못했던 게 아닐까.

고백하자면 나는 동시로 등단하기 전까지 오규원이 동시를 썼다는 사실을 모르고 있었다. 동시로 등단한 이듬해 1월에 오규원의 시와 시론으로 석사학위 논문을 쓰고 있던 한 후배님을 오랜만에 만난 적이 있다. 그때 축하 선물로 받은 책이 『나무 속의 자동차』였다. "오규원이 동시도 썼군요?" 누렇게 바래고 어딘가 진득한 느낌마저 나는 그 동시집은 1997년에 2쇄를 찍은 것이었다. 책이 많이 낡아서 그 후배님이 좀 미안해했던 것 같다. 추운 만큼 시야가 맑았던 겨울의 캠퍼스를 걸었고 차가운 손으로 따뜻한 찻잔을 감싸 쥔 채 오규원의 시와 생각 사이를 헤매고 있던 그 후배님의 얘기를 들었다. 그래서인지 "마음속에서 발생하는 계절처럼/슬픔도 없이 사라지는" "노학자의 안경알처럼 맑아진"(강성은 「단지 조금 이상한」, 『단지 조금 이상한』, 문학과지성사 2013) 마음과 시론집 앞의 동그란 안경을 쓴 오규원의 얼굴과 압도적인 여백 속에 덩그러니 놓인 오규원의 동시들이 지금도 "따스한 겨울 햇빛이 떨어지는"(오규원 「따스한 겨울」, 『나무 속의 자동차』) 하나의 풍경처럼 자리하고 있다.

고질병 같지만 지금 이 산문을 쓰면서도 나는 비유를 떼 놓지 못한다. 그래, 나는 비유를 좋아한다. 좋아했다는 과거형으로 쓰고 싶지만 아직도 현재 진행이며 언젠가 멀어져도 미련이 남을 사랑일 것이다. 비유는 언어의 옷과 같아서(이것도 비유다) 자꾸 이것저것 입혀 보고 싶다. 잘 어울리는 것을 찾아 주며 흡족한 마음이 드는 것은 패션 디자이너의 마음과 다르지 않을 것 같다. 그 잠깐의 찬란하게 빛나는 순간을 위해, 몇 마디 문장을 위해 나는 언어와 언어의 틈을 오가며 가장 아름다워지는 순간 — 어떤 진실의 순간에 닿으려고 한다. 아름다움과 진실은 함께 드러날 때만큼이나 서로 모순되는 관계에 놓일 때가 많다. 그 틈으로부터 시작되는 고민이 때로 열 손가락을 멈춤의 상대로 만든다. 눈꺼풀과 함께 깜박이는 커서를 바라보게 만든다. 내가 나만의 비유-수사를 사랑하는 것은 기성의 문법-제도에 대한 강한 불신의 결과이자 저항이지만 그 비유와 수사가 또 다른 제도가 되고 상투로 전락하는 것은 어쩔 수 없을 테니까. 전위는 언제나 일회적이고 혁명은 뒤이어 올 혁명 앞에서 기성이 되는 법이니까. 세월이 흐른다는 말의 최초는 얼마나 참신했겠는가. 좁은 의미에서의 비유는 쓰면 쓸수록 닳게 되고 언젠가는 죽는다. 제도로부터 벗어나려 했던 몸부림이 더 강력한 제도가 되는 것이다.

그것은 비유뿐만이 아닌, 모든 새로운 것들의 한계다. 그 같은 악순환의 고리 속에서 의미와 의미의 무게에 의미로 맞서는 다른 문학 장르와 달리 동시는 또 다른 가능성을 갖고 있는 장르다. '날이미지'의 언어를 시라고 믿었던 오규원은 동시가 지닌 그 가능성을 놓치지 않았다.

그러니 요즘은 오규원처럼 그 옷을 하나둘 벗겨 버리고 맨몸의 언어와 마주하는 것에 대해서 자주 생각하게 된다. '진지하게' 동시를 쓰면서부터다. 맞춤법이 틀려도 어딘가 기울어져도 최선을 다해 진심을 담은 어린이의 글씨를 마주하면서부터다. 언어와 행간이 제자리 이상을 넘보지 않는 오규원의 동시를 만나면서부터다.

국화와
감나무는
서로
무슨 약속을 했나

국화가 한 송이 방긋하고
벌어지니

감나무의
감에서
몽클하고
단내 난다

감나무와

탱자나무는

또

무슨 약속을 했나

감이 빨갛게

익으니

탱자는 노랗게

익는다

—「국화와 감나무와 탱자나무」 전문(『나무 속의 자동차』)

　언어로 언어를 들이받는 현실의 장에서 환유는 홀로 아름답다. 앞과 뒤의 세계를 부정하고 하나의 말하기를 제도로 세우는 은유, 연결어를 통해 현실과 대상 사이에 타협점을 만드는 직유와 달리 환유는 친한 친구와의 무계획적인 대화 같다. 옆에서 옆으로, 이 얘기에서 저 얘기로 건너가는 것, 시간 가는 줄 모르고 얘기하다 보면 처음도 끝도 없는 그 대화 속에서 다만 충만해진 '우리'를 발견할 수 있다. 사실 우리의 대화라는 게 시사의 흐름을 가진 것도 아니고, 인과의 고리도 뚜렷하지 않은 '꿈'과 같은 게 아닌가. 그러니 "국화와/감나무"가 서로 약속을 할 리 없고 "감이 빨갛게/익"어서 "탱자"가 "노랗게/익"을 리가 없다. 어린이의 인과는 어른의 인과와 달리 앞과 뒤를 연결하는 게 아니라 세계를 뭉뚱그려진 하나의 현실로 본다. 개별적으로 보이는 모두가 사실은 하나라는 합일의 세계에 이르는 것, 그것이 공감이며 연대다. 감이 "빨갛게" 익어서 탱자가 "노랗게" 익어 주기로 양보하는 미덕은 실제 현실이 아니라 보는 이의 언어, 그 순정한 상태로부터 나온다.

한 아이가 울면 옆의 아이가 아무 이유도 없이 따라 우는 것을 자주 볼 수 있다. 아 저게 환유로구나, 생각한다. 바쁜 삶 가운데서도 '세월호'를 잊지 않는 많은 이들의 아픔과 연대가 또한 환유이며 누군가의 아픔에 함께 아파하는 게 옆에서 옆으로 이어지는 환유가 아닐까. 거기에 분명한 인과는 존재하지 않는다. 그러니 적어도 오규원의 동시에는 자신의 의미 체계만을 고집하는 1인 제국의 어른-시인들 혹은 기성 문법과 타협한 언어는 없다. 그곳은 "주체와 객체의 구분"이 없으며 "모든 사물들이 내밀하게 협력하고 사랑하는 세계"(이남호 「우주적 친화의 세계」, 『나무 속의 자동차』 초판 해설, 144면)이기 때문이다.

방아깨비의 코
너구리의 코
메추리의 코
그 조그마한 코

뜸부기의 입
뻐꾸기의 입
개구리의 입
그 조그마한 입

비가 오면
비에 젖는
뜸부기의 코
뻐꾸기의 코

개구리의 코

비가 오면
빗방울이 맺히는
방아깨비의 입
너구리의 입
메추리의 입

—「방아깨비의 코」 전문(『나무 속의 자동차』)

　이문열의 장편소설 『시인』의 종장 부분에는 떠돌아다니는 아버지 김 삿갓을 억지로 모시고 모친이 있는 집으로 돌아가려는 '익균'의 이야기 가 나온다. 여기서 익균은 김삿갓이 바람이 분다고 말하면 바람이 불어 오고, 꽃이 피었구나 하면 꽃이 피어나는 순간을 눈앞에서 마주하는 신 기한 경험을 하게 된다. 자신의 아버지가 없던 것을 불러오는 게 아니 라, 있는 것을 그저 발견하는 것뿐이라는 것을 안 이후에도 왜 자신에게 는 그것이 말하기 전까지 보이지 않았는지 익균은 궁금해한다.
　대상 속에서 또 다른 대상의 가능성을 발견해 내는 것을 흔히 시적 발 견이라고 하고 그 시적 발견에 포함되는 대상이 시공간을 통해 언어로 들어오는 것을 시적 순간이라고 하지만, 오규원의 발견은 저 김삿갓의 발견처럼 거기 있는 것을 거기 있다고 말하는 것에 불과하다. 그런데 왜 이토록 아름다운 것일까. 방아깨비와 같은 작은 존재의 입을 알아채 줄 만큼 밝은 눈은 마치 어린이의 눈과도 같다. 동시집의 끄트머리에 실린 오규원의 글을 읽어 보자.

저는 동시를 동심을 노래하는 것으로도, 동심으로 노래하는 것으로도 보지 않습니다. 저는 동시를 동심으로 볼 수 있는 시의 세계라고 생각하는 사람이므로, 이 차이가 제 작품의 여기저기에 나타나 있습니다. 동심을 노래하는 것은 시의 세계가 동심으로 한정될 염려가 있고, 동심으로 노래하는 것은 시의 세계가 노래라는 말에 간섭을 받을 염려가 있습니다. (「책 끝에」, 『나무 속의 자동차』 초판, 153면)

여기서 '보다'라는 말은 중요하다. 보고도 못 본다는 역설은 여기에서 비롯된다. 어린이의 눈은 방아깨비에게서 "방아깨비의 입"을 볼 수 있는 눈이다. 아직 의미화 이전의 세계를 바라볼 수 있는 '동심'이라는 필터를 통해 의미에 덮여 버린 실재를 바라볼 수 있는 것이다. 그러니 어린이의 눈높이라는 말은 어린이를 낮추는 것이 아니라 어린이의 낮은 눈높이에서만 볼 수 있는 것들이 있기 때문에 쓰는 말이다. "세계는 동사인데 언어는 명사"이므로 세계가 마음껏 운동하려면 의미 이전의 세계, 즉 원시의 상상력이 필요하며 그 문을 발견하고 열어 주는 존재가 바로 어린이에 가까운 언어이다. 그 언어의 현장이 "시를 쓴 지 30년이 되는(제가 공식적으로 문학 활동을 시작한 것이 1965년입니다) 시기"(「책 끝에」, 같은 책, 149~50면)에 낸 이 한 권의 동시집에 들어 있다.

창밖을 보면서 나는 허리를 펴고 일어나 호흡을 조정한다. '언어 속의 나'가 아닌 현실 속의 나는 지병 관계로 하루에 한 시간 반 정도 이상 책상 앞에 앉아 있는 것은 무리가 따른다. 그러나 어제, 오늘은 무려 두 시간 반 가까이 앉아 있었던 모양이다. 나는 현재 내가 서술하고 있다고 가정하고 있는 '가치관의 변화와 언어의 체계' 또는 '수사적 인간의 실존적 문제'를 책상 위에

그대로 두고 나간다. (「수사적 인간」,『날이미지와 시』62면)

「수사적 인간」이라는 진지한 산문을 통해 언어와 실존에 대한 탐구를 풀던 글 말미에서 오규원은 뜬금없이 '현실의 나'를 드러낸다. 책상에서 일어난 '현실의' 오규원은 잔디밭에 앉아 "일반인의 4분의 1에 불과"한 호흡량으로 "육체와 정신을 유지하기 위한 내부의 운동"을 한다. 언어 속에서 두두물물(頭頭物物)의 현실에 손을 내미는 것과 동시로 어린이의 손을 잡는 것은 얼마나 비슷한가. 언어를 의미 쪽이 아니라 실재하는 세계 쪽으로 끌어당기는 이 거칠고 맑은 호흡과 자연스러운 몸짓이 동시(童詩)를 동시(動詩)로 만든다.

어른 화자의 탄생

임복순론

동시에서 당사자성의 발현은 어린이 화자의 목소리가 어른/어린이의 경계 없이 공통의 감각을 점유하는 방식으로 드러날 때 선명해진다. 이때 어린이 화자에 대한 다원적 접근은 대개 어른인 시인의 내면이 어린이 화자의 목소리와 얼마나 잘 밀착해 있는가, 하는 질문으로 귀결된다. 단순하게 말하면 진정성이다. 다만 이 진정성이란 개념은 본질적으로 정량화·수치화할 수 없다는 점에서 어린이 독자의 심미안에 전적으로 의지해야 하는 지점이다.

어른(시인)과 어린이(화자)의 낙차를 끊임없이 가늠해 보는 일은 지난하다. 꿰맨 자리가 보이지 않을 정도[天衣無縫]의 자연스러운 발화는 결과적으로 어른(시인)이 어린이(화자)에 얼마나 잘 빙의하느냐에 가까우며, 여기에는 어린이 삶의 저변에 관한 이해(예를 들어 교실 현장에 대한 이해, 어린이들의 관습적 언어와 문화에 대한 이해), 어린이가 맺는 관계의 다양한 국면, 유동하는 감정의 포착 등이 수반된다. 서사 장르의 경우 내러티브 구조를 통해 이 모든 것들을 자연스럽게 풀어놓을 수 있다.

동시 쓰기는 작품 속에 있든 바깥에 있든 반드시 한 사람의 화자가 되어야 하는 일이다. 배우의 연기는 자신을 버리고 호흡, 발성, 몸짓 등 모든 것을 타자화(역할)하거나, 반대로 타자(역할)를 자기화하는 한 과정을 통해 설득력을 얻는다. 어느 쪽이든 몰입이 선행되어야 한다. 이 과정의 싱크로가 어색한 경우를 두고 동시 비평에서는 흔히 '혀짤배기 동시'[1]라는 비칭을 쓰곤 했다. 그러나 2010년대 후반에 들면서 시인의 화자-되기 과정에 정서적 몰입과 시의성에 대한 이해가 담보되면서 근래의 동시는 보다 많은 어린이 화자의 상을 획득해 나가고 있으며, 이와 관련해서도 유의미한 담론들이 많이 생성되고 있다.

그러나 동시가 반드시 어린이 화자를 앞세워 말해야만 당사자성을 가시화할 수 있는지는 한 번쯤 생각해 볼 필요가 있겠다. 서술자의 외피를 입고 세계에 대한 판단을 제시하는 동시의 반대항-대안으로서 제시한 어린이 화자는 어린이 독자가 문학적 체험을 전유하도록 유도한다는 점에서 분명 유효하지만 이 같은 레이어를 벗어나서 시인＝화자의 형태로 어린이 삶의 현상에서 언술 행위 주제가 되는 경우를 생각해 본다. 조금 더 직관적으로 말하면, 사실 이미 선례가 되는 시 텍스트인 임복순 시인의 작품이 있어 그 텍스트를 중심에 두고 논의를 펼쳐 나가기 위해, 어른 화자의 유효성에 대해 말하기 위해 빙 둘러온 감이 있다. 다

---

1 '혀짤배기'라는 말이 서툰 사람 혹은 장애를 가진 사람을 낮잡아 부르는 말임에도, 이 말이 동시 평론이나 동시와 관련된 담론에서 '유치한 동시' 혹은 '어린이들의 감성에 부합하지 못하는 말놀이 동시'를 이를 때 자주 사용되곤 한다. 그러나 이 말은 명백히 차별적인 단어로서 윤리적 감수성의 결여로 읽힐 여지가 있다.

만 임복순 시인의 시에서 드러나는 '어른' 존재에 대한 이야기를 중심
으로 본격적인 작가론에 들어가기에 앞서 동시에서의 '어른' 개념에 대
한 오해를 방지하고자 한다. 읽기에 따라 층위가 달라지는 개념이지만
동시 독자로서의 '어른'과 동시 내부의 '어른'은 불가분의 존재라기보
다는 어린이 현실을 중심에 두고 공명하는 관계라는 점을 분명하게 말
해 두고자 한다.

*

어린이들의 현실을 다룰 때 어른을 어떤 윤리적 책무에 종속된 시선
으로 바라보거나 어린이와 대립시키는 방식으로 도식화하는 일이 이상
적인 현실 구조의 반영일 수는 있다. 그러나 이 어른을 개별화된 어린이
가 실제로 접촉하는 '어른'이라고 할 수 있을까. 정확한 분할이라면 어
른 일반은 어린이 일반과 같은 맥락에서 낱낱으로 나뉘어야 한다. 한 사
람 한 사람이 되어야 한다. 당사자성의 진정한 발현은 거기에서부터 비
롯된다.

머리를 이상하게 잘랐다고
월요일 아침엔
꼭 모자를 쓰고 오는 아이들이 있다.

"괜찮다니까!"
"이상하다니까!"
실랑이 끝에 슬쩍 모자 벗겨지면

가위가 다듬어 놓은 깔끔한 머리.

"멋있는데 왜?"
친구들 말 한 번 더 듣고
"잘생겼는데 왜?"
선생님 말 한 번 더 듣고

꼭 십 분쯤 더 쓰고 있다간
슬그머니 벗는다.

—「월요일 모자」 전문(『몸무게는 설탕 두 숟갈』, 창비 2016)

 "월요일 아침엔/꼭 모자를 쓰고 오는 아이들"은 일반화된 어린이상
이 아니라 교실 현장에서의 경험을 통해 만난 "아이들"이다. 보편적 사
실이 아니라 시인 개인의 누적된 경험을 통해, 주말에 머리를 자르고 오
는 어린이들이 "모자"를 쓰고 오는 걸 포착해 낸 관찰력이 돋보인다. 여
기서 "이상하게 잘랐다"라는 인식을 통해 제 낯섦을 견디기 힘들어하
던 "아이들"이 이후의 시상 선개 과정에서 대화를 통해 스스로 불편하
다 여겼던 낯섦이 반 아이들에게 수용되는 상황은 잔잔하지만 극적이
다. 놀림의 대상이 되지는 않을까, 하는 불안 때문에 선제적인 자기 방
어 기제로서 "모자"를 쓰고 온 "아이들"의 마음을 바꾸는 것은 "괜찮
다", "멋있"다, "잘 생겼"다, 와 같이 아이를 북돋아 주는 말이다. 당연하
게도 이 말의 파급효과는 자극적인 말과는 달리 즉각적이지 않다. "십
분"이라는 시차를 두고 "슬그머니" 발생한다. 이 또한 어린이의 행동을
관찰에 의거해 세밀하게 읽어 낸 대목이다.

그런데 이 작품에서 주목할 부분은 "친구들 말" 뒤에 나오는 "선생님 말"이다. 따로 분류되어 있긴 하지만 "친구들 말"과 "선생님 말"은 자리를 바꿔 놓아도 문제없을 만큼 닮았다. 교실 현장의 구성원에는 "친구들"뿐만 아니라 "선생님"도 포함된다. 적어도 이 동시에서 "선생님"은 어른으로서의 역할보다는 교실 현장의 구성원으로서 머리를 자르고 온 아이를 위로하는 사람으로서 "친구들"과 동등한 위상으로 참여한다. 임복순 시인 시 세계의 포문을 여는 등단작에서 이미 시인은 기존 동시에서 '어른'에 씌워진 프레임 — 어린이와 어른 사이를 인위적으로 구획하는 — 을 다른 방식으로 전유할 수 있다는 가능성을 드러냈다. "나 엄청 못 그렸지?"라고 말하는 지후에게 "아닌데? 엄청 잘 그렸는데?"라고 말하는 "아이들"처럼, 지후의 재차 반복되는 질문("선생님, 저 너무 못 그렸죠?")에 "아닌데? 완전 잘 그렸는데?"라고 대답하면서, "나도 대답을 바꿀 생각이 없다"고 말하는 당사자로서의 "선생님"(「바꿀 생각 없음」, 『김단오 씨, 날다』 창비 2024)을 통해 어른 화자가 어린이 현실에 어떻게 참여하고 또 받아들여지는지를 보여 준다.

기린아, 심부름 하나 해 줄래?
기린아, 사탕 하나 줄까?

왜 자꾸 기린이라 그러세요?
별명 좀 부르지 마세요.

김린, 싫어?
선생님은 진짜 좋아하는 사람한테만

별명 부르는데

이제부터 부르지 마?

아니요, 부르세요.

앞으로도 쭈욱

기린이라고 불러 주세요. 복숭아 선생님.

—「김린과 기린」 전문(『동시마중』 89호, 2025년 1·2월호)

    최근작인 이 작품에서 "선생님"과 "김린"의 관계는 일견 일반적인 교사-학생의 관계인 것처럼 보인다. "심부름"을 해 줄 수 있는지 물어보고 "사탕"을 줄까 물어보는 "선생님"다운 이 말 앞에는, 그러나 "기린"이라는 별명이 붙어 있다. 내 의도와 무관하게 타인이 붙이는 게 별명이라면 이 시에서의 "기린" 역시 "김린"이 스스로 붙인 별명일 리 없다. "왜 자꾸 기린이라 그러세요?/별명 좀 부르지 마세요."라는 의사 표명을 하자 화자는 "선생님은 진짜 좋아하는 사람한테만/별명 부르는데/이제부터 부르지 마?" 하고 "별명"을 부르는 이유에 대해 설명한다. 그러나 친근함의 표시라는 근거에도 불구하고 이건 어디까지나 "선생님" 입장에서 "별명"이 갖는 의미일 뿐 "김린"의 입장에서는 아니다. 이때 김린은 선생님의 "부르지 마?"라는 제안을 그대로 수용하지 않고, "선생님"의 입장이 되어 보는 역지사지의 태도를 취한다. 물론 "아니요, 부르세요./앞으로도 쭈욱"이란 말의 뉘앙스는 뒤에 올 극적 반전을 강조하기 위한 태도에 가깝지만, "복숭아 선생님"이라는 "선생님"의 "별명"을 부르며 정말 입장을 바꿔 생각해 본다는 것이 어떤 것인지 "김린"은 경험적으로 제시한다.

여러분, 반가워요.
선생님 이름은 임복순이에요.

2학년 담임 된 첫날
내 소개를 마치자
인준이가 무척 놀란 얼굴로 물었다.

우리 1학년 때 선생님 이름은
박상순이었거든요?

그럼
선생님들 이름은 다
'순' 자로 끝나나요?

—「2학년이 할 수 있는 질문」 전문(『김단오 씨, 날다』)

　　한 시인의 시 세계를 전경화된 한 특성만으로 다룰 수는 없고, '선생
님' 화자의 탄생이라는 키워드가 임복순 시인이 이룩한 시 세계를 홀로
표상할 수 없음은 당연하다. 두 권의 단행본 시집(『몸무게는 설탕 두 숟갈』
『김단오 씨, 날다』) 내에서도 그러하거니와 앤솔러지 동시집 『미지의 아이』
(문학동네 2021)에서는 고학년 여자아이 화자의 발화가 중심축이 된 기획
에 부합하는 목소리를 전면에 드러내었다.
　　그럼에도 '선생님'으로서 교실 현장에서 겪는 놀라운 경험은 '어린
이'와의 구체적인 대화—실감에 기반한 상호작용이라는 측면에서 지금

까지 우리가 기성 동시에서 보아 온 어린이들을 이전보다 실재의 형태로 구현해 낸다. "인준이"는 이제 "2학년"이 된 아이인데, 공교롭게도 "1학년 때"의 "선생님 이름"이 "박상순"이다. 두 가지 사실 사이에서 규칙성을 발견해 낸 아이의 질문은 경험이 즉각적으로 세계를 구조화해 가는 순간을 보여 준다. "2학년이 할 수 있는 질문"은 3학년만 되어도 할 수 없다. 특정한 시기에만 가능한 관점과 인식이 있다. 그것은 교정의 대상이 아니라 의문을 중심으로 세계의 상을 그려 나가는 어린이의 사고 과정을 표상한다. 여기서 시인은 실명 그대로 "임복순"이라는 화자로 들어오는데, 이는 작품 속 정황의 실증을 위함이 아니라 "'순' 자로 끝나"는 이름의 근거를 들기 위함이다. 이 글의 도입부에서 측량할 수 없는 '진정성' 개념에 대해 언급하기는 했으나, 독자의 입장에서는 작품에서 시인의 실명을 발견하는 순간 이를 조금 더 경험적으로 받아들이며 사실/허구 사이에 놓인 뚜렷한 경계를 지우면서 사실성에 입각해 작품의 진정성에 도달한다.

한 달 전,
아이들한데 못된 말 하다
선생님한테 딱 걸린 서준이는
코코아를 마시며 얘기 나눴지.

오늘은 또
아주 착한 아이 되었다고
칭찬받으며 코코아를 마셨어.

후 후 불면서
홀짝홀짝 마실 때가 제맛인
달콤한 코코아를
아직 구경도 못 했는데
서준이는 벌써 두 잔이나 마셨어.

나는 처음부터 서준이보다
착하고 멋졌는데 말이야.
항상 착한 애들은 언제쯤 마시나.

—「코코아 이야기」 전문 (『몸무게는 설탕 두 숟갈』)

어느 반에서 씨앗 관찰하고 남았는지
선생님 드시라고 손바닥만 한 수박
딱 한 쪽을 보내왔어.

선생님은 그걸 스물일곱 조각으로 나눠
아이들 입에 쏙 넣어 주는데
진짜 딱
콩알만 했어.

근데 고게 또
솜사탕같이 달더라고.
사르르 녹더라고.

—「솜사탕 수박」 전문(『김단오 씨, 날다』)

그럼에도 때에 따라서 엄연히 존재하는 위상의 차이를 완전하게 무화시킬 수 없는 것이 현실이다. 정황에 따라 유동적일 뿐 "선생님"에게는 직업 윤리에 따라 잘못된 행동을 순화하고 바람직한 규범을 제시해야 할 의무가 있다. 어른이 마땅히 어른으로서 어린이를 위해 해야 할 일을 공적인 영역에서, 즉 최전선에서 수행하는 이들이 "선생님"이다. 이때 교실 현장을 사회의 축소판으로 바라보는 관점은 구태의연하지만 여전히 유효한데, 앞선 두 시에서 적어도 교실에서만큼은 한정된 재화(희소한 것)가 되는 "코코아" "수박"의 소유와 분배의 주체는 "선생님"이다. 그러나 중요한 것은 "코코아" "수박"에 대한 욕망이라기보다는 그것이 "선생님"의 애정을 담보하는 물적 증표라는 사실이다. 같은 맥락에서 "나"는 "선생님"과 "코코아"를 마실 수 있는 시간을 가치 있게 인식하는데 그것은 '문제'를 일으켰던 아이인 "서준이"에게 주어졌고, 이후 "착한 아이"가 되는 윤리적 실천의 결과로 다시금 "코코아"의 시간이 "서준이"에게 주어진다. 처음의 "코코아"가 훈계를 위한 방편이었다면, 이후의 "코코아"는 보상이다. 그러나 "나"는 그 같은 인과 이전에 "선생님"의 의도와 상관없이 차별적 질서가 제도화될 기미를 포착한다. 그리고 '관심'이란 윤리의 잣대가 아니라 눈에 띄는 행동을 통해 얻는 것이라는 사실을 깨닫는다. "처음부터 서준이보다/착하고 멋졌"던 "나"는 자신이 "선생님"에게 당연한 존재로 받아들여지고 있기에, 역설적으로 관심을 받지 못한다고 생각한다. 짧지만 '관심'의 속성을 꿰뚫는 통찰이 인상적인 작품이다.

 두 번째 동시집에 수록된 「솜사탕 수박」은 마치 앞선 "선생님"의 행동에 대한 반성처럼 유기적인 세계관의 연결로 읽히는 국면이 있어 재미있다. 편애로 비칠 수 있었던 "서준이"의 "코코아"와는 달리, "손바닥만 한 수박/딱 한 쪽"을 "스물일곱 조각"으로 공평하게 나눈 크기는 "콩 알만" 하지만 모두에게 주어진다. "수박"을 먹는 아이들은 "선생님"이 실천하고 있는 이 나눔에서 "솜사탕"만큼 달콤한 애정을 감지한다. "선생님"은 얼마나 어린이들의 마음에 가깝게 닿을 수 있나. 내가 너라면, 너의 입장이라면 어떨까, 하는 자리 바꿔 보기는 굳이 어린이 화자가 되지 않아도 지금 어른으로서의 내가 어린이 현실 안에서 자신의 자리를 고수하면서 가능해지는 지점이다. 어린이/어른 개념에 과도하게 집약되어 있던 경계를 실재의 자리로 옮겨 다시 성찰해 보는 자리를 마련한다는 점만으로도 임복순 시인의 동시는 특기할 만한 성과를 거둬 왔다.

*

'좋은 동시란 무엇인가'는 읽고 쓰는 입장에서 언제나 불가능한 질문에 가까우며, 마땅한 답을 제시할 수 없기에 읽고 쓰는 과정을 통해 능동적인 독자와 창작자, 비평가가 개별적으로 약진해 가며 추구해 나가야 할 테제라고 생각한다. 반면 '좋은 어른이란?' 같은 질문은 현실에서만큼이나 아동문학에서 답을 찾을 수 있다고 믿는다. 임복순 시인의 동시집 읽기 역시 좋은 어른에 대한 질문을 함께 해 나가는 좋은 동반자다. 선생님으로서, 어른으로서, 한 인간으로서 어린이와의 관계 맺기에 있어 윤리에 대해 얼마나 고민하고 있는지, 그 윤리적 실천이 어떻게 드러나는지 살펴보다 보면 임복순 시인의 동시는 시인과 닮았다는 사실을 알게 된다. 시를 만드는 사람이 아니라, 시에 참여하는 당사자로서의 목소리가 귀하고 소중한 시대에 부응·부합하는 임복순 시인의 시들이 어린이 독자들에게 스며들기를 바라는 마음이 간절해진다.

돌멩이 하나로 무한을 품는 동심원

이안 『오리 돌멩이 오리』

우리 어떤 말을 기를 수 있을까?

키가 너무 높으면,

아기들 올라가다 떨어질까 봐,

키 작은 땅감나무 되었답니다.

— 권태응 「땅감나무」 부분(『권태응 전집』 창비 2018)

"땅감나무"의 낮은 키는 땅감나무가 "아기들"을 위해 스스로 낮춘 것이기에 결코 땅감나무의 한계가 아니다. 여기서 "땅감나무"는 권태응이란 한 동시인의 자의식을 넘어 동시라는 장르가 어떻게 어린이들의 마음에 뿌리를 내리는지, 어떤 모습으로 성장하는지를 보여 주는 주체적 대상이다. 이안 시인의 『오리 돌멩이 오리』(문학동네 2020)에는 그렇게 뿌리를 내린 동시가 어린이의 키 높이만큼 자라 맺은 열매들이 담겼다. 시인의 세 번째 동시집 『글자동물원』(문학동네 2015)이 글자들이 휘어지고 몸을 뒤집고 물구나무를 섰다가 넘어지고 아기 발가락처럼 꼼지락거리는, 한국어의 사랑스러운 모양새와 함께 동적인 생명력을 드러내는 작품집이라면 그로부터 5년 만에 나온 『오리 돌멩이 오리』는 『글자동물원』의 동물성 맞은편에서 보다 조용히, 더 낮게, 더 가만히 싹을 틔우고 자라나 꽃을 피우며 열매를 맺는 '식물성'의 아름다움을 보여 주고 있다.

울며 보채고 쉬지 않고 달리고 넘어지고 그러면서도 웃던 아이들이 이제는 조금 더 커서 제자리에 가만히 앉아 자신의 감정을 곱씹기도 하고, 골똘히 생각을 해 보기도 한다. 아주 작은 씨앗 하나와 같은 하나의 음절, 하나의 단어에서 시작된 아이의 말이 조금씩 제 모습을 찾아 가는 식물성의 아름다움은 꽃과 나무의 이름('민들레' '도라지꽃' '미선나무' '꽃기린' '삼색제비꽃' '앵두꽃' '장미꽃' '파꽃' '코스모스' '소나무' '도둑놈의갈고리' '덩굴' '찔레꽃' '해바라기') 같은 직접적인 어휘의 활용을 통해서도 잘 드러난다. "영 안 자라는 것 같아도" "이만큼이나 자랐"다는 돌이나(「돌」) "한 번도 쉬지 않"고 마침내 우리에게 도착한 돌거북 버스처럼(「돌거북 버스」) 언제 변하나 싶었던 것들이 분명히 변화하는 순간 그리고 우리를 찾아오는 순간. 그 순간의 아름다움을 달리 설명할 수 있을까. 사람들이 화단에 식물을 키우는 마음과 조금씩 자라나는 식물을 지켜보는 마음이 논리나 인과로 설명되는 게 가능할까. 아름다운 것에 아름답다는 말 외에 달리 어떤 말을 더할 수 있을까?

엄마, 꽃집에서 적어 왔어

모든 슬픔이 사라진다
이건 미선나무,

고난의 깊이를 간직하다
이건 꽃기린.

둘을 붙이면,

모든 슬픔이 사라진 다음에도
고난의 깊이를 간직하다

엄마, 우리 이 말 기르자

—「사월 꽃말」 전문

   대개의 경우 '어린이'란 그들만의 은유를 통해 어른이 보지 못하는 세상을 발견하는 존재이며 그 시선, 즉 동심으로부터 시적 발상이 시작된다고 한다. 대상에 낯선 이름을 붙임으로써 의미가 도약히는 순간, 의외의 대상과 대상을 엮음으로써 은유가 빛나는 순간 시가 발생한다고 보는 것이다.

   그러나 어린이가 자신의 말을 가지는 첫 순간이 꼭 그러할까. 「사월 꽃말」의 어린이는 언어가 없는 식물에게도 저마다 지니고 있는 꽃말-문장이 있음을 알고 받아쓰기를 하듯 "꽃집에서 적"은 말을 가져온다. 대상을 꺾어 오지 않고 대상의 말을 받아 온 것이다. 그것은 이미 있는 말이고 통용되는 말이다. 어린이 화자가 한 일은 이렇게 가져온 두 문장을 나란히 함께 놓아둔 게 전부다. 그런데 이렇게 이어진 문장이야말로 어린이가 제힘으로 기르고 싶은 첫 말이 된다. 식물이 꽃을 피워 자기만의 색을 드러내듯이.

이 말을 기르게 한 추동력은 시의 첫 행에서 아이가 호명하는 존재 "엄마"에서 찾을 수 있다. 아이들에게서 흔히 듣는 말 '엄마, 엄마, 이거 봐 봐! 나 이런 거 발견했어!' 같은 것이다. 옹알이나 혼잣말이 아니라면 모든 말은 누군가에게 건네는 말이고 그 누군가에게 자신이 발견한 이 아름다움과 놀라움을 전하고 싶은 마음이다. 그 누군가가 「사월 꽃말」의 어린이에게는 엄마이다.

"엄마, 우리 이 말 기르자"라는 청유형은 동시라는 장르에 대한 일반적인 인식, 동시는 어린이가 읽는 것이라는 시야를 넓혀 '함께 기를 수 있는 말'로서의 동시와 그 식물성을 상상하게 한다. 말과 말이 다정하게 어깨를 맞대고 함께 있는 환유, 이야기를 들려주고 들어 주는 묘사, 가만가만 위로가 되어 주는 문체. 아이의 식물적 교감은 손을 잡아 주듯 두 문장 사이를 잇는다. 슬픔과 아픔이 짙게 밴 우리의 "사월"에도 여전히 자라는 "미선나무"와 "꽃기린"처럼, 존재 자체가 타고난 "꽃말"과 같은 사람들처럼. 여기서 '식물'의 꽃말은 홀로 있는 사람 곁에서 '우리'가 되어 준다.

나는 은이 좋아
은하수
은빛
은근
은은하다

고양이처럼,

은솔이
뒷자리가

가만가만
나는
좋아

—「은」전문

　꾸밈없이, "은하수/은빛/은근/은은하다"는 말들이 대상을 부드럽게
감싸는 것처럼. "은솔이"가 아닌 "은솔이/뒷자리"를 "가만가만" 좋아하
는 것처럼.

　삼색제비꽃이 "에헴"과 "어흥"만으로 질문을 물리치고 연륜과 야성
을 드러낼 수 있는 것(「삼색제비꽃」)도, 할아버지의 "으자"에서 빠진 "ㅣ"
를 사물화하며 부정확한 발음 "으자"를 "등이 나빠셔나간" 의사로 형상
화하는 것(「의자」)도 말과 글이 함께 있는 것이다. 경계를 지우는 것이다.
"안경원숭이"를 볼 때 "안경도 안 썼는데/안경만 본다"는 것이나(「안경
원숭이」), "도둑놈의갈고리"라는 이름의 식물이 "이렇게 이쁜 꽃을 낳은"
것과 같다(「도둑놈의갈고리」). 식물이 가진 꽃말에 대한 지향처럼 언어의
자의성이 시의 맥락 속에서 내적 필연성을 획득해 나간다.

오리가 입혀 주는 시옷

존재의 시원을 찾아가듯 이안 시인이 길러 낸 말은 때로 문장도 단어도 아닌 가장 작은 지점인 음소 단위 ——"ㄱㄴㄷㄹㅁㅂㅅㅇ/처음부터 다시 시작할 거야"(「파꽃」), "날마다 연못에 입혀 주는/시의 옷 같은/시옷"(「시옷」) ——로부터 출발하기도 한다. 어린이들이 갓 익히기 시작한 한국어-한글의 출발선에서 함께 걷는 것이다. 이는 시인이 "작은 것 속에 든 아주 큰 것"(「먼지 공부」)으로부터 세계를 열고 있음을 보여 주는 단서이기도 하다. 그래, 씨앗 같은 것이다. 땅속에 묻혀 보이지 않지만 인고 끝에 제 모습을 드러내는, 소리 없이 그러나 온 힘을 다해 자라는 존재. 쉽게 내뱉는 수박씨처럼 작고 힘없는, 그러나 무한의 가능성을 갖고 있는 파편들. 음소 단위의 언어는 자체로는 당장은 아무 의미도 없고 말이 될 수도 없다는 점에서 이 동시집에 자주 등장하는 단어인 '돌멩이'(「돌」「돌거북 버스」「오리 돌멩이 오리」「돌멩이」)와도 같은 맥락에 있다.

> 강가에 갔더니
> 오리 떼가 돌멩이처럼 앉아 있더라
> 돌멩이야? 오리 떼야?
> 가까이 다가가니까
> 놀란 오리 떼가 푸드드득 날아오르는데
> 깜빡 잠에서 깬
> 돌멩이도 몇 점
> 덩달아 날아오르더라

그날 가져온 돌멩이 하나

창가에 놓아두고 기다리는 중이야

그때 날아가지 못한 오리 한 마리가

저기,

돌멩이처럼 앉아 있어

—「오리 돌멩이 오리」 전문

　「오리 돌멩이 오리」라는 제목이 누구도 돌이킬 수 없는 유년을 함의
한 순환 구조를 상징하는 것이라면 어떨까. 생명-죽음-생명으로 읽히
기도 하고 오리와 오리로부터 돌멩이가 생명력을 얻듯이 어린이와 어
린이 사이에서 생명을 얻는 언어 혹은 어른을 의미하는 것도 같다. 멀
리서 바라보았을 때 "오리"와 "돌멩이" 사이에서 생기는 착시란 오독의
가능성으로도 읽히는데 "잠"에서 깨어 날아오르는 순간 "돌멩이도 몇
점 덩달아" 날아오르는 행위에는 무의식적인 변신 모티프가 깔려 있다.
일반적으로 잠-꿈의 영역에서 한결 자유롭게 이뤄지는 변신과는 달리
여기서는 "잠에서 깬" 상황에서 오히려 비현실적이라 힐 수 있는 변신
이 발생한다는 점에서 어쩌면 어린이야말로 세계를 받아들이는 감각의
측면에서 깨어 있고 어른들은 세계에 대해 무감해지는 잠의 상태에 빠
져 있는 게 아닐까. 이 동시는 바로 그런 잠이 확 달아나게 만드는 발걸
음이다. 오리인지 돌멩이인지 헷갈렸던 오독-착시로부터 발생한 이미
지가 실재하는 이미지로 실현되는 순간이다. 어린이들의 엉뚱한 말에
서 동시가 탄생하는 순간이다. 앞과 뒤 혹은 옆과 옆의 오리 덕분에 (비
록 그 오리들은 단지 곁에서 돌멩이인 척 있어 주었을 뿐이지만) 돌멩

이는 전혀 다른 존재로 부활한다. 사물이나 무생물에 말을 거는 어린이들 특유의 물활론적 사고가 모든 대상을 죽음-정지의 세계로부터 구원하는 시선이 되는 것처럼.

> 동동동동
> 오리가 헤엄쳐 가면
> 오리 뒤로
> 길다란 시옷이 만들어진다
>
> (…)
>
> 오리가 가끔
> 연못 한가운데 멈춰
> 생각하는 건
>
> 지금까지 쓴 그 많은 시옷은
> 다 어디로 사라졌을까
>
> ──「시옷」 부분

오리 한 마리의 헤엄이 연못 전체에 거대한 'ㅅ'을 입히듯 이안 시인의 상상력은 이 가장 작고 힘없는 것에 힘을 주며 퍼져 나간다. ㅅ의 발음이자 시의 옷이라는 중의성이 이미 메타적 성격을 대변한다고 할 수 있는데 특히 오리의 헤엄이 연못 전체에 시의 옷을 입혀 주는 행위가 된다는 진술은 이 시 전체에 대한 환유로 읽힌다. 즉 시의 진행이 오리의 헤엄으로 말미암아 이뤄지고 있어 시작(詩作)의 전개 과정과 같이 물 위를 헤엄치는 오리의 모든 움직임이 곧 시가 된다는 시의 동사적 속성을 보여 준다. "지금까지 쓴 그 많은 시옷은/다 어디로 사라졌을까"라는 질문에서 시의 빛나는 순간과 빠른 휘발성, 즉 드러나는 순간 사라지기에 더 아름다운 불꽃놀이와 같은 속성이 한꺼번에 드러난다. 이는 시가 지닌 이율배반의 속성과 더불어 살아 있는 내내 쓸 수밖에 없는 시인의 숙명과 쓰는 순간(대상을 포착한 순간) 사라지는 시의 허무를 동시에 보여 주는 지점에까지 도달한다. 이안 시인에게 '0세부터 100세까지 향유하는 장르로서의 동시'란 그러니 시옷 하나로 출발해 시 이상의 넓이와 깊이를 보여 줄 수 있는 동심원일 것이다. 그것은 유유히 떠 있는 오리의 보이지 않는 오리 발의 움직임처럼 부단한 운동으로부터 이루어지는 게 아닐까. 물의 경계에서 그 경계를 허무는 이안 시인의 '오리'는 권태응 시인의 '땅감나무'와 같이 시인의 문학적 지향과 맞닿아 있는 중요한 오브제다.

형선이, 하진이, 혜연이, 은솔이, 지우, 민주

이안 시인의 동시에서 어린이들은 익명인 동시에 실명으로 존재한다. 꾸준히 어린이 독자들을 만나 동시를 나누는 활동은 시인의 동시가 지닌 현장성이 어디서 기인하는가를 보여 주는 물적 토대다. 그런 점에서 동시 속의 이름 하나하나는 그저 책상에서 붙인 게 아니라 소통의 현장에 직접 뛰어 들어가 실재의 아이들과 맞닿아 얻어 낸 소중한 면면이라 할 수 있다.

형선이가 밥을 아주 천천히 먹어서

형선이가 밥 먹는 모습을 아주 오래 지켜보았는데

형선이가 밥을 얼마나 천천히 먹느냐면

형선이가 밥을 다 먹고 숟가락을 놓는 순간

온 세상에 기적이 일어날 것처럼 천천히 먹는다

—「형선이」 부분

열세 살이 된 하진이가 또 하, 웃는다

덧*니*가두군데

하, 웃음 구멍이 막혀도 하진이는 웃네

—「하진이 3」 전문

   시인의 동시 속에는 장난기 넘치는 어린이 화자가 등장해 엉뚱한 이야기를 하는 대신 "밥을 아주 천천히 먹"는 형선이, "웃음 구멍이 막혀도" 웃는 하진이가 등장한다. 어디서나 흔히 볼 수 있는, 일견 평범해 보이는 어린이들은 그의 동시가 실명제라는 점, 그리고 화자의 눈길이 "돌멩이"나 "오리"처럼 작고 평범한 대상들에 유독 눈길이 머무는 것으로부터 연유한다. "다른 친구들도 다/받았다"는 "귤"이지만 "내 귤은 달랐"다고 이야기하는, 평범한 귤 하나를 특별한 귤 하나로 바라보는 화자처럼(「내 귤은 달라」).

   형선이가 밥을 먹는 별일 아닌 장면 속에서 우리는 제 속도대로 살아가는 이 꿋꿋한 어린이를 인내하며 지켜볼 수밖에 없다. 형선이가 밥을 다 먹는 순간에 이르면 큰일이라도 끝낸 것처럼 숨을 쉬게 된다. 이 같은 느림의 미학은 '동물적'이던 '글자동물'들의 역동적 이미지의 반대편에서, 마치 식물이 자라는 모습을 놓치지 않기 위해 가만히 그것을 바라보는 행위를 연상하게 한다.

전작 『글자동물원』에서 여덟 살에도(「하진이 1」) 그리고 일 년 후에도(「하진이 2」) "하," 웃던 "하진이"는 어느덧 "덧니가두군데" 난 "열세 살이"되었다. 「하진이 1」「하진이 2」에서 이 빠진 자리가 만들어 낸 유쾌한 웃음 구멍이 상대를 무장 해제시키는 멋진 빈틈이었다면 그 틈을 메울 만큼 자란 아이가 여전히 "하," 웃음을 보여 주는 「하진이 3」은 시인이 간직하려는 동심의 모습이자 길러 온 "말"이다. 어떤 말에서든 동시를 발견해 내고 자연스럽게 동시의 자리를 마련해 주는 것. 이 또한 어디에서든 뿌리를 내리고 천천히 제 모양을 드러내는 식물의 이미지로 자연스럽게 연결된다.

올해는 정말 다른 모양으로 피고 싶었어

올해는 정말 다른 색깔로 피고 싶었어

올해는 정말 저만치 혼자서 피고 싶었어

올해는 정말 다른 꽃이 되고 싶었어
—「도라지꽃의 올해도 하는 절망」 전문

그러나 그 성장이 언제나 주체의 의지대로 이루어지는 것은 아니다.

무한의 가능성을 지녔던 씨앗은 자라면서 그 많은 가능성 중 끝내 단 하나의 형태("도라지꽃")가 될 수밖에 없고 "올해는 정말 다른" 꽃이 되고 싶었던 도라지꽃으로선 그것이 "절망"이기도 하다. 그런 점에서 이시는 식물의 이미지를 빌려 성장하는 어린이들의 욕망을 드러내는 것은 아닐까. 내가 결국 예정된 어른, "평범한" 존재(「평범하지 않은 혜연이의 평범한 절망」)가 될까 봐 "다른 모양"과 "다른 색깔"을 꿈꾸며 무리로부터 떨어져 "혼자"의 자리를 갖고픈 어린이의 목소리는 아닐까.

아,
난 너무 평범해

언제나
돌연변이 같은
괴짜 같은
처음 보는
아무도 생각 못 했던
기발하고 익살맞은
전교에서 가장 눈에 잘 띄는
혜연이가
휴지통에 처박고 간
구겨진 연습장을
난 그만
펴 보고 말았다

—「평범하지 않은 혜연이의 평범한 절망」 부분

그런데 「도라지꽃의 올해도 하는 절망」과는 달리 이 시에는 하나의 목소리가 더 있다. 스스로를 평범하다고 생각하며 절망하는 내부 화자인 "혜연이"를 그간 "다른 모양" "다른 색깔"로 보고 있던 외부 화자의 목소리다. 혜연이의 외연만으로 혜연이를 판단해 왔던 화자가 혜연이의 내밀한 속내를 알게 되어 두 이미지가 충돌하는 지점에서 시는 끝나고, 외부 화자가 얻었을 감정은 독자의 몫이 된다. 다들 나랑 비슷하구나 혹은 다들 그렇구나, 하는 보편성이 주는 묘한 유대감과 위안의 정서는 "저만치 혼자서" 피고 싶어 하는 "도라지꽃"까지도 포용하는 태도를 이끌어 내는 것이다. 그것은 바깥(현실)에서는 다들 따로인 것처럼 보여도 결국 땅 밑(내면)에서는 서로 닿아 있는 뿌리로 연결된 우리의 모습일지도 모른다. 어쩌면 식물이 제일 처음 난 자리를 고집스럽게 지키고 있음에도 외롭지 않은 이유일지도 모른다.

오리 돌멩이 오리 가까이

작품이란 결국 사후적이기에 이 한 권의 동시집이 독자들에게 어떤 종류의 충만함을 줄 것인지 알 수 없다. 그것은 시간의 흐름 속에서 차곡차곡 쌓이는 것이기 때문이다. 그러므로 이 해설은 시간과 공간의 제약 속에서 한 사람의 독자로서 읽은 딱 그만큼이다. 해설은 눈을 녹이는 일과 같다. 한 사람의 손으로 녹일 수 있는 눈의 양이 얼마나 되겠는가.

다만 한 가지 말씀드리고 싶다. 이 동시집은 오리일 수도 있고 오리와 오리 사이에 있는 돌멩이일 수도 있다. 알고 싶다면 우선 가까이 다가가야 한다. 망설일 것 없다. 낯섦과 경계를 허물고 시인이 먼저 우리를 향해 마중을 나와 있을 테니까. 돌멩이처럼 무해하고 오리처럼 유려한 말의 곡선을 지닌 동시들이니까. 짧고 명징하니까. 너무 가까이 다가가면 잠에서 깬 돌멩이가 제가 오리인 줄 알고 날아가 버릴지도 모르겠다. 혹 미처 날아가지 못한 오리 한 마리가 돌멩이처럼 남아 있다면 창가에 놓아두고 틈틈이 책장을 펼쳐 보시길 바란다.

세상을 담는 세 줄의 악보

유강희 『달팽이가 느린 이유』

"안녕!" 하는 동시

『손바닥 동시』(창비 2018)가 출간되었을 때, 이 짧고 단단한 플랫폼을 장착한 동시가 다양한 읽기-쓰기의 현장으로 확산되고 재생산되리라 예상하는 일은 어렵지 않았다.

책 출간 이후 손바닥 동시는 '유강희의 손바닥 동시 한 편'이라는 기획을 통해 『동시마중』에서 지속적으로 발표되며 기성과 신인, 어린이와 어른의 구분 없이 누구나 쉽게 접근할 수 있는 경로임을 보여 주었다. 어른과 어린이 모두가 즐겁게 참여한 손바닥 동시 백일장이 열렸으며, 어린이들이 처음 시를 쓰는 자리 — 일반적으로 초등학교 교실 — 혹은 많은 동시 공부의 자리에서 우선 '세 줄'만, 즉 자기 손바닥으로 쥘 수 있을 만큼만 써 보면서 (교사와 학생을 모두 포함하여) '시'라는 장르가 주는 부담을 덜 수 있었다. 즉 시 쓰기를 한번 시도해 보는 용기를 심어 준다는 점에서 손바닥 동시는 그 효용성이 입증되었다.

자유시라는 말이 무색할 만큼 그 반대항으로서의 정형시가 설 자리를 잃은 시대에, 손바닥 동시는 세 줄이라는 극도로 압축된 제약 속에서의 시 쓰기를 보여 준다. 이걸 제약이 아니라 최초의 발견이라고, 은유에 꼭 맞는 자리를 마련해 주기 위한 기반이라고, 발화의 적정량이라고, 무한한 언어의 바다 한가운데에서 표류하지 않고 잠시 기대 쉴 수 있는 섬이라고 생각해 보면 어떨까?

『손바닥 동시』는 바로 그 가능성을 보여 준 작업으로서, 시인이 우리에게 익숙한 손바닥을 펴 보이며 "안녕!" 하고 건넨 첫인사였다. 처음 만난 대상에 대한 애정과 환대의 순간을 포착하고 보내는 신호가 바로 마주 전해지는 "안녕"이다. (사물, 식물, 동물, 사람의 경계 없이) 상대를 향해 환하게 손바닥을 들어 보이는 일은 짧고 말을 필요로 하지 않는 몸짓 언어다. 반면 대상을 마주하고 건네는 장황한 소개나 긴 인사는 '나'의 말, 즉 자의식을 언어로 확보하고자 애쓰는 일에 가까워서 끝내 '대상'이 지닌 특유의 기운을 감지하지 못하고 자기 안에 갇힌 채 익숙한 언어를 낭비하는 행위로 귀결된다. 손바닥 동시는 대상이 무거운 말과 의미를 짊어지지 않고 여백 위로 훨훨 날게 해 준다. 독자에게 넘겨주는 이 널찍한 여백이야말로 어린이 독자를 위한 생각과 감정의 운동장이다.

그래, 이제 삼 년 정도 지났으니 시인의 손바닥에 좀 익숙해졌을까 싶을 때 나온 이 두 번째 손바닥 동시 『달팽이가 느린 이유』(창비 2021)는 "안녕" 할 때의 그 익숙한 손이 아닌 반대편의 낯선 손이다. 낯선 대상을 맞는 익숙한 손이 아니라, 익숙한 대상을 낯선 감각으로 만나기 위해 내미는 손이다. 오른손잡이가 왼손으로 글씨를 쓰고, 왼손잡이가 오른

손으로 그림을 그리는 세계는 훈련되지 않고, 질서화되지 않은 본연의 감각으로 세계를 마주하는 일이기에 훨씬 더 즉물적(卽物的)이고 따라서 그 속에서 대상의 살아 있음을 확인할 수 있다.

높은음과 낮은음이 잘 어우러진 악보

해님은 혀가 길어

내 아이스크림

몰래몰래 핥아 먹는다

——「아이스크림」 전문

동시집을 받아 들었을 때 꼭 핼러윈의 밤에 다채로운 색깔의 젤리를 한 아름 받은 기분이었다. 통통 튀는 말투와 빛나는 은유가 합심해 읽는 사람을 놀라게 한다고 할까? 좀 더 분석과 감상에 적합한 비유를 들자면 높은음과 낮은음이 잘 어우러진 세 줄싸리 악보 같다고 하는 게 좋겠다. 가령 높은음이라면 「아이스크림」 같은 작품이다. 저 멀리 떨어진 "해님"을 주체의 곁으로 소환하는 것은 "내 아이스크림"이라는 매개체다. "해님"에 대한 관성적 이미지들, 이를테면 만물의 생장을 주도하는 천체, 빛의 원형, 절대적 존재 등의 자리에서 내려온 "해님"은 그저 "내 아이스크림/몰래몰래 핥아 먹는" 얄미운 친구다. 절대적 대상으로서의 높이와 위상이 사라지는 순간은 어린이가 "혀"를 새롭게 발견하는 순간이다. 숨어 있던 혀의 발견, 그리고 녹아내리는 아이스크림을 통해 펼쳐지는 공간은 여러분의 것이 된다. 재미든 즐거움이든 놀라움이든 뭐든지 가능한 여러분의 공간이다.

> 이 녀석은 가끔 날
> 바닥에 굴려 떨어뜨려
> 머리가 단단한지 시험한다
>
> ──「침대」 전문

> 뜨거워졌다 식고
> 뜨거워졌다 식고
> 그래도 늘 태연한 얼굴
>
> ──「프라이팬」 전문

　　잠자리나 휴식 공간으로서의 효용이 아니라 "가끔 날/바닥에 굴려 떨어뜨"리는 "녀석"인 이 침대는 일종의 폴터가이스트(poltergeist, 제힘으로 움직이는 물체 혹은 정령)로서의 성격을 갖고 있다. 잠을 자는 시간은 '나'가 주체로서 대상을 의식할 수 없는 시간이므로, 대상이 주체의 지위를 확보하는 시간이 된다. 대상의 생명력이 빛을 발하는 이 순간을 시인은 현재형으로 포착하며 짧고 묵직한 시 세계를 이끌어 나간다. 여기서 대상은 타자의 의지에 의해 사용될 수 없는 영역, 즉 '언어' 공간에서 순수하게 언어로서만 운동할 수 있는 최대치를 세 줄 내에서 보여 준다. "뜨거워졌다 식고/뜨거워졌다 식"는 감정(혹은 열정)의 고저와 무관하게 "태연한 얼굴"을 가진 주체가 있기에 대상은 거기서 독자가 쉽게 외우고 익혀 맛보고 즐길 수 있는 최대치의 상태가 된다. 그 이상의 의미와 정서가 더 붙는 것은 과잉이라는 듯이, 이미 충분하다는 듯이.

시인은 "어느 날 바닷가를 혼자 거닐다 메모지가 없어서 손바닥에 시를 쓰기 시작했"던 경험으로부터 온 말이 '손바닥 동시'라고 장르 명명의 근거를 밝힌 바 있다(「시인의 말」, 『손바닥 동시』). 이전까지 '손바닥'은 필기구를 쥐고 뭔가를 쓰는 주체인 '나'의 언어와 종이의 사이를 잇는 매개체로서 전달자의 기능만을 수행해 왔다. 그러나 손바닥 위에 적은 동시라면 언어가 종이로 도달하기 이전에, 매개체 내부에 활자가 보존되는 셈이다. 그러니 손바닥 동시란 삶의 매 순간 움직일 때마다, 구겨지고 펴지고 접히고 꿈틀거리고 희미해지고 지워지기도 하는, 몸과 하나가 된 말이다. 영속성에 대한 욕망 없이, 그 자체로 동적(動的) 상태를 표상하는 어린이와 순간순간을 함께하고자 하는 말이다.

ㅃㅃㅃㅃ ㅃㅃㅃㅃ
ㅃㅃㅃㅃ ㅃㅃㅃㅃ
ㅃㅃㅃㅃ, ㅃㅃㅃㅃㅃ

—「봄」 전문 (『손바닥 동시』)

쏴쏴쏴 쏴쏴쏴쏴
쏴쏴쏴 쏴쏴쏴쏴
쏴쏴쏴, 쏴쏴쏴쏴쏴

—「여름」 전문

전작의 「봄」과 이번 동시집의 「여름」은 그 동적 상태를 "생명이 탄생하는 봄의 계절감을 새싹이 뾰족뾰족 돋아나는 모양의 자음(ㅃ)과 모

음(ㅛ)으로, 알을 깨고 나오는 소리(뾰뾰뾰)로 날래고도 풍성하게, 3·
4/3·4/3·5의 기본 형식"으로 드러낸다는 지점에서 서로 연동한다(이안
「새로운 동시 놀이 형식의 탄생」, 『손바닥 동시』 해설). 이전 동시집의 해설에서 짚
고 있는 형식에 대한 다각적인 분석에 기대어 「여름」을 읽어 보자. 동일
한 음보율과 음수율을 보이며, 단음절만으로 계절을 표현한다는 지점
을 공통분모라고 한다면 두 시의 유일한 다른 점은 제목과 "솨"라는 말
뿐이다. "뾰"가 상형이라면 "솨"는 의성에 가까워 보이는데, 이 "솨"는
매미 소리일까, 바람 소리일까, 물소리일까. 매미 소리가 여름의 한 표
상이라면, 바람 소리와 물소리는 여름을 시원하게 보내고 싶은 마음을
감각적으로 표현한 소리일 것이다. 중요한 것은 말이 아니라 소리이며
동시에 상형의 이미지라는 것인데, 이들은 모두 의미 중심의 세계 바깥
에서 말의 외연이라고도 할 수 있는 지점에 모든 것을 걸었다는 점에서
손바닥 동시라고 하는 장르의 특성과 절묘하게 어우러진다.

    햇볕에 꼬들꼬들
    고사리처럼 말라 간다
    물음표 하나 남기고

                                        —「죽은 지렁이」 전문

    누가 풀밭에
    물음표 하나
    세워 놓았다

                                        —「왜가리 목」 전문

그림자는 힘이 세다
앞에서 끌기도 하고
뒤에서 밀기도 하고

—「그림자」 전문

앞서의 높은음의 영역과는 조금 다른 각도에서, 낮은음은 대개 고개를 숙이는 자세와 살피는 시선을 통해 포착된다. '어린이' 하면 자연스럽게 떠오르는 역동적이고 활기 넘치는 이미지를 잠시 느린 템포로 변주해 보자. "고사리처럼" 혹은 "물음표 하나"와 같은 비유의 기저에는 죽음이 있다. 평소에는 흙 속처럼 잘 보이지 않는 곳에 살던 지렁이의 삶과는 반대편에서, 죽음은 시선들에 노출되는 형태로 "꼬들꼬들"이란 구체적 질감을 동반하며 드러난다. 기본적으로 죽음이란 어른과 어린이의 구분 없이 모두에게 물음표를 남기게 마련이다. 그것을 온몸으로 표현하고 있는 "지렁이" 한 마리에게 시선이 머무는 동안 죽음에 대한 사유는 "죽은 지렁이"를 경유해 독자의 내면에까지 도달한다. 죽은 지렁이도, 풀밭에 가만히 서 있는 왜가리의 목도 모두 물음표(?)의 발생으로부터 일어난다는 점에서 '의문하기'야말로 어린이들이 세상을 넓혀 나가는 가장 긴요한 수단 중 하나일 것이다. 그러니 우리는 이제 대상이 취하고 있는 저 물음표(?)를 펴고 여백 같은 하늘로 훨훨 날아가는 일만 남았다.

"앞에서 끌기도 하고/뒤에서 밀기도 하"는 것은 그러므로, 뚜렷하고 분명한 형태를 가진 '나'가 아니라, 모호하고 흐릿하며 크기도 불분명한 상태로 들쑥날쑥 나타났다 사라지는 "그림자", 즉 대상이 가진 생명력이다. 분신처럼 몸에 꼭 붙어 '나'의 움직임을 따라 하는 수동태로서의 그림자는 이제 안녕. 밝고 환한 곳에 대한 주체의 맹목적 지향은 이제 그만. '나'라는 정의에 나도 모르게 갇힐 때, '나'답지 않은 내면의 또다른 존재가 '나'를 추동하는 힘이 될 때가 있다. 이 얇은 어둠이야말로 평생 '나'와 함께하는 멋진 동반자가 아닐까? '나'를 끌어 주고 밀어 주는 저 "그림자"를 평생의 친구로 바라보는 그 시선에서 이미 위안을 받은 것만 같다.

마음껏 써도 되는 여백

내 이 닦아 주느라
칫솔 이는 닳고
빠지고 꼬부라졌다

—「칫솔」 전문

세상은 넓다는데
한쪽 구석에 쪼그려
새우잠 자는 사람

—「굽은 못」 전문

자기가 아니라 타자를 위한 희생으로 훼손된 육체("칫솔 이는 닳고/
빠지고 꼬부라"져 있으며, "못"은 "굽은" 채 "새우잠"을 자고 있다)를
향한 시선은 익숙한 대상을 다르게 보게 만드는 시 읽기의 한 전형(典

型)에 가깝지만, 여기에 더 덧붙이지 않음으로써 독자가 사유할 수 있는 여백은 좀 더 확장된다. 이 지면에서는 해설이 비록 그 여백의 일부를 조금 채워 버리게 되겠지만, 그럼에도 해설자의 의무보다는 독자의 자격과 권리로 이 작품들을 풀어 보기로 한다. 우선 "칫솔"은 이를 뜻하는 '치(齒)'에 옛 관형격 조사이자 사잇소리인 'ㅅ' 그리고 솔이 더해진 말이다. 'ㅅ' 자체가 잇소리[齒音]이기에 'ㅅ'과 'ㅅ'은 말 자체만으로도 이의 빈틈없는 배열처럼 느껴진다. '칫솔'은 가지런한 이[齒]의 이미지와 이름의 구성까지 꼭 맞는 조합이다. "닳고/빠지고 꼬부라졌다"는 훼손을, '나'라는 주체를 돌보는 자, 이를테면 부모라거나 교사라거나 '나'를 위해 희생하는 어떤 존재로 읽어도 무방하겠으나 시인은 거기까지 부러 가지 않는다. 매력적인 발견을 끝으로, 손쉽게 의미가 결정되어 버리는 말을 참음으로써 독자에게 앞으로의 읽기, 그러니까 하나의 세계를 양보하는 미덕을 보여 준다.

「굽은 못」역시 「칫솔」과 동일한 맥락의 읽기가 가능한, 이제는 세상에서 쓸모가 없어진 존재를 발견하는 시다. 동음이의어인 "못"이 능력의 부정을 뜻하는 부사라는 점에서 이 오브제는 절묘하다. 그런데 넓은 "세상"과는 내비되는 공간인 "한쪽 구석"이 "못"에게 꼭 부정직이기만 한 공간일까? 사실 못이란 한번 벽에 박히면 거기에 고정(정착)되어 있을 때 그 쓰임을 다하는 존재다. 애초에 액자와 같은 것들을 걸거나 나무와 나무 사이를 접합시키거나 하는 매개체로서의 효용만을 가지고 있기 때문이다. 그러나 저 "한쪽 구석"은 이제 쓸모를 잃었기에 오히려 못이 자유롭게 가 닿은 공간 중의 일부인지도 모른다. 주체의 입장에서 보면 '버려짐'이지만, 대상의 입장에서 보면 '자유'인지도 모른다.

아빠 턱엔 고슴도치

숨어 산다 아침마다

뾰족뾰족 까끌까끌

—「수염」 전문

손바닥 동시에서 제목과 내용은 대부분 이름과 별명의 관계와 닮았다. 상대의 기분을 상하게 하지 않으면서도 관습적 이미지에서 별명을 짓는 것은 오히려 명명의 색다른 재미를 발견하는 놀이라고 해야 할까? 별명은 이름보다 본질에 가까우며, 대상의 특징적인 면모를 단적으로 표상하게 마련이다. 별명은 아이들 간의 자연스러운 관찰을 토대로 결정된다. 이를테면 봄 학기가 시작되고 새로 만난 친구들과의 서먹한 관계 사이에 새로운 길을 내는 일이 별명 짓기의 차원에서 진행된다. 일종의 사교(社交)인 셈이다. '자, 그럼 수염에게 별명을 지어 줘 볼까?' 생각하며 "아빠 턱"을 만질 때 느끼는 감촉으로부터 즉각적으로 발생하는 것이 "고슴도치"로의 이미지 전환이다. "뾰족뾰족 까끌까끌"이란 음성상징어가, '나'의 손에 닿는 그 자리에 이렇게 가까이 있을 줄이야.

말없이 따로 있다가

밥 먹을 때만 서로

너 어디서 이제 오니?

—「젓가락」 전문

문득 이런 생각이 들었다. 지금 해설에 인용하고 있는 것처럼 시 제목을 내용의 아래에 둔다면 어떨까? 물구나무를 세우면 어떨까? 이런 생각은 이미 완성된 작품에 대한 월권일지도 모르겠다. 그러나 손바닥 동시의 재미는 현장에서 이런 다양한 읽기 실험을 해 보기에 너무나 적합하다는 데 있다. 한번 「젓가락」이란 이 작품을 제목이 아래에 있다고 생각하고 내용부터 먼저 읽어 보자. "말없이 따로 있다가"라는 시행에서는 뭔가 토라진 상태이거나, 불편하거나 무심한 관계인, 혹은 바빠서 함께 있는 시간이 적은 두 사람이 연상된다. "밥 먹을 때만 서로/너 어디서 이제 오니?"는 최소한 끼니만큼은 함께하는 사이, 요즘의 초등학교 교실에서 쓰는 말로는 '밥친구'라고 하고, 좀 더 정통에 가까운 말로는 식구(食口)라고 하는 관계일 것이다. 제목 없이, 여기까지가 끝이라면 밥 한 끼 할 때만 함께 자리하는 가족들이나 여러 요인으로 인해 점차 헐거워지고 있는 관계에 대한 이야기로 보일 수도 있겠다. 그런데 막상 제목이 젓가락이 되면서 작품의 품이 넓어진다. 짝을 이루지만, 밥 먹을 때 빼고는 만날 일 없는 사이. 아니, 정작 밥 먹을 때조차도 서로 적당히 엇갈려야만 역설적으로 합심할 수 있는 사이다. 세상엔 생각보다 그런 사이가 꽤 많다는 걸, 매일 쓰는 "젓가락"을 통해 발견한 것이다.

동시를 쓰게 만드는 동시

손바닥 동시는 읽다 보면 누구나 한 번쯤 써 보고 싶게 만드는 동시다. 무엇보다 어린이라는 대상 독자의 독해 지점을 외면하지 않고, 재기발랄하고 유머러스하면서도, 낮은 데를 살필 줄 안다. 이렇게 재밌는 걸 안 써 볼 수 없어서 썼던 손바닥 동시 한 편이 있다. 유강희 시인의 작품이 한 독자에게 미친 영향의 한 결과물이라 치부하며 부끄러움을 무릅쓰고 옮겨 본다.

떡이 쉰다
더는
아무도 건드릴 수 없게

　　　　　　　— 김준현 「고생 끝」 전문(『동시마중』 48호, 2018년 3·4월호)

　따라서 이 해설은 해몽의 영역이 아니라 조심스러운 권유의 한 방편
이다. 독자 여러분이 (시인이 선뜻 내준) 시인의 자리에 앉아 보는 건
어떻겠냐는 권유라고 해야 할까? 유강희 시인의 손바닥 동시에 대한 이
해와 오해는 파편적 조명에 가까운 해설을 읽기보다는 직접 쓰기의 경
험을 통해 더 명확해질 것 같다. 직접 쓰기가 저어된다면, 우선 이렇게
시작해 보면 어떨까? 수다한 의미와 수식을 벗어던지고 오롯이 단 하나
의 대상에 대한 사랑을 증명해 보는 것이다. 그러니까 이 동시들을 자
기 현실에 기반을 두고 제대로 뿌리내리지 않은 채 화려하기만 한 꽃다
발이 아니라, 고유한 하나의 세계를 향해 발돋움하는 꽃이라고 해 보자.
유강희의 손바닥 동시를 구성하는 세 줄은 꼭 뿌리, 줄기, 잎으로 구성
된 식물의 구조를 닮았다. 세 행이 한 호흡으로 연동하고 있으면서, 내
부에는 물관과 같은 생명력을 배면에 둔 이미저리(imagery)가 형성되어
있다. 이 세 줄로부터 전달된 힘을 얻어 기왕의 의미를 탈피하고 환하게
피는 꽃이 바로 손바닥 동시의 제목이다. 여기서 독자의 몫은 '꽃 한 송
이'가 아니라 이 책 속에서 "색깔은 서로 달라도"(「24색 크레파스」) 저마다
의 힘으로 피어난 꽃과 꽃의 관계로부터 얻은 열매다. 이 열매는 벌과
나비처럼 형형색색 꽃들의 향기를 따라 여러 동시를 부단히 오가다 보

면 자연스럽게 얻을 수 있는 결과물이지 않을까? 이 동시집의 다채(多彩)를 가장 잘 드러내는 동시 한 편을 손바닥에 옮긴 다음 가만히 감싸 쥐어 본다.

색깔은 서로 달라도
하나의 꿈을 위해
우린 함께 모인 거야

—「24색 크레파스」전문

모래·바람·편지의 무게로 여행하기

김성민『고향에 계신 낙타께』

참을 수 없는 존재의 무게

"당신 힘을 가끔 내게 쓰지 않는 이유가 뭐야?"

"사랑한다는 것은 힘을 포기하는 것이기 때문이지."라고 프란츠가 부드럽게 말했다.[1]

'무게를 잡는다'라는 관용 표현에서 '무게'는 흔히 부정적 뉘앙스를 담은 권위나 위엄을 의미합니다. 반면 '사람이 무게가 있어야 한다'와 같은 말에서 쓰이는 '무게'는 긍정적인 의미의 진중함을 뜻합니다. '삶의 무게'라는 표현을 쓸 때 대체로 '삶'은 사람이 짊어져야 하는 짐과

---

1 밀란 쿤데라『참을 수 없는 존재의 가벼움』, 이재룡 옮김, 민음사 2009, 186면.

같은 것으로 느껴지기도 합니다.

　김성민 시인은 이미 첫 동시집 『브이를 찾습니다』(창비 2017)에서 '삶의 무게'를 "먹고 있으면서도/먹을 걱정 해야 하는/내 목숨은 너무 무거워//나도 나비처럼 먹고살 수 있다면"(「무게」) 하고 말하는 '코끼리'의 내면으로 형상화한 바 있습니다. 육체를 유지하기 위해서 끊임없이 먹어야 하는 코끼리의 숙명 반대편에는 '나비'가 있습니다. 나비는 코끼리에 비할 바 없이 무력한 존재이지만 코끼리는 나비를 부러워합니다. 코끼리가 무거운 육체로 인해 지상에 매인 존재인 반면, 나비는 무력하지만 작고 가볍기에 그만큼 자유롭다는 역설에서 자연스럽게 어른과 어린이를 떠올릴 수 있습니다. 여기에 동시라는 장르의 사전적 정의를 옮겨 봅니다.

　동시: 어른이 어린이를 위하여 어린이다운 심리와 정서로 표현한 시. (한국민족문화대백과사전)

　그러므로 어린이가 쓴 시와는 달리 동시는 태생적으로 '무게'라는 한계를 지닌 채 태어날 수밖에 없습니다. 그런데 『고향에 계신 낙다께』(창비 2021)에서 김성민 시인은 그 무게를 모른 척하거나, 어른임을 내세워 눈높이를 달리하거나, 부러 어린이의 목소리를 빌리는 일을 하지 않습니다. 이 점이 이 동시집의 매력 중 하나입니다.

　바위는 진화 중이에요

　커다란 덩어리에서

쪼끄만 알갱이로

꿈쩍 않는 무거움에서
작은 바람에도 굴러가는 가벼움으로

바위는 변하고 있어요
눈에 보이지 않지만 조금씩 천천히

사막을 건너가는 낙타 발자국이 될 때까지

─「사막이 될 시간」 전문

　사막은 공간인 동시에 긴 시간이 빚은 결과물이기도 합니다. 이 동시집 1부의 첫머리에는 '사막 3부작'이라고 할 만한 세 작품이 배치되어 있는데 이는 김성민 동시의 한 방향성을 드러내는, 일종의 시론으로도 읽힙니다. 첫 동시집에 수록된 동시 「안녕, 똥」에서 '응가'를 대답의 '응'과 '가다'의 어간인 '가'로 나누어 유머와 이별의 슬픔을 나눌 수 없는 형태로 만들었던 것을 생각해 봅니다. 시의 관념이나 의미를 벗어 두고 가벼움의 미학을 드러낸 이 작품은 긴 여운을 줍니다. 즉 독자가 텍스트에 머무는 이 길고 느린 시간이 곧 '사막이 되는' 시간입니다. 무게를 지닌 존재로서 '바위'는 '모래'를 지향하고 이를 퇴화가 아닌 '진화'의 과정으로 봅니다. 바위가 뚜렷한 이미지를 고수하며 자기 존재를 드러낸다면 모래는 사실상 바위 자신의 고유성을 상실해 가는 과정입니다. 그 대신 고정된 처소에서 벗어나 이동의 자유를 얻어 어디든 갈 수 있습니다. 민들레씨처럼요. 노란 민들레는 늙어서 흰 머리카락을 치렁 치렁 푼 씨앗이 되어 멀리 떠나갑니다. 씨앗의 의지보다는 바람이 씨앗의 살 곳을 정해 준다는 점에서 김성민 시인의 지향점이 사실상 바람에 몸을 맡기며 순리에 따르는 행위와도 같다는 점에 강세를 찍어 봅니다.

동물원
낙타가 긴 눈썹을

꿈

뻑

꿈

뻑

황사다
오늘도 모래바람이다!

「고향에 계신 낙다께」 **부분**

이 시에서는 "동물원"과 "낙타" 사이의 행갈이를 통해 이 둘을 떨어뜨려 놓고자 하는 시인의 마음을 엿볼 수 있습니다. 한 글자가 한 연으로 처리된 "꿈"과 "뻑"은 잠이 들어 천천히 꿈에 가까워지는 시간의 묘사입니다. 이 구절은 모래바람을 맞으며 고향을 떠올리는 낙타의 눈망울로 연결됩니다. 그 눈망울로 아주 작은 것들을 바라본 관찰기인 이 동시집을 우리는 천천히 읽어 봅니다.

작은 것들을 위한 시

'걀'이라는 글자는
어디에 써먹나?

걀

걀을 굴리면
걀걀 굴러갈 테고

걀을 낳은 엄마는
걀걀거리며 애타게 찾을 테고

걀은 어디 기대고 살 수 있나?

달 아래 슬쩍, 외롭게, 걀

—「걀」 전문

　시의 '쓸모없음'은 시가 누군가에 의해 이용되거나 사용되거나 활용될 수 없게 만듭니다. 덕분에 시는 다른 목적을 위한 수단이 아니라 존재 자체로 충분한, 시만의 고유성을 유지하며 남아 있는 것입니다. 왜 우리는 무엇이 되어야 하고, "어디에 써먹"을 수 있어야 할까요? 꽃다발이 되기 위한 꽃이 아니라 제가 피고 싶은 곳에서 마음대로 피는 꽃처럼 이 세상에 존재하는 모든 것은 그 자체로 아름답고 충만한 생을 살다가 갈 권리가 있습니다. 시인은 유머러스하게 그러면서도 정곡을 찌르며 질문합니다. "'걀'이라는 글자는/어디에 써먹나?"라는 질문 뒤의 2연에는 혼자가 된 "걀"이 덩그러니 있습니다. '쓸모없음'으로 인해 버려진 이 글자를, 시인은 「걀」이라는 한 편의 시로 품습니다. "걀을 낳은 엄마"가 '걀'을 "걀걀거리며 애타게 찾"는 마음, "기대고 살" 데를 찾는 '걀'의 마음은 곧 달 아래로 "슬쩍, 외롭게," 갑니다.

생일도 갖지 못한 알들이 쪼르르

촛불 불어 본 적 없는 알들이 쪼르르

엄마 한 번 못 만난 알들이 쪼르르

오들오들 떨지도 않고 쪼르르

　　　　　　　　　　　　　　—「냉장고 달걀들이」 전문

아이러니하게도 '걀'은 '달걀'이 되었기에 도리어 인간 삶에 효용성을 가진 수단이 되고 맙니다. '달걀들'은 냉장고 속에서 태어나지도 죽지도 않은 상태에 머무릅니다. 설명이나 감정의 강요 없이 단지 달걀들의 존재를 짚어 주는 것만으로 독자는 시인의 눈길과 마음을 느낄 수 있습니다. 냉장고 안은 사람이 문을 열 때만 밝아질 뿐, 평소에는 어둡고 차가운 공간입니다. 이를 당연하게 여기는 세상의 냉정한 시선에 달걀 같은 존재들은 다치곤 합니다. 다친 존재들을 향한 눈길, 그들의 이름을

짚는 호명(呼名)이 곧 김성민 시인의 동시가 지닌 특별함입니다. 세상의
모든 소외된 것들, 이를테면 잘 쓰이지 않는 글자 하나마저도 보호하겠
다는 선언입니다.

　　주전들은 모른다

　　운동장 가에 앉아 있다가
　　주전들 쉴 때
　　주전자 들고 있는 후보 선수 마음

　　주전들은 좀 알아줘야 한다

　　　　　　　　　　　　　　　　　　　　　　　　—「주전자」 전문

　　머지않아 풀들은
　　세상을
　　무섭게 점령해 갈 거야

　　전쟁 같은 건 우습지도 않을걸

　　　　　　　　　　　　　　　　　　　　　　　　—「봄 봄」 전문

　　풀이 "세상을/무섭게 점령해" 나가는 것을 생명력(번식의 일환)이라
고 본다면 앞서 「사막이 될 시간」은 황폐화 과정이라는 측면에서 일견
대비되는 풍경으로 읽힙니다. 여기서 '사막'이라는 거대한 어휘를 하나
하나의 모래 알갱이(작고, 무해하며, 영속성을 지니는 어휘)들의 합으

로 치환해 보면, 이들이 '풀'과 크게 다르지 않은 맥락에 있음을 알 수 있습니다. 이들은 모두 개개의 고유성을 인정받지 못하는 존재로서 중심이 아닌 변방을 구성합니다. 너무 흔해서 눈에 띄지도 않고 이름도 없는 존재들의 반란이 일어나는 계절, 그리하여 "세상을/무섭게 점령해 갈" 계절은 봄이 아니라 '봄 봄'입니다. '봄'을 두 번 강조한 것일 수도 있고 일반적인 봄과 시인이 보고 있는 봄 사이의 거리를 뜻한 것일 수도 있지만, 저는 1935년에 발표된 김유정의 단편소설 「봄봄」과 동일한 이 제목에 대해 '봄을 보다'라는 해석을 붙여 봅니다. 그러니 봄을 알리는 신호는 꽃이 아니라 그 꽃 아래에서 생명력 그 자체로 존재하는 이름 없는 '풀'이고, 이 풀을 보는 행위에 집중하자는 뜻이 아닐까요? 혹은 그런 눈을 가지고 이 세상을 바라보자는 의미는 아닐까요? 김성민 시인의 동시에서 '본다'는 행위는 대상을 쉽게 하나의 언어로 포섭하지 않기 위한 관찰자의 태도입니다.

거미는 집에다
창문을 많이도 달아요

직박구리 굵은 날갯짓도
잠자리 둘 꼭 껴안고 날아가는 것도
민들레 씨앗 동동 몰고 다니는 바람도

활짝 열어 놓고
거미는 내다보는 거예요

——「창문을 닦자」 전문

거미가 생계를 위해 하는 거미줄 치기는 때로 너무나 쉽게 폭력으로 읽힙니다. 대상을 먹이로 삼기 위한 저 함정이 실은 창문이라는 은유는 삶이라는 게 단순히 먹고사는 생존의 문제만이 아님을 의미합니다. "잠 자리 둘 꼭 껴안고 날아가는 것"을 보고 "민들레 씨앗 동동 몰고 다니는 바람"도 보는 마음의 여유가 바로 "창문"입니다. 삶을 영위하는 공간인 '집'에서 창문이란 환기의 통로이자 '바깥'이라는 가능성을 마주할 수 있는 매개체입니다. '바깥'을 부정적 형태의 외부가 아니라 긍정과 가 능성을 내포한 세상으로 바라볼 수 있는 눈 덕분에 '거미'는 먹잇감을 포획하는 부정적인 대상이 아니라 세상을 다른 눈으로 바라볼 줄 아는 긍정적 주체의 지위를 확보합니다.

> 저 방 안 불빛을 한 번만 핥을 수 있다면
>
> (…)
>
> 이 밤, 벌레들은 방충망에게 아주 많이 섭섭합니다
>
> ──「방충망」 부분

그러니 첫 동시집의 해설에서 시인이 주체와 대상에 대해 "전복의 시 선을 보여"[2] 준다고 쓴 평은 이번 동시집에서도 여전히 유효할 뿐 아니 라 더 확장되는 듯합니다. "방충망"이라는 경계는 인간과 인간에게 유

---

2 김이구 「발명가와 같은 호기심으로」, 『브이를 찾습니다』 해설, 창비 2017, 97면.

해한 "벌레들"을 가르는 선인데 '벌레들'은 인간이 아닌 '방충망'이라는 무정한 사물에게 "섭섭"함을 느낍니다. 세계의 폭력성은 이미 규율화(구조화)되어 있어서 개별 인간의 의지나 감정과는 무관하게 하나의 시스템으로 작동하고 있으니 그 시스템에 화를 내 봐야 소용이 없을 것입니다. 주체의 입장에서 '벌레들'의 당연한 본능은 그저 안락한 생활을 방해하는 번거롭고 귀찮은 것에 불과합니다. 따라서 이미 집집마다 구비된 편리한 시스템에 해당하는 '방충망'으로써 세계를 이쪽과 저쪽으로 나눕니다. 어린이 독자들은 이쪽밖에 볼 수 없는 삶 너머 저쪽에도 삶이 있다는 것을, 저 방충망 너머에 매달린 벌레들의 다리나 징그러움이 아니라 그들의 간절한 마음을 한 번쯤 생각해 볼 것입니다.

발자국을 지우고 언제나 처음의 자리로 가는 동심

오늘같이맑고파란눈물나도좋을하늘에는맞다밑줄쫙그어두자

「비행운」 전문

무거운 비행기도 "오늘같이맑고파란눈물나도좋을하늘"에서는 한없이 가벼운 펜이 되어 "밑줄"을 그을 수 있습니다. '밑줄'을 그으며 비행기는 이곳에서 저곳으로, 이미 알고 있는 곳에서 모르는 곳으로 이동합니다. 『브이를 찾습니다』의 「물수제비」에서 "강가에 선/아버지가" 던진 "둥글고 납작한 돌멩이"가 "이깟 강 하나쯤 너끈히 건너갈" 때 생긴 그 많은 띄어쓰기를, 그 많은 호흡을 이제 시인은 전부 한 덩어리로 인식합

니다. 돌멩이가 한 번 물에 닿을 때마다 퍼지는 동심원의 여운을 남기지
않고 '비행운'처럼 한 호흡으로 건너가겠다는 시인의 의지로 읽힙니다.
'강가에 선 아버지'와의 이야기는 다음의 시에서 계속됩니다.

아버지와 긴 의자에 앉아
흘러가는 강물을 바라보고 있었습니다

오랜만에 나누는
이야기는
자꾸만
끊겼습니다

하지만 끊긴 이야기를 다시 이을 적당한 말이
생각나지 않았습니다

아버지도 그런 것 같았습니다

해가 조금 더 기울었을 때
강물 위로 물고기 한 마리 훌쩍 뛰어올랐습니다

아버지, 봤어요?

아니, 못 봤는데 풍덩 소리는 들었다

그 순간

보란 듯이 물고기가 힘껏 뛰어올랐습니다

―「강가에 앉아서」 전문

"물고기"를 보는 것과 "풍덩" 소리를 듣는 일의 시차처럼, 두 사람 사이에 끊긴 이야기의 간격을 메우는 것은 흐르는 강물이 아니라 강물 위로 "힘껏 뛰어"오르는 물고기입니다. 어느 날 문득 내면 깊숙한 곳에서 불쑥 올라오는 감정의 정체입니다.

김성민 시인의 동시는 이 물고기를 잡으려 드는 낚시가 아니라 때가되면 자연스럽게 올라오는 물고기를 바라보기 위한 기다림입니다. "끊긴 이야기를 다시 이을 적당한 말"을 생각해 냈다면 아마도 작품의 완결성에 치중한 나머지 말하고자 하는 바를 치장하게 되었을 것입니다. 이번 동시집을 읽으며 놀라웠던 점은 그 같은 "적당한 말"을 찾으려 한 흔적을 찾을 수 없었다는 것입니다. 물고기가 불현듯 올라오는 순간의 환희처럼 이 동시집에서는 의도하지 않음으로 인해 얻는 리듬이 느껴집니다.

이 해설의 첫머리에 인용한 밀란 쿤데라의 『참을 수 없는 존재의 가벼움』에 나오는 구절로 회귀할 차례입니다. "사랑한다는 것은 힘을 포기하는 것"이라는 말처럼 김성민 시인의 동시는 힘을 빼고 있는 과정이면서 동시에 힘을 빼고 난 결과입니다. 언어에서, '동시'라는 장르에 대한 인식에서, 세상을 바라보는 시선에서 천천히 힘을 빼는 과정을 통해 제자리를 굳건히 지키던 바위가 세상의 모든 곳을 제자리로 삼을 수 있는 모래가 되는 것입니다. 우리는 독자로서 어쩔 수 없이 그 모래 위에 천천히 발자국을 남기게 되겠지만 우리 삶의 무게가 아무리 무거워도, 발자국이 아무리 깊어도 이 모래 위에서라면 그 흔적은 가만히 지워질 것입니다. 그러니 깃털처럼 가벼운 어린이도, 짊어진 가방이 무거운 어른도 이 사막 위에서는 평등한 발자국을 가질 것입니다. 『고향에 계신 낙타께』는 읽는 사람이 자신의 무게를 잊고 '저쪽 너머'를 향해 떠나게 만드는 동시집입니다.

우산을 쓰고 뛰는 동시,
사랑하는 이들을 위한 도약

남은우 『우산이 뛴다』

1

한 사랑의 본질과 유형은 그 사랑이 이름 ─ 성(姓)이 아니라 ─ 에게 마련해 주는 운명 속에 가장 엄밀하게 부각된다.[1]

'나'를 드러내기 위해 할 수 있는 가장 단선적이고 직관적인 말은 '이름'이다. 대상을 가리키는 말로서, 혹은 자기를 소개하는 말로서 '이름'은 대상의 본질과 불가분의 관계에 놓여 있는, 존재의 첫 인상(人相)이다. 상형이나 조합 혹은 뜻글자인 한자가 함의하고 있는 의미는, 적어도 청자(독자)의 입장에서는 사후적으로 발생하게 마련이다. 어린이들

---

[1] 발터 벤야민 「플라토닉 러브」, 『일방통행로/사유이미지』, 김영옥 외 옮김, 도서출판 길 2007, 167면.

이 세계와 마주하는 첫 순간 또한 대상과 이름을 연결짓는 일이자 대상에 이름표를 붙여 주는 일이다. 그런데 아이러니하게도 이 이름을 결정한 최초의 존재는 이름의 주체가 아니라 아직 제힘으로 이름을 지을 수 없는 존재 혹은 그런 상태에 놓여 있는 대상들, 이를테면 갓 태어난 아기, 인간의 언어를 갖고 있지 않은 개, 앵무새, 노루, 연필, 머그컵, 초승달, 카시오페이아 등과 같은 것들이다. 살아가면서 제 이름을 의식할 연령이 되면 우리 중 누군가는 때로 이름에 대해 불만[2]을 갖고 의심을 하고 변용을 시도하기도 하지만, 주어진 이름을 제 의지대로 바꾸는 경우, 즉 개명(改名)을 하는 사람은 생각보다 소수다. 여러 이유가 있겠지만, 이 이름이 '나'라는 존재에 고착화되어 버려서, 즉 '나'와 '나'를 둘러싼 모든 사람들의 약속이 되어 버려서 떼려야 뗄 수 없는 '나'의 형식이 되어버렸기 때문이다.

남은우 시인의 『우산이 뛴다』(2021 상상)를 앞에 두고 '이름'에 대한 범박한 진술을 늘어놓은 것은 '이름'(대상)을 구성하는 내부의 충돌로부터 시인의 시적 공간이 현실에서 이격(離隔)되는 지점이 발생하는 양상을 여러 작품을 통해 마주했기 때문이다. 언어와 언어의 충돌, 언어와 세계의 충돌, 세계와 세계의 충돌로부터 낯선 시적 정황을 발생시키는 시인 특유의 어법을 따라가는 읽기를, '이름'이라는 단서를 통해 좀 더 구체적으로 확인해 보자.

---

2 남성에게 여성의 이름을 붙여 주는 경우, 여성에게 남성의 이름을 붙여 주는 경우, 조부모나 부모의 소망이 과잉 투영된 경우(대체로 '다음에는 아들 낳게 해 주세요'와 같은 시대착오적 소망), 이름이 우스꽝스럽게 느껴지는 경우(이때의 부끄러움의 감각은 어디에서 연유하는 것일까)를 포함해 실로 다양한 이유가 존재할 것이다.

오리야 학교 가자! 하면

너구리가 책가방 메고 나오고

너굴아 킥복싱 어때? 하면

오리가 복싱 장갑 끼고 나오고

간식은 오리가 먹는데

살은 너구리가 찌고

베개 벤 건 오리인데

이불에 지도 그린 건 너구리

오줌 내가 안 쌌거든!

오리발 깃발처럼 쳐든 너구리 따라

꽥꽥꽥꽥

하늘 깨는 오리

—「오리너구리」 전문

　「오리너구리」라는 명명은 각각 뚜렷한 뜻을 지닌 어근과 어근의 조합임에도, "오리"와 "너구리" 그 어느 쪽과도 무관한 대상을 지칭한다는 점에서 비통사적 합성어다. 마치 두 자아를 가진 존재(이중인격)인 것처럼, "오리"를 부르면 "너구리"가 나오고, "너구리"를 부르면 "오리"가 나온다. 분명 이름이 있는데도 이 존재는 두 자아가 융화되지 않고 있다는 점에서 정확한 호명이 불가능한 대상이다. 4연에 이르기까지 따로 행동하던 둘은, 행위의 인과가 어긋나기 시작하면서, 이불에 "오줌"을 누는 실수를 저지르면서 마주치게 된다. "오줌 내가 안 쌌거든!" 이 대사가 누구의 것인지는 명징하게 드러나 있지 않지만, "오리발 깃발처럼 쳐든 너구리"라는 수식의 즐거움은 분명하게 다가온다. '오리발을 내밀다'라는 관용 표현과 "오줌"의 책임을 미루는 정황이 절묘하게 어우러져 있는 이 장면에서, 우리는 "오리너구리"라는 이름(대상과는 무관한 명명)이 지닌 허상을 어린이를 위한 상상력으로 대리하는 시인의 독보적인 시선을 마주하게 된다. 이름에 대한 남은우 시인의 다각적 성찰은 「황소개구리」 「번개시장」 「반달곰 동네가 웅성웅성」 등의 시에서 대상들의 합성어 나누기를 통해서도 여실히 드러난다.

개구리 속에 황소가 산다고 생각해 봐

먹어도 먹는 게 아니고
놀아도 노는 게 아닐 거야

개구리는 황소를 내보내려고
무슨 짓이든 하겠지

펄펄 끓는 약탕기 속에도 들어가고
연못과 함께 꽝꽝 얼어 버리기도 하고
달리는 자동차에 뛰어들기도 하고

피한다고 피한 게 왜가리 목구멍

우황우황 날뛰는 개구리에게 고삐가 급해

—「황소개구리」 전문

인위적으로 만들어진 이름의 타자성(강제적 속성)은 본질보다 비대한 자의식으로 힘겨워하는 "개구리"가 "황소"를 "내보내려"는 상황으로 이끈다. 어쩌면 제 존재를 완전히 걸어야 할지도 모르는 이 시도는 "펄펄 끓는 약탕기 속에도 들어가고/연못과 함께 꽝꽝 얼어 버리기도 하고/달리는 자동차에 뛰어들기도 하"는 등 목숨을 담보로 한 행위들의 연속이다. 타자로부터 주어진 정체성을 수용하고 안락하게 지내는 삶을 포기하고서라도 제 본질을 되찾고자 하는 이 간절한 몸짓은 꽤 감동적인데, 시인은 여기서 그치지 않고 소를 길들이는 데 쓰는 "고삐"를 등장시켜 자꾸만 위험천만한 상황 속으로 "우황우황 날뛰는 개구리"를 진정시키는 매개체로서, 여전히 "황소"라는 대상과 연계해 생각할 수밖에 없는 "황소개구리"의 이름 내부로 회귀한다. 메타적으로 생각해 보면 "고삐"는 상상력을 동력으로 삼아 세계의 바깥으로, 무한의 영역으로 뻗어 나가려는 언어를 진정시키는 일도 한다. 환상으로 영영 떠나는 것이 아니라, 환상과 현실의 긴장관계에서 팽팽해진 언어는 마치 어린이를 연상하게 한다. 산타클로스의 존재가 믿음/불신의 이분법으로 명확히 나눠지지 않는 것. 그러니 설령 믿지 않더라도 믿고 싶은 마음. 하늘과 바다 사이처럼 일견 뚜렷해 보이는 현실의 경계선을 고무줄놀이라도 하듯 넘나드는 순간의 어린이란 얼마나 아름다운가? 남은우 시인의 동시는 바로 그 지점을 정확히 헤아리고 있고, 그 지점을 어린이들이 사유하는 방식으로 여기와 저기의 간격을 가늠해, 저기로 도약할 수 있게 하고 여기로 착지할 수 있게 한다.

> 큰일 났는가벼
> 저 아래 덕수장에 온 사람들
> 모두 입에 구름을 둘렀더라구
>
> 구름 동나면
> 우리 반달 떼 가는 거 아녀
>
> 어이, 말이 씨가 된다고
> 그저 지리산 곰답게
> 묵묵히 살면 되지러
>
> 알지러
> 그래도 가심이 벌렁벌렁
> 반달에 자꾸 손이 가는 기
> 뭔 일 날 것만 같으이

—「반달곰 동네가 웅성웅성」전문

앞의 두 작품과는 또 다른 방식으로 본질과 형식 사이의 관계를 드러
내고 있는 작품이다. 반달곰, 반달가슴곰이라고 불리는 이 존재의 특유
의 방언은 '지리산'이라는 특정 공간을 표상하면서 보다 촘촘하고 섬
세한 의인화를 구현한다. "구름 동나면/우리 반달 떼 가는 거 아녀"라
는 말은, 앞서의 황소개구리와는 다른 맥락에서 '반달'을 통해 제 정체

성을 확보하고자 하는 "반달곰"의 내면을 드러낸다. 특유의 방언과 더불어 지상에서 존재의 거처를 상실해 버릴지도 모를 위기 앞에서의 두려움이 "가심이 벌렁벌렁" "뭔 일 날 것만 같으이" 같은 구체적 언술에서 더 확연히 드러난다. 이 역시 우리가 지닌 '이름'에 대한 태도와 연결되어 있다. 이름이 마음에 들고 안 들고의 문제는 결국 사후적인 것이지만, "오리너구리"나 "황소개구리"와 달리 한결 소중한 대상을 품고 있는 명명으로서의 "반달가슴곰"은 어떤 일이 있어도 지켜야 할 삶 그 자체인 것이다. 어린 시절 친구의 별명이 때로 이름보다 오래 기억되고 좀 더 친근한 감정을 유발하는 것은 그 별명이 실재하는 이름보다 더 본질에 가깝기 때문인 동시에 그것이 더 내밀한 순간을 공유한 흔적이며 정서적 경험을 내포하고 있어서일 것이다. 인간의 인위적 해석이 덧씌워지지 않은 천연의 '반달' 문양에 대한 기억 또한 외부에서 유입된 종(種)에 붙은 이름 '황소개구리'와 달리 오랜 시간 이 땅에서 함께했던 '반달가슴곰'의 내면을 상징하는 게 아닐까.

2

남은우 시인의 동시집 『우산이 뛴다』에는 꽤 많은 동물들이 등장한다. 개별 동물이 지닌 특징적 면모는 이미 고래(古來)로부터 고착화되어 있어 아동문학에서는 일정 부분 이 점을 토대로 의인화를 하는 경우가 많은데, 남은우 시인의 경우는 앞서의 명명(命名)에 대한 다각도의 고찰과 같은 맥락에서 '동물'의 이미지 또한 인간 삶의 보편적 속성을 드러낼 수 있다는 믿음에 기반해 이전에 볼 수 없었던 형식 안에서 새로운

'동물'을 담아낸다. 이 형식은 무엇보다 시인 특유의 화법, 언술과 언술 사이, 도약을 예상하기 힘든 행과 행 그리고 연과 연 사이의 간격에서 연유한다.

시 낭송가 선생님이 그러는데
목소리마다 영혼이 느껴진대

영혼이 뭔데?
몰라.
귀신보다 무서운 거 아니야!

그러니 겁먹지 말고
꿩
꿩
그 애한테 널 던져 봐

———「꿩에게」 전문

이름과 울음소리가 동일한 "꿩"의 경우, 삶 전체가 제 이름을 반복해서 말하는 행위에 가깝다. 의도적이든 그렇지 않든 영혼이 드러나는 지점은 "목소리"이며, 화자는 "영혼"이 "귀신보다 무서운" 게 아니라는 설득으로, "꿩/꿩" 외쳐 보라고 말한다. 구체화가 불가능한 이미지-무정형(無定形)이라는 점에서 목소리와 영혼의 공통분모는 동일하다. "꿩/꿩"이 두 번의 울림은 단 한 음절의 제 존재를 가장 확실하게 드러내는 방식이자, "그 애한테" 자신을 던지는 방식이기도 하다. 휘황한 수식이나 미사여구를 덧붙이지 않고, 그저 평생 본능적으로 낸 그 울음소리가 바로 존재와 동일시된다는 점에 강세를 찍어 보자. "목소리마다 영혼"을 느낄 수 있는 것은, 바로 입과 달리 언제나 열려 있는, 그러므로 필터 없이 세계가 밀려들어 오는 그대로 수용하는 감각 기관인 두 귀이다.

눈도 자고

코도 자고

발도 자고

귀 혼자 깨어

가을비 듣는다

—「사막여우」전문

이름도 나이도 다 까먹어 버린 증조할머니
뜨개질만큼은 까먹지 않았어요

벙어리장갑 뜨고
조끼 뜨고
고깔모자 뜨고

캄캄한 밤이 되어 버린 증조할머니 머릿속

불 켜러

대바늘 형제 부지런히 걷습니다

—「까마귀 뜨개방」 전문

　특정한 감각이 돌올해지는 순간은 삶을 구성하는 외적 요인-환경으로부터 비롯될지도 모른다. 이를테면 "사막여우"의 서식지인 '사막'은 생존을 위해 물이 절실한 공간이다. "눈" "코" "발"이 제 기능을 멈추고 잠시 휴식에 접어드는 시간인 어둠 속에서도 "귀 혼자 깨어/가을비"를 듣는다. 사후에도 마지막까진 남아 있는 감각이라고 하는 이 청각이 빛을 발하는 순간은 '어둠'이라는 외부-세계를 바탕으로 한다. 이는 생각이 아니라 생래적인 영역(감각의 영역)을 통해 전경화되는 부분이다. 「까마귀 뜨개방」 또한 이 '감각'에 강세를 찍고 사유가 전개되고 있다. 외부-세계로부터 주어져 '나'를 구성하는 "이름"과 "나이"는 의식의 산물이기에, 그 의식이 희미해지면 함께 상실해 버릴 수밖에 없다. 그러나 증조할머니 머릿속(의식의 영역)을 덮는 것으로 표상되는 "캄캄한 밤"조차도 결코 덮을 수 없는 것이 "뜨개질"이다. 적어도 기억의 측면에 있어서 감각은 종종 생각의 우위에 있다. "벙어리장갑" "조끼" "고깔모자"처럼 사람을 추위로부터 막아 주는 옷들을 뜨는 과정, 그 몸에 밴 정성이 기억과 동일시되고 있는 것이다. 감각의 영역에서야 드러나는 본질을 등한시하게 만드는 '생각'에 대해, 화자는 급기야 '후회'에 이르게 된다.

　돌일 때가 좋았어

엉덩이 오면 의자 되어
풍풍 방귀 얻어먹고

부리가 새기는 노래는
아름다웠지

빗방울 안마
두두두두 받으며 늙어 가던 때

짐승들 오면 재워 주고
풀꽃 키우고

생각은 얼씬도 못했지

—「생각하는 사람의 후회」전문

　돌을 쪼아 인간의 형상을 한 조각상을 만드는 작업도 의인화의 일환
이 아닐까? 오귀스트 로댕(Auguste Rodin)이 제작한 청동조상 「생각하
는 사람」(Le Penseur)은 평범한 '돌'로서 지녔던 원형성, 즉 자연물로서
세계의 일부로 녹아들어 있었다가 인간에 의해 개별화된 존재가 되어
이름을 얻게 된다. 외부의 자극에 의해 "돌"은 "생각하는 사람"의 이미
지에 갇혀 "돌"의 삶을 그리워한다. 그 '삶'은 인간에 의해 만들어진 한
걸작으로서 미술관에 보존되며 철저히 인간의 시선에서 그 미적 가치
를 확인받는 시간이 아니라, 자연 속에서 여러 생명체들과 조화롭게 어

울리며 "늙어 가던" 시간이다. 존재가 충만해지는 순간이 꼭 '생각'을 통해서만 오는 것이 아님을, 순리(順理)를 따라 사는 것이 오히려 '나답게 사는 일'임을 시인은 말하고 있는 것이다.

시에서의 어법은 구조화된 일상-언어로부터 탈피를 전제한다. 어린이 독자를 위한 장르인 동시에서 어법의 자유로움은 대체로 비유보다는 시인의 서사적 상상력에 기대게 마련인데, 남은우 시인의 동시는 이와 같은 동시에 대한 일반적 인식을 한 번 더 보기 좋게 뒤집는 경쾌함을 보여 준다. 비록 표면화된 목적지는 없을지언정 일관된 방향성으로 언술이 흐르는 게 일반적인 동시의 성향이라면, 남은우 시인의 시는 특정한 '지향'에 대한 욕망 없이 오로지 이미지를 가장 생동감 있게, 가장 활달하게 보여 줄 수 있는 방법에 천착해 대상과 대상을 연결한다. 어법보다는 화법이라는 말이 더 적실해 보이는 것은 시인 특유의 구상과 찰떡 같은 말투로부터 연유하는 게 아닐까? 이 말투에 이끌려 따라가다 보면 우리는 커다란 공백인 괄호를 마주하게 된다. '나'라고 믿고 있던 이미지를 전복하는 매개체-거울 앞에 서게 된다.

밭고랑 파헤치던 멧돼지 아가씨

옴마야!

뒤로 벌러덩 넘어갔대

언니 안녕?

누나 안녕?

헤이, 아가씨

꿀꿀 양, 올 줄 알았어!

멧돼지 빼닮은 감자들

죄다 아는 체했거든

—「멧돼지 거울 본 날」 전문

"언니" "누나" "아가씨" "꿀꿀 양", 분명 멧돼지가 주체인데, 이 주체는 "감자들"이라는 대상과 각각 연결되면서 다양한 호명과 말투를 통해 낱낱이 파헤쳐지고 있다. '돼지감자'라는 직접적 언술 없이도, 시인은 유머러스한 상황을 연출하여 농촌사회의 한 문제적 정경을 동화적 공간으로 구현해 낸다. 남은우 시인의 이 끝없는 언어를 통한 시공간 연출력은 매일 마주하는 기울 속에서 다른 '니'를 수없이 찾아내어 불러내는 능력에서 기인하는 게 아닐까? 이 작품과 동일한 오브제 '거울'은 「원숭이한테서 거울 지켜 내기」에서도 예측 불가능한 형태로 드러난다. 원숭이와 바나나를 잇는 관습적 상상력을 '탈모'와 '바나나즙'이라는 소재로 전복한 후, 다시 바나나에서 글러브의 이미지를 발굴해 내는 능력은 언술 간 도약의 간격 앞에서 작품에 오랜 시간 시선을 머물게 하고 끝내 감탄을 내뱉게 한다.

3

해설이 시인의 동시를 온전하게 다 담을 수는 없을 것이다. 애초에 어린이들이 저마다의 품으로, 저마다의 시선으로 읽고 다시 저마다의 목소리로 이야기할 수 있는 게 동시라는 장르의 특징이자 매력이기 때문이다. 그러나 이처럼 일반적인 인식을 차치하더라도, 남은우 시인의 동시는 넓다. 고전(古傳)과 현재가 자유롭게 연결된 세계관, 맛깔나는 사투리, 다채로운 인유, 행간에 힘을 싣는 도약(혹은 비상) 정도로 최대한 축약해서 나열한다 해도 그 개개의 특징 너머 시인의 깊고 따뜻한 마음까지 다 느끼고 싶다면 하나하나 마음을 기울여 읽어야 한다. 그 정도로 남은우 시인의 동시의 품은 넓다. 시인이 마음 먹고 끌어안으면 온 세계가 경계 없이 다 동시의 품으로 들어갈 것처럼.

> 태풍이 섬 끝 마을 지붕들 발랑발랑 뒤집고 있을 시간
> 우산도 급하다
>
> 달맞이꽃 노란 대문들 잘 붙들어 맺는지
> 모래톱에 놀던 백로 아이들 대숲 집에 돌아갔는지
> 링거가 주렁주렁 달렸던 팽나무 할머니는 무사한지
>
> 삼킬 것 찾아
> 우우웅 곰 울음 퍼지르는 태풍에게서
> 강 지켜 내려고

뛴다, 손잡이 하나로 남게 되더라도

—「우산이 뛴다」 전문

이 우산은 태풍 속에서 "달맞이꽃 노란 대문들" "모래톱에 놀던 백로 아이들" "링거가 주렁주렁 달렸던 팽나무 할머니"의 안위를 걱정하며 뛰고 있다. 남은우 시인의 동시를 이야기할 수 있는 가장 적합한 말은 바로 "뛴다"이다. 앞서 여러 번 언급했던 바로 그 '도약'이 이 시에 표면화되어 있는 셈인데, 우선 뛰는 일은 걷는 일과 다르다. 걷는 일이 일상이라면 뛰는 일은 이 일상을 박차며 제 온몸을 세상과 부딪쳐 나가는 순간이다. 온몸으로 리듬을 느끼는 일이다. 우산이 뛰면 심장이 뛰고 피가 빠르게 도는 것은 운동하는 언어의 은유다. 여기서 주체가 제 모습, 제 이름을 내세우며 뛰는 것이 아니라 "우산"이 뛴다는 게 바로 남은우 시인의 시가 지닌 독보적인 아름다움. 여기서 끝끝내 "남게 되"는 것은 주체의 손의 온기와 직접적으로 맞닿아 있는 "손잡이"가 된다. 저 많은 대상을 보호하고 그 안전을 걱정하며 쉼없이 뛰는 이 "우산"의 멋진 도약이 제 존재를 건 도약이라는 점, 이것이 바로 남은우 시인이 동시와 함께 뛰는 방식이다. 어린이의 마음으로 순연(純然)하게 세상과 마주하는 방식이다.

믿을 수 있는 환상

권기덕 『사과의 몸속에는 사각형이 살고 있어』

다 지나가기 전에

"어린이는 어른이 없는 사이에 자란다"[1]라는 말이 있다. 이 말은 다른 의미로 전환되기 이전에, 언제나 내게 있었던 여러 경험의 형태로 마음에 곧장 닿곤 한다. 어른의 시선이 없을 때, 가르침도 정답도 없이 오롯이 온몸으로 세계와 조우하는 순간들을 셀 수도 없이 떠오르게 한다.

조용한 집 안에서 혼자 케이블 채널의 옛날 영화를 보던 순간, 방문을 잠가 놓고 『나의 라임오렌지 나무』를 읽으며 눈물을 주체하지 못하던 순간, 교실에 앉아 있는 내 머릿속에서 판타지 세계의 한 검사가 망토를 펄럭이며 모험을 펼쳐 가던 순간, 비공식적인 일기장 속에서 말도 안 되는 말들을 힘차게 밀어 붙이던 순간.

---

1 김지은 「책머리에: 거짓말을 하세요」, 『거짓말하는 어른』, 문학동네 2016, 4면.

모두 갑작스레 와서 붙잡을 새도 없이 가 버린 순간들이다. 누구에게나 이런 순간들이 있을 것이다. 성장이란 말도 이와 비슷해서 애초에 가시화될 수 없는 관념이며, 과거와의 대비를 통해서만 사후적으로 확인 가능하다. "어른이 없는 사이"가 담보하는 어린이의 성장은 우리가 보호라는 명목으로 마련해 둔 안전망이나 계도의 장치가 때로 억압의 기제로 작동할 수 있다는 걸 보여 준다. 어른의 조망권 내에만 머무는 어린이에게는 혼자만의 시공간이 주어지지 않기 때문이다. 권기덕 시인의 동시집은 어린이가 혼자만의 시공간 안에 자유롭게 머물 수 있을 때 얼마나 넓은 세계가 열리는지를 보여 준다. 이 혼자만의 시공간은 단순히 어른으로부터 주어지는 것이 아니라 어린이가 능동적으로 구해서 얻은 것이라는 점, 그 과정에서 환상의 권능이 어떤 식으로 발휘되는지를 보여 준다. 이와 같은 감상을 이끌어 낸 것은 동시집 『사과의 몸속에는 사각형이 살고 있어』(창비 2025)의 도입부를 여는 작품 「다 지나갔어」이다.

방금 창밖으로 숫자 괴물이 지나갔어
언제?
다 지나갔어

방금 창밖으로 늑대만 한 다람쥐가 달려갔어
언제?
다 지나갔어

방금 운동장에서 느티나무 사이로 트리케라톱스가 춤을 췄어 언제?

다 지나갔어

방금 빛나는 햇살 속에서 함박눈이 내렸어

언제?

다 지나갔어

방금 하늘에서 우리를 향해 손짓하는 구름 거인을 봤어

언제?

다 지나갔어

제발 수업 시간에 창밖도 좀 봐!

언제?

다 지나기 전에

——「다 지나갔어」 전문

　　각 연의 첫 행은 모두 현실에서 마주할 수 없는 환상이다. 우리가 관
용적으로 흔히 쓰는, '현실적이어야 한다'는 말에서 추출한 '현실'은 이
동시의 경우라면 "수업 시간"에 해당한다. 환상을 포착하지 못하는 어
린이는 "수업 시간", 즉 현실에 충실하기에 "창밖"을 볼 시간이 없다.
"어른이 없는 사이"가 없는 어린이의 '성장'은 "수업 시간"의 학습이겠
다. 대상에 대해 주체적으로 사고하고 논리정연하게 자기 목소리를 내
는 일 역시도 이제 이 수업 시간에 학습할 수 있는 것들일지도 모르겠

다. 그러나 환상은 학습을 통해서 가능한 것이라기보다는 세계의 정형성을 무화시키는 작업을 통해 가능하다. "수업 시간"이 기존의 사고 체계를 통해 세계를 구조화해 나가는 방식을 학습하는 시간이라면, 환상은 그런 구조를 허무는 일이다.

사실 환상이 작동하는 방식을 우리가 의식적으로 파악하는 건 불가능하다. 논리정연하지도 않으며 비선형적이기 때문이다. 「다 지나갔어」의 경우만 봐도 각 연의 환상들은 모두 독립적이다. 한순간 발생하지만 휘발성이 강해 금세 "다 지나"가듯 사라져 버리기도 한다. 놓치지 않으려면 "창밖"을 주시하는 수밖에 없다. 여기서 "창밖"은 교실 밖 풍경이 아니라 나의 내면을 응시하기 위한 스크린으로서, 시공간의 초월을 가능하게 하는 매개다.

상상력의 장은 언제나 해야 할 일보다 하고 싶은 일에 무게가 실릴 때 열리는 법이다. 우리는 그걸 '놀이'라고 부른다. 어린이는 교실이나 집, 학원과 같은 공간이 지닌 일상성으로부터 벗어나 자유롭게 놀이하고 싶은 마음으로 상상을 시작한다. 권기덕 시인은 초등학교에서 아이들을 가르치는 선생님이기도 한데, 동시집의 처음을 여는 시가 선생님이 아니라 어린이의 마음에 가까워서 더 미덥다. 어린이뿐만 아니라 현실에 지친 어른들에게도 해 주고 싶은 이 말에 한번 더 밑줄을 친다.

"제발 수업 시간에 창밖도 좀 봐!"

일상에서 환상으로 가는 가장 안전한 방법

많은 동시집에서 '환상'을 중심 키워드로 삼고 있는 작품을 마주하곤 하지만, 그 모든 환상이 언제나 설득력을 갖고 있다고 생각하지는 않는다. 때로는 허황되더라도 그 허황됨 자체가 매력으로 다가오는 작품들도 많기 때문이다. 그러나 권기덕 시인의 동시에서 환상의 근간은 견실하다. 지면에 발을 디디고 있다. 동시에서 '믿을 수 있는 환상'이란 어떻게 가능한지 그리고 우리를 자연스럽게 참여하게 만드는 '환상'이란 무엇을 통해 가능한지 시인은 오랜 시간 고민해 왔을 것이다. 권기덕 시인의 동시집은 환상이 물적 토대를 얻어 나가는 그 모든 과정을 생생하게 보여 주는 작품들로 가득하다.

콜라처럼 보이는 밤바다에 갔다

쏴아 쏴아
파도가 밀려올 때마다
탄산의 시원한 맛

콜라 깊은 곳에서
물고기들은 헤엄치고
콜라 위를 날아다니며
갈매기 떼는 먹이를 찾는다

어쩌면
콜라에 떠내려온 펭귄이
바위에 걸터앉아 있거나

망망대콜라해를 돌고 돌아오는
만선 위에서는
마도로스들이 햄버거를 입안 가득 머금고
손을 흔들지도 모른다

나는 콜라 바다 주변 편의점에 들어간 뒤
페트병만 산다

가장 톡 쏘는 콜라가
오기를 기다렸다가 얼른 담는다

캬
정말 이 맛이다

콜라 바람은 달콤했고
콜라 바다 위의 별은
더 환하게 빛났다

——「콜라 바다」 전문

　"콜라처럼 보이는 밤바다에 갔다//쏴아 쏴아/파도가 밀려올 때마다/
탄산의 시원한 맛" 이 문장에서 우리의 감각은 한순간 화자의 마음과
연동한다. 바다를 앞에 두지 않고도 우리는 이 문장들을 통해 바다를 감
각적으로 경험한다. 밤은 시각적 이미지에 제한이 생기는 시간이기에
오히려 "탄산"의 청각적 이미지와 "쏴아 쏴아"를 동일시하게 만든다.

"파도"가 밀려왔다가 빠져나갈 때 모래사장에 발생하는 그 기포의 이미지까지 읽으면서 맞아, 맞아, 고개를 끄덕이게 된다. 여기까지의 감각을 통한 설득을 기반으로 시인은 자유로워진다. 이제 "바다"는 "콜라"가 되었다. 하나의 세계관이 확보되었다. "콜라에 떠내려온 펭귄"과 같은 환상이 마음껏 활개 칠 수 있는 장이 열린 것이다.

　모두가 옳다고 믿는 윤리는 공통 감각이라는 노선이 확보된 연후에 가능해진다. "자동차 귀" 이미지를 접점으로 "말 들려"가 "말 보여"가 될 수 있도록 청각이 시각으로 환원되는 자리를 마련한다거나(「백미러」), "항상 죽은 친구를 위해 검은 옷을 입"는 "개미"를 위해 "수레"를 "만들"어 주는 우화적 장치를 사용하는(「개미 수레」) 것은 모두 실재하는 감각을 물적 토대로 삼을 때 가능해지는 환상이다. 이를 설득력 있게 만들어 주는 시상 전개는 아래와 같은 시에서도 등장한다.

　　학교 건물에 들어온 검은물잠자리

　　2층 복도 끝
　　검은물잠자리는 탈출구를 찾느라 분주하다
　　(…)
　　여기에 쿵!
　　저기에 쿵!
　　날개는 휘청휘청

　　검은물잠자리야 내 사인펜 빌려 줄게
　　닫힌 곳은 ×표시 하렴

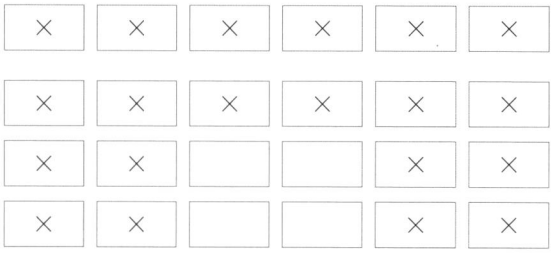

검은물잠자리가 창문 터널을 빠져나간다

날개 달린 검은 사인펜처럼

—「검은물잠자리」 부분

    시의 도입부에는 어린이 독자와 함께 발맞추어 걷는 길, 즉 비행(도약)을 위한 일종의 활주로처럼 경험적 현실이 선행한다. 그건 시에서 삶과 언어의 접촉면이 넓다는 의미이기도 하다. "학교 건물에 들어온 검은물잠자리"는 누구나 교실에서 한번쯤 볼 법하니까. 수업은 잠시 중단되고 아이들은 이 낯선 침입자를 환대한다. 그러나 "검은물잠사리"는 "창문" 때문에 방향 감각을 상실한 채 방황한다. "여기에 쿵!/저기에 쿵!" 모두 너무나 있을 법한 현실, 곧 지면에 닿아 있는 말이다. 도입부의 현장감 넘치는 진술을 통해 독자가 작품에 완전히 참여하게끔 만든 연후에 시인은 "검은물잠자리야 내 사인펜 빌려 줄게"에 이른다. 여기에서 □와 ×라는 기호를 통해 구체시(具體詩)로의 도약이 발생하는데, 이는 안정적인 착지점으로 두 발을 내디딜 수 있음을 알고 있는 자의 도약이다. 왜 흔한 파리나 꿀벌, 새가 아니라 "검은물잠자리"라는 구체적인 종까지 명시한 것인지도, "검은 사인펜" 이미지가 나오면서 선명해진다.

현상으로부터 환상이 가능해지는 지점을 포착해 확장하는 일은 마치 영화 「센과 치히로의 행방불명」(2001)에 나오는 작은 터널을 발견하는 일과도 같다. 동시에서 환상은 현실과 말의 세계를 잇는 통로다. 매력적인 환상이란 누가 보아도 뚜렷한 매개를 통해 구현된다. 영화 속에서 터널 너머의 세계는 환상, 즉 신들의 영역이지만 이 신들이 모두 우리의 일상 안에 녹아들어 있는 존재들이라는 점은 두 세계 간의 관계 맺기가 어떻게 가능한지를 보여 주는 한 사례가 될 수 있겠다. 사실 우리의 일상과 '말'로 지어진 환상이 어떤 방식으로 관계를 맺을 수 있을지 탐구하는 것은 권기덕 시인이 꾸준히 모색해 온 중요한 테마 중 하나다.

□ 안에 다 담을 수 없는 마음

시인의 첫 동시집 『내가 만약 라면이라면』(창비 2021)을 읽은 독자라면 일상과 환상의 중층 구조를 자연스럽게 동시 장르 안에서 구현한 권기덕 동시의 매력을 잘 알고 있으리라 생각한다. 첫 동시집의 해설에서 김제곤 평론가는 "여러분도 이미 짐작하였겠지만 권기덕 선생님은 초등학교에서 어린이들을 가르치는 선생님입니다"라고 운을 떼며 "자신에 대해 쓴 것 같은 몇 편의 시"(「스펀지 교실」「2학년 7반 선생님 이름」「환상 교실」「권 기덕 쿵더러러러」)를 통해 당사자성이 드러나는 지점을 짚는다.[2] 같은

2 김제곤 「품고 다독이며 날개를 달아 주는 동시」, 『내가 만약 라면이라면』 해설, 창비 2021.

맥락에서 읽을 수 있는 동시가 이번 동시집에도 여전하다는 점에서(「늑대와 체육 선생님」「숟가락 교실」「형이라고 불렀다」) 작가론으로도 확장해서 읽을 수 있는 단초를, 교육자로서 교실 현장에 참여하는 이의 정체성에서 발견해 내는 문장이라 할 수 있다.

나는 앞서 소개한 김제곤 평론가의 평가에 덧붙여 그 문장의 후속으로서 "권기덕 시인은 어린이들을 가르치는 선생님이며, 아동문학작가이며, 무엇보다 '시인'입니다"라는 말을 더해 시인으로서의 정체성에 조금 더 무게 중심을 두고 동시를 읽어 보려 한다.

시인의 첫 시집 『P』(중앙북스 2015)와 두 번째 시집 『스프링 스프링』(파란 2019)에서 쓰였던 다양한 형식 실험은 첫 동시집의 여러 작품에서도 포착된다. 오로지 "□"만을 열거한 「내 마음, 날아간 새들을 기다리는 창문」이나 연속되는 물결표(~)가 작품의 중심부에 위치한 「갯지렁이」, "내가 던진 너의 공이 던진 나의 공의"라는 어절을 반복한 「캐치볼」, 관형격 조사 "의"를 십분 활용한 「맑은 날 구름 속의 나비 속의 걱정 속의 올챙이」 외에도 동시에서는 자주 보기 힘든 산문시 형태가 첫 동시집에 이어 이번 동시집에서도 여러 편에서 드러난다는 점(「숟가락 교실」「로봇 뱀」「마+산」「호랑이쏘리여우원숭이」「날벌레에게」「빙글빙글 타이어」)은 시인의 치열한 실험 정신을 보여 준다. 말이 실험 정신이지 어린이들에게는 말과 기호를 마음껏 굴려 보는, 즐거운 놀이의 현장이다. 때로 기성 시인의 예리한 언어 감각과 실험 정신이 동시로 와서는 둔화되는 경우도 종종 있다는 걸 생각해 보면, 권기덕 시인의 동시에서는 시에서 보였던 날선 감각이 동시에도 여전히 유지될 뿐 아니라 동시 특유의 현장성을 오히려 더 부각시킨다는 점은 이례적이라 할 만하다.

첫 동시집에 수록된 「환상 교실」은 환상성과 일상성의 추구라는 두 방향성의 교점(交點)을 보여 주는 제목이라 할 수 있다. 권기덕 시인의 동시는 말놀이를 위한 말놀이나 미학적 성취를 위한 언어 실험이라는 한계에 갇히지 않고 있음을, 오히려 그 어떤 시들보다도 화자가 삶에서 느낀 진솔한 서정의 구현에 힘쓰고 있음을 보여 준다.

레고로 만든
친구의
몸통
팔
손
다리
얼굴이
분리되어 갑니다

레고로 만든
나의
몸통
팔
손
다리
얼굴도
분리되어 갑니다

얼굴만 남은

얼굴이

얼굴만 남은

얼굴을

글썽글썽

쳐다봅니다

잘 가

──「장난감 이별」 전문

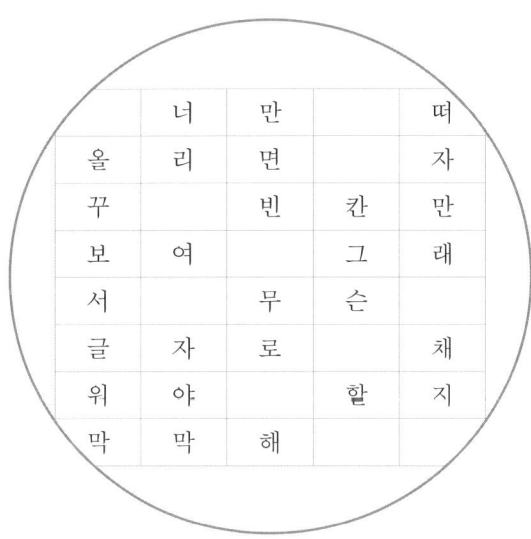

	너	만		떠
올	리	면		자
꾸		빈	칸	만
보	여		그	래
서		무	슨	
글	자	로		채
위	야		할	지
막	막	해		

──「빈칸의 얼굴」 전문

　“얼굴”을 토대로 한 두 편의 작품은 환상과 형식 실험이 전면에 드러나 있지만, 그 이면에는 슬픔과 그리움이라는 정서적 중심축이 단단하게 자리하고 있다. 여기서 ‘무력함’은 중요한 키워드가 된다. “레고”의 가장 당연한 속성이 조립과 해체이긴 하지만, 모든 신체를 잃고 무력해진 "얼굴"은 바라보는 일밖에 할 수 없다는 점에서 무력하고 서글프다. 로드킬당한 사체를 다루고 있는 「꼬리의 얼굴」 역시 비슷한 맥락으로 읽힌다. "가까이 다가가 보니/꼬리에 얼굴이 있었"다는 말은 대상을 통해 감정을 전달받았다는 것을 의미한다. 내 마음을 전할 수 있는 가장 선명한 신체가 바로 "얼굴"이라는 점은 구체시인 「빈칸의 얼굴」에서도 드러난다. 왜 "너"만 떠올리면 말을 잃는 사태가 발생할까? 어떤 말도 "너"에게 할 수 없을 때, 마음과 부합하지 못할 때 느끼는 '언어'의 무력함을 드러내는 시어가 "빈칸"이다. 「칸 공책 세상」에서 "겨우 세 칸"으로 "하루"를 다 채우다 보니 다 사라지고 남은 건 "즐거운 하루를 보냈다."이듯이. 원고지 칸은 네모반듯하게 잘 구조화된 □의 형식으로서 한 치의 오차도 없이 조밀하지만, 그 형식이 마음까지 오차 없이 온전하게 담아낼 리는 없다. 사실 삐뚤삐뚤한 글씨체로 한 글자씩 써 내려가다가도 다시 지우개로 지워야 하며, 지우개로 말끔히 다 지워 내지 못한 흔적 위로 다시금 글씨를 써 내려가면서 더 단단해지고 분명해지는 게 마음이다. 형식과 실험이 전경화된 것처럼 보이는 권기덕 시인의 동시 안에서, 대비를 통해 도리어 더 선명하게 드러나는 게 바로 이와 같은 인간적인 마음이다.

말의 행복한 표정

사실 내 몸속에는 사각형이 살고 있어요

사각사각 사각사각

소리 들리나요?

(⋯)

모서리 때문에 아프지 않냐고요?

각진 마음이 생기지 않았냐고요?

글쎄요, 내 둥긂 속에 사각형들을

잘 버무렸나 보죠

친구들은 내가

달콤한 행복을 준다며 좋아했어요

사각사각사각사각사각사각사각사각……

바로 사과의 말이니까요

원고지 빈칸처럼

사각형으로 온몸을 채워 볼까요?

나는 망설임 없이

누군가의

붉고 붉은 문장이 될 거예요

—「사과의 말」 부분

마음을 드러내는 일에 서툰 사람은 침묵에 기대거나, "사각사각사각
사각……" 소리만 들어서는 무엇을 쓰는지 알 수 없는, 혼자만의 문장

을 쓰기 위해 종이 위에 고개를 기울인다. 내가 드러낸 마음이 정말 내 마음이 맞을까? 일상에서 배운 대로 쓰는, 얇고 가볍고 피상적인 말들이 내가 마주한 미지(未知)와 아름다움, 여러 복합적인 감정을 담아내는 데 정확하게 맞아떨어질까? 사실 이런 고민은 많은 어린이들이 마음 한편에 담고 있는 것이기도 하다. 그래서 좀 더 내밀한 말들은 부모나 친구를 향해서가 아니라 일기장에 담겨서, 망쳐 버린 여러 장의 편지 속에서 천천히 형태를 갖추는 시간을 필요로 한다. 시인은 단번에 드러낼 수 없는 그 마음의 모양을 잘 알고 있는 사람 같다. 그 마음을 어디에 어떻게 담아야 신선도를 유지한 채로 독자에게 전달할 수 있는지 알고 있으며 "내 붉은 몸속에 감춰진 사각형들"을 어떻게 해야 할지 궁리하는 사람으로 보인다.

2부의 시작을 여는 「사과의 말」은 일종의 메타시로서 지금까지의 동시와 앞으로의 동시가 나아갈 길에 대해 넌지시 말해 주고 있는 작품이라는 생각이 들었다. "사각"은 의미의 자리 바깥에서 청각적 이미지와 시각적 이미지가 합일되는 단어로서 "둥긂"과 "사각형"의 경계를 무화시킨다. "모서리" "각진 마음"이 "잘 버무"려지는 한 방식이 입속에서 들려오는 "사과의 말" "사각사각사각사각……"이라는 역설은 흥미롭다. 음성 상징어 "사각"을 통해 "사각"(四角)이 사라진다. 감각이 의미의 자리를 대신하는 순간을 보여 준다. "원고지" 빈칸이 제약처럼 보이는 오와 열을 갖추고 있지만 그 "사각" 속에서 "나는 망설임 없이/누군가의/붉고 붉은 문장이 될 거예요"라고 다짐하는 건 어린이들의 틀에 짜인 일상 안에 (동시를 통한) 환상을 공급하겠다는 선언처럼 읽힌다. "붉고 붉은 문장"은 사과의 껍질, 즉 외연이나 "원고지" 칸을 구성하는 선의 형식이 아니라 시의 내외를 아우르는 말이다. "붉은 문장"은 원고지 칸과 구별되지 않는 색으로서 동시 형식과 어린이 발화의 온전한 합일을 뜻한다.

동생아, 엄마는 말을 잘 써야 훌륭한 어른이 된다고 했지. 하지만 말도 얼마나 힘들고 지치겠니? 배도 무척 고프겠지? 바로 그거란다. 내가 잠들기 전에 양치질을 안 하는 이유. 말을 위해 음식 찌꺼기를 조금 남겨 두는 거란다. "빨리 일어나서 양치질해. 어서." 가끔 벼락같은 엄마의 말이 분위기를 깰 때도 있지만, 말의 행복한 표정을 상상해 보렴.

—「마구간」 전문

"수업 시간"에는 "창밖"을 보라고 하고, "잠들기 전에 양치질을 안 하는 이유"를 말(言/馬)의 환상으로 얼버무린다. 모두 영락없는 어린이의 욕망인데 시인의 환상이 여기에 날개를 달아 윤리로 제약하거나 적정선에서 타협하지 않고 더 즐거운 놀이의 현장으로 데려가 준다. 불가능한 현실의 조화가 추상성으로 빠지지 않는 건 지면에 발 디디고 서 있는 시적 주체의 발화가 한없이 미덥게 느껴지기 때문이다. "말의 행복한 표정을 상상"할 수 있기 때문이다. 어린이의 욕망에 동기화되는 순간에만 가능한 것이 "말의 행복한 표정" 아닐까. "말"과 감정을 다양한 방식으로 합일시키는 과정이 시를 팽팽하게 만들면서 놀이하는 사람의 감각을 일깨운다. 권기덕 시인의 동시에서 드러나는 환상은 일상을 덮어서 가리는 게 아니라, 글자에 광휘를 더하는 형광펜처럼 어린이 일상을 더 은은하게 밝히는 힘으로 작동한다. 어린이의 삶에서 가능한 환상의 영역을 정확하게 밝히며 어린이가 스스로 꿈꾸게 한다.

3부

어린이와 마음이 닿는 자리

'나'를 사랑하는 동시들

임희진 『삼각뿔 속의 잠』

    단 하나의 음절만으로도 마음이 상할 수 있을까. "응"이라는 단음절의 답장을 받은 아이가 "기분 좋게 '응'인가?/대충 하는 '응'인가?/마지 못해 '응'인가?"(「무표정한 ㅇ」) 궁금해하다가 "다시 물었더니/이번에는/ㅇ/이모티콘도 없이/그냥 ㅇ"이 날아온다. 친구 간에 주고받는 모든 말이 등가 교환의 산물이어야 하는 건 아니지만 말의 양적 불균형을 여실히 보여 주는 대화 안에는 자연스레 위계가 내재되어 있다. 아무 계산 없는 사이였는데 어느 순간부터인가 짧아지고 무성의해진 상대의 답장을 볼 때면 손해 보는 기분을 느끼게 된다. 소모적인 관계라는 걸 깨닫게 된다. 말과 감정이 밀접하게 관계를 맺는 순간은 언제나 대화를 통해서다. 말을 주고받는 가운데서 감정의 진폭은 예상 가능한 범주를 벗어나게 마련이며 시상 또한 의도하지 않은 결론에 다다르며 의외성을 획득하게 된다. 관계에 밀착해 있는 동시가 지닌 미덕이기도 하다.

    예민하다는 건 자신을 다양한 맥락 속에 놓아 볼 줄 아는 능력이다.

마치 바둑을 둘 때처럼 '내가 여기 놓으면 상대는 분명 저기에 놓을 거야' 재고 따지는 과정에서 여러 경우의 수를 산출해 보는 일이다. 다만 바둑과 달리 좋은 대화는 전략을 세워 이기고 지는 게임이 아니라 둘 모두를 위한 최선을 찾는 배려에 가깝다. 내가 어떻게 말해야 상대의 마음과 내 마음이 다치지 않을 수 있을까. 안전할 수 있을까. "내 눈은 고성능 카메라야/미세한 표정 변화도 놓치지 않아//내 귀는 고성능 음성 증폭기야/아주 작은 소리도 크게 들려//내 신경은 고성능 안테나라서/사람들 기분을 살피느라 늘 곤두서 있"어야 한다(「예민한 아이」). 예민하다는 것은 몸짓 언어, 행간, 뉘앙스를 읽어 내는 능력이며 그 모든 건 오롯이 감각을 통해서만 가능하다. 어린이의 삶이라고 해서 단순할 리가 없다. 어른이라면 어느 정도 합의된 사회적 기준을 통해 행간마다 정해진 의미를 유추해 내는 일이 그래도 어렵지 않을 수 있다. (물론 어른이라고 쉽게 해내는 건 아닐 것이다. "어른들이 등에 진 짐마다 흉터 하나씩 있는"(「달팽이 집」) 것처럼 경험적으로 충돌해 가며 얻은 거니까.) 하지만 어린이는 평균율이라 할 수 있는 세계의 규율을 배워 가는 동시에 만들어 가고 있기 때문에 더더욱 감각에 의존해 현실과 대면하게 된다. 이 과정에서 "예민한 아이"에게는 모든 말들이 그저 지나가지 않고 '나'로 수렴되는 상황에 이른다.

그래서일까. 『삼각뿔 속의 잠』(문학동네 2024)에서 가장 높은 빈도로 등장하는 단어는 '나'다. 「도미노」「퍼즐」「옷장 테트리스」와 같은 제목에서도 알 수 있듯 견고한 구조를 구축하여 '나'를 위한 말들 혹은 '너'를 향한 말들을 가장 좋은 위치에 배치하고자 한다. 사실 '나'를 둘러싼 말들로 자기 세계를 재구성할 수 있다는 건 '말'에 무심할 수 없는 기질에서 비롯된다. "사실 나는/나를 잘 모르는 것 같아요"(「퍼즐」)라는 고백은 무지에 대한 긍정을 통해 '나'의 가능성을 무한히 확장할 수 있는 사고 전환을 보여 준다. 무지를 긍정할 수 있다는 것은 끊임없이 질문할 권리를 가진 어린이와 시 장르 모두에 긍정적으로 통용되는 윤리이기도 하다. 다만 이 수많은 '나'들이 관성화된 윤리적 주체로는 함몰되어 있지 않다는 사실이 어린이 독자에게 공감대를 형성하게 한다. "우리 엄마"가 "내게만 잘해 줄 때가 좋았"고 "티 나게 내 편을 들어 줄 때가 더 좋았"다고(「찐 체험 후기」) 고백하는 장면은 SNS의 '좋아요' 기능을 연상시키는 언술을 차용하면서 자기 욕망에 진솔한 세태를 잘 반영한다. 『삼각뿔 속의 잠』에는 배타적으로 자신을 사랑하는 일을 통해 인정 욕구를 충족하는 일이 잘못된 일이 아님을 응원하는 작품들이 많다. '나'를 진정으로 사랑하는 일은 결국 타자를 위한 환대의 자리를 확보하는 일로 가닿게 마련이니까. 이 책 속에 마련된 환대의 자리는 "모든 감각에 날을 세워/흐트러진 게 없나,/살펴"보는(「삼각뿔 속의 잠」) 마음에 공명하는 독자의 자리가 될 것이다. "삼각뿔의 뾰족한 쪽을/푹신한 쿠션들로 잘 받쳐" 두는 읽기가 될 것이다.

보호하는 마음

김봄희 『세상에서 가장 큰 우산을 써 본 날』

흔히 전경화(前景化)라는 말을 비평에서 쓸 때 그 부분은 평이한 언술로부터 돌출된 지점, 뿌리·줄기·잎을 기반으로 한 꽃, 절정의 동의어로 읽힐 때가 있다. 그러나 때로는 차분하고 단정한 시상의 전개가 단지 그 한 번의 빛나는 순간을 위해 봉사하는 구조라는 게, 말에 제각각의 무게가 있음을 은연중에 암시하는 것만 같다. 말에 차등을 두는 기분이라고 해야 할까. 동시를 읽다 보면 그런 구조 — 깨달음의 순간을 미리 예정하는 말하기 — 를 접할 때가 종종 있는데 반대로 모든 언술이 평이해서 따로 특정한 부분이 도드라지는 법 없이도 시 전체가 빛나는 경우는 보기가 힘들었다. 김봄희 시인의 「구두 아저씨 정순태 씨」(『세상에서 가장 큰 우산을 써 본 날』, 상상 2023)를 읽기 전까지는 그렇게 생각했다. "구두 아저씨는 구두를 신지 않았다"는, 어딘가 역설적인 첫 행에서 삼 행까지가 "정순태 씨"의 삶 전체다. 누구나 그렇겠지만 한 사람의 인생을 요약하기에는 너무 짧은 삼 행, 즉 우리 곁을 스쳐 간 타인의 인생이란 때로 이토록 단순하게 읽힌다는 일반의 현실을 보여 주는 것만 같다. 그러나 한 사람의 평생이 이름 없이 "구두"로만 치환되는 현실이 뒤집히는 건 "장례식"에서 그간 구두를 맡겼던 사람들이 남긴 조문에 이르러서다. 마지막에는 "정순태 씨가 빛나는 순간"이 나오는데 이건 평이한 언술로부터의 돌출이 아니라 일견 평범해 보였던 한 삶에 기반해 사후적으로 덧붙은 의미가 빛을 발하는 순간이다. "아저씨"의 요약된 삶과 사후의 증언을 중층 구조로 배치한 서사를 과감하게 전개하여 삶의 핍진성을 시적인 감각으로 도출해 내는 게 김봄희 시의 매력이다.

김봄희 시인은 단순히 낮은 데서 대상을 살피는 데 그치지 않고 그 대상이 빛나는 순간까지 기다릴 줄 안다. 그 기다림은 '한 편의 시 = 한 가지 이야기'의 형식으로 완결 짓는 방식이 아니라, 여러 편의 시에 걸쳐서 한 이야기를 풍성하게 만드는 방식이다. 연작의 성격을 지닌 다섯 편이 모두 반려 햄스터인 '햄식이' 이야기인 것만 봐도 알 수 있다. 그건 어쩌면 이런 마음 "할머니는/뭘 하기 전에/꼭 말부터 건다//에어컨에게도/선풍기에게도"(「말 걸기」) 어떤 대상 앞에서든 (말의) 열린 수용체로서의 태도를 견지하는 마음이다. 그 태도는 "기다리던 사람들이 버스에 다 오를 때까지 한참 동안 우산을 높이 펴 들고 서" 있는 자세로부터 오는 것일지도 모른다. 특정한 누구를 위한 봉사가 아니라 너와 내가 따로 없는 '우리'는 그러나 일방의 환대가 아니라 "만원 버스 속 사람들"이 "한 발짝씩 자리를 옮겨 오빠가 설 수 있는 길을 열어 주"(「세상에서 가장 큰 우산을 써 본 날」)는 상호 연대를 기반으로 가능해진다. "정순태 씨"나 "오빠"와 같이, 한 사람에게 향했던 따스하고 다정한 시선은 그 사람을 아끼는 다른 사람들에게까지 공평하게 가닿는다. 이 동시집 해설에서 언급한 "편안함과 쉬움, 자연스러움이야말로 김봄희 동시가 지닌 힘"(이안 「모든 세대를 위한 동시집 한 권」, 『세상에서 가장 큰 우산을 써 본 날』, 상상 2023, 94면)은 어쩌면 그 같은 시선의 이동과 시상의 확장을 담보하고 있는지도 모른다.

흔히 '앞만 보고 간다'는 말이 긍정적인 의미로 통용되는 경우를 자주 접한다. 그 말이 시에서는 결국 '나'로 수렴되는 말하기이며, 대상에게 가닿았던 눈길, 즉 모든 경험이 결국 '나'로 회귀하여 '말'을 추동하는 힘이 된다는 뜻이다. 분명 '나'는 중요하며, '나'의 육성＝진솔함이라는 산술 또한 서정의 완성에 큰 기여를 하는 것이 사실이다. 그러나 그 맞은편에는 바로 그 '나'의 자리를 비워 놓고, 대상에 머무르고 있는 애정과 시선을 제 쪽으로 거두어들이지 않고 지속하는 시가 있다. 특정한 한두 사람의 관점에 매몰되거나 때로는 편협하다 싶을 만큼 경화된 가치관으로 인해 맹목이 되기 쉬운 시절. 자신이 아니라 자신의 옆자리를 향해, 다시 그 옆자리의 옆자리를 향해 눈 돌릴 줄 알고 그 풍경을 잘 챙겨 담을 줄 안다는 건 귀한 미덕이다. 그리고 그 미덕은 한 사람의 동시가 지닌 고유한 미덕이면서 동시 장르 전체가 언제나 배면에 두어야 할 보편적 가치이기도 하다. "세상에서 가장 큰 우산"과 같이, 비에 맞아 흠뻑 젖어 가면서도 대상을 보호하는 언어가, 시인의 첫 동시집 『세상에서 가장 큰 우산을 써 본 날』을 구성하는 힘이다.

바람의 바람은 가만히 있는 것

박혜선『바람의 사춘기』

    작년(2020) 예술로사업의 일환으로 경북지적장애인협회 구미시지부에서 발달장애인의 부모들을 위해 구성했던 교육 프로그램명은 '나를 찾아 떠나 보자'였다. 내가 '나'를 찾는다는 이 역설이 왜 자연스럽게 읽히는 거지? 박혜선 시인의 동시집『바람의 사춘기』(사계절출판사 2021)를 마주하며 이 프로그램의 제목이 떠오른 것은 '바람' 때문이었다. 바람은 불 때만 바람일 뿐, 불지 않을 때는 존재한다고 할 수 없다. 그러니 바람이란 평생 제자리를 가질 수 없는, 오로지 움직임을 통해 존재하며 움직임을 통해 스스로를 증명해야 하는 동적(動的) 상태다.

    넌 뭐든 할 수 있어! 그래, 넌 앞으로 뭘 할 거니? 꿈이 뭐니? 무엇을 하고 싶니? '하다'에 초점을 맞춘 이 말들은 현재보다는 미래에 강세를 찍은 채 '앞으로 뭔가를 할 것'이라는 전제-조건 아래서 어린이·청소년들을 무한한 가능성과 동일시한다. 그런데 왜 무엇인가를 해야 하지? "아무것도 하기 싫다/사과나무 가지에 누워 자고 싶다/'오늘은 바람이 잠잠하네.'/'그러게 바람 한 점 없네.'/과수원 나온 아저씨 아줌마가 하는 말까지/잔소리 같아 짜증 난다/벌떡 일어나 사과나무 한 번 흔들어줄까 하다가 관뒀다/그냥 다 귀찮다"(「바람의 사춘기」 전문). 동시집 안에는 정곡을 찌르는 멋진 비유와 번뜩이는 감각의 작품이 많지만 '그냥 다 귀찮다'라며 아무것도 하지 않겠다는 이 무위야말로 어린이·청소년들의 육성과 가장 밀착되어 있는 게 아닐까.

어린이와 청소년을 한데 묶어서 말하고 있지만 사실 사춘기란 말은 청소년과 정서적으로 더 긴밀하게 연결되어 있다는 게 일반적인 인식이다. '청(靑)'은 겨울의 끝과 함께 봄의 시작을 알리는 색으로 환절기(새로운 세계)로의 진입을 알리는 신호이기도 하다. 그러나 같은 '청(靑)'에서 시인은 "비상구 표지판 속/화살표를 따라 뛰어가는/초록 사람"(「탈출구가 필요해」)을 발견한다. 그리고 "내 눈/내 입/내 마음이야/관계자 외 출입금지"(「관계자 외 출입금지」)라며 자꾸만 자신의 마음으로 들어오려는 타자-세계를 거부한다. 뻔하고 재미없는 세계와 엮이지 않으려는 이 마음, 오롯이 홀로 존재하려는 이 마음, 자꾸 뭔가를 요구하는 사람들의 눈에 들지 않으려는 이 마음은 어디서 오는 걸까. 어디서 불어오는 바람일까.

게으름을
모른다

—「식물」 전문

타자-외부의 시선에서 '식물'은 불지 않는 바람처럼 가만히 있는 것처럼 보인다. 그러나 식물은 흙 속 깊은 어둠에 머물 때부터 쉬지 않고 자라는 중이다. 느리지만 조금씩 눈높이가 달라지고 제 향기와 색을 찾아가는 긴 과정에서 마주하는 모든 순간이 바로 사춘기, 즉 봄을 생각하는 시간이다. 그렇다고 막상 봄의 시간이 되어 만나는 세상이 충만하고 따스하기만 한 것은 아닐 것이다. "밟을 줄만 알던 신발이/쓴맛을 보았다/신발등 위에/다른 신발 자국/찍힌 발자국을 가만히 들여다본다/자기의 바닥을 만나는 순간이었다"(『세상의 쓴맛』 전문). 내 존재의 밑바닥에 숨어 있던 어둠은 어떤 식으로든 "다른 신발 자국"('타자-세계')과 마주할 때에야 비로소 감지할 수 있다. 살면서 만나게 되는 많은 대상이 의도하든 의도하지 않든 그런 흔적을 남기지 않을까. 달력의 날짜가 아니라 바람의 냄새와 공기의 질감으로 계절의 변화를 느끼는 그 순간 무릎에 멍이 든 한 어린이와 날개가 젖은 참새와 고물이 한쪽에만 묻은 쑥떡과 봉오리가 반쯤 터진 꽃과 식은땀이 흥건한 눈사람과 옆구리가 가려운 이 세계가 힘껏 발돋움을 하는 것이다. 일상에서 마주하는 작은 것들 하나하나에 눈길을 주다 보면 어느새 바람의 결이 달라져 있음을 느낄 수 있을 것이다. 『바람의 사춘기』를 펴고 페이지를 한 장 한 장 넘길 때마다 느낄 수 있는 바람이기도 하다.

파, 라, 솔 높은음자리 건반 위를 걷기

유강희 『무지개 파라솔』

유강희 시인의 『손바닥 동시』(창비 2018)는 마치 줄 셋을 가진 현악기처럼 세 줄로도 얼마든지 다채로운 소리를 낼 수 있음을 보여 주는 작업이었다. '동시는 짧다'는 일반적 인식을 한계에서 가능성으로 바꾼 작업, 짧기에 힘이 있고 힘이 있기에 뚜렷한 인상을 가질 수 있다는 것을 보여 준 작업, 너의 손바닥에 살며시 내 손바닥을 얹는 것처럼 작은 마음을 전하는 작업.

그래서일까. 동시집 『무지개 파라솔』(문학동네 2021)을 읽으며 나는 제목의 '파' '라' '솔'을 하나하나 음계로 읽는, 즉 의도적인 오독(誤讀)을 하고 싶었다. 유강희 시인이라면 얼마든지 그런 오독을 반가워하지 않을까. 어린이들에게 세상은 늘 올바로 읽어야 하는 문법이거나 띄어쓰기든 받침이든 하나라도 틀리면 빨간 줄에 걸려 넘어지는 받아쓰기처럼 느껴질 것이다. 어떻게 세상에 '답'이란 게 있는 거지? 어린이의 입장에서 어른들은 늘 답을 바라고 답, 답, 답을 아는 것 같아 보이고 그래서 답답해 보일지도 모르겠다. 그러나 그런 어른들도 정작 "아기가 울 때" "당나귀가 콧구멍으로 풍선 부는 걸 보여 줄까" "꼬리가 파란 고양이가 글씨 쓰는 걸 보여 줄까" "기린과 거북이가 뽀뽀하는 장면"(「아기가 울 때」)을 보여 줄까 끊임없이 질문만 하지 정작 답을 찾지는 못한다는 걸, 유강희 시인은 솔직하게 고백한다. 오호라, 그렇단 말이지? 어른도 별거 없네? 그렇담 "엄마는/계란말이 하나 만드는데도/온갖 그릇과 요리 도구를/산더미처럼 쌓아 놓고" 그게 "요리 철학"이라고 하니까, "나"도 "공부하는 척" "꾸벅꾸벅 졸"면서도 이게 "내 공부 철학"(「모전자전」)이라고 우겨도 될 것 같다. 유강희 시인의 동시는 그래도 되는 공간이니까. 여기엔 "아기가 무엇인지/돼지가 무엇인지/더구나 오징어가 무엇인지도 모르는" "아기돼지오징어"(「아기돼지오징어」)가 살고 있고 "돌덩이 하나를 낑낑 들고 가는/도깨비 형제"(「돌덩이 수박」)도 있으니까. 그래도 되는 곳이니까, 시인이 틀린 말, 없는 말, 밀가루 반죽처럼 마음껏 주물러서 만든 말을 하고 있는 세상이니까 읽는 사람이 읽고 싶은 대로 읽어도 괜찮을 것만 같다. 이렇게까지 자기 형상-태도를 고집하지 않는 동시는 세계를 직관적으로 바라보는 힘이 있는 법이다. "사철나무 꽃봉오리"를 보는 순간 "청개구리 앙증맞은/발가락" 같다는 말을 하게 되고 그 말을 풍선처럼 부풀려서 "몇백 마리 청개구리가/물구나무서" 있는 풍경으로, "파랗게 깔깔거리"(「사철나무 꽃봉오리」)는 웃음소리로 빵, 터트려 버린다. 대상의 고정된 형상이나 경화된 의미를 거침없이 가로지르는 말의 힘이 곧 리듬이 된다. 말을 할수록 시야는 시원하게 확장되고 우리가 가당을 수 있는 세계의 넓이는 무한에 가까워진다.

사실 어른들이 쓰는 동시에는 자주 호명되는 대상이 있어 그 대상이 어린이들의 삶과 밀착되어 있다고 믿으며 그 대상에 걸려 있는 정서와

의미가 어느 정도 겹치는 데가 있다고 생각하는 경우가 종종 있는 것 같다. 이걸 부정할 수 없는 게 지금의 동시가 이야기할 수 있는 것이 저마다 어린이의 현실이라고 믿는 세계-프레임으로부터 가깝거나 멀거나, 순응하거나 저항하거나 등의 태도로 귀결되는 경우가 많기 때문이다. 그런데 이 책을 통해 (긍정적인 의미에서) 아예 태도 같은 건 없을 수도 있구나, 없어도 좋구나, 하는 깨달음을 얻었다. 재미있는 것들을 재미있다고 말하기는 재미있는 것들을 재미있게 말하기와 다르다. 이 동시집은 서론·본론·결론의 인과적 전개에 기대지 않고 그저 하루 종일 놀고 싶은 대로 놀고 싶은 만큼 놀면서 자기도 모르게 자라고 있는 아이들을 닮았다. '자기도 모르게' 이것이 재미의 키포인트가 아닐까. 집 앞에 있는 텅 빈 놀이터를 바라보면서, 저기에 유강희 시인의 무지개 파라솔을 꽂아 놓고 싶어진다. 낮은음자리가 익숙한 나도 모처럼 높은 음으로 멀찌감치 서 있는 아이들을 불러 보고 싶다.

  ─얘들아, 잠깐 여기 와서 놀다 가지 않을래?

하나하나 답게답게

유희윤 『도마뱀 사냥 나가신다』

"1944년 싱그러운 초여름, 꾀꼬리 우는 산골 초가집"에서 태어났다는 시인은 이제 "손자 손녀에게 볼이 닳도록 뽀뽀 받는 할머니 되"었다고 말한다. 유희윤 동시집 『도마뱀 사냥 나가신다』(상상 2021)의 「시인의 말」을 새삼 다시 읽게 만든 것은 이 말과 한 덩어리 비누처럼 이어져 있는 동시 한 편이었다.

"'제 등을 꼭 집으세요.'//힘 빠지고 조그매진 늙은 비누를/젊디젊은 새 비누가/업고 간다.//자욱자욱 향기로운 발자국/늙은 비누 걸어온 길 이어서 간다."(「이어서 간다」 전문)

사람 손이 자주 가닿을수록 "힘 빠지고 조그매"지는 "늙은 비누"에서 화자 너머 시인의 이미지를 먼저 읽는 게 시인 개인의 현재를 물적 토대로 삼아 시를 해석하는 월권이 아닌가 싶다가도, 솔직담백한 시인의 화법 앞에 그런 경계 같은 건 잠깐 신경 쓰지 말자 싶은 마음이 든다. "늙은 비누"와 "젊디젊은 새 비누"가 경계 없이 동화되는 것처럼, 대상과 화자와 시인의 삶이 한 덩어리로 밀착되어 있다는 느낌을 강하게 받은 덕이다. 살아온 시간을 "향기로운 발자국"으로 은유할 수 있다는 것. 비누에서 희생이 아닌, 이타심과 무한한 자기-긍정을 함께 읽는 이 순간이 좋아 몇 번이고 눈길이 머물렀다.

이처럼 동시가 지닌 천진성은 '느낌에 대해 솔직하기'가 아닐까? "제 입에서 홍시 맛이 나서 홍시라고 말할 수밖에 없습니다." 드라마 「대장금」에 나왔던 어린 장금이의 대사처럼, 꾸미고 싶어도 느낌의 힘이 수식을 무력하게 만들어 꾸밀 수 없는 말이 있다. 유희윤 시인의 동시는 수사의 무게를 애써 짊어지지 않고 담담하게 말한다. "해바라기/고개를 숙였다.//씨앗을 품고/땅바라기 되었다."(「가을 해바라기」 전문) 짧은 글임에도, 읽는 사람은 이 넓고 안온한 동시의 품 안에 원하는 만큼 마음을 채워 넣을 수 있다. 이를테면 "땅바라기" 앞에서 겸손의 미덕을 이야기할 수도 있고 세월의 무게를 이야기할 수도 있을 것이다. 내 경우는 "씨앗을 품고"란 구절에 눈길이 오래 머물렀는데, 아마도 16개월 아이와 함께하는 일상으로 인해 이제는 해(이상)가 아니라 땅(현실)에 좀 더 관심을 기울이고 "씨앗"이 커 갈 장소를 살피는 "땅바라기"에 마음이 기울어서가 아닐까 싶다.

"저것들이 나를 안다니께./으메으메 자꾸 모이네.//어쩌쓰거스까?/쌀 봉지 앙 가꾸 나왔는디"(「참새와 할머니」). 동시집 해설의 제목이 「재미나고 맛있고 순한 동시의 말」(이안)인 이유가 집약된 동시다. 정겨운 사투리가 자아내는 말맛, 모여드는 참새들 앞에서 어쩔 줄 모르는 할머니의 모습이 주는 재미, 그리고 "쌀"처럼 순해서 자극적이지 않지만 자꾸 곱씹게 되는 구절이 다 모여 있다. 조화롭게 어우러지고 있다. "이슬비/보슬비/부슬비/가랑비/안개비/소낙비/장대비/작달비/여우비/진눈깨

비" 순우리말 비를 열거하며 "우리 조상은/비 씨네 아이들 이름도/하나
하나 답게답게 지었지.//이름 뒤에 성 붙이기도/우리 조상이 서양보다
먼저지."(「이름 짓기」)라고 이야기할 때, 뒤에 붙는 "비"를 타고난 성(姓)
으로 인지하는 부분에서, 성보다 이름을 앞세우는 그 마음은 타고나는
것으로 인해 발생하는 제약보다는 각각의 개성을 존중하고 사랑하는
마음이다. 모두 뭉뚱그려 "비"라고 하지 않고, "하나하나"의 개별성을
인정해 주는 "우리 조상"의 명명(命名)과 화자의 호명(呼名)이 한 편의
동시 안에서 너나없이 어우러지고 있다.

　동시 읽기의 즐거움 중 하나는 세대 간의 경계가 없는 만남에서 비롯
된다. 누가 읽든 읽는 사람의 방식대로 접속이 가능하다는 것. 동시의
넓이와 깊이는 보편적 현실을 담으면서도 어린이/어른의 경계 없는, 공
통분모로서의 감각을 짚어 내는 힘을 담보한다. 유희윤 시인의 동시에
서 세대의 분열이나 화자-독자 간의 괴리감이 느껴지지 않는 이유를
나는 다시 「시인의 말」에서 찾아본다. "지금도 마음은 산골 아이! 동시
쓸 때 가장 행복한 할머니지요. 그렇다고 남다르게 잘 쓰는 편은 아니랍
니다." "남다르게 잘 쓰"려는 마음이 들수록 자꾸 목소리에 힘이 들어가
게 마련인데, 시인은 "동시 쓸 때 가장 행복한" 바로 그 순간으로 충민
하고 충분한 사람이다. 그 순간을 더 사랑하는 사람이다. 덕분에 "다 때
가" 되었을 때(「쪽」) 푸른 잎이 노랗게 물들듯 쉽고 편안하고 자연스러
운 말들로 이어지는 동시가 읽는 사람의 마음에 물을 들인다. 남다르고
자 애쓴 흔적이 없는 동시들임에도 "하나하나 답게답게"(「이름 짓기」) 읽
힌다.

낯선 곳을 여행하는 문장들*

김룡『첫사랑은 선생님도 일 학년』

김개미『레고 나라의 여왕』

정유경『파랑의 여행』

"구름을 몰아 본 적 있나, 당신"

김룡 선생님과의 첫 만남은 "구름을 몰아 본 적 있나, 당신"(「구름에 관한 몇 가지 오해」)이라는 문장이었습니다. 중증 활자 중독에 걸려 있던 스물한 살 즈음 읽은 한 신춘문예 당선 시집에 실려 있던 문장이었습니다. 지금 알게 된 선생님의 이미지라면 아마 어둠 속에 빛나는 등대처럼 깜박깜박 불이 들어오는 담뱃불과 풍성하고 흰 연기일 것 같습니다. 형태도 존재도 고정되지 않는 구름을 몰아 "하늘과 땅의 경계를 가위질하는 것"을 경계하며 세상에 그어진 모든 선을 넘어가 보겠다는 것, 스스로를 향한 다짐이라기보다는 잘 봐, 이렇게 하는 거야, 인생이 쉽지 않다면 당신도 해 봐, 하는 묵직한데 달콤하기까지 한 권유였습니다. 그로

* 이 글은 발표 지면의 성격(『동시마중』의 '편지, 시인에게' 꼭지)에 맞추어 시인에게 편지를 띄우는 형식으로 쓰인 것이다. 그다음 글도 이와 동일하다.

부터 꽤 시간이 지나 시를 통과하고 동시로 뵙게 된 선생님은 본인이 선이 되어 계셨습니다. '2010년대 동시는 김륭 이전과 이후로 나뉜다' 혹은 그 비슷한 뉘앙스의 평들을 듣고 *끄덕끄덕* 공감하면서도 "이 정도면 거의 국경선 수준인데" 한 차례 국적을 바꾸는 일만큼이나 이전 세대의 동시에 길들여진 이들에게는 거대한 벽이 되어 있으셨습니다. 그런데 그 벽이 자꾸 다음 세대를 향해 이동을 합니다. '김륭' 이전의 시대에 대해서 자세히는 모릅니다만 간혹 관습에 젖은 동시를 옹호하는 이전 비평의 흔적을 마주할 때면 '어린이-독자'의 존재를 강력하게 호명하여 시적 윤리를 제어하고 작품의 미학적 가치를 재단하는 절대 기준(유일한 기준)으로 쓰고 있는 것이 보였습니다. 다행히 저는 '김륭' 이후에 열린 새로운 지평을 먼저 보게 되어 일부 어른들이 내세웠던 그런 '실체 없는' 어린이 독자의 중력으로부터 좀 자유로울 수도 있겠다 싶습니다. 말하자면 수혜자입니다. 배춧잎 사이로 뻥, 뚫어 놓은 하늘처럼, 차곡차곡 쌓인 언어를 딛고 나온 초기의 동시로부터 지금에 이른 선생님은 시적 정념-파토스의 발현이 어린이에게도, 아니 어린이라서 더 유효하다는 사실을 보여 주시는 것 같습니다. 그러니 『첫사랑은 선생님도 일 학년』(창비 2018)이런 낯선 세 단어의 조합도 제게는 저만치서 뱃길을 비추는 등대처럼 보입니다.

앞으로 가도 1학년
뒤로 가도 1학년

첫사랑은 1학년 달에 간 토끼도
1학년 우리 엄마와 아빠도

1학년

시집을 가도 1학년 안 가도 1학년
장가 같은 거 안 가고 살아도 1학년
아기 둘 낳은 우리 이모도 1학년

— 김륭 「첫사랑은 선생님도 일 학년 1」 부분

  교육 제도 내에서만 존재하는 '1학년'이란 말이 "아기 둘 낳은 이모"
"달에 간 토끼"에게까지 붙어 있습니다. '첫'은 철저하게 개인의 감각적
체험에서 비롯되는 것이므로 "이 빠진/할머니"에게도 가능한 일입니다
만 "삶은 옥수수"는 어떻게 설명해야 할까요. 이 작품에서 중요한 것은
1학년으로 치환된 대상들이 아니라 이들을 치환하고 있는 주체의 상태
입니다. 제목과 맨 끝의 단서, "첫사랑은/우리 선생님도/1학년"이라는
구절을 통해 뭔가를 새롭게 시작한 사람의 심리, 그것도 첫사랑을 시작
한 선생님-어른이 그 내면을 어린이에게 들킨 겁니다. 어린이 눈에 선
생님은 '사랑'이란 제도에 막 입학한 1학년 딱 그 모양이었을 겁니다.
게다가 이 작품은 연작시입니다. 이 시를 시작으로 첫사랑에 빠진 선생
님 덕분에 모두 1학년이 된 이들의 서툰 첫사랑들이 이어집니다. "대추
나무도 처음엔 처음 해 보는 일이라서/꽃도 시원찮"(이안 「모두들 처음엔」,
『고양이와 통한 날』, 문학동네 2008)듯이, 누구에게나 어설픈 '첫'이 있으니까
요. 저는 갓 등단한 햇병아리 1학년이었던 시절 어느 문학제에서 선생
님을 뵈었을 때가 '첫'이었어요. 등단작 「이끼의 시간」 잘 읽었다는 말
씀으로 따뜻하게 응원해 주시던 선생님 모습이 '첫' 장면입니다만 "구
름을 몰아 본 적 있나, 당신" 하고 건네는 투박한 문장이 제게 더 일찍

와 있었네요. 다음 작품도 제게는 펴는 순간 확 와 버린 작품이었습니다. 말을 더 붙이지 않고 "그래야 피가 통한다는 마음으로" 일부분 살며시 옮겨만 놓습니다.

냉장고에서 달걀을 꺼낼 때는 미안한 마음으로,
엄마가 살 뺀다고 갖다 놓은 1킬로그램짜리 역기쯤이야 번쩍
한 손으로 들겠지만 달걀은 두 손으로,

병아리를 빼앗긴 닭의 마음을 읽는다는 기분으로,

그래야 피가 통한다는 마음으로, 가만히 감싸 쥔
달걀에서 병아리 한 마리 삐약삐약
걸어 나온다는 느낌으로,

때마침 식탁 밑을 기어가는 벌레 한 마리라도
가만히 두 손으로, 생명이 있는 것들은
다 무겁다는 마음으로,

— 김륭「냉장고에서 코끼리를 꺼내는 저녁」부분

"개미가 멀리까지 갔다가 무사히 집으로 돌아오려면"

동시집 한 권도 제대로 읽은 적이 없으면서 동시를 가르치게 된 적이 있습니다. 어쩌지. 가까이 사는 한 시인에게 SOS를 치니 맨 앞 속지에

'김개미' 사인이 적혀 있고, 페이지마다 알록달록한 포스트잇이 붙어 있는 책을 빌려주셨어요. 네, 선생님의 책 『어이없는 놈』(문학동네 2013)이었습니다. 첫 동시집이니 그 책이 제게 한국 동시의 평균처럼 보였습니다. 그로부터 몇 년이 더 걸려 나온 『레고 나라의 여왕』(창비 2018)에서 저는 어른의 말을 하나하나 부정하던 어이없는 '102호 아이'와는 조금 다른 눈높이를 가진 어린이를 새로 만났습니다. 그새 많이 컸습니다.

> 레고 엄마랑 소꿉놀이를 하다가
> 레고 침대에서 잠이 들면
> 꿈속에서 동생만 살짝 만나야지.
>
> 오늘처럼 엄마가 미운 날은
> 레고 나라에서 자고 싶어.
> 밤새도록 진짜 엄마를 걱정시키고 싶어.
>
> ─ 김개미 「레고 나라」 부분

저는 사랑보다 더 섬세한 단어가 애증이라고 생각합니다. 아이가 엄마에 대해 때로 부정하고 애태우고 집착하는 것만큼 현실적인 게 어디 있을까요. 같은 맥락에서 엄마가 아이에 대해 느끼는 정서를 모성이라는 한 단어만으로 치부해 버리는 것도 얼마나 폭력적인가요. 부모와 자식의 관계를 따뜻하고 긍정적으로 바라보는 것이 비현실적이라는 게 아니라 그것만이 '옳은' 프레임인 것처럼 고착화된 동시 장르에 대한 관점이 아직 견고해 보이는 상황에서 선생님의 동시는 솔직한 어투로 할 말을 밀고 갑니다. 어린이를 내세워 '동시는 이래야 한다'는 조건을 단 후 동시를 과잉보호하려는 태도는 사실 어린이가 아니라 어른이 만든 레고 나라일지도 모릅니다. 하지만 선생님의 레고 나라에서는 다른 이야기, 어린이 혹은 어린이로서 받았던 상처가 흉터가 되어 자라지 못하고 있는 피터팬의 이야기가 들립니다. 「우리 엄마」「엄마가 술을 먹고 들어왔다」「엄마랑 나랑은」「엄마 생일을 까먹자」처럼 엄마와 아이의 애증이 드러나는 작품, 여섯 편이나 되는 「아빠 없는 시간」 연작과 더불어 「아빠에게 따지자!」「내일 아빠가 온다고 해서」 등 시집 속 대다수의 작품들이 부모의 부재로부터 받는 아이의 상처가 부모와 아이 간의 관계를 괴롭게 만드는 이야기를 하고 있습니다. 관계가 사람이라면 수없이 귀가 접힌 페이지처럼 구석에 앉아 울고 있을 것만 같습니다.

아빠가 집에 없다고
우리가 맨날 맨날 처져 있는 줄 알지?
그건 아빠 생각이야.
우리는 달라.

오늘은 의자 높이 바나나를 매달아 놓고
엉금엉금 기어가 따 먹고 놀았어.
탁자 밑에서 나온 개미가
어디로 가나 따라가 보았어.

엄마는 펜으로 그림을 그리더라.
괴물 눈알과 괴물 털 한 올 한 올을 그리는 엄마를

아빠는 상상도 못 하겠지.

— 김개미 「우리의 안부」 부분

아빠가 부재하는, "의자 높이 바나나를 매달아 놓"은 이 공간은 편안한 가정이 아닌 일종의 정글 혹은 아이에게는 끊임없이 혼자의 내면을 탐험하는 장소입니다. "개미"의 움직임을 좇는 시간입니다. 선생님께 "개미"란 단어가 보다 각별한 단어라면 이 개미는 곧 화자가 느끼는 감정의 방향으로 움직이고 있으며 그 목적지를 알 수 없다는 점에서 그것을 스스로 제어할 수 없음을 드러내는 언술이라고 보아도 괜찮을까요? "펜으로 그림을 그리"는 "엄마"에게서도 역시 기시감이 느껴지는 것은 그림책을 내신 선생님의 이미지 일부가 내재되어 있어서일 것 같습니다. 그것이 곧 "괴물"이며 그 "괴물"은 선생님의 트레이드마크인 그림체를 연상시키며 이 동시집 전반을 채우고 있는 부재하는 존재를 의미하는 것 같기도 합니다. 이제 조숙한 어린이, 그것도 어린이의 한계선에 다다른 것만 같은 이 어린이는 또 어디서 어떤 모습으로 만나게 될까요? 그 어린이를 만나기 전에 저는 한동안 이 슬프고 아픈, 그러면서도 자기 할 말을 꼬박꼬박 다 할 만큼 마음이 건강한 이 아이, 레고 나라의 여왕님을 통과해야 할 것 같습니다.

"저 깊은 바다엔 우리를 위한 푸른 고래 한 마리 산다면"

파랑에게 여행이 가능할까요? 처음 선생님의 동시집 제목(『파랑의 여행』, 문학동네 2018)을 들었을 때 떠올렸던 의문입니다. 유리컵에 따르면

무색인 물은 바다처럼 깊이를 가질 때에 파랑이 됩니다. 힘없는 시선조차 가로막지 못하는 허공은 하늘처럼 높이를 가지게 되면 비로소 파랑이 됩니다. 그러니 파랑은 아주 깊은 곳, 아주 먼 곳에 있는 시원(始原)의 영역입니다. 생각해 보면 파랑의 여행이라니, 이런 발견이라니. 요즘엔 선생님이란 호칭을 많이들 붙이지만 사실 우리 모두에게 최초의 선생님은 학교, 그것도 초등학교에서 만나게 되는 선생님입니다. 앞의 두 선생님과는 다른 맥락에서 정유경 선생님은 '선생님'이시고 그건 좀 더 먼 거리에서야 눈에 드러나는 파랑 같다고 생각합니다. 저를 포함해 시와 동시를 함께 쓰는 이들이 늘고 있는 시대에 선생님은 오랜 시간 동시만을 써 오셨고 동시와 학교 현장을 중심에 둔 비평과 연구를 해 오셨습니다. 그건 언어가 동심을 앞지르지 않도록 "말이 아니라 마음으로 시작하는 이야기"(김륭「이야기가 된 소녀와 두 개의 거울」, 『파랑의 여행』 해설)를 하기 위한 것이 아니었을까 생각합니다. 선생님다운 시라는 건 가르치고 내려다보고 지시하는 게 아니라 아이 손을 붙잡고 이거 봐, 저것 좀 봐, 말을 걸다가 문득 아이와 동등한 눈높이로 세상을 바라보고 감탄사를 내뱉는 작품이 아닐까요. 올해 첫 눈사람을 만나고 문득 그런 생각이 들었습니다.

꽉!
끌어안으면
눈사람은 녹고
망가질 거야.

사랑하는 방법이

모두 한가지는 아니야.

── 정유경 「눈사람」 전문

자전거가 생겼어.

활짝 펼친 까치의 날개 무늬처럼

하얀 내 자전거는 이름이 눈사람이야.

앞바퀴 뒷바퀴 동그라미 두 개를 달고

내 눈사람은 나와 함께 잘도 달리지.

── 정유경 「눈사람과 함께 달린다」 부분

이 편지를 쓰기 며칠 전 첫눈이 내렸단 얘길 들었습니다. 강원도에도 펑펑 쏟아졌겠지요. 조금의 눈만 데굴데굴 굴려도 금세 한 덩이 머리와 몸을 만들 수 있는 눈사람, 눈덩이가 눈사람이 되는 순간부터 눈사람은 떠돎을 멈추고 제자리를 갖게 됩니다. 그렇게 쉽게 의인화됩니다. 그러니 "사랑하는 방법이/모두 한가지는 아니"라는 건 교훈의 메시지가 아니라 경험의 전달입니다. "녹고/망가"졌거나 망가지게 만든 적이 있던 실패의 기억이 눈사람을 사랑하는 법을 알려 줍니다. 동심의 형태를 망가뜨리지 않기 위해 아이들과 어떻게 거리를 둬야 하는지 아는 사랑 같습니다. 물론 그 거리가 딱 정해져만 있는 것은 아닙니다. 자전거의 이름을 "눈사람"으로 짓는 파격으로 틀을 깨는 것, 그렇게 눈사람과 사계절을 통과하고도 "햇살 아래서도 녹아 사라지지 않는" 동심의 형태를 지켜 가는 것도 사랑하는 여러 방법 중 하나 같습니다. 아이들과 가까이 있어서일까요? 선생님만의 엉뚱한 기질 덕분일까요? 저 독특한 자전거

작명법 말고도 「차돌박이 가족」 「순두부 가족」이라는 엉뚱한 제목과 말투를 가진 작품을 읽고는 와, 신선하다! 생각했습니다. 편지를 함께 읽으시는 분들의 궁금증을 위해 「차돌박이 가족」에서 이어지는 두 번째 편인 「순두부 가족」만 옮깁니다.

하지만 다음 날 아침이면 바로 다시 물렁물렁해.

'길 위에 죽은 생쥐 눈에 밟히고 혼자 우는 사람 마음에 걸려 오늘도 독해
지지 못하겠어요.'

물렁물렁 우리는 순한 순두부 가족.

— 정유경 「순두부 가족」 전문

이 동시집은 제목을 따라 유독 파랗습니다. 책을 들고 있으면 바닷물에 손을 담그는 기분이 듭니다. 파랑이 많았기에 파랑이 주는 매혹 때문에 부러 이 동시집에 많이 실린 파랑 얘기를 하지 않았습니다. 할 수 없기도 했습니다. 파랑은 언제나 여행을 떠나 있어서 잡으려고 하면 잡을 수 없는 색채이기 때문입니다. 가까이 가면 사라지는 파랑은 마치 멀리서 보면 하나같이 예쁜 아이들, 그러나 가까이 가면 때로 사람을 피곤하게도 만드는 아이들을 은유하는 것도 같습니다. 파랑이 잘 보일 만큼 거리를 두고 이 동시집을 펴도 어느새 풍덩, 빠져 버리게 됩니다.

다섯 번의 집들이 후기

박철『설라므네 할아버지의 그래설라므네』

정연철『알아서 해가 떴습니다』

임동학『너무 짧은 소풍』

임미성『달려라, 택배 트럭!』

이근화『콧속의 작은 동물원』

동시는 몇 행 안 됩니다. 이렇게 일반화해서 말하는 것이 적절하지 않다는 것은 알지만 제가 읽은 다섯 권의 동시집을 관통하는 한 마디를 찾자면 이 말밖에는 할 수 없을 것 같습니다. 그만큼 이들 동시집은 인테리어도 조명도 분위기도 사는 사람들도 저마다 다른 다섯 채의 집입니다. 요즘처럼 집값이 높은 시대에 무사히 제집 마련에 성공한 다섯 분의 동시들은 그만큼 자기 말투와 색깔이 뚜렷함을 방증하는 게 아닐까요?

동시가 뭐냐고요

그건 모르지요

동시를 어떻게 쓰냐고요

그걸 알면 동시 못 써요

채송화 저 아름다운 줄 몰라도

장독대 밑에 오순도순

모여 있는 것처럼

─ 박철 「동시」 전문

첫 번째 집은 여백의 집입니다. 다시 한번 말씀드리자면 동시는 대체로 몇 행(行) 안 됩니다. 눈이 펑펑 내린 툰드라 지대의 몇 안 되는 발자국처럼, 멀리 가지 않은 행(行)의 이후는 시인의 몫이 아니기 때문입니다. "나는 평소 동시는 조금 작게 움츠려서 그만큼 넓어진 세상에 관한 이야기라고 생각해 왔"다는, 시력 30년이 넘는 박철 시인의 첫 동시집에 있는 시인의 말을 곱씹어 봅니다. 시인이 모든 것을 다 말해 버린다면 정작 어린이에게 주어지는 건 달랑 어른의 글뿐임을 깨우쳐 주는, 사려 깊은 말입니다. 동시를 읽고 남은 그 넓은 여백을, 동시를 발판 삼아 자신의 생각으로, 감각으로, 아니면 그저 즐거움만으로 채워 갈 주체는 어린이들입니다.

세종로 빌딩 옥상에
보리를 심은 것을 봤지만
산에서 쫓겨 내려온 산새들처럼
보리밭에서 서성이며 담배 피우는 아빠를 보았지만
그 속에서 말없이 전화기에 귀를 대고
고개 숙인 큰언니도 보았지만
그래도
푸르고 푸른
보리밭은 보리밭이다

─ 박철 「보리밭」 전문

『설라므네 할아버지의 그래설라므네』(문학동네 2018)라는 묘한 제목을 가진 동시집 표제작의 수수께끼는 이 동시집을 아직 읽지 않은 분들을 위해 남겨 두고 저는 같은 동시집의 다른 동시 한 편, 도심 빌딩 옥상에 푸르고 푸른 보리밭으로 갑니다. 보리에게는 좋을 것 없는 환경인 도심 옥상도 문제인데 여기에 "담배 피우는 아빠"와 뭔가 슬픈 일이 있는 듯 "고개 숙인 큰언니"까지 모두 이 보리밭에 있습니다. 어른과 어린이는 함께 살 수밖에 없으니 어른의 고통스럽고 힘겨운 현실이 어린이들의 세상인 보리밭까지 틈입하는 것은 어쩔 수 없는 일이겠지요. "그래도 푸르고 푸른" 존재로 우뚝 서 있으려는 어린이의 본능이 피로한 어른들의 빌딩 위에서 독자들에게 얼마나 큰 위로가 되는지.

해가 떴습니다
엄마 입에서 알아서 해가 떴습니다

엄마가 친구들과 약속 있어
급히 나가는 날
알아서 해는
세상에서 제일 신나는 해

엄마 기분이 오락가락하는 날
알아서 해는
세상에서 제일 알쏭달쏭한 해

학교에서 말썽 부린 날

학원에서 시험 망친 날

알아서 해는

세상에서 제일 끔찍한 해

이글이글 불타오르는 해

—정연철 「알아서 해」 전문

두 번째 집은 해가 잘 듭니다. 같은 해라도 내가 더울 때는 훨씬 뜨겁게 느껴지고 내가 추울 때는 따뜻하게 느껴지는 해입니다. 어른이 무심코 내뱉는 한마디 말도 듣기에 따라 여러 각도와 색채를 지닙니다. 어른의 말 한마디가 어린이에게 얼마나 큰 힘을 미치는지 알고 싶다면 "알아서 해"가 가진 온도 차이를 느끼는 저 아이를 보세요. 정연철 시인의 동시집 『알아서 해가 떴습니다』(사계절출판사 2018)의 많은 동시들에서 어린이는 어른의 현실을 살핍니다. 「가끔 나쁜 사이」 연작은 입하고 발의 사이, 입하고 손의 사이, 손하고 발의 사이를 얘기합니다만 사실 그들은 한 몸입니다. 부모 자식 관계처럼, 하고 싶은 일과 하지 말아야 할 일 사이처럼. 하지만 "손이 디치면 입이 호— 해 주고/입이 디치면 손이 살살 어루만져 준다"(「가끔 나쁜 사이 2」)에서 나타나듯이 정연철 시인은 하나에서 둘을 보는 걸 넘어, 그 둘의 관계까지 보는 눈을 가졌습니다.

알아서 해도 잘 안 될 때가 많은 게 어른입니다. 사실 알아서 하는 게 아니라 몰라도 해야 할 때가 있지요. 몰라도 해, 열심히 해, 노력해 같은 '해'보다는 마음껏 해, 즐겁게 해 같은 '해'가 더 빛날 겁니다. 알아서 해, 따뜻한 목소리로 그렇게 말해 줄 수 있는 동시를 읽고 쓰고 나누고 싶게 만드는, 동시집입니다.

닭의 알, 닭의 알, 하고
거듭 소리 내면

암탉의 품에서
또르르 굴러 나오는 말

보드랍고
동그란 말

가릉가릉
숨소리가 들리는 말

엄마 장바구니에 담긴
조금 슬픈 말

— 임동학 「달걀」 전문

　세 번째 집은 말 속의 집입니다. 닭과 알의 합성어 '닭알'이 연음 현상을 일으켜 '달걀'이 되고 '갈'이 이중모음화되어 '달걀'이 된 이 발음은 우리에게 원래 의미인 닭도 알도 잃은 채 쓰이고 있습니다. 아니 어쩌면 닭과 알이 너무 붙어 있는 바람에 한 덩어리가 된 모성(母性)을 뜻하는 말일지도 모릅니다. 임동학 시인의 첫 동시집 『너무 짧은 소풍』(소금북 2018) 속에는 말로 말의 경계를 넘어가 보는 동시들이 있습니다. 이 동시집의 행(行)은 "바닷가 모래밭을 걷고 있어요"에서 ㅅ을 빠뜨린 시인의 어린 시절 한 친구의 실수로부터 가 보는 것입니다. 그때 "바다가 모래밭을 걷고 있어요"(「바다」)라는 반짝이는 구절 하나가, 문법 바깥에서 "숨소리가 들리는 말"이 되는 것입니다. ㄹ과 ㄹ로 데굴데굴 굴러다니는 말이 되는 것입니다. 장마가 오면 어린이는 "공을 못 차" 투덜대지면 아빠는 "어제도 공쳤다/오늘도 공쳤다"(「장마」)고 말하는, 같은 말이라도 다른 의미로 얘기해야 한다는 걸 잘 알기 때문입니다.

매일 옷 갈아입지만
한 번도
외출한 적은 없어

빨랫줄에 걸려
바람을 기다려
손도 발도 없이
매일 기다려

댕글댕글 바람 부는 날
마음을 부풀려, 있는 힘껏
없는 팔을 만들어,
긴 다리도 나오게

바람과 춤추는
그날을 기다려

— 임미성 「옷걸이」 전문

나는 한 그루 나무였지
책장이 될 거라 믿고 있었어
어서 내 가슴으로 책을 품고 싶었지

나는 도마가 되었어
비린내를 온몸에 바르고 사는
생선 가게 도마가 된 거야
고등어가 누웠다 가고
갈치도 누웠다 갔지

파도가 페이지 펼쳐 들려준 얘기
어슷어슷 듣기도 하고
두다다다 두다다다
칼이 써 준 글자 읽기도 하지

— 임미성 「생선 가게 도마」 부분

　반짝반짝합니다. 임미성 시인은 옷걸이의 감정까지 읽을 만큼 반짝
반짝 빛나는 눈을 가졌습니다. 등단작 「생선 가게 도마」에서 "책장이 될
거라 믿"었던 나무가 도마가 되어 파도라는 페이지를 읽는 책이 될 때
부터 보였던 빛입니다. 서정시란 1인칭의 자아가 세계를 주유하고 자아
로 회귀하는 과정이라고 정의할 때 이 시는 아주 먼 곳을 돌아서라도 끝
내 꿈꾸는 자아로 돌아오고 말겠다는 의지와 힘이 있습니다. 어린이들
에게 꿈이 뭐니? 물었을 때 현실에서 가까운 직업군을 얘기하는 게 아

니라 현실로부터 아주 멀리 떨어진 꿈을 말하게 하는 힘, 달의 대통령이
요, 말하는 것처럼 말이 안 되어서 더 멀고 멋진 곳을 바라보게 하는 힘
이지요.

그렇습니다. 네 번째 집은 꿈꾸는 집입니다. 『달려라, 택배 트럭!』(문
학동네 2018) 속에는 매일 옷을 갈아입지만 한 번도 외출할 일이 없는 옷
걸이가 꾸는 꿈, 도깨비바늘이 "도깨비가 될까?/바늘이 될까?"(「무엇이
될까?」) 제 이름이 품고 있는 가능성을 믿고 꾸는, 어린이라는 말 자체가
하나의 씨앗이며 무엇이든 될 수 있고 바랄 수 있다는 꿈이 있습니다.
종이에서 할머니 글씨의 무게를 느낄 만큼 예민한 이 시인은 "오랜 시
간 사물에 덧씌운 인간의 시선을 걷어 내고 그 자리에 사물의 존재(꿈)
를 새롭게 '심는다'"(유강희 「네모난 동심으로 바라본 사물의 세계」, 『달려라, 택배
트럭!』 해설)는 말처럼 사물조차도 살아 있게 만드는 꿈을 꿉니다.

　　쭈글쭈글해
　　물렁물렁해
　　간지러워요

　　고불고불해
　　끈적끈적해
　　나비가 될 수 있을까?

—— 이근화 「애벌레」 전문

　　오리는 발가락 냄새
　　곰은 고구마 냄새

말은 벼락 냄새

사자는 냄새도 무섭고
뱀은 냄새가 없네

— 이근화 「콧속의 작은 동물원」 부분

　오랜 시간 자신만의 화법을 가진 시 세계를 견지해 온 이근화 시인은 동시에서도 톡톡 튀는 생각과 말투를 보여 줍니다. 논리로는 연결되지 않는, 정말 어린아이가 피부로 느끼고 감각할 법한 세계를 쓰고 있는 것입니다. (음, 그러니 어느 분 말씀처럼 피부로 시를 쓸 수도 있겠군요?!) 쭈글쭈글, 물렁물렁, 고불고불, 끈적끈적처럼 애벌레를 잘 표현한 말이 있을까요?

　마지막으로 소개할 이 집은 움직이는 집입니다. 이근화 시인의 첫 시집 『칸트의 동물원』(민음사 2006)을 연상케 하는 『콧속의 작은 동물원』(실천문학사 2018)의 표제작은 동물을 냄새로 전환하고 냄새를 다시 다른 감각과 감정으로 바꾸며 말의 질서를 무너뜨립니다. 어른들은 흔히 "냄새가 무섭"다니 무슨 소리야? 하겠지만, 생각해 보세요. 어린 시절 이를 뽑으러 갈 때 맡았던 치과 특유의 냄새를요. 오리의 물갈퀴 달린 발가락, 고구마를 닮은 곰의 모습 같은 멀리 떨어진 것들을 냄새로 불러오는 이근화 시인의 독특한 화법은 어린이들의 생각과 같은 동선으로 움직이고 있습니다.

　네, 이렇게 다섯 채의 집을 다녀왔습니다. 이 편지를 읽으시는 분들은 한 번씩 들러 보시고 마음에 드는 집에 잠시 머물러 보시길 권장합니다.

책을 읽는 시간만큼 안전한 혼자의 시간이 또 어디 있겠어요. 어린이를 위해 지은 집입니다만 어른이 살기에도 꽤 쾌적한 다섯 권의 동시집이 었습니다.

모르는 길로 가 보는 동시

이안 「마늘 묵찌빠」

비평의 영역에서 동시를 이야기할 때 가끔씩 나오는 테마는 문해력 (독해의 지점)이며 이 경우에 '어린이'라는 존재가 이해 주체로서 설정된다. 이때 지극히 당위적으로 발생하는 의문은 '동시'가 정말 이해의 영역인가 하는 점이다. 언어가 논리적으로 연결되고 그에 따라 특정한 결론을 도출해 낼 수 있는 것이 대체로 목적성을 가진 산문이라고 할 때 행과 연을 갈며 띄엄띄엄 여백을 만들고 단어와 단어가 생뚱맞게 연결되는 동시에 충돌하는 이 독특한 언어 집합으로서의 '동시'에 산문과 같은 성격을 요구하는 것이 가능한 것일까?

이미 현존하는 질서의 재현이라면 이해는 쉬워진다. 이 질서에는 보편적인 감정 ─ 사랑, 분노, 슬픔, 기쁨이 있으며 인간관계에서의 충돌조차도 끝내는 말끔하게 봉합해야 한다는 윤리의식이 있으며 대상 세계에서 어린이들이 느낀다(고 믿)는 감각을 함께 공유할 수 있다는 믿음이 있기 때문이다. 같은 맥락에서 아동문학 텍스트를 분석하는 데 동원되는 이론적 자원이란 자연스럽게 실증의 영역이나 실재에 기반해야 한다는 결론이 나온다. 문제는 이 실증의 영역이 측량할 수 있는가, 혹은 통계의 형태로 규정 가능한 범주에 있는가이다. 일전에 다른 시인과 동시 비평에서 가끔 나오는 '어린이'라는 기준에 대해 논의하던 중 문득 "동시는 일종의 무형적 정형시 같구나!"라는 말이 나온 적이 있다. 무형적 정형시라는 말의 불가능성·모순·역설: 무형(無形)↔정형(定型)이 함께 붙어 서로를 견제하는 이 특이한 단어는 자연스럽게 권태응 시인의 「땅감나무」를 연상시킨다. 여기서 이 '땅감나무'를 일종의 제약(어린이 독자의 눈높이)에 맞는 동시 혹은 그와 관련된 모든 해석이 동시 읽기에 있어 하나의 잣대가 되어 버리는 현상을 막는 작업의 일환으로서 땅감나무를 기왕의 해석에 기대 작품을 다시 한번 살펴본다.

키가 너무 높으면,

까마귀 떼 날아와 따먹을까 봐,

키 작은 땅감나무 되었답니다.

키가 니무 높으면,

아기들 올라가다 떨어질까 봐,

키 작은 땅감나무 되었답니다.

— 권태응 「땅감나무」 전문(『권태응 전집』, 창비 2018)

"땅감나무"라는 대상은 인간의 시선에서 볼 때 키가 작다. "아기들 올라가다 떨어질까 봐"는 지극히 윤리적인 해석이자 시인의 동시론으로도 해석할 수 있는 메타적 지점이다. 권태응 시인의 이 가치관·세계관

해석은 물론 문학사적으로 귀하게 여겨져야 하며, 유구히 보존되어야 한다. 그러나 여기에 선을 하나 긋고 어디까지나 이 같은 윤리관을 발판으로 삼아 권태응 시인의 시에 대한 비판적 계승이 가능하면 좋겠다는 사적인 바람을 덧붙여 보게 된다. 단적인 예를 들어 '짧음'을 내적 형식으로 삼고 동시의 프레임이 거기에 맞춰져 있는 일부 현상에 대해 이야기할 필요가 있다. 일반적으로 시의 경우 한 행이 길어져 옆으로 삐져나오기도 하고 행도 연도 제각각의 리듬 속에서 끊겼다 이어지며 단어 하나만 섬처럼 떨어뜨려 놓기도 하고, 또 긴 시는 몇 페이지를 잡아먹는 경우도 있다. 반면 동시는 한 페이지를 넘어서는 일이 거의 없고 생김새도 단정하고 정갈하다. 정갈한 것이 나쁘다는 것은 아니지만 동시라는 장르에 타고난 골격이 있는 것처럼 인식되는 게 아닌가 하는 의구심이 든다.

어떤 틀에 맞춰 쓴 상당수 습작품에 대한 반성의 일환으로서, 합일로 귀결되는 것이 아니라 할 말이 마구 쏟아져 나오는 동시, 아이·어른 모두의 이해 영역에서 벗어나 말 자체의 감각으로 살아남아 춤을 추는 동시, 흠과 실수(여기서 실수는 불완전한 인간임을 드러내는 솔직함이지 내적 논리의 결여가 아니다)가 존재하는 동시를 소중하게 여기고 애정하는 일은 중요하다. 그러니까 이미 설정된 방법론의 바깥으로, 자기도 모르는 길로 가 보는 동시다. 이안 시인의 「뱀」 연작과 같은 파격을 예로 들 수 있겠다.

방법론이란 콜럼버스의 달걀 같아서 이미 깨진 아랫부분으로 달걀을 세우는 일을 다시 반복해 보는 것은 낯섦을 익숙함의 영역으로 데려오는, 피로하고 무의미하며 지난한 일에 불과할지도 모른다. 그럼에도 작품의 내면이 아니라 작품의 틀을 따라가면서 바깥을 꿈꾸는 사람의 그

림자라도 베껴 보는 일은 독자인 동시에 창작자로서 즐거운 일이 될 것
같다. 그렇게 자기 길을 가고 있는 사람들의 동시와 내 나름의 방식으로
함께하고자 한다.

마늘은묵

묵을넣고

묵을찧자

묵을넣고

묵을빻자

쿵콩쿵콩

묵을찧자

에효매워

묵을빻자

글썽글썽

찧자빻자

쿵콩쿵콩

써ㅗㅎ을

찧자찧자

쿵콩쿵콩

빠로ㅎ을

빻자빻자

쿵콩쿵콩

찌빠만세!

— 이안 「마늘 묵찌빠」 전문(『글자동물원』, 문학동네 2015)

언뜻 정형시에 가까워 보이는 이 시가 오히려 자유롭다는 역설을 뒷받침하는 것은 이 시에 내재된 의도가 없다는 사실이다. 바로 그 점이 해석이라는 그물망으로부터 작품 자체를 구원한다. 이 작품은 모음 ㅗ와 ㅜ가 쿵콩쿵콩 소리를 내는 상하운동의 움직임이 되어 ㅎ의 형태를 가진 마늘을 찧고 빻는 일을 언어 내에서 재현하고 있다. 이 재현이 지시나 설명을 통해 의미와 대상을 부러 마주하게 하지 않는다는 점에 강세를 찍어 본다. 이 동시 한 편으로 그의 『글자동물원』 전체의 세계관을 다룰 수는 없지만, 글자를 감각할 수 있는 물질로서 마주하는 시인의 내면을 들여다볼 수는 있다. 그러니까 특정한 실명의 아이가 이안 시인의 동시에도 있고 동시 바깥의 현실에도 있다고 할 때 그 둘의 싱크로율이 거의 100퍼센트에 가깝다고 해도 둘은 전혀 다른 존재다. 왜냐하면 동시 속의 그 아이는 언어라는 물질로 빚은 존재이자 현실의 아이와 동명(同名)의 배역인 한편 현실 세계의 아이와는 다른 평행 세계에 속해 있기 때문이다. 그렇기에 오히려 더 구체적이어야 한다는 것, 적어도 동시를 읽는 동안은 동시 속의 아이가 현실의 아이를 초과해 더 생생하게 느껴져야 하는, 이른바 메소드(method)의 영역이다. 물론 이 메소드가 시인이 화자가 되어 대상의 입으로 소리를 내는 게 아니라는 점에서 김개미 시인과 다르다. 더불어 남호섭 시인의 동시가 다큐멘터리적 요소를 함의한 관찰자의 자리에서 세계를 바라보는 것과도 닮은 듯 다른 맥락에 속해 있다.

다른 모습으로 부활하는 동시

송찬호 「너구리 일기」

> 2018년 초가을 '동물원'이라는 낱말을 언론에 오르내리게 한 퓨마가 있었
> 다. 대전오월드에서 탈출했다가 사살당한 뽀롱이였다. 뽀롱이는 열려 있는
> 문으로 걸어 나왔다. 아메리카대륙에 조상을 둔 퓨마 뽀롱이는 사육사가 깜
> 빡 잠그지 않은 문 밖으로 발을 내딛었다가 총을 맞고 죽었다.
>
> ── 최태규 「동물원에서의 죽음」(인문잡지 『한편』 4호, 민음사 2021)

비단 아동문학뿐만 아니라 아동과 관련한 여러 콘텐츠에서 '동물'이
등장하는 빈도가 상대적으로 높은 이유는 개개의 '동물'에 부여되어 있
는 캐릭터리티가 강한 인상을 심어 주기 때문이다. 한 사람의 세부 혹은
한 개인의 특징적인 면모를 일일이 설명하는 일은 어린이가 보다 많은
언어와 경험에 기반해 이해하고 수용해야 하는 일이다. 반면 동물은 개
별적 존재로서가 아니라 각자의 종(種)을 대표하는 한 고유의 이미지로
서 인식된다. 12간지나 에덴동산의 뱀 같은 고유의 설화나 우화, 전래동

화에서부터 현재의 애니메이션에 이르기까지 그들은 각자의 캐릭터리티를 갖고 있으며 그로 인해 고유성을 부여받는다.「주토피아」(2016)나「마이 펫의 이중생활」(2016) 등의 애니메이션 영화처럼 고정된 이미지-편견이 얼마나 위험한 것인지를 보여 주는 반전의 레토릭 또한 기존에 정착된 이미지의 반대항으로서 가능하다. 여우는 육식 동물, 역시 못된 존재야! 토끼는 순하고 착하겠지의 반전.「마이 펫의 이중생활」과 같은 영화는 좀 더 우리의 삶에 밀착되어 있는 동물의 생활을 보여 준다. 사람의 반려동물로서 살아가는 일의 행복이란 무엇일까? 한 동물 관련 TV 프로그램에서는 유기견의 행복한 결말이란 그들을 '구조'하여 안정된 가정으로 '입양'시키는 서사에만 있을 수 있음을 보여 준다. 정말 그러한가. 그건 어느 쪽의 입장인가. 묻고 싶지만 대답해 줄 수 있는 것은 말을 가진 인간뿐이다. 우리가 동물의 입장에서 이야기하는 것이 가능할까?

> 사나운 개만이 목줄을 차는 나라에서 나는 말해 주었다
> 내 나라에선 주인 있는 개들이 목줄을 차요
>
> 그럼 목줄 없는 개는요
> 유기견이라 부르지요
>
> 하하하 농담이에요?
> ······.
>
> ── 김소연「유쾌한 얼굴」부분(『i에게』, 아침달 2018)

우리의 곁에 우리의 의지로 늘 함께 있는 존재, 그런 우리의 삶과 그들의 삶을 한데 묶어 나온 것이 아침달에서 나온 두 권의 시집 『나 개 있음에 감사하오』(2019)와 『그대 고양이는 다정할게요』(2020)다. 지금껏 우리가 대상화하고 있던 존재를 우리 곁에서 피부로 감각하고 냄새 맡고 사랑을 나눌 수 있는 존재로 데려오는 일, 그런 것에 대한 여러 이야기.

그런데 아동문학에서의 동물은 보다 인간적인 이미지로 어린이들과 마주하게 된다. 인간처럼 '말'을 하고, 인간처럼 '옷'을 입고, 인간처럼 '삶'을 산다. 생존을 위해 잡아먹거나 잡아먹히는 생태계-약육강식의 논리 바깥에서, 호랑이와 토끼가 친구가 되어 어깨동무를 하거나 티셔츠를 입은 곰의 모양은, 아직 실재하는 동물들의 삶, 그러니까 현장과는 먼 거리에 있는 어린이들에게는 익숙하고 또 친숙하다. 그러니까 '동물'을 경유해 결국 인간의 윤리를 이야기하는 서사는 적어도 어린이들에게만큼은 여전히 유효하기에 상투성의 문제로 다룰 수 없는 문제처럼 보인다. 세계의 진보와 무관하게 어린이는 계속 어린이이며 그들이 만나는 세상이 조선의 초가집이건 스페인의 대성당이건 세계를 수용하는 그들의 감각 기관이 광활하게 열려 있다는 사실에는 변함이 없기 때문이다. 시간이 흘러도 변하지 않는 것에는 '동물에게 인격을 부여하기'도 포함되어 있을 것이다.

이제 이 긴 경유를 통해 목적지인 송찬호 시인의 『여우와 포도』(문학동네 2019)로 돌아오자. 다양한 개성의 시들이 한 권의 시집으로 묶일 때 그 기준은 여러 가지가 있겠지만 이 동시집의 경우는 누구라도 읽다 보면 어느 정도 그 기준을 어렴풋이 짚어 볼 수 있겠다. 동물의 말하기 자체가 실제로는 불가능한 것임에도 우리가 자연스럽게 받아들이는 이유는 긴 시간에 걸쳐 그들을 인간화하는 작업의 결과물이 누적되어 왔기 때문이다. 앞서 이야기한 캐릭터리티와 같은 맥락이며 여기에 '환상성'과 같은 말을 덧붙이는 일이 이미 지난한 것 또한 같은 맥락이다. 이를테면 『이상한 나라의 앨리스』(루이스 캐럴, 1865)는 우리가 구조화-질서화되어 있다고 믿는 현실과는 완전히 다른 방식으로 작동하는 세계다. 그럼에도 비논리와 무논리가 아니라 하나의 독립된 세계관이 있고 그 세계관이 작품 전체에서 일관되게 작동하고 있다는 점에서 작가의 상상력이 하나의 구심점을 둔 채 원을 그리고 있다는 느낌을 준다. 몇몇 글에서 송찬호 시인의 작품 세계가 '환상성'을 주축으로 이뤄지는 세계, 라고 언급하는 경우를 왕왕 마주할 때가 있다. 환상성의 사전적 정의는 "생각 따위가 현실적인 기초나 가능성이 없고 헛된 성질"이다. 다시 '헛되다'의 사전적 정의를 찾으면 "아무 보람이나 실속이 없다" "허황하여 믿을 수가 없다" 이렇게 두 가지가 나온다. 후자의 경우를 생각했을 때 "믿을 수가 없다"라는 이 정의를 믿게 만드는 힘을 지닌 이가 시인이 아닐까? 이와 같은 시인의 믿음이 지속되어 독자의 현실에 안착할 때 '환상성'은 더 이상 '환상성'으로 불릴 수 없는, 자기 명명의 부정을 통해 사라진다. 그러니 멀리 나가면 나갈수록 그것은 단지 여기-현실에서 힘을 잃는 것을 의미하는 게 아니라 저기-현실에 가까이 다가가 그곳의 중력으로 힘을 얻는 것이라는 생각이 든다. 이제 『여우와 포도』에 나오는 시인의 말과 동시를 함께 읽어 보자.

　　우리가 사는 오늘에 이르러, 숲이 많이 사라졌어요. 숲에 살던 동물들은 동물원에 가 있고, 마녀 이야기는 먼지 낀 책갈피에 잠들어 있지요.

　　그래서 숲을 잃고 자연을 떠나 사는 곰이나 늑대의 소식이 궁금했어요. 동화 속 주인공이었던 늑대는 지금 어떻게 살고 있을까요? 옛날 숲속 생활을 그리워하며 신문이나 뒤적이며 노후를 보내고 있지 않을까요?

— 송찬호 「시인의 말」 부분

오늘 너구리 대장을 뽑았다

예쁜 조약돌 한 개씩 나눠 준 너구리와

물고기 한 마리씩 나눠 준 너구리가

대장 후보로 나왔는데

물고기를 나눠 준 너구리가

대장으로 뽑혔다

쉿, 비밀인데

오늘 나도 투표를 잘한 것 같다

대장 너구리가 나눠 준 물고기가 참 맛있었다

— 송찬호 「너구리 일기」 전문

『여우와 포도』는 현실에서 보게 되는 안타까운 동물들의 사연 이후를 아름다운 뒷이야기로 이어 주는 일, "숲을 잃고 자연을 띠"난 동물들의 삶 또한 여전히 지속되는 것이며 그들의 현실에 대해 구체적인 발화-태도로 다가가는 과정을 통해 "현실 세계에서 '의미'라는 것은 겨우 임시적으로만 가능한 것이며, 끊임없이 유동하는 것이며, 사라진 듯하다가 다른 모습으로 부활하는 것"(미하일 바흐친)임을 말한다. 송찬호 시인의 동시는 마치 어린이들이 사고하는 방식과 유사해서 의미 위를 마음대로 건너뛰면서 움직이고 있으며, 결국 '다른 모습으로 부활'하곤 한다. 성장하면서 이 과정의 반복이 서서히 느려지고 끝내 대상이 모두가 알고 있는 사전적 정의-의미 안에 포섭되기 전까지, 어린이들이 이 동시집 안에서 자유로웠으면 좋겠다는 생각이 들었다. "상어가 타고 온/바다자동차"(「상어가 치과에 왔어요」)가 이상하지 않은, 무한한 이미지의 영역을 어른이 되어서도 간직할 수 있었으면 좋겠다. 그것이 퓨마 '뽀롱이'의 죽음 앞에서 인간과 동물의 보다 아름다운 공존을 끊임없이 고민하게 하고 마음을 쓰게 하는 힘이 될 수 있다면 좋겠다.

어른과 어린이의 두 손으로 쓴 동시

박송이 「낙엽 뽀뽀」

동시란 (오른손잡이가 왼손으로 쓰는 글씨 같은 것)이라고 생각합니다. 얼마 전에 왼손으로 글씨를 써 봤어요. 평소 오른손으로 글씨 쓰는 사람들은 왼손으로도 쓸 수 있다고 생각해요. 머리가 쓰는 방법을 다 알고 있으니까요. 그러나 근육이 길들여지지 않아서, 알아도 어린 글씨가 나옵니다. 어른이 어린이를 위해서 동시를 쓰는 일은 이렇게, 안 쓰던 근육을 길들이는 것처럼 어려운 것 같아요.

　— 김성민·김준현·신민규「(대구에서) 동시 이야기, 동시 톡톡: 우리들의 첫, 2017」

　　　　　　　　　(『동시마중』 49호, 2018년 5·6월호, 202~203면)에서 김준현의 말.

'대화'라고 하면 떠오르는 이미지가 있다. 장소는 암스테르담의 부둣가가 어렴풋이 보이는 호스텔 라운지다. 어둡다는 느낌보다는 조금 푸르다는 느낌의 새벽, 등이 둥글게 굽은 가로등이 심(心)을 잃어 갈 즈음, 두 사람은 잠시 숨을 고른다. 거칠고 격렬한 말[言]의 운동이 끝나고 쉰

목을 가다듬는다. 마음이 맞음을 느끼는 순간은 낯선 여행길에서 만난 두 동무가 어깨를 나란히 하고 처음 보는 여행지-미지(未知)를 마주하는 순간 동시에 느끼는 경이다. 사랑하는 사람과 만나 열두 시간 동안 대화할 때도, 어릴 때부터 함께 시를 써 온 친구와 몇 시간이 넘도록 시 이야기만으로 통화할 때도 나는 긴 활주로를 달려 떠오른 비행기처럼 몸이 붕 떠 있는 느낌을 받곤 한다.

말과 말로 만나는 행위는 생각보다 더 물리적 접촉에 가까운 일이다. 말소리가 들릴 만큼 가까운 거리에서 호흡을 느끼고 동일한 주파수로 하나의 리듬에 동참하며 눈빛을 마주하고 표정을 읽는 일.(코로나를 겪으면서 우리는 이 일이 얼마나 절실하고 소중한 일이었는지를 경험적으로 알고 있다.) 함께하게 되는 두 사람의 말은 마치 환유의 글쓰기를 닮아서, 인접하는 대상과 세계로 껑충껑충 징검다리를 건너며 도약한다. 아무런 목적 없이 그저 말하고 듣는 일 그 자체가 좋아서 나누는 대화는 어디로 향해 갈지 어떤 끝을 맺게 될지 모른다는 점에서, 리듬에 의식을 맡기는 시 쓰기와 닮아 있다.

어른이 어린이를 위해 쓰는 시를 '동시'라고 하고, 어린이가 쓰는 시를 '어린이시'라고 한다. 명명을 통해 쓰는 주체와 읽기의 대상을 갈라놓는 데는 어떤 이유가 있겠지만 글이 여러 기준점을 두고 세부 장르로 분화되는 걸 보며, 더욱이 그 분화가 시간이 갈수록 국경선처럼 엄중해지는 걸 보며 실재하는 '글'이 기왕의 정의보다 더 자유로워 보임을 실감할 때가 많다. 이를테면 어른과 어린이의 합작이라고 봐도 될 다음의 작품은 이 '동시'와 '어린이시'라는 두 정의 가운데 어디로 들어가야 할까? 서두에 인용한 대구에서의 '동시 톡톡'에서, 각자 동시를 어떻게 정의하고 있는지, '동시는 (   )이다'라는 문장 속의 괄호를 채우라는 제안을 받고 '오른손잡이가 왼손으로 쓰는 글씨'라는 대답을 한 적이 있다. 그러니 다음의 작품들은 어른과 어린이의 두 손으로 쓴 작품이 아닐까?

설아, 이 낙엽에
구멍이 뿅 났네?

이거 메뚜기가
다 먹은 거야

이 낙엽 마음은
어떨까?

기분이 좋지
왜냐면 메뚜기가 배부르니까
　　　　　　　　　　── 박송이 「낙엽 뽀뽀」 전문(『낙엽 뽀뽀』, 브로콜리숲 2021)

설아, 왜 자꾸 코피가 날까?

코를 파서 코피가 났어

코를 왜 팠어?

엄마가 닦아 주잖아
　　　　　　　　　　── 박송이 「코 파는 이유」 전문(같은 책)

시인의 질문으로부터 시작하는 첫 연에서 한 번 간격을 둔 다음 다시 조금의 여백을 두고 나오는 아이의 말은 피아(彼我)의 구분이 없는 "낙엽 마음"과 닮았다. 어른의 말로부터 적당한 간격을 유지하면서 자기의 말을 하는 순간은 꼭 동문서답처럼 느껴지지만, 그 어긋남 — 벌어진 시차(視差)가 시에 생명력을 불어넣고 말을 운동하게 한다. 어른의 말이 일방적인 무게를 지니지 않는, 거의 유일한 공간이 동시가 아닐까? 다음 문장을 예측할 수 없어서 더 재밌는 게 동시다.

동시집 『낙엽 뽀뽀』의 구성은 1부는 엄마인 박송이 시인과 (시인 같은) 딸의 대화로, 2부는 시인이 딸에게 해 주고 싶은 따스한 말로 이뤄져 있다. 1부가 더 재미있었던 것은, 늘 혼잣말 같은 동시 안에 두 사람의 말의 관계가 낯선 곳으로 툭툭 닿고 있었기 때문이다. 시? 동시? 어린이시? 두 사람의 한 시절 대화 기록집이라고 봐도 좋은 이 동시집에는 2016년생 설이가 그린, 한눈에 봐서는 뭘 그린 것인지 전혀 예측이 안 되는 그림들도 함께 있다. 아직 뭔가를 모르는 나이, 그래서 정형화되어 있는 것이라곤 없는 나이, 세계를 구성하는 언어의 선(線)이 모호하고 말랑말랑할 나이, 그러니까 세계를 그렇게 보았던 시절을 축으로 그때를 조금은 그리워하며 우리는, 아니 나는 동시를 쓰고 있는지도 모른다.

담담하고 깊은 응시

남호섭 「느껍다」

—저 진아예요. 잘 지내세요오?
쌤, '느껍다'라는 말이 무슨 뜻이에요?

문자가 왔다.
문자만 읽는데도
잘 웃던 진아 모습이 떠올랐다

—어떤 느낌이 가슴에 사무치게 일어나는 거

—역시 우리 쌤! 고마워용♡ 보고 싶어요ㅠㅠ

난데없는 휴대전화 문자 한 통이 한없이 느껍다

—남호섭 「느껍다」(『벌에 쏘였다』, 창비 2012)

시에서 구어(口語)가 현장성을 명료하게 드러내는 한 방법이 될 수는 있지만, 그 과정에서 굳이 실재하는 현실을 담보해야 할 필요는 없다. 그럼에도 기본적으로 1인칭의 장르, 즉 한 개인(화자)의 내밀한 고백의 형식을 주조로 하는 장르인 시에서 현실의 생생한 말은 때로 잘 정제된 문장의 형태로 오는 과정에서 그 빛을 잃는 경우가 있다. 내가 보고 있는 저 현실을 최대한 훼손하지 않고 저대로 가져왔으면 좋겠다는 마음은 단순히 완벽한 재현에의 욕망이 아니라 독자에게도 그 말이 그대로 가닿게끔 하고자 하는 정성 어린 태도에 가깝다. "난데없는 휴대전화 문자 한 통"은 '느껍다'라는 낯선 형용사에 대한 질문인데, 이 질문은 어린이-화자의 다정한 인사와 더불어 실재하는 말 — "쌤" "지내세요오?"와 같은 비문법적이며 (그래서 더더욱) 정감 있는 어투와 함께하고 있다. "문자만 읽는데도/잘 웃던 진아 모습이 떠올랐다"고 하는 선생님의 마음이 공감되는 것은, 독자가 '진아'라고 하는 인물에 대한 아무 사전 정보가 없이도 가능한 일이다. 단지 두 줄의 짧은 질문과 선생님의 두 줄 첨언만으로. 그리고 다시 나타나는 선생님의 대답에서 낯설고 멀게 느껴졌던 이 말 '느껍다'의 정체가 밝혀진다. "어떤 느낌이 가슴에 사무치게 일어나는 거"라는 이 낯선 말의 사전적 정의 그대로를 전달하는 선생님의 문장 뒤로 "진아"의 답장이 온다. "역시 우리 쌤! 고마워용 ♡ 보고 싶어요ㅠㅠ"라는 귀엽고 사랑스러우며 마음을 따뜻하게 하는 이 목소리가 !와 ♡와 ㅠㅠ라는, 이미 관용적인 문자 표현으로 자리잡은 기호와 함께하고 있다. "진아"가 문자를 통해 알게 된 것은 '느껍다'의 사전적 정의였으나, 선생님은 여기서 "난데없는 휴대전화 문자 한 통"을 통해 느껍다를 체감한다. 언어가 그 자체로 육박해 오는 것 같은 인상을 주는 '문자 한 통'의 내용과 '느껍다'의 의미가 현실에서 구체화되는 과정이 함께하며 합일의 지점에 이른다.

남호섭 시인의 동시집 『벌에 쏘였다』에 나오는 풍경-장면들은 시인-화자의 삶에서 멀지 않은 존재들과의 교류로부터 빚어진다. 단순히 대상을 보고 대상을 작품의 부분으로서 넣는 게 아니라, 대상과 직접 언어-경험적으로 살을 맞대고 거기에서 파생되는 말들, 그러니 시인의 직관을 거쳐 생명력을 얻은 그 말들을 최대한 손상되지 않게 보존하는 방식이다. 이를테면 노인을 표상하는 한 일반화로서 흰 머리나 주름 등 외적 요소뿐만 아니라 노화된 신체로 인한 일부 기능의 이상이나 느린 움직임 같은 것들은, 아동문학에서 때로 웃음을 주는 소재로 사용되는 경우가 종종 있다. 반면 남호섭 시인의 동시에는 많은 노인들이 등장하지만 노인을 대상화하여 웃음을 유발하는 부분을 찾을 수 없다. 오히려 소수자로서, 조명되지 않은 노인의 삶을 적시하면서도 그들을 일반화하지 않고, 노인 개개인의 사고방식과 세계를 바라보는 관점을 고스란히 가져오면서 기존의 편견을 깨부수는 방식으로, 성공적인 낯설게하기를 실현하고 있다. 『벌에 쏘였다』에서 사진 자료의 삽입이나 구전되는 이야기 형식의 차용 등은 단순한 언어-실험의 맥락이 아니라 현실을 그대로 잘 가져오기 위한 필연적 전개 과정의 일부다. 옛 제자의 '문자'를 그대로 차용하고 사진을 싣는 등 최선을 다해 그 품을 늘이는 과정이다. "『벌에 쏘였다』는 '세상 구경' 시집입니다"(반칠환 「한국 아동문학, 구부림에서 발돋움으로」, 『벌에 쏘였다』 해설)라는 말은, 그리하여 다큐멘터리와 같이 뭔가를 더하고 빼지 않은 담담한 관조의 자세를 취하고 있다는 말과 동의어가 아닐까. 그 앵글이 어린이/어른 중 어느 한쪽에 초점을 맞추지 않고 다양한 현실의 이야기들 ──「오토바이 타는 사람」이나 「455년」과 같은 작품들처럼 때로는 아프고 안타까운 느낌마저 드는 이야기 ― 을 담담하게 전달할 수 있는 그 어조의 힘을 생각한다.

수사 없이 투명하게 말하기

송선미 「우산과 소이」

비다!

괜찮아,
나한테 우산이 있어

우산 쓰고 조잘조잘
소이랑 간다

우리 집 지나는 줄 모르고
소이 집 지나는 줄 모르고
둘이서
키득키득

그런데,

여기가 어디지?

괜찮아,
나한테 우산이 있어

우산 속에
소이가 있어

—송선미 「우산과 소이」 전문(『미지의 아이』, 문학동네 2021)

송선미 시인의 시를 읽을 때면 나는 촛불이 켜져 있는 그 작은 은신 처가 떠오를 때가 있다. 송선미 시인의 시에는 구체화할 수 없는 미지 (未知)를 향해 발을 내딛는 화자가 종종 등장하곤 한다. "걷다 보니/모 르는 데"(「골목」)가 나온다거나 "주머니에 넣고 집을 나선다"(「오늘」), "여 행을 떠났지/옷장 위 배낭을 꺼낼 만큼 키가 컸으니까"(「옷장 위 배낭을 꺼 낼 만큼 키가 크면」)처럼 미지를 향한 걸음을 옮기고 있는 화자들(이상의 시 들은 『옷장 위 배낭을 꺼낼 만큼 키가 크면』, 문학동네 2016에 수록됨). 마치 공항이 나 기차역에서 느낄 법한 이 설렘이라니. 낯선 곳이 줄 수 있는 두려움 과 위화감을 손쉽게 기대와 설렘으로 바꾸는 이 힘은 어디에서 나오는 걸까 생각해 봤는데 "어떤 사람을 만나게 될까/무슨 말을 나누게 될까/ 나 같은 또 다른 누구를 사귀게 될까"(「옷장 위 배낭을 꺼낼 만큼 키가 크면」)에 서 그 힌트를 찾을 수 있을 것 같다. 타자(낯선 세계)와의 상호 환대를 당연하게 생각하는 마음이라고 해도 될까? 첫 동시집 『옷장 위 배낭을 꺼낼 만큼 키가 크면』에서는 앞일을 불안 대신 희망으로 선점한 화자의 말하기가 중심이었다면, 앤솔러지 『미지의 아이』(문학동네 2021)에는 화자인 '나'의 옆에 조금 더 구체적인 누군가 — "선율"(「그 벌레의 이름은」), "신영이"(「내 얼굴 그림」), "소이"(「우산과 소이」「누구, 미지의 소이」), "쌍둥이 언니"(「버스에서」) — 가 있는 것 같다. '나'는 그 아이에게 말을 건다. 벌레의 이름을 묻기도 하고, 우산 하나를 함께 쓰며 걷기도 하고, 내 얼굴 그림을 보여 주기도 한다. 험한 세상으로 힘차게 "여행을 떠"나는 화자의 당당함이 좋으면서도, '괜찮을까, 이 험한 세상을 믿어도 될까' 그런 마음이었는데 이제 '나'의 옆에는 '소이'와 같은 친구가 있다. 아스트리드 린드그렌의 동화 『라스무스와 방랑자』의 소년 라스무스에게 든든한 오스카가 있듯이, 안네 프랑크에게 일기 속 친구 키티가 있듯이, 화자의 옆에는 "소이"가 있다. 둘만의 은신처인 "우산"을 쓰고 비바람이 몰아치는 날, 오히려 그래서 더 둘이 꼭 붙어서 의도치 않게 낯선 곳에 도착해도 괜찮은 마음.

송선미 시인의 동시가 다루는 관계에 대한 이야기는 복잡한 대화 혹은 감정선을 건드리면서 실타래를 푸는 식의 피로가 없다. 이미지에 투시히지도 않고 진술에 힘을 싣지도 않는다. 수사 없이 투명하게 말하기. 시원한 빗소리를 닮은 음색(音色). 단순하고 간결하고 명쾌한 이 말하기의 원천은 이제 막 친구가 된 것 같은 두 사람의 충만한 내면을 고백하는 데서 비롯된다. "여기가 어디지?//괜찮아,/나한테 우산이 있어//우산 속에/소이가 있어". 짝꿍 친구만으로 족한, 둘만의 꽁냥꽁냥 세계.

'나'와 타자를 가르는 감정선

신민규 「넘어 선, 안 될 선」

넘어오지 마 이 선

넘어오면 다 내 꺼

샤프 볼펜 지우개 수첩

하나라도 넘어오면 다 내 꺼

왜 이렇게 야박해

뭣 땜에 날 미워해

화난 게 있으면 얘기해 내게

꼬인 우리 사이 다 풀어 줄게

다 필요 없고 알 거 없고

너란 애는 지겨워 제발 저리 고고

어? 샤프가 넘어왔네 내 꺼

지우개가 넘어왔네 내 꺼

잠깐만 아니 잠깐만
샤프 볼펜 수첩 다 줄게
부탁이야 돌려줘 지우개
우리 사이 가른 선 지우게

넘어가고 싶어
돌아가고 싶어
모든 걸 다 잊고
즐거웠던 때로

넘어가고 있어
돌아가고 있어
눈부신 오후 햇살
행복했던 때로

— 신민규 「넘어 선, 안 될 선」 전문(『Z교시』, 문학동네 2017)

　이름 앞에 MC(mic controller 혹은 mic checker)를 붙여 주고 싶은 명명의 욕망을 불러일으킬 정도로 신민규 시인의 랩 동시는 랩과 동시 사이에서 적절한 균형감을 갖추고 있다. 이전까지 랩 동시의 형태로 창작된 작품이 없었던 것은 아니지만, 그들 대다수가 랩 가사 특유의 펀치 라인 정도에만 초점을 맞추었을 뿐 실재하는 리듬 위에서 래핑(rapping)이 가능한지 여부를 알 수 없는 작품들이었다고 생각한다. 즉 철저하게 텍스트 내에서만 운동하는 작품들: 어떤 불확실한 가능성의 상태로만 남아 있는 작품들이었다. 반면 신민규 시인의 랩 동시는 현재 「초2병」「이런 신발」 그리고 앞서 전문을 소개한 「넘어 선, 안 될 선」까지 『Z교시』에 수록된 세 편의 작품이 문학동네 유튜브에 영상으로 올라와 있다. 모두 신민규 시인이 직접 녹음 작업을 했으며 조회 수는 적은 것은 18,000회, 많은 것은 56,000회에 달할 만큼 폭발적인 인기를 누리는 중이다.

이 시는 한 책상을 함께 쓰는 두 사람 사이에 그어진 국경선에 대한 이야기다. '나'와 타자를 가르는 이 분할된 선은 일종의 감정선이다. 각자 하나의 책상을 차지하고 쓰는 근래의 학교에서는 보기 드문 풍경이지만, 예전에는 익숙했던 풍경이다. 짝꿍이 된 나와 아이는 최대한 공평하게 삐뚤빼뚤 "볼펜"이나 연필, 사인펜 같은 것으로 영토를 분할한다. 꼭 전쟁을 하다가 평화협정을 맺는 것처럼, 이 과정에서부터 많은 잡음이 일어나게 마련이다. "샤프" "볼펜" "지우개" "수첩"으로 표상되는 내 것이 이 국경 '선'을 넘으면 내 것이 아닌 게 되는 이 이상한 헌법의 졸속 제정에서, "나"는 불합리를 읽는 것이 아니라 짝꿍의 감정 — '미움' '화'를 읽어 낸다. '선(線)'의 꼬임을 인지하고 "다 풀어 줄게"라고 말하지만, 이미 마음의 문을 닫아 버린 짝꿍과의 대화는 평행선을 달릴 뿐이다. 푸는 게 아니면 지우는 건 될까? 다 줄 테니 "지우개"를 달라며, 그 지우개로 이 선을 지우고 싶은 화자와 냉랭한 짝꿍의 이 갈등이 어디에서 비롯되었는지는 짐작할 수 없지만, "모든 걸 다 잊고/즐거웠던 때" "눈부신 오후 햇살/행복했던 때로" 유추해 볼 때 얼마 전까지만 해도 둘은 괜찮았던 사이였던 것 같다. 랩이라는 전제를 걷어 내고 봐도 화자와 짝꿍의 감정을 호소력 있게 잘 담아냈으며 '선'이라는 낱말을 다층

적으로 읽을 수 있는 여지까지 잘 마련해 놓은 작품이다. 그러나 결정적
으로 이 동시가 여타의 다른 동시들과 차별화되는 지점은 바로 유튜브
영상을 통해 시청각적으로 향유할 수 있는 데서 비롯될 것이다.

자유로운 흐름

최명란「水」

물고기 두 마리

벽을 사이에 두고

뽀뽀를 하고 있다

— 최명란「水」 전문(『하늘 天 따 地』, 비룡소 2007)

최명란 시인의 「水」는 물고기 두 마리가 입을 맞추는 이미지를 발굴해 낸 작품이다. "벽을 사이에 두고"라는 말이 일견 유리 어항을 연상하게 한다. 그러니 정확히 말하면 물고기 한 마리가 유리에 비치는 자신의 얼굴에 "뽀뽀"를 하고 있는 건지도 모른다. 가만히 들여다보면 물고기의 입을 의미하는 벽 양쪽의 두 획은 딱 맞아떨어지는 게 아니라 조금 어긋나 있다. 바깥과는 달리 물속에서는 왜곡되거나 굴절되는 상(像)을 반영한 건지도 모르겠다. 저마다의 획은 여섯 방위로 퍼져 나가는 물의 자유로운 흐름처럼 보이기도 한다. 상형의 원리를 기록해 놓은 훈민정

음과는 달리 한자는 왜 이 모양인 건지, 왜 이 모양이 이 뜻과 연결되는 건지에 대해 정해진 답이 없기 때문에 읽는 이들의 자유로운 유추가 가능하다. 단단하고 묵직해 보이는 한 음절의 한자도 열(熱)을 올려 들여다보면 예측할 수 없는 방향으로 유동하는 물(水)이 된다.

맞는 것 같아서 넘어갔는데
자세히 보니까 아닐 때

방지민 「ø」

새로운 기호를 발명했다

동그랑을 그리고 땡을 그리고

동그랑땡이라고 읽으면 된다

맞는 것 같아서 넘어갔는데 자세히 보니까 아닐 때 사용하려고 발명했다

아빠의 아빠의 아빠를 위한 제사상에 엄마랑 아빠의 엄마만 일하는 경우
에 딱 쓰기 좋다

엄마랑 할머니가 동그랑땡을 굽는다

많이도 굽는다

역시 동그랑땡은 너무 이상하다 발명하길 잘했다

— 방지민 「ø」 전문(동시마중 레터링 서비스 『블랙』 10호, 2023년 2월 5일)

최근 며칠 동안 읽고 본 작품을 정리해 보니 일관된 결이 있었다. 얼

마 전 출간된 『돌봄과 작업 2』(김유담 외, 돌고래 2023), 김유담 단편집 『돌보는 마음』(민음사 2022), 한 편집자의 추천으로 뒤늦게 본 윤가은 감독의 영화 「우리들」(2016), 「우리집」(2019)까지. 애써 공통분모를 찾자면 그건 '어린이와 함께하는 삶' 내지는 '어린이가 있는 삶'이라고 말할 수 있을 것 같다. 특히 영화 「우리들」과 「우리집」은 어린이와 어른의 관계 그리고 어린이와 어린이의 관계를 최대한 현실감 있게 담아낸다. 「우리들」에서 여름 방학이 시작되면서 들였던 손톱 끝의 봉숭아 물은, 시간이 지나면서 함께 봉숭아 물을 들인 친구와의 관계가 변주되는 과정과 함께 서서히 색이 빠져나간다. 그럼에도 마치 어떤 희망처럼, 일말의 가능성처럼 약지의 가장자리에 조그맣게 남아 있는 그 봉숭아 물. 거기에 눈길이 오래 머물렀다. 그 열렬한 작품들을 경유하면서 몇 번이고 자문했다.

어린이들은 세상을 어떻게 볼까?

어린이들은 세상을 어떻게 읽을까?

어린이들에게 잘 산다는 건 어떤 걸까?

어린이나 어른들에게 동시 읽기에 대해 이야기할 경우나 감사한 자리가 있을 경우 나는 언제나 동시를 읽을 때는 평소 읽기의 0.8배속 정도로, 달팽이가 이 글씨 위를 기어간다는 느낌으로 읽는다는 고백을 한다. 그건 어린이의 내면을 읽어 내기 위해 필요한 시선 이동의 속도이기도 하다. 어른보다 더 어려운 이들, 의도하지 않게 행간에 감춰진 게 많은 이들이 어린이일지도 모른다. 그리고 이 동시는 어려워요, 이 동시를 어린이가 이해할까요 같은 의문에 대한 선제 방어이기도 하다. 문장이 꼬여 있거나 어려운 낱말을 품고 있는 경우가 아니라면, 한 문장 한 문장 단위로는 분명 잘 읽을 수 있다. 어렵다고 느껴지는 것은 어쩌면 문장이 아니라 한 문장과 그다음 문장 사이에 존재하는 행간일 거라고, 메워지지 않는 부분, 말해지지 않는 부분, 끝내 말이 될 수 없어서 도넛의 구멍처럼 여백으로 남은 부분일 거라고 생각한다. 그리고 그 동시 읽기의 힌트는 바로 여기 방지민 시인의 「ø」에서도 나온다. 바로 "맞는 것 같아서 넘어갔는데 자세히 보니까 아닐 때"를 발견하는 눈이다. 아이들 시험지를 매기다가 정답인 줄 알고 동그라미를 쳤다가, 아니 이거 틀렸잖아, 하면서 그 위에 다시 빗금을 긋는 마음이라고.

여기서 "자세히 보니까"라는 말은 아주 중요하다. 이 말은 한 번 지나쳤던 대상을 다시 기억하고 되돌아와 마주하고자 하는 마음과 닮았다. 지나가 버린 유년을 복기하고, 거기서 지금까지 내가 기억이라는 이름으로 보존해 두었던 현실에서 다른 의미를 발굴해 내는 작업과도 닮았다. 그건 대상을 똑바로 응시할 수 있는 용기이기도 하다. 더하여 오래 응시한 그 대상에 대해 말을 꺼낼 수 있는 더 큰 용기와, 자신이 처음에는 대상을 잘못 봤음을 인정해야 하는 일종의 반성에 가까운 고백이 선행되어야 한다. 이 동시는 거기서부터 시작된다.

방지민 시인이 새로 발명한 기호 ø는 일반적으로 초기 중세국어에서 'ㅣ'로 끝나는 주어 뒤에서는 주격조사 '이'나 'ㅣ'를 붙일 수 없어서 그대로 놔둘 때 쓰는 기호로서 '영형태'라고 불리기도 하고, 수학에서는 '공집합'으로 불리기도 한다. 어느 쪽이든 '존재하지 않음'을 드러내기 위해 사용하는 이 기호가, 이 동시에서는 자기-부정의 의미를 내포하는 말이자 제사상에 올리는 "동그랑땡"을 의미하는 말이 되었다. "아빠의 아빠의 아빠를 위한 제사상에 엄마랑 아빠의 엄마만 일하는 경우에 딱 쓰기 좋은" 말이라는 데서, 우리는 여기 나열된 대상을, 그리고 대상 앞에 붙은 수사를 아주 천천히 읽고 골라내는 작업을 한다. 콩밥에서 콩만 골라내는 것처럼 섬세하고 즐거운 작업이다. "아빠의 아빠의 아빠"는 화자에게는 '증조할아버지'가 된다. 그는 이 세상에 없다. "엄마랑" "아빠의 엄마"는 화자의 엄마, 그리고 화자의 할머니다. 그토록 줄줄이 쓰인 "아빠"들은 모두 존재가 아니라 부재의 대상들이다. 실제로는 뭔가 행동을 하고 있지 않으면서도 "제사상" 구성의 핵심 노동력—여성을 수식하고 있으며, 동시에 그 존재만으로 여성을 억압하는 수사들이다.

"맞는 것 같아서 넘어갔는데 자세히 보니까 아닐 때"가 너무 많다. 이 많은 음식(잘못된 현실)을 소화할 사람이 없다. 심지어 이 음식을 받을 사람인 "아빠의 아빠의 아빠"는 고인(故人)이다. "역시 동그랑땡은 너무 이상하다", 여기서 어린이 화자가 발견한 현실은 시의 말미에서 한 번 더 강조한 대로, 실은 "발명"한 것이 맞다.

발견한 것처럼 보이지만 발명의 과정을 거쳐야 하는 일 ── 방지민 시인의 시가 익숙한 현실을 담보하고 있음에도 낯설고 매력적인 이유다. 이 역설은 목소리의 힘으로부터 비롯된다. 익숙한 현실을 익숙하지 않은 방식으로 드러내는 힘은, 이를테면 잦은 행갈이와 연갈이에 기대지 않고, 여백에 기대지 않고, 형식에 매이지 않고, 할 말을 끝까지 밀고 나가는 데서 나오는 힘이다. 모든 대상을 미학화해 버리는 낭만주의적 예술관으로부디 자유로운 동시다. 좋은 동시를 찾는 일에도 "자세히 보"는 마음이 필요하다. 나 여기 있어요, 하고 외치는 일도 필요하다. 전자는 읽는 이에게 필요한 일이고, 후자는 쓰는 이에게 필요한 일이지 않을까.

드라큘라의 목소리

김개미 「흐린 날의 독백」

아무리 오래 이불을 덮고 있어도

따뜻해지지 않아

아무리 오래 밥을 먹지 않아도

죽지 않아

봄이 오고 꽃이 피어도

나하고는 상관이 없어

아름답고 멋진 시를 적어도

아무도 읽지 않아

— 김개미 「흐린 날의 독백」 전문(『드라큘라의 시』, 천개의바람 2023)

한때 세계와 단절되어 자기만의 시공간에만 틀어박혀 사는 삶에 대해 오래 골몰하고 궁금해했던 적이 있다. 불교에서의 '무문관'과 같이 종교적인 수행의 일종으로서 자발적 유폐를 택하는 경우도 물론 있지만, 그와 같은 신념과 무관하게 선택하는 칩거, 은둔, 히키코모리(ひきこもり)와 같은 단어들에서는 사회와 불화하는 이들의 내면이 읽힌다. 외부 세계를 부정적으로 인식하거나 타자에 대해 방어적인 태도를 취하는 방식의 한 극단이라고 할까. 여기서 더 나아가 자기만의 시공간이 가장 축소된 형태는 아마도 육체가 아닐까 생각한다. 우울, 상실, 실연, 슬픔, 아픔, 결핍, 부재, 애도 ─ 일반화할 수는 없겠지만 한 사람의 육체가 자신이 속한 세계와 시간의 흐름으로부터 이탈하게 되는 과정에는 이와 같은 말들이 꼭 하나쯤 들어 있는 경우가 많다.

김개미 시인의 동시집 『드라큘라의 시』는, 앞선 그의 많은 시집이 그러했듯이 자기 정서를 구체적이고 사실적으로 드러내는 화자가 전면에 있다. 여기서 사실적이라는 말이 일상에 밀착되어야 할 이유는 없다는 것 또한 이 시집의 매력적인 기획이다. 브램 스토커(Bram Stoker)의 '드라큘라' 이미지에서 시인은 정확히 불면의 밤, 다른 사람들과는 세계를 다르게 감각하는 데서 오는 외로움, 슬픔, 아픔을 끌어낸다. "눈이 오면 세상은 온통 새로워져서/여기저기서 웃음소리가 터진다//그러나, 나는 새로운 게 싫다/또 새롭게 혼자가 되기 싫다"(「눈 온다」)는 마음은 드라큘라 화자의 목소리지만, 떠들썩한 세상의 흥겨움에 섞이지 못하는 한 어린이(혹은 어른)의 내면을 정확히 반영한다. 다음 학년으로 올라가 반이 바뀌는 경우라거나 심하게는 전학을 가게 되어 새로운 반으로 들어가게 되는 상황이겠다. "몹시 차가운 인간을 발견했다/그런데 그것도 나보다는 따뜻했다"(「눈사람」). '눈'이라는 소재를 온도에 비유한 다음

'나'의 자아 성찰 쪽으로 전환하는 작품이 이전에 있었던가. 세계에 대한 부정, 자기에 대한 부정은 익숙한 세계로부터의 어떤 탈피를 예감하게 하는 말들이다. 누가 어린이인 채로 죽 영생을 살고 싶겠는가. 피터 팬 콤플렉스라는 말은 어른이 어린이를 동경하는 경우에 쓰이는 말일 뿐, 정작 동경의 대상이 된 어린이는 어떤 식으로든 자신의 현재-상태로부터 변화를 도모한다. 아무 변화가 없는 이대로의 삶을 긍정하기에는 우리를 괴롭히는 게 너무도 많기 때문이다.

김개미 시인의 동시집은 동시집을 떠받치는 공통분모로서의 어린이들을 불러 모으지 않는다. 그는 단 한 명의 어린이를 공들여 스케치한다. 만인을 사랑하는 게 아니라 단 한 사람을 사랑한다. 단 한 사람을 미워하고 단 한 사람을 그리워하며 단 한 사람을 떠나보내는 일이, 1인칭의 강렬한 목소리로 할 수 있는 일이다.

타고난 대로 '그냥' 자란다

권태응 「감자꽃」

자주 꽃 핀 건 자주 감자,
파 보나 마나 자주 감자

하얀 꽃 핀 건 하얀 감자,
파 보나 마나 하얀 감자

권태응 「감자꽃」 전문(『권태응 전집』, 창비 2018)

충주에 '관아골 동화관'이라는 곳이 있다. 설 연휴에 충주에 갔을 때 어린이와 함께 가기 좋은 곳을 검색했더니 이곳이 나왔다. 입구에는 '보나'와 '마나'라는, 귀엽게 의인화된 두 감자 캐릭터가 서 있었는데 (머리에 예쁜 꽃이 양쪽으로 피어 있어서 정말 귀여움!) 권태응 시인의 「감자꽃」에서 나오는 두 어절을 따온 명명이다. 아동문학가로서의 권태응 시인의 정신을 계승하고 영유아들을 위한 놀이 문화 공간을 표방하는 장소였다. 예약제로 운영되는 곳이었기에 당일 방문했던 우리는 아쉽게도 들어가지 못했다. 대신 우리만큼이나 아쉬워하시는, 안내해 주시는 분으로부터 친절하고 다정한 인사와 함께 핑크색 손수건 한 장을 받았다. 거기에는 이런 구절이 적혀 있다.

여기서는 그냥 재미있게 놀자
그러는 동안에, 모르는 동안에
저절로 깨끗하고
착한 마음이 자라 가게 하자.

—편집 후기 「남은 잉크」 부분(『어린이』 창간호, 1923년 3월호)

눈길을 끈 것은 "그냥"과 "재미있게"와 "놀자"의 아름다운 어울림이었다. 사람의 마음이 편해지는 순간은 언제나 앞에 '그냥'이 덧붙을 때다. 인과나 논리나 필연이나 숙명 같은 말에 비하면 더없이 미약해 보이지만 '그냥'이라는 말에는 다른 외부적 조건을 붙일 수 없게 만드는 단단한 부정의 자리가 있다. 이를테면 수업 현장 등에서 동시를 쓰는 일에 대한 애정을 열심히 드러내고 있을 때 어린이들은 곧장 거기에 물음표(?)를 붙여 묻곤 한다.

"선생님은 왜 동시를 써요?"
"그냥, 좋아서."

다섯 살이 된 아이가, 집필 혹은 강의를 위해 슬그머니 자리를 뜨는 아빠를 붙잡고 이렇게 묻기도 한다.

"그런데 아빠는 왜 일／을 해요?"
"그냥, 아빠가 좋아하는 일이거든."

　'왜'를 덧붙여 가며 내가 하고 있는 일의 의미를 찾아 나가는 과정은 곧잘 기성의 문법을 담보하게 마련이다. 나는 이 '왜' 앞에서 어른이 납득할 만한 대답을 찾기보다는 어린이가 한 번에 납득하지 못하고 자꾸만 '왜'를 덧붙이게 만드는 대답을 찾아 긴긴 대화를 이어 나가 보고 싶었다. (하지만 능력이 부족해서 차선의 대답인 '그냥'을 내놓는다.) '왜'의 앞에서 허둥지둥거리다 보면 풍성하고 다채로웠던 '일'은 납작하고 평이해서 상투적인 몇몇 이유로부터 앙상하고 강퍅한 무엇이 되곤 한다. 그럴 때는 놀고 있는 어린이들이 부럽다. 어린이들은 그저 논다. 아무도 어린이들에게 왜 놀이터 구석 화단에서 종일 땅을 파고 있는지, 왜 위험하게 어마어마한 속도로 '뺑뺑이 놀이기구'를 타는지, 왜 놀이터의 미끄럼틀을 덮어 놓은 지붕 위에 원숭이처럼 올라가서 두 다리를 건들거리면서 밤 여덟 시가 되도록 놀고 있는지 물어보지 않는다. (나열한 풍경은 집 앞에 있는, 오후 4~8시 무렵의 놀이터 풍경이다.) "그리는 동안에, 모르는 동안에" 성장한다.
　"자주 감자" "하얀 감자"에서 중요한 것은 "파 보나 마나"다. 쉽게 말하면 파지 말라는 이야기다. 그저 지켜보라는 이야기다. 애가 앞으로 어떻게 자랄지 잘 먹고 살 수 있을지 제 앞가림을 잘할는지 노심초사하며 그 밑동부터 확인하고자 하는 어른의 욕망에 제동을 거는 말이다. 기질대로, 제가 타고난 대로 그 어떤 인위도 거부하면서, 우리는 "그냥" 자란다.

여담이지만 관아골 동화관에 끝내 들어서지 못하고 발길을 돌리면서 다음에 오면 꼭 저 놀이공간에 입성(入城)하리라 다짐하다, 문득 '권태응 문학관'은 어떻게 되어 가고 있을까 검색했다. 생가 복원은 중단되었고 문학관 건립은 난항을 겪고 있어 다른 방향을 모색하고 있다는 게 가장 최근의 언론보도(2022년 11월의 기사)였다. 당신의 동시와 함께 가기 위해서 우리 삶에는 때로 물적 토대가 필요하고, 그건 우리가 동시 그리고 어린이를 잊지 않고 있음을 보여 주는 표상이 될 수 있다고 생각한다. 기리기 위한 것이 아니라 과거와 현재 그리고 미래에도 여전히 유효한 가치를 물성(物性)으로 보여 주고자 하는 마음이 책을 만들게 하고 그림을 전시하게 하고 노래를 녹음하게 한다. 격월마다 엮어 한 권 한 권 접고 풀칠하고 주소를 붙여 발송되는 격월간 『동시마중』 또한 동시 장르를 물성으로서 담보한다. 고인의 자리를 남겨 두고 지키는 것 역시 살아 있는 이들의 마음을 위한 물성의 확보다. 이를테면 혈연도 지연도 아닌, 그저 '동시'를 읽고 쓰고 나눈다는 인연으로, 권태응 시인의 묘소를 정성 들여 벌초하고 성묘하는 아동문학가들. 처음에는 그 마음의 모양이 신기하다고 생각했으나 곧 내가 느낀 그 '신기함'의 감각이 기성의 문법에 익숙한 나의 관성이라는 사실을 깨달았다. 그것이 핏줄의 유전이 아니라 동시의 유전임을 알아보지 못한 탓이다. "자주 꽃 핀" 곳에서 "자주 감자"가 나고 "하얀 꽃 핀" 곳에서 "하얀 감자"가 난다, "모르는 동안에／저절로". 백여 년 전의 문예지에도 실려 있었으니, 앞으로도 유효할 경구이자 영속할 진실이라 믿는다. 보이지 않아도 알아볼 수 있는 눈—창작자이기 이전에 세계를 읽는 독자로서의 애정이 선행될 때 가능해진다.

용감한 '김공룡' 화자의 탄생

정희지 「파키케팔로사우루스로 살아가기」

오늘도 박치기했다 여러 번 들이박았다

들으면 기분 상할 수도 있는 말

돌려서 하지 못하고 정면 박치기

쥐라기부터 백악기까지 1억만년

뛰어넘어 같은 반이 된 공룡도 있다

나도 친구들과 사이좋게 지내고 싶다

프테라노돈처럼 날개가 있다면

가볍게 자리를 피했을 거야

트리케라톱스처럼 뿔이 있다면

가만있어도 다들 도망갔겠지

브라키오사우루스가 제일 부러워

구름에 닿을 만큼 키가 큰 공룡에겐

다른 공룡이 하는 말 들리지도 않겠지

무슨 말이든 느릿느릿 씹어 삼키고

몇 걸음만 옮기면 평화로운 초원에 도착하겠지

긴 목이 부러질까 봐 달려들지 못할 뿐

브라키오사우루스도 박치기 공룡처럼

마음껏 싸우면서 살고 싶을까?

나도 거센 소리 내기 피곤해

부드럽게 말하려고 노력하지만

그렇게 살기는 쉽지 않다

바기게발로사우루스가 아니니까

나는 파키케팔로사우루스니까

    ── 정희지 「파키케팔로사우루스[1]로 살아가기」 전문(『창비어린이』 2024년 겨울호)

    공룡은 복원을 통해서만 구현 가능한 존재이면서 인류의 역사와는 전혀 접점이 없던 시대에 살았음에도 많은 사람들, 특히 어린이들의 호기심을 자극한다. 얼핏 봐서는 구분이 안 되는 수백 종의 공룡을 외양의 미세한 차이를 통해 구분해 내고 학명에 사용되는 그리스어인 사우루스(saurus)가 붙은 긴 명칭을 줄줄 외운다는 점이 이를 방증한다. 정희지 시인의 동시에 높은 빈도로 등장하는 화자인 '김공룡'도 그런 어

---

1 파키케팔로사우루스(Pachycephalosaurus)는 흔히 박치기 공룡으로 알려져 있으며 볼록 솟은 머리뼈와 머리 주위의 돌기가 있는 것이 가장 큰 특징이다.

린이 중의 한 명이다. "브라키오사우루스는 웬만해선 싸우지 않는 공룡인데 춤추던 트리케라톱스가 뿔로 엉덩이를 찌르는 바람에 놀라 뒷걸음질 치다가, 실수로 유오플로케팔루스 딱딱한 꼬리를 밟아서 아이고 아파라 하면서 엉덩방아를 쾅 찧었다가 그만 티라노사우루스 발가락을 꾹 깔고 앉아서, 화가 난 티라노사우루스가 글쎄 브라키오사우루스 꼬리를 콱 물어 버린 거예요."(정희지「공룡이 학교에 가면」,『창비어린이』2023년 겨울호)와 같이 장광에 가까울 만큼 길게 이어지는 문장 속에 여러 공룡들이 등장한다. 우리는 이 어린이 화자의 말의 속도를 따라잡을 수 없다. 한 문장일 뿐이지만 익숙하지 않은 공룡의 학명으로 인해 자연스럽게 읽기에 지연이 발생한다. 그건 소외를 유도하거나 어른을 배제하기 위함이 아니다. 낯섦과 익숙함의 감각 차(差)로부터 발생하는 자연스러운 현상이다. 어른에게 커피가 익숙한 기호품이지만 어린이에게는 그렇지 않은 것처럼.

최근 한 평론에서 '없는 이야기라서 있는 가능성'이라는 소제목을 보았다.[2] 환상성을 키워드로 송찬호·강기원·임수현 시인의 동시를 경유하는 이 평론을 읽고 자연스럽게 같은 지면의 신작 동시란에 실린 정희지 시인의 「파키케팔로사우루스로 살아가기」라는 시를 읽었다. 이떤 형태의 현실이든 현실과 조금이라도 접점을 갖지 않은, 현실에 의거하지 않은 환상이란 존재하지 않는다고 생각해 보면 '공룡'은 화석을 통해 원형에 가깝게 복원되어 가고 있는 무엇이라고 할 수 있겠다. 다만 우리가 복원해 낸 그 어떤 공룡도 이억오천만 년 전에 태어난 그 원형과 완전히 동일하지 않다는 점에서, 반드시 오차가 발생할 수밖에 없다는 점

[2] 우경숙「스위치를 켜시오」,『창비어린이』2024년 겨울호.

에서 정형화되어 있지 않은 그 세계, 즉 어린이 독자의 내면에서 좀 더 자유롭게 재구성될 수 있는 이미지로서 공룡은 매력적이다. 무엇보다 그들에게 움직임을 부여할 수 있다는 점이 그렇다.

"들으면 기분 상할 수도 있는 말/돌려서 하지 못하고 정면 박치기"하는 화자는 "박치기 공룡"인 "파키케팔로사우루스"의 이미지를 빌려 자신의 캐릭터를 드러내고 있다. "쥐라기"와 "백악기", 우리가 흔히 동시대에 함께했을 거라고 혼동하는 "공룡"들 간에 발생하는 시차는 대략 "억만 년"이지만, 그걸 "뛰어넘어" 어린이들의 세계에선 '공룡'이란 종(種)이 모두 동일한 시간대에 머무르고 있다는 점을 보여 주며 사실과 다른 세계관의 양해를 구하는 2연은 인상적이다. 화자는 다른 공룡들의 캐릭터를 열거하면서, 특히 "브라키오사우루스"의 "키"를 "부러워"하면서 관계의 충돌을 자신보다 자연스럽게 수용하는 이들을 짚어 낸다. 어린이건 어른이건 상대를 위해 꼭 해야 할 말이라도 상대가 기분 나쁠 수 있는 말은 완곡하게 말하면서 관계를 잘 유지해 나가야 하는 게 미덕인 우리의 현실을 보여 준다. 그러나 그건 "박치기"하듯이 직설적으로 말하며 살아야 하는 "파키케팔로사우루스"의 기질과는 상반되는 것이다. 이름의 네 음절부터 "거센 소리"인 존재. '박치기'를 위해 만들어진 신체 구조는 타고난 것을 바꾸는 쪽이 아닌, 타고난 것을 인정하는 쪽으로 기운다. 세상이 '나'를 부정한다고 해도 '나'는 스스로를 부정하지 않겠다는 마음으로 읽힌다.

요즘 난 돼지 생각뿐이야. 핸드폰 배경 화면도 돼지. 이불 무늬도 돼지. 가방 인형도 돼지.

돼지처럼 통통하다고 너를 돼지라고 한 건 아니었어. 정말 돼지가 귀여워서 너보고 돼지라고 한 거야. 네가 싫다면 앞으로 돼지라고 불러도 되냐고 물어보고 괜찮다고 하면 그때 돼지라고 할게. 너는 나보고 한 번만 더 돼지라고 하면 절교라고 했지만 어쩌다 보니 돼지라는 말을 여기 잔뜩 쓰고 말았네

이 편지는 망친 편지 아홉 장 쓰레기통에 구겨 버리고 열 장째 쓰고 있는 편지야. 아홉 장 다 내가 아끼는 돼지 편지지였어. 널 위해 노력한 내 마음 구겨 버리지 말고 친구야, 내 사과를 받아 주겠니? 미안해, 친구야. 돼지처럼 귀여운 내 친구야.

― 정희지 「내가 가장 아끼는 돼지 편지지에 이 편지를 써」 전문

(『창비어린이』 2023년 겨울호)

이 시를 읽고 용감하다는 생각을 했다. "돼지"라는 말은 사회적으로 긍정적이지 않은 의미로 합의되어 있다. 뚱뚱한 사람을 비하하는 한 표현으로서 고착이 된 말 '돼지'의 역사는 유구하며 (영국의 드라마에서 뚱뚱한 친구를 향해 "oink oink"(꿀꿀) 하고 놀려대는 것을 보면) 동서양을 막론하고 부정적인 이미지로 간주된다. 그런데 이 시의 화자는 누적되어 경화된 이 관성을 홀로 무릅쓰려고 한다. 돌파하려고 한다. 앞서의 "파키케팔로사우루스"처럼 "정면"으로 "너"에게 "돼지"라고 말해 버린 이후 관계는 이미 돌이킬 수 없는 국면에 처한 것으로 보인다. 하지만 "나"는 자신이 사랑하는 "돼지"라는 말은 오로지 취향과 기호의 반영임을 역설하며 자기-변호와 더불어 친구의 마음을 바꾸려고 한다. 사람에게 돼지라고 이르는 경우 대부분 부정적 함의를 갖고 말한다는 사실과 정면으로 마주한다. "돼지처럼 귀여운 내 친구야"라고 하며, "돼지라는

말"을 "잔뜩" 써 버린 이 상황에서 독자는 "돼지"라는 단어가 조금씩 의미 이동되는 경험을 하게 된다. 낯섦과 익숙함의 문제 — 낯선 것들이 익숙해질 때까지 그들을 마주하는 것과 익숙하게 느꼈던 것들을 낯설게 바라보면서 다른 의미를 추출해 내는 작업은 어쩔 수 없이 감각에 기반하게 마련이다. 우리가 윤리라고 믿는 것들은 어쩌면 선행하는 감각을 통해 만들어진 판단에 기반할지도 모른다. 그들을 끊임없이 재구성하면서 '나'의 마음을 찾아가는 작업은 가장 투명하게 나의 내면을 드러내고자 하는 용기를 갖고 해야 하는 일일 것이다.

수록글 출처

1부 동시와 현장

우리의 한계와 경계를 인정할 시점　『동시마중』 67호, 2021년 5·6월호

빗방울 공화국　『동시마중』 69호, 2021년 9·10월호

시공간을 넘나들기　『동시마중』 72호, 2022년 3·4월호

어린이 개념으로부터 발생하는 원심력　『동시마중』 74호, 2022년 7·8월호

순환하는 시간　『동시마중』 78호, 2023년 3·4월호

동시의 현장성: 2020년대 어린이-현실을 수용하기　『문장 웹진』 2022년 12월호

연과 연의 간격에는 언제나 숨소리가 있음을　『동시마중』 85호, 2024년 5·6월호

어른을 위한 동시　『동시마중』 90호, 2025년 3·4월호

청소년과 청소년시를 잇는 힘　『창비어린이』 2022년 가을호

2부 동시의 시대를 여는 사람들

단 한 사람의 보폭으로 독자를 내면화하는 힘: 문현식론　『어린이와 문학』 2022년 겨울호

안경알처럼 투명하게 존재하는 세계: 오규원론　『동시마중』 48호, 2018년 3·4월호

다른 모습으로 부활하는 동시: 송찬호 「너구리 일기」 『동시마중』 67호, 2021년 5·6월호

어른과 어린이의 두 손으로 쓴 동시: 박송이 「낙엽 뽀뽀」 『동시마중』 68호, 2021년
7·8월호

담담하고 깊은 응시: 남호섭 「느껍다」 『동시마중』 71호, 2022년 1·2월호

수사 없이 투명하게 말하기: 송선미 「우산과 소이」 『동시마중』 73호, 2022년 5·6월호

'나'와 타자를 가르는 감정선: 신민규 「넘어 선, 안 될 선」 『동시마중』 75호, 2022년
9·10월호

자유로운 흐름: 최명란 「水」 『동시마중』 79호, 2023년 5·6월호

맞는 것 같아서 넘어갔는데 자세히 보니 아닐 때: 방지민 「ø」 『동시마중』 81호, 2023년
9·10월호

드라큘라의 목소리: 김개미 「흐린 날의 독백」 『동시마중』 84호, 2024년 3·4월호

타고난 대로 '그냥' 자란다: 권태응 「감자꽃」 『동시마중』 86호, 2024년 7·8월호

용감한 '김공룡' 화자의 탄생: 정희지 「파키케팔로사우루스로 살아가기」 『동시마중』
89호, 2025년 1·2월호

찾아보기

낮은음자리의 어린이

초판 1쇄 발행 • 2025년 12월 19일

지은이 • 김준현
펴낸이 • 염종선
책임편집 • 박경완
조판 • 박아경
펴낸곳 • (주)창비
등록 • 1986년 8월 5일 제85호
주소 • 10881 경기도 파주시 회동길 184
전화 • 031-955-3333
팩스 • 영업 031-955-3399 편집 031-955-3400
홈페이지 • www.changbi.com
전자우편 • enfant@changbi.com

＊ 이 도서는 한국문화예술위원회 아르코문학작가펠로우십 지원사업 선정 작가의 도서입니다.